略述文艺复兴时期意大利文学三杰作品中的人学观念

张春杰　周晓凤◎著

吉林大学出版社
·长春·

图书在版编目（CIP）数据

略述文艺复兴时期意大利文学三杰作品中的人学观念/张春杰，周晓凤著. -- 长春：吉林大学出版社，2022.1
ISBN 978-7-5768-0593-2

Ⅰ.①略… Ⅱ.①张… ②周… Ⅲ.①但丁(Dante, Alighieri 1265-1321)—人学—文学思想—文学评论②弗兰齐斯科·彼特拉克—人学—文学思想—文学评论③薄伽丘(Boccaccio, Giovanni 1313-1375)—人学—文学思想—文学评论 Ⅳ.①I546.093

中国版本图书馆CIP数据核字(2022)第173419号

书　　名：略述文艺复兴时期意大利文学三杰作品中的人学观念
LÜESHU WENYI FUXING SHIQI YIDALI WENXUE SAN JIE ZUOPIN ZHONG DE RENXUE GUANNIAN

作　　者：张春杰　周晓凤　著
策划编辑：殷丽爽
责任编辑：张宏亮
责任校对：矫　正
装帧设计：雅硕图文
出版发行：吉林大学出版社
社　　址：长春市人民大街4059号
邮政编码：130021
发行电话：0431-89580028/29/21
网　　址：http://www.jlup.com.cn
电子邮箱：jldxcbs@sina.com
印　　刷：长春市中海彩印厂
开　　本：787mm×1092mm　　1/16
印　　张：14.5
字　　数：250千字
版　　次：2023年1月　第1版
印　　次：2023年1月　第1次
书　　号：ISBN 978-7-5768-0593-2
定　　价：72.00元

版权所有　翻印必究

前　言

中世纪晚期是由中世纪向近代的过渡期，当时西欧社会正在经历一个巨大变化。虽然中世纪的西欧处于基督教会的统治下，呈现出停滞的状态。到了中世纪晚期，随着教会腐败和基督教神学观念的衰落，西欧出现了对人性的肯定与对尘世生活的关注。"意大利文学三杰"的作品体现了近代思想的萌芽。本文通过研究"意大利文学三杰"作品中的思想观念及其形成原因，力图地勾勒出了西欧社会由中世纪向近代过渡时期的思想史脉络。

"意大利文学三杰"的作品既体现了对中世纪教会学说和中世纪基督教神学文化的批判，同时也体现了对人性的肯定，对人类道德的赞美，以及对理想中高贵的人性的期待。也就是说，这时人文精神开始在西欧萌芽，其核心强调以人为中心，肯定现世人生，尊重人的理性和自由意识，其中表达的是一种积极进取的精神气质与带有近代特征的精神意识和道德价值取向。

研究"意大利文学三杰"作品的同时，本书也参考了后人的相关研究和各种相关的文献与历史文化著述。在整个写作过程中，本书一方面参考后人的各种研究文献，也注意区分这些材料的来源和内容的真伪性，力图公允地呈现中世纪晚期西欧社会与文化的变化，以及"意大利文学三杰"作品的文化内涵，以期能够对"意大利文学三杰"作品中的思想观念有一个客观、全面的解说。

出于研究的严谨性，本书参考材料的来源和年代考证都在附录中说明。书中引用的历史人物的生平事迹和生卒年代等信息（除非另有说明），大部分采用最早出版物的观点。由于历史人物姓名的拼写方式在不同版本中会有不同，本书以国内学界通行的译本为主要参考文献，故而对引文中的英文材料的来源和引用方法作了一定调整。

在本书完成的过程中，笔者得到许多专家的关心和指点。首先要向南开大学历史学院的陈志强教授表达衷心的感谢，在陈老师的帮助和悉心指导下，笔者对"意大利文学三杰"的作品有了较为深入的理解；此外，笔者也向大连民族学院梁艳君教授表达深深的谢意，她的无私帮助与谆谆教导给了笔者极大的鼓励；同时笔者还要感谢大连民族学院博士启动项目的支持和大连民族学院科研处领导和老师的帮助，没有他们这本书是不可能完成的。

作　者

2021年6月

目 录

第一章 问题与背景 ·· 1
    第一节 西欧的封建统治要素 ·································· 7
    第二节 人学观的含义 ·· 13

第二章 但丁：人性的确立者 ······································ 17
    第一节 但丁思想中的旧时代因素 ···························· 19
    第二节 但丁思想中的新时代因素 ···························· 33
    第三节 但丁关于人的理解 ······································ 53
    小 结 ··· 70

第三章 彼特拉克：人性的赞美者 ································ 71
    第一节 彼特拉克眼中的尘世美景 ···························· 71
    第二节 对高尚的人类道德的追求 ···························· 81
    第三节 对人性的赞美 ·· 92
    小 结 ··· 98

第四章 薄伽丘：人性的反思者 ··································· 99
    第一节 理性积极地看待一切 ·································· 99
    第二节 薄伽丘作品中的人 ···································· 112
    小 结 ·· 123

第五章　人学观的形成过程············124
第一节　上帝形象的变化············124
第二节　教皇的地位与作用············133
第三节　上帝的神性与人性············137
第四节　反传统的趋势············141
第五节　人性含义的变化············144
小　结············155

第六章　人学观的形成原因············156
第一节　中世纪基督教神学观念影响力的衰落············156
第二节　西欧近代性质的经济的发展············165
第三节　西欧社会的变化············171
第四节　西欧文化风尚的变化············180
第五节　外来文化影响············182
小　结············211

第七章　总结············212

参考文献············220

第一章　问题与背景

本书以"意大利文学三杰"[①]的作品为对象，以其中人与西欧社会变化的描写为线索，勾勒出西欧社会由中世纪向近代过渡时期[②]的思想史脉络，时间范围大致从13世纪末至14世纪初期，在中世纪基督教神学影响力衰落、基督教会腐败、尘世堕落、近代性质的经济发展、商业萌芽，以及各种外来文化的影响下[③]，"意大利文学三杰"以其作品充分解说了人与尘世生活，展示了对即将到来的人类未来世界的期待[④]。这说明，中世纪晚期的西欧虽然仍然处于中世纪基督教神学观念和教会学说的笼罩之下，也出现了对人与尘世生活的关注[⑤]，二者的矛盾与冲突就成为这一时期西欧社会变革的主要动因之一。

本书主要探讨"意大利文学三杰"的作品，力图说明它们既是对中世纪教会学说和中世纪基督教神学文化的批判，也是对中世纪以来西欧社会变化的观察与思考，其中既有对尘世堕落的愤怒与基督教会腐败的抨击，也有对人性的肯定与对人类道德的赞美、对理想中高贵的人性的期待，以及一些不成熟和不切合实际的立场和观点，主要包括强调以人为中心，肯定现世人生，尊重人的理性和自由意识，重点强调的是人的积极进取精神与人生经验，其核心是对中世纪基督教

[①] 意大利是人文主义文学的发源地，但丁、彼特拉克、薄伽丘是文艺复兴的先驱者，被后人尊称为文艺复兴时期的"意大利文学三杰"。

[②] 关于西欧中世纪与近代社会的时段分野，多数史学与文学论著都笼统地以公元15世纪作为中世纪的结束及近代历史开始的时间。具体而言，西欧中世纪开始于公元476年最后一位罗马皇帝罗慕路斯·奥古斯都被蛮族日耳曼军事首领奥多亚克废黜导致的西罗马帝国的崩溃，结束于公元14世纪末发源于意大利的以思想解放与精神自由为主要特征的文艺复兴运动。本书以但丁写作《神曲·地狱篇》的1300年作为西欧近代思想和文化的开端。

[③] F. J. C. Hearnshaw (ed), *The Social and Political Ideas of Some Great Medieval Thinkers*, George G. Harrap & Co., Ltd, 1923, P. 107.

[④] Eugenio Garin, *L'uomo del Pinascimento,* Gius Lateriza & Figli Spa, 1988, P. 8.

[⑤] George Holmes, *Dante*, London, Oxford University Press, 1982, P. 2.

神学观念和教会学说的对抗或反对，表达的是一种近代意义的价值取向。

中世纪晚期的西欧处于由中世纪向近代过渡期，当时西欧社会正在经历一个巨大变化。主要表现为，中世纪晚期的西欧虽然仍然处于基督教会的统治下，为了控制人的精神世界，教会学说和中世纪基督教神学观念被野蛮地规定为人们唯一的思考和行动指南，这样人们的精神在教会学说的束缚下处于迷茫与彷徨之中，随着基督教会影响力的衰落，基督教会学说越来越受到人们的怀疑，同时人们的活动范围在不断扩大，观察视野不断开阔，西欧社会呈现出积极乐观的一面。虽然如此，基督教会与世俗君主的矛盾和摩擦却一直没有中断。

此外，中世纪时期基督教神学观念和教会学说已经不能维持人心与社会的稳定，而新的社会意识和道德规范还没有建立起来。在这样一段空白期内，人们很难找到共同遵循的道德观念与行为准则，于是就从自身存在与当下生活现实出发，以理性的态度积极地看待一切。[1]在这样的大背景下，人们不仅对自己的内心世界进行了深入思考和剖析，更将人类道德作为评判一切的唯一标准[2]。这不仅赋予人们以无穷的想象力与非凡的创造力，使他们能够在科学、建筑、文化和文学艺术等领域都创造出惊人奇迹，更为人们认识自己和这个世界提供一个全新的立场。随之而来，西欧不仅出现了"把文化同社会生活联系起来"[3]，更出现了"摆脱尘世困苦以获得快乐生活的近代倾向"[4]。

这一方面是由于这些变化符合了人们对现实生活的理解与对理想中的未来世界的期待，它们一出现就受到人们的热情赞美与极力追捧。这时人们不仅能够从中获得关于人与现实世界的理解和认知，更能够感受到强烈的精神独立与道德自尊[5]。这个变化是如此之大，以至于当时任何不符合人们认可的言语和做法都是不能接受的，即使是关系到人类命运和生死存亡这类话题时也是如此[6]。另一方面，现实中的这种二元状态也使人们的精神世界处于进退两难的境地：他们既无法摆脱教会宣传与基督教神学观念的束缚，同时也无法避开对精神自由与思想解放的追求；这时的人们既无法彻底打破基督教神学的禁锢，也常常思考宗教以

---

[1] Carol G. Thomas, *Paths From Ancient Greece*, E. J. Brill, 1988, P. 5.

[2] Eugenio Garin, *Der Italianische Humanismus*, Verlag A. Francke A G., 1947. P. 10.

[3] Eugenio Garin, *Der Italianische Humanismus*, P. 50.

[4] Ernest L. Fortin A. A., *Dissent and Philosophy in the Middle Ages*, London: Lexington Books, 2002, P. 59.

[5] Alan Bullock, *The Humanist Tradition in the West*, London, Thames and Hudson Co., Ltd, 1985, P. 22.

[6] Jacob Burckhardt, *The Civilization of the Renaissance in Italy*, London George G. Harrap & Co., Ltd, 1860. P. 307.

外的人生意义。

  这些思考主要包括，人的理性思维与教会学说的对立、基督教神学观念与近代意识的冲突、教会权威与国家权威的对抗、"天堂幸福"和"上帝之爱"对日月星辰运动的影响，人们如何看待自身存在与这个世界，以及对人生目的的探寻。现在看来，这些问题虽然大多已经被社会进步与科学技术发展所解决，但是它们却从一个侧面反映了中世纪全盛时期的人们面对西欧社会变化的思考，蕴含着西欧文明的许多重要课题。"意大利文学三杰"的作品也因此被看作是西欧文学史上一个关键时期最出色的文学表现之一。我们可以通过对"意大利文学三杰"作品的探究展示中世纪晚期西欧社会的变化[1]。

  事实上，中世纪晚期的西欧虽然已经处在一个全新的历史时期，但是当时的人们对于这一点却还没有一个明确的认识。但是，我们可以看到，一直到18世纪，法国文艺复兴大师伏尔泰（Voltaire，1697-1778）才在他的《风俗论》（ESSAI SUR LES MOEURS ET L'ESPRIT DES NATIONS）一书中提出了文艺复兴的概念，他同时指出了研究文艺复兴的重要性。他认为，文艺复兴的重大意义并不在于复古，而是在于创新。那些14世纪从希腊来的逃亡者只是将希腊文教给意大利人而已。是意大利人自己看到了古人创造的辉煌灿烂的科学与文化成就，并且以这些古典知识为依据开始了对尘世生活的探索与人类过往历史的反思[2]，意大利人也因此成为"近代欧洲儿子中的长子"[3]。

---

[1] Jacob Burckhardt, *The Civilization of the Renaissance in Italy*, P. 444; Simon Brittan, *Poetry, Symbol, and Allegory*, P. 38.

[2] 对"人"的关注在中世纪已经出现，但是学界对这个问题的探讨出现的相对较晚。截至目前，虽然有关中世纪的著述都涉及这个问题，但是大多数论述都是一带而过或点到为止，而且其中还不免带有某些研究倾向或个人偏好。例如，有些学者认为，"积极的人"是人类历史发展中的一个"意外"，因为他们不符合人类社会发展的基本规律。见赖因哈德·邦德斯克《马克斯·韦伯：一个知识分子的写照》，第86—90页。也有人认为，人文主义精神起源于中世纪西欧的市民意识，因此西欧近代文化就是市民意识的表达。见阿兰·布洛克《西方人文主义传统》前三章相关人与尘世生活的论述。另一些人则认为，西欧近代文化就是在中世纪基督教神学文化中增加了市民意识的因素而已，因而文艺复兴运动就是对中世纪基督教神学观念的回归。见欧金尼奥·加林《意大利人文主义》关于西欧近代文化的论述。还有人认为，西欧近代意识中既有教会学说和中世纪基督教神学观念的痕迹，也有对市民意识的借鉴或吸收，抑或二者的交融和混杂。直到1860年布克哈特的《意大利文艺复兴时期的文化》一书的出版才对这个话题有了一个相对完整的说明。

[3] Jacob Burckhardt, *The Civilization of the Renaissance in Italy*, P. 143.

自20世纪80年代以来，随着我国对外交往的增加和学术研究的活跃，国内学界也加大了对国外的历史与文化，特别是那些在人类历史上产生过重大影响的作家和思想家以及他们的作品展开了深入的探讨和研究。在这个大背景下，国内中世纪研究不仅增添了很多新材料，也出现了很多新思路与新观点。随着研究的深入，研究重点逐渐转向对具体的人与历史事件的探究。

我国接触"意大利文学三杰"的时间虽然较早，对他们的作品也有一定的了解，但是截至目前国内学界还没有一部从中世纪晚期西欧社会发展的角度探究"意大利文学三杰"作品中的观念或思想的论述。需要说明的是，本书涉及的内容属于西欧中世纪文学史的范畴，文中使用的"文学""人文主义"[①]和"意大利"等概念，除加上限制词的以外，均是指中世纪向近代过渡时期西欧的文学、人文主义和意大利社会。而且，本书引用的"意大利文学三杰"的作品和后人关于他们的观点被认为是读者已经熟悉的内容，以下不再注明出处。

另外，由于"意大利文学三杰"作品的人学观的成因十分复杂，因此我们不应该简单地以结论推究原因的方式对其进行梳理和解说，而是应该分析形成这个现象的各个因素之间的相互作用与相互影响，即它们之间的函数关系。为此，我们就应该明白以下三个问题：

[①] 国内外学界对"人文主义"和"人文主义者"历来有不同的理解。"人文主义"这个词是19世纪历史学家创造出来，概括中世纪晚期西欧出现的以重视人与世俗生活为主要特征、以区别于中世纪基督教神学意识的新的道德观和世界观。关于"人文主义"（humanism）这个概念，人们普遍能够接受的是：它起源于15世纪的"人文学科"（l'umania）这个词，指以希腊文、拉丁文为研究基础的人文学科，如修辞学、逻辑学和天算学，以区别于基督教神学和法学等传统科目。这些学科以事实为依据，探究人与社会，因此推翻了中世纪基督教神学的垄断地位大受欢迎。人文学者利用古代自然知识与朴素的哲学观念，批判中世纪经院哲学和基督教禁欲主义与蒙昧主义学说，同时激发人们探求人与自然的欲望。例如，他们基于对古代文字的考证，证明了某些教会信奉的金科玉律是古典文献的错误翻译，某些罗马教廷作为统治依据的法律文件是伪造的。这些材料既是对经院哲学和教会权威的致命打击，也对人的解放思想、开阔视野都起到积极的促进作用。人性论是人文主义的核心。人文主义者最先提出"人"的概念，以反对以敬神与盲目信仰天堂幸福为主要内容的中世纪经院哲学。由于受到历史时代与社会发展阶段等的局限，他们没有看到道德的社会性与普适性，而将人性理解为超阶级的、唯一的社会存在，因而与西欧近代泛人性论与以重视人与世俗生活为主的人性论有本质区别。18世纪欧洲启蒙主义者以人文主义作为反对神道和君权的精神武器，在近代反封建反教会斗争中起到积极作用。19世纪以来各种人道主义虽然在某些方面是对人文主义精神的继承，并且发展了其中"爱"的观念，但是人文主义在本质上是反宗教的，主要强调人性与人类道德的作用，而19世纪以来的人道主义则是以宗教意识为核心，有深刻的宗教内涵，因此应该将人文主义与它所依存的历史阶段和社会现实联系起来加以观察，才能够对其有一个正确的理解。

第一，中世纪晚期的西欧发生了怎样的变化？

第二，这些变化是在怎样的大背景下发生的？

第三，"意大利文学三杰"的作品与中世纪晚期西欧社会的变化有着怎样的内在联系？

"意大利文学三杰"的作品被看作是检视中世纪晚期西欧社会变化的主要指标之一，本书其他方面的研究结论都是以这一点为基础作出的，不仅涉及基督教会腐败和尘世堕落、西欧经济的发展和贸易繁荣，以及与此密切相关的西欧近代社会的形成等有形的方面，也涉及人文主义精神思想观更新形成的无形的方面。这个情形并非笔者能够预设，而是在研究的过程中逐渐呈现出来的。关于"意大利文学三杰"作品中出现的各种人物，本书的一个基本假设就是，如果他们没有影响，就不可能在人类历史与文化中占有一席之地。尽管他们中有些人只是偶然被提及，但是这样的假设也是有依据的，即他们被提及的次数越多，影响也就越大。近年来，甚至有人提出，"意大利文学三杰"的作品预示着"西欧文化新时代的开端"，说的也是这个道理。"意大利文学三杰"作品中"人"一词含义的变化就是诠释这个现象的很好的例子之一。

在考察"意大利文学三杰"的作品时，任何一位研究者都很难避开瑞士文化史家雅各布·布克哈特（Jacob C. Burckhardt, 1818-1897）于1860年出版的《意大利文艺复兴时期的文化》（*The Civilization of the Renaissance in Italy*）一书。这部著作以中世纪晚期的法兰西、西班牙和英格兰等国的封建制度有组织地向近代转化，基督教会与世俗君主的斗争使意大利的情形完全不同于其他国家为背景，深入探究了这一时期西欧社会的变化，其中就包括世俗君主与基督教会既彼此矛盾又相互利用，小暴君与大王朝既相互依存又彼此争斗，人们既盲目追求"上帝救赎"与"天堂幸福"，同时又追求个性解放与世俗享乐，既拥护基督教会的独裁统治，又反对教会腐败，既痛恨尘世堕落，同时仍然对人类未来抱有幻想等矛盾心态，以及人们面对这些变化的不同反应。布克哈特的这部作品也因此被称作是"现有著作中关于文化史一部最深刻和最精微的研究"[①]。

本书的参考材料主要是，"意大利文学三杰"的作品和截至目前能够得到的相关研究。出于正确理解的需要，本书会对"意大利文学三杰"作品中的文学典故和历史传说作相应的解说。需要说明的是，"意大利文学三杰"的立场和观

[①] G. P. Gooch, *History and Historians in the Nineteenth Century*, London, 1928, P. 583.

点并不等同于他们的思想或观念。由于"意大利文学三杰"生活的时代还没有进入资本主义，基督教神学意识和教会学说在西欧仍然占统治地位，人们的思想意识仍然局限于中世纪基督教神学意识的禁锢之中，中世纪经院哲学是人们解读一切的唯一手段。因此，"意大利文学三杰"作品中的近代意识不完全是时代精神的集中反映，只是时代精神的一个侧面，后者主要指一般人文主义者的思想或观点，是个人思想意识或观念的概括与综合。很显然，后者可以包括前者，前者却不能代替后者。因此，"意大利文学三杰"的作品只是个人立场的展示，或者说对西欧社会变化的主观感受，而不是对中世纪晚期西欧社会变化的理性思考。

第一节　西欧的封建统治要素

虽然与中世纪有关的各种研究十分丰富，但是其中涉及"意大利文学三杰"的观念或思想等内容不仅分散，立场、内涵和观察视角也存在很大差异。为了能够对"意大利文学三杰"关于人与尘世生活的观点和理解作一个尽可能全面的解说和展示，本书首要要做的就是，对截至目前本书能够得到的与"意大利文学三杰"有关的研究和著述作一个粗略梳理和评述，以重新构建中世纪晚期西欧社会变化的大致情形[①]。

翻开任何一部与中世纪有关的文献，读者看到最多的就是有关罗马教皇的绝对权威与崇高地位、基督教会的独裁统治、基督教会腐败与尘世堕落，以及与《圣经》教诲有关的内容。不仅如此，这些内容还通常被加上诸如"黑暗时代""封建时代"或"骑士时代"等带有明显的时代文化的意义和时代特征的标签。[②]现在看来，其中不仅包含当时人们对这个时代的理解，更包含了当下的人们对人与尘世生活的观察与理想中的人类未来构想等超出"中世纪"这个词的历

[①] 由于这方面的材料包含个人生活和教会人士的著述，还包含着世俗文学家和人文主义思想家的观点，截至目前关于这个话题，学界还没有一个相对一致的意见，本书在引用这些材料时，除能够确定真伪的材料以外，就是当时的文学家和思想家的著述或是他们与朋友之间的信件。观点方面，由于几乎每部关于中世纪晚期西欧社会变化的论著对于这个话题都有论述和涉及，因而本书采用多数著述中的观点，即认为西欧的变化是一个西欧社会形态的自我调节与更新，而没有涉及某一具体学科或专业所讲的社会变革或思想观念的进步。

[②] Jacob Burckhardt, *The Civilization of the Renaissance in Italy*, P. 144.

史范围的内容。

具体而言，由于教会人士是当时西欧唯一掌握文化知识的社会阶层，因此他们为了保持以往的地位和迷惑市民等目的而任意歪曲《圣经》的内容，目的在于以这些内容为手段来迷惑愚昧百姓。例如，基督教会宣称，他们作为上帝的代表来统治这个世界，人是上帝的创造物和附属物，人们只能在精神上皈依对"天堂幸福"①的追求与对"上帝救赎"的盲目信仰。教会向市民出售代表"天堂幸福"与"上帝救赎"的"免罪符"和"赦免券"，这也是基督教会欺骗市民和敛财的主要手段之一。

当时西欧唯一能够与基督教会势力抗衡的政治力量是世俗君主。西欧的世俗君主主要是东罗马帝国后期入侵罗马帝国的东方蛮族部落酋长和军事首领，另一部分则是僭越了部落酋长和军事首领权力和地位的政治暴发户②。他们在入侵西欧以后，就以主人的姿态留下来，并对被征服地域行使行政和管辖权。

这时西欧的世俗君主虽然在名义上仍然服从基督教会，但是对他们各自国家的内部事务却拥有相当大的控制权、独立的财政权与税收权，以及对外宣战与媾和等权力。不仅如此，与中世纪基督教会一样，这些世俗君主还在对他们臣民进行残酷压榨和极端统治的同时，也趁机攫取各种好处和利益。例如，据记载，在当时，"一个精明统治者掌握的治理要诀就是尽可能把征税范围固定在原有或最初规定的项目上。他们收入主要来源于固定税额的土地税，一定种类消费品税和进出口关税，以及统治者家族的财产继承，他们唯一可以增税的地方来自商业的发达和贸易的普遍繁荣"③。

这个问题借用社会学中"礼俗社会"（Geminschaft）一词来说就是，中世纪晚期的西欧呈现的是，在一个相对稳定的社会结构之中，由于固有的家庭观念与行为意识，以及自古延续下来的生活习惯和宗教信仰等的约束，人们的精神世界和思想意识停留在一个相对稳定与和谐的层面。到了中世纪晚期，不仅自中世

---

① Eugenio Garin, *Der Italienische Humanismus*, P. 27.

② Jacob Burckhardt, *The Civilization of the Renaissance in Italy*, PP. 26-27.意大利封建领主和小暴君僭越世俗君主地位和权力的例子很多，佩扎罗的国君，伟大的弗拉希斯克的兄弟，乌尔比诺的费德里哥的继父阿利桑德罗·斯福查就僭越米兰君主的身份和权力。在待人接物和行政管理方面，他周详谨慎，公正谦虚，并且能够按照人们的意愿处理事情。在日常生活中他经常利用闲暇时间收集名贵图书，从事学术或宗教研究。所以米兰在遭受多年战乱后，仍然能够享有一个相对长期的和平与安定。

③ Jacob Burckhardt, *The Civilization of the Renaissance in Italy*, P. 27.

纪延续下来的社会秩序已经不复存在，人们同时提出改变原有社会现实或社会状况，以发展与之相适应的社会机制与文化的强烈呼声。对于这个变化，布克哈特就作了深刻且尖锐的评述，"文艺复兴时期，我们看到许多艺术家，他们在每个领域都创造出新的完美产品，给人们留下深刻印象，还有他们除从事的艺术领域之外，对广泛的心智学术问题也有相当深刻钻研"[①]。

究其原因，世俗君主与基督教会对利益的争夺导致中世纪晚期西欧社会的混乱。与这个情况相一致的是，随着教会权势和城邦国家权威的消失，世俗君主权威的增强和市民力量的增长，西欧城邦国家统治者出于获得经济利益和维护自身存在的需要，分别投靠了罗马教皇和世俗君主，形成了吉伯林派与圭尔夫派[②]。二者自形成以来因为对利益和世俗权势的争夺而处于不断的矛盾与争斗之中。据记载1414年，基督教世界领袖和世俗君主于佛罗伦萨会面，以解决教俗界纠纷。佛罗伦萨僭主加布里洛诺·丰杜洛（Cabrino Fondulo）把尊贵的客人带到该城最高建筑物的顶端，名义上是请这些人欣赏该城市的景色，他真正的目的却是把这些人从楼顶推下去摔死。这虽然是一个极端的例子，但是我们仍然能够从中看到世俗君主与基督教会之间的紧张关系。另一个例子是，米兰维斯康提家族的废主在回答他对手的使者的问话时曾说道，"只有用和放逐我同样的手段放逐他我才能回去，但是必须等到他的罪恶超出我才可以"，佛罗伦萨独裁政府的情形尤其如此。

另一个对西欧政局产生重大影响的事件是，西西里的弗里德里希二世去世以后，由于他没有直系继承人，因此只能重新选举神圣罗马帝国皇帝。据记载，"公元1308年，卢森堡伯爵亨利当选为神圣罗马帝国国王，称为亨利七世。由于亨利自己领土很少，作为帝国中操法语行事的统治者，并不受密切的民族关系的约束。他一生的目的就是恢复古罗马帝国的辉煌以及树立皇帝在意大利的权威，建立一个不知有圭尔夫派，也不知有吉伯林派的法治时代。"[③]亨利在当选以后，于1310年秋率军进入意大利。亨利的到来受到意大利各界的热烈欢迎，人们

---

① Jacob Burckhardt, *The Civilization of the Renaissance in Italy*, P. 148.
② 吉伯林派和圭尔夫派（Ghibellines and Guelphs）是中世纪后期西欧出现的两个敌对的政治党派，前者支持皇帝，后者支持教皇。二者之间的斗争从12世纪初期起蔓延到西欧的各个城市，并由此引起了西欧各地的动乱。直到15世纪，随着教会力量的衰落，他们之间的争端才逐渐宣告平息。
③ 赫·赫德、德·普·韦利 编：《意大利简史——从古代到现代》，下册，第115页。克莱门特五世（Clement V, 约1260—1314年），法兰西籍教皇，曾把教廷迁到法国的阿维尼翁，是亨利七世的支持者。

都十分渴望这位新皇帝能够给意大利带来和平与安宁，哪怕是短暂的和平也是值得的。这时的教皇是克莱门特五世，他深受法国的牵制。从亨利身上，他看到了摆脱法国控制的希望，于是认可了亨利的当选。

亨利进入意大利后，许多被放逐的吉伯林派都汇集到他的身边，渴望能够得到皇帝的支持和保护。但是由于亨利是带着超党派的政治理想来到意大利的，他根本不关心意大利的党派纠纷，因此无论是圭尔夫派还是吉伯林派都没有得到皇帝的接见。亨利在还没有弄清楚佛罗伦萨政治形势的情况下，就贸然命令被放逐的吉伯林派返回到他们的城市。据记载，"这些吉伯林派人士一回到家乡，就认为他们是胜利者，对他们的敌人实施了同样残酷的驱逐，就如同他们遭到放逐那般，意大利反对亨利的暴乱立刻爆发了"①。虽然如此，亨利仍然打算按照祖先的惯例进军罗马，以伸张他神圣罗马帝国皇帝的权力和地位。当时的情况是，这时的罗马已经被法国的安茹·罗伯特（Robert D'Angio，1278—1343）占领，亨利还是在罗马科隆纳家族帮助下进入了罗马城，由3个枢机主教，而不是教皇主持了他的加冕仪式。亨利在加冕后从罗马撤出，准备攻打不服从皇帝命令的佛罗伦萨，只是由于佛罗伦萨盟友及时赶到才解了佛罗伦萨之围。之后，亨利整顿他的军队准备南征那不勒斯，但是却不幸于1313年染病身亡，他征服意大利的计划也就此破产。

与世俗君主的情形明显相对的是，这时的罗马教皇虽然已经失去了以往的权威与影响力，而只被认为是现存的政治势力可能的精神支柱之一②，但是他却仍然保留了为国王加冕的权力。罗马教皇于是在整个西欧叫卖西西里的王冠。经过激烈的竞争，法国的查理公爵获得了统治西西里的权力。据记载，1266年，查理战胜了弗里德里希二世的庶子兼继承人曼弗雷德（Manfred），将西西里置于法国的控制之下。两年后，德国霍亨斯陶芬王室为了恢复他的西西里主权，康拉德（Conrad Ⅳ）十六岁的儿子康拉丁（Conradin）带领德国军队越过阿尔卑斯山脉进入意大利，但是却在塔利亚科佐战役（Tagliacozzo, 1268）中被查理击败。经过模拟审判，康拉丁在那不勒斯被斩首。自此，圭尔夫派在意大利取得了最终的胜利。

---

① 梅列日科夫斯基：《但丁传》，第190页。安茹·罗伯特（Robert D'Angio, 1278—1343），法王的弟弟，1309年继位为那不勒斯国王，是亨利七世的敌人。

② Jacob Burckhardt, *The Civilization of the Renaissance in Italy*, P. 22.

随着基督教会的腐败和西欧城市的兴起和市民的自我意识[1]的增强，这时的市民不仅已经开始作为一个独立的政治力量登上历史的舞台，也在西欧社会生活中发挥着越来越重要的作用。为了保持他们的权势和地位，西欧封建君主不仅在生活爱好与个人兴趣方面力图与市民保持一致，也大力赞助各种世俗性质的文化艺术活动。据记载，维罗纳君主斯卡拉在"他宫廷中接待的著名的亡命者中就有当时全意大利公认的代表，但是这些人对独裁君主并不感恩戴德"。另一个例子是，"彼特拉克在周游世界的过程中因为拜访君主宫廷而遭到谴责，但是仍然对他的保护人、帕多瓦君主抱有很大希望，并且认为独裁君主能够做到这些。"[2]在当时的教会文献、历史记载甚至是文学作品中，也经常可以找到对西欧的城市暴君或独裁君主的无端赞美和各种肉麻的吹捧[3]。

基督教会与世俗君主之间的斗争不仅加剧了西欧社会的混乱，同时也赋予人们以更大的精神自由和思想空间。《新生》中就以俗语解说了他的道德困惑以及由此而来的尘世中人类精神世界的痛苦与迷茫："我忘却一切地阅读波伊修斯的书《哲学的慰藉》，这是一部他在焦虑和放逐中为获得自我慰藉而写的书。我听说西塞罗也写过一本《论友谊》，其中安慰了因为自己的朋友西庇阿的去世而悲痛欲绝的奥拉留斯。现在我也同样忘却一切地阅读起这本书。虽然要真正读懂它们并非易事，但是靠着我那点可怜的语法知识和曾经使我看清楚许多似乎出现于梦境中的事情，以及《新生》中获得的那点小小才智的帮助，我还是相当多

---

[1] 学界通常将中世纪的"市民阶层"作为一个约定俗成的概念使用，而没有对它的内涵和起源作进一步探讨："意大利的情感世界以一系列清晰、扼要和最简洁有力的描绘呈现在我们面前。"（布克哈特：《意大利文艺复兴时期的文化》，北京：商务印书馆，2002年，第307页。）欧金尼奥·加林（Eugenio Garin）的论述更能说明这一点："文艺复兴最初出现在意大利的城市国家中，后来向欧洲其他地区扩散。在那个时代有相当多具有特殊性格以及各种罕见天赋和才能、起着新作用的典范人物来往于各地。随着时间的推移，这些从意大利的城市扩散到整个欧洲的人物形象和性格也发生变化，甚至明显的变化。"（欧金尼奥·加林：《文艺复兴时期的人》，第3页。）虽然这些论述各有重点，但是都指向一个事实，即这时的市民已经作为一个带有共同意识的社会阶层出现，起着举足轻重的作用。

[2] Jacob Burckhardt, *The Civilization of the Renaissance in Italy*, P. 28.

[3] 中世纪末期，对世俗君主的质疑与赞美在西欧文学作品中并存。当时最早觉醒的人文主义思想家和进步神学家激励人们从不同角度探究世俗君主的地位与权力。其中，彼特拉克对维罗纳那君主斯卡拉就作过十分精彩的论证："您必须做您臣民的父亲，而不是他们的主人，必须爱他们如您的女儿，如自己的手足。武器、卫队、军队可以用来对付敌人——对于您的臣民，善意就足够了。我所说的人民自然是那些热爱现存制度的人。那些每天都希望变革的人都是反叛者和叛徒，对他们用严酷的法律加以制裁。"

地理解了他们。"①不仅如此，我们在此也可以引用但丁的一句话来解释这个情况。那就是在但丁看来，"爱情，那将你的力量像阳光一样照射在人间神灵，你充满光彩——你的光纤触摸过的东西有多么完美，影响就有多大。呵，就像他的光芒驱散黑暗和寒冷一样，伟大的主啊，也请你将卑微从我内心赶走。"②彼特拉克（Francesco Petrarca，1304—1374）则以大自然美景与平静的乡村生活为媒介，隐喻了对当下尘世生活的赞美与对理想中的人类未来世界的展望：

> 赐给我平静吧，噢，残酷的思想！
> 爱神、命运女神和死神在我还未能
> 识别出心中其他敌手的时候，
> 就已围困了我心房的大门。
> 难道你还嫌这样不够吗？
>
> ——（《抒情诗歌集》，274）

从文学解说的角度来看，这首诗展示的是对中世纪宗教文学中代表"尘世幸福"与"人间美好"的"命运女神"的赞美，对预示人类最终命运的"死神"的恐惧，对稍纵即逝的"人生"追忆与遗憾，其中隐喻的是对当下人的精神自由与思想解放的期待。结果是，此前处于封闭状态的人们的和思想意识等精神领域这时开始向西欧所有的社会阶层开放，人们不再承认罗马教皇在尘世生活中的地位，基督教会也不再拥有他们自己宣称的、由上帝赋予的管理人与这个世界的宗教职能与世俗权威③，以"意大利文学三杰"为代表的知识阶层的出现进一步加剧了这个趋势。借用拉尔夫·林顿（Ralph Linton）的二分法（dichotomy）来说就是，中世纪基督教会规定的上帝的"归属性地位"（ascribed status）这时已经被尘世中人的"获得性地位"（achieved status）所取代④。不仅如此，在反思人与尘世生活的过程中，人们还发展出一套完全不同于教会学说和基督教神学观念

---

① George Holmes, *Dante*, P. 17.
② George Holmes, *Dante*, P. 20.
③ Alan Bullock, *The Humanist Tradition in the West*, P. 18.
④ Ralph Linton, *The Study of Man*, New York, London: D-Appleton- Century Company, 1936, P. 113.

的新的关于人与上帝关系的理论,即人们眼中的上帝已经不仅是基督教会宣传的"天堂幸福"与"上帝之爱"的代表,已经成为尘世的一员①。结果是,这时的人们不仅经常就人与尘世生活等敏感话题发表各自的观点和主张,并且经常以能够表达与他人不同的立场和见解深感自豪。这个情况虽然并不引人注目,但是却在很大程度上代表了当时的人们对自身存在的关注与对外部世界的认知。据记载,当时的佛罗伦萨"宛似当年腓特烈二世的宫廷气氛,打开了意大利学院风气,但丁就曾参加过这种狂热的哲学讨论"②。布克哈特(Jacob Burckhardt)也对这个情形进行了解说:"美德与恶行在15世纪的意大利诸国中奇怪地结合在一起,统治者个性得到高度发展,它代表那个时代,因此对它作出适当的道德判断并不是一件容易的事。"③

我们由此可以看出,中世纪晚期的西欧出现了对人性的思考与对尘世生活的关注,其中的焦点不仅在于对人性的观点与对人的内心世界的探究与评判,更在于其中展示的是一种完全不同于基督教会学说和中世纪基督教神学文化的新的精神意识和带有近代意义的道德风尚。基于此,我们可以把当时西欧出现的新变化称之为近代意识或时代精神。

第二节 人学观的含义

笔者认为,应该用人学观一词描述"意大利文学三杰"关于人与尘世生活的理解,以及人们对未来的期待。这是因为,经过整个中世纪漫长的积累和发展,西欧"在13—14世纪发生了深刻而巨大的变化"④,不仅出现了"中世纪向近代过渡的伟大变革,即有代表性的社会机制的礼物"⑤,"中世纪哲学与神学观念也出现了冲突"⑥,并开始了"对经院学术从形式,以及到内容的自觉反

---

① F. J. C. Hearnshaw (trans), *The Social and Political Ideas of Some Great Medieval Thinkers*, P. 25.
② George Holmes, *Dante*, P. 13.
③ Jacob Burckhardt, *The Civilization of the Renaissance in Italy*, P. 35.
④ Hans Baron, *The Crisis of the Early Italian Renaissance*, Princeton: Princeton University Press, 1955, P. 3.
⑤ F. J. C. Hearnshaw (ed), *The Social and Political Ideas of Some Great Medieval Thinkers*, P. 11.
⑥ Ernest L. Fortin A.A., *Dissent and Philosophy in the Middle Ages*, P. 1.

叛"①。结果是,"人们的思想第一次从教会学说和基督教神学的禁锢与束缚中解脱出来,同时以更加开阔的视野看待人与现实生活"②。这就是"意大利文学三杰"思想产生的历史和社会背景。

"意大利文学三杰"人学观的理论基础源自个人主义,也是西欧在经历了中世纪一千多年的精神压抑和思想禁锢之后,人们重新认识自我与这个世界的必然结果之一。在中世纪,人们的心灵和视野都被一层神秘的面纱所笼罩,这层面纱由中世纪的教会学说、盲目的中世纪基督教神学信仰、毫无根据的宗教幻想和先入为主的个人成见织成的。在这层面纱的笼罩下,包括人的精神世界和思想意识在内的一切都因为对教会学说与中世纪基督教神学的追求与盲目信仰处于迷茫与困惑之中。到了中世纪晚期,这个情况则发生了根本性的变化。在意大利这层面纱最先烟消云散,这时人们不仅已经在精神意识方面很大程度上摆脱了教会学说和基督教神学观念的束缚,同时开始了对"尘世爱情"与"尘世乐趣"的追求。结果是,对一切做客观处理都成为可能。

我们由此就可以理解,要给"意大利文学三杰"作品中的人学观下一个准确定义不是一件容易的事,其中不仅涉及"意大利文学三杰"在观察的范围、观察角度、观察目标,以及思维方式等方面古人和今人在立场和思维视角等方面的巨大差异,还因为西欧社会转型导致的人们的道德困惑与精神迷茫,以及由此而来的对客观世界的不同理解和认知。此外,由于"人学观"只是作为一个抽象的观念存在于"意大利文学三杰"的作品当中,其并没有一个具体的依附目标或明确的道德指向,因此它的内涵、外延和适用范围等也很难说清楚。在笔者看来,这主要是基于以下两方面的原因。

首先,"意大利文学三杰"基于对基督教会宣传的"天堂幸福"与"上帝之爱"等观念的期待,以及对想象中的世界和平③的解说,证明了尘世中的人具有独立的精神世界和高尚道德意识,同时也以此为依据证明了教会学说的虚伪和宗教神学观念的不可靠。但丁·阿利吉耶里(Dante Alighieri, 1265–1321)也因

---

① G. R. Porter, The Cambridge Medieval History, vol. 8, Cambridge: Cambridge University Press 1980, P. 70.
② Ernst Cassirer, The Logic of the Humanists, London: Lexington Books, 2002, P. 41.
③ William Anderson, Dante the Maker, Routledge & Kegan Paul, London, Boston and Henley, 1980, P. 1.

此被认为是"开创了意大利文学的新时期"[①]和"天才的灵光一现"[②]，其中的哲学思辨意味十分明显。从但丁的学术生涯和人生经历来看，他创作于1293年后的大部分诗篇都属于这种近代性质的"哲理诗"[③]。同时，但丁因此被称为"掀起新古典人文学科研究热潮的人"[④]"新拉丁学派的奠基人"[⑤]，以及"最早的真正现代人"[⑥]等。紧随但丁其后的彼特拉克基于对大自然景色的解说，赞美了人性与尘世生活的美好；乔万尼·薄伽丘（Giovanni Boccaccio, 1313—1375）在尖锐抨击尘世堕落与教会腐败的同时，开始"把这个世界看作一个巨大的精神和物质的宇宙合体"[⑦]，目的就在于将尘世中的人"置于正确的轨道"[⑧]。这是中世纪晚期西欧社会现实的写照。

虽然后人观察"意大利文学三杰"的立场和角度各有不同，并且由此得出不同的观点或结论，但是有一点是明确的，即"意大利文学三杰"的作品因为对人与尘世生活的观察，以及对未来世界的构想已经中世纪宗教文学有了本质的区别。阿兰·布洛克（Alan Bullock）就认为，尘世中的人应该"把脑筋转移到对道德、心理和社会等方面的关注，而不应该花在经院哲学式的抽象思考上面"[⑨]，尘世乐趣也应该得到赞美和褒奖[⑩]；埃里希·奥尔巴赫（Erich Auerbach）的态度更加直接："这种人性化的说明，或者更确切地说这种人性化的历史观不仅在当时十分普遍，也深深影响到中世纪和以后。"[⑪]欧金尼奥·加林（Eugenio Garin）也认为，但丁表达了"一种非常明确的历史观"[⑫]。由此可

---

① J. P. Trapp, *Essays on the Renaissance and the Classical Tradition*, Variorum1990, P. 100.
② Jeremy Catto, *Florence, Tuscany and the World of Dante*, Oxford: Oxford University Press 1980, P. 1.
③ George Holmes, *Dante*, P. 10.
④ Eugenio Garin, *Der Italianische Humanismus*, P. 26.
⑤ Denys Hay and John Law, *Italy in the Age of the Renaissance* 1380-1530, P. 290.
⑥ Jacob Burckhardt, *The Civilization of the Renaissance in Italy*, P. 295.
⑦ Jacob Burckhardt, *The Civilization of the Renaissance in Italy*, P. 543.
⑧ Ernest L. Fortin A. A., *Dissent and Philosophy in the Middle Ages*, P. 118.
⑨ Alan Bullock, *The Humanist Tradition in the West*, P. 18.
⑩ Alan Bullock, *The Humanist Tradition in the West*, P. 17.
⑪ Erich Auerbach, "Figura." In *Scenes from the Drama of European Literature: Six Essays*, New York: Meridian Books 1959, P. 60.
⑫ Eugenio Garin, *Der Italianische Humanismus*, P. 22.

以理解,"意大利文学三杰"的作品虽然是"在上帝、爱或其他因素激励下讲出来的内容"[1],但是其中却充满了关于人与尘世生活的描写与人内心世界的生动解说。

其次,"意大利文学三杰"基于对人性的肯定与对高尚的人类道德的赞美,证明了尘世中的"人"就是人类社会主宰和宇宙的中心,其目的就在于说明中基督教会宣传的"人类救赎"实质就是尘世中的人努力获得"精神自由"和"尘世幸福"的精神过程,精神与尘世的连接点就是尘世生活中的"积极的人"。不仅如此,在这个过程中,但丁也以人性为依据开始了对尘世中的"人"附带的社会功能和道德价值等因素的探寻。对此,布克哈特(Jacob Burckhardt)就认为,当时人们在"意大利文学三杰"的作品中"第一次发现近代欧洲的政治精神"[2],即"发扬属于人和人的品质的途径"[3]。

除此之外,探究"意大利文学三杰"思想观念的另一个主要方面是,他们不仅能够以理性的态度积极地看待一切,也开始了对人性的探究与人类过往历史的反思,其中的理想主义色彩和现实意义也同样十分明显。这方面,科卢乔·萨卢塔蒂(Coluccio Salutati)在于1392年2月1日写给朱安·费尔南德·赫里迪亚(Juan Fernandez Heredia)的一封信中就明确指出:"历史才是人的教育者和塑造者,历史是比所有哲学和神学造诣更为具体的知识,人性就是人的思想和行动的记录,或者说'泛爱'就是人与人之间的会晤和交往。文明就是在历史的范畴内实现的,政治也是在历史的范畴内确定下来的"[4]。因此,"我们应该从神圣的文献中摘录出属于历史的部分。其余的部分,虽然也有非常神圣和极其优美的东西,但是……它们有时候并不那么使人惬意,从长远来看也不会带来任何的好处"[5]。阿伦·布洛克(Alan Bullock)也由此认为"它奠定了西方文明的一个伟大假设,即教育可以塑造人的个性"[6],而且其中还包含着"用文艺复兴方式

---

[1] Simon Brittan, *Poetry, Symbol, and Allegory*, University of Virginia Press, 2003, P. 38.

[2] Jacob Burckhardt, *The Civilization of the Renaissance in Italy*, P. 22.

[3] Alan Bullock, *The Humanist Tradition in the West*, P. 12.

[4] Eugenio Garin, *Der Italianische Humanismus*, P. 14.

[5] Eugenio Garin, *Der Italianische Humanismus*, P. 15.

[6] Alan Bullock, *The Humanist Tradition in the West*, P. 11.

看待人和世界的先例"①。这表明,中世纪晚期的西欧即将发生重大变化②。

  需要说明的是,由于篇幅和时间的限制本书不能更多扩展,在今后的研究中,笔者对此课题还可以作进一步的梳理,例如,中世纪晚期西欧经济的发展和当时意大利的各种贸易数据等都可以加以利用,以更好地说明中世纪晚期西欧社会的变化。

---

① Alan Bullock, *The Humanist Tradition in the West*, P. 14.
② Eugenio Garin, *Der Italianische Humanismus*, P. 10; Jacques Le Goff, *Les Intellectuals au Moyen Ages*, Paris, 1957, P. 16

第二章　但丁：人性的确立者

但丁是人性的确立者的含义是指，他在其作品中通过对人与西欧社会的解说，证明了人具有独立的精神世界和高尚的道德意识。作品《神曲》就以古典希腊神话传说《埃涅阿斯纪》[①]为蓝本，构建了人们理想中代表尘世中人的精神净化与道德升华的"三界之旅"，将他自己设定为能够看清楚一切的"人类灵感的源泉"[②]，经历了尘世间种种的灾难与困苦，最终能够达到精神的净化与道德的升华，其目的就在于证明基督教会所宣扬的"人类救赎"在本质上就是一个尘世中的人通过努力不断获得"人间爱情"与"精神自由"的世俗过程，而非神化的过程。牛津大学的乔治·霍尔姆斯（George Holmes）高度赞美了但丁作品中的乐观精神与进取意识。西塞尔·格雷森（Cecil Grayson）也基于对但丁作品中的乐观精神与积极意识等因素的探究，证明了"历史将证明但丁是一位伟大的预言家。"[③]欧金尼奥·加林（Eugenio Garin）也是因为这一点将但丁定义为"理想中的完人"[④]。与此类似，剑桥大学的卡朋特·波依德（Carpenter Boyd）也基于对但丁作品中乐观精神与积极意识等内容的解说，证明了"但丁对近代的影响"[⑤]。此外，国外学界此类的观点还有很多，本书因篇幅所限，在此就不一一展示了。总之，笔者罗列以上这些论述的目的在于说明，在中世纪晚期西欧社会向近代迈进，人们的思想意识发生剧烈变化的大背景下，但丁的作品就是基于这

[①] 《埃涅阿斯纪》是维吉尔根据古代传说所写的一部关于罗马国家史的著作，大致内容是：在伊利乌姆城被攻陷焚毁后，埃涅阿斯带着父亲安奇塞斯和儿子尤路斯出逃，途中，安奇塞斯死在西西里岛，埃涅阿斯父子历经磨难，辗转来到意大利的拉丁姆区。埃涅阿斯娶了当地部落的公主，并战胜了敌对部落，为古罗马帝国的建立奠定了基础。

[②] Jacob Burckhardt, *The Civilization of the Renaissance in Italy*, P. 148.

[③] Cecil Grayson, "Dante and the Renaissance", *Italian Studies* 1962, P. 59.

[④] Eugenio Garin, *Der Italianische Humanismus*, P. 53.

[⑤] Carpenter W. Boyd, *The Spiritual Message of Dante*, Cambridge: Harvard University Press 1914, P. 7.

一点在人与基督教会学说以及中世纪基督教神学观念之间划出一道清晰的界限。

现在看来，国外学界关于但丁的理解和观点虽然各有不同，但是持肯定态度者居多。截至目前学界关于但丁的观点主要包括：但丁是以古典方式进行创作的人文主义作家；但丁代表了中世纪的终结与西欧近代的开端；但丁是连接中世纪与近代世界的桥梁；但丁是西欧近代第一位使用俗语进行创作的古典诗人；但丁是西欧近代文化的启蒙者；等等。其中展示得很明显的一点就是，强调但丁的跨世纪地位与其作品中的人文主义精神。研究者提出这些观点的主要根据之一就是，但丁在年轻时曾经拜佛罗伦萨著名学者兼公证人勃鲁内托·拉蒂尼（Brunetto Latini）为师，并且跟随拉蒂尼"学会了用俗语写诗"[1]。对于造成但丁这个带有近代意义的思想观念出现的原因，洛伦佐·米尼奥–帕卢埃洛（Lorenzo Minio-Paluello）也作了明确的阐述："从但丁阅读过的13世纪末至14世纪初的手稿，就可以看出但丁思想的大致轮廓。"[2]

虽然如此，西方也有些学者对但丁及其思想持怀疑甚至否定的态度。例如，关于但丁作品的历史地位与历史影响这个话题，英国大哲学家伯特兰·罗素（Bertrand Russell）就认为，但丁的思想"不仅没有影响，而且还陈腐得不堪救药。"[3]马乔里·里维斯（Marjorie Reeves）也认为研究但丁没有任何意义，因为"但丁对人生持悲观的态度"[4]。约翰·斯科特（John A. Scott）甚至认为："但丁并没留下可供研究的内容，因此不应该继续对牛弹琴。"[5]塞西尔·格雷森（Cecil Grayson）从根本上就反对但丁的作品，他的依据之一就是，"14和15世纪的评论家仍然对《神曲》的政治思想与神学观念持批评态度。"[6]除以上这些内容和记载之外，关于西方学界对但丁及其作品的否定态度这个话题，还有一点需要提到的就是，朱塞佩·马佐塔（Giuseppe Mazzotta）的态度虽然相对温和一些，但是他仍然认为"但丁的诗歌没有完全说明他的观点。"[7]

---

[1] A. G. Ferrers Howell, *Dante-His Life and Work*, P. 11.

[2] Lorenzo Minio-Paluello., *Dante's Reading of Aristotle. In the World of Dante: Essays on Dante and His Times,* Oxford, 1980, P. 66.

[3] Bertrand Russell, *A History of Western Philosophy*, P. 492.

[4] Marjorie Reeves, *Dante and the Prophetic View of History*, Oxford: Oxford University Press, 1980, P. 44.

[5] John A. Scott, "The Unfinished Convivio as a Pathway to the Comedy", *Dante Studies*113 (1995): 31.

[6] Cecil Grayson, "Dante and the Renaissance", *Italian Studies,* 1962, P. 58.

[7] Giuseppe Mazzotta, "Dante's Literary Typology." MLN 87, (1972): 1.

相对而言，我国对"意大利文学三杰"的研究并不是十分深入，观点方面主要是沿袭了马克思和恩格斯以阶级分析为标准解说人类社会变化，即以辩证唯物主义和历史唯物主义为依据解说"意大利文学三杰"的作品。关于但丁，我国学界通常的观点是，"但丁是新旧交替时代的人文主义诗人""但丁是旧文化的代表"，以及"但丁代表了即将到来的新时代"等。相对而言，学界对彼特拉克的理解比较中肯且平实，认为彼特拉克通过对大自然景色与沉静的乡村生活的赞美为媒介，隐喻了人生的积极意义和人的自然属性。彼特拉克也是因为这一点被这一点称为西欧近代第一位人文主义诗人；几乎与但丁生活于同一时代的薄伽丘则基于对人性与人类道德的解说和解剖，从而证明了人生的目的在于获得"尘世爱情"和"尘世幸福"。关于欧洲历史和文化中一直以来关于人性与人类道德这个话题的理解，马克斯·韦伯（Max Weber，1864—1920）关于新教伦理与资本主义精神的研究就已经作了很明确的说明，本书在此就不一一举证了。

第一节　但丁思想中的旧时代因素

由以上分析可以看出，但丁作品中的落后意识或旧时代特征主要是指，他以中世纪经院哲学的思维方式和论证模式解说了人与尘世生活，从基督教会的"天堂之爱"和"上帝救赎"观念出发，进而对当下的"人类爱情"与"尘世幸福"进行了更深层次的探究，证明了人不仅具有独立的精神世界和明确的道德意识，并且有能力对他们面临的问题作出正确的判断与行动，主要内容包括以下三个方面。

首先，但丁以教会学说和中世纪基督教神学观念为出发点，通过对人与尘世生活的观察与解说，证明了尘世中的人具有独立的精神世界和高尚的道德意识。《新生》和《神曲》中就经常以"神情萎靡的人""失意的少女""看着别人的恋人""寂落的天使""悲惨的灵魂"，以及"倒插在火洞中的教皇""在沥青中不断沉浮的灵魂"等描写隐喻了教会学说对人的禁锢，同时以"尘世罪恶"和"上帝惩罚"隐喻了对教会腐败与尘世罪恶的惩罚。不仅如此，但丁还基于对西欧社会现实的观察,将他儿时的邻居和恋人贝雅特丽齐[①]塑造为"上帝之爱"与"世界和平"的化身,其中说明的是尘世幸福就是"上帝之爱"在人间的实现,因此才有了在但丁向代表"人类救赎"的"山上"攀登时,由于受到"三只野兽"的威胁而被迫退向地狱的入口,并由此开始了"人类救赎"的艰苦旅程。对此,班费尔·斯坦利(Benfell V. Stanley)就认为:"但丁不是通过教会说教的信仰,而是通过《圣经》的自身内容,预言了即将到来的宗教革命。"[②]彼得·霍金斯(Peter S. Hawkins)也认为,"但丁将《圣经》带入了现实生活。"[③]与此类似,玛丽安·夏皮罗(Marianne Shapiro)甚至认为,但丁作品中展示"尘世惩罚"的目的就在于"以身体的迷失换取心灵的安慰。"[④]

为此,但丁还以古典希腊神话《变形记》(*Metamorphoseon libri*)中法厄同(Phaethon)的故事[⑤]为依据,隐喻了对人性的肯定与对人类道德的思考,因此才有了他以"正如一支队伍为了自卫在盾牌掩护下退却时,先随军旗转弯,然后整个纵队才掉头行进一样,这支天国部队的前卫全部从我们面前走过,那辆凯旋车才调转车辕"隐喻亨利进军意大利军事运动的合法性,以古罗马帝国军事将领克拉苏[⑥]的故事隐喻人失去理性和自由意志的可怕后果,二者在表达的矛盾与对立在感官和道德意识方面能够给读者带来心灵和视觉的冲击,目的就在于警示

[①] 贝雅特丽齐·波尔蒂纳里(Beatrice Portinari, 1266-1290)是佛罗伦萨城富商萨福尔科·波尔蒂纳里(Folco Portinari)的女儿,既是但丁的邻居和但丁的梦中情人。贝雅特丽齐后来与西蒙奈·德·巴尔迪(Simone Dei Bardi)结婚,但是却于1290年逝世。贝雅特丽齐在意大利语中的含义为"降福的女人"。

[②] Benfell V. Stanley, "Prophetic Madness: The Bible in Inferno XIX", *Dante the Critical Complex* 2003, P. 154.

[③] Peter S. Hawkins, *Dante's Testaments*, Stanford University Press, 1999, P. 4.

[④] Marianne Shapiro, *Dante and the Knot of Body and Soul*, Macmillan Press Ltd, 1998, P. viii

[⑤] 法厄同是天堂中日神的儿子,他备受父亲的庇护和溺爱。一天,他要求驾驶父亲的马车出去游玩,无论日神怎样劝阻都无济于事,日神于是只好答应他。当法厄同驾车行驶到天蝎座附近时,看见巨大的天蝎弯着两条长臂,像一对大弓,……身上冒出黑色的毒汁,吓得他浑身发抖,于是就撒开了手中的缰绳,任天马任意驰骋。结果是,"天空从南极到北极都在起烟"。为了防止大火烧毁宇宙中的一切,宙斯就劈死了法厄同。

[⑥] 克拉苏是古罗马帝国的将军和最大奴隶主,曾经镇压过斯巴达奴隶起义。他于公元前71年出任掌管罗马帝国军事事务的执政官。前70年,克拉苏与庞培共同出任古罗马帝国的执政官。前60年,他与庞培和凯撒一道,结成反对罗马贵族元老院的秘密军事与政治同盟,形成古罗马历史上的"前三头"。前54年,克拉苏就任驻叙利亚行省总督,并在那里大大增加了他的财富。公元前54—53年,克拉苏率领古罗马帝国的军队同帕提亚(安息)人交战,古罗马军队几乎全军覆没,克拉苏也被杀身亡。

当下尘世中的人能够注意自己的语言和行为,以获得精神自由与道德升华。彼得·伯克(Peter Burke)由此认为,但丁的这些表达"是对时空、理性和必要性的感知"[①]。

不仅如此,在展示当下的人与尘世生活的过程中,但丁还基于对他的"三界之旅"中的灵魂的话语和行为的解说,隐喻了尘世中的人已经具有正确的思维意识与高尚的道德观念,也因此才有了《神曲》中经常以"寻求解脱的灵魂""向往上帝的受难者",以及"幡然醒悟的鬼魂"等隐喻了尘世中的人对理想中的"人间爱情"与"尘世幸福"的愤怒与向往,以"远处朦胧的队伍"和"不详的呐喊声"等隐喻了对"教会腐败"与"尘世堕落"的思考与愤怒。虽然如此,还有一点需要注意的是,虽然这些形象和场景是以发生在人死后的世界呈现出来的,但是其中的形象和事却是隐喻了当下的尘世。也就是说,发生在中世纪晚期的西欧社会,甚至是但丁的家乡。不仅如此,为了对这个观点作进一步解说,在展示尘世生活场景的过程中,但丁还从人类道德和人性的角度判定了"三界"中发生的事,并且基于中世纪基督教会关于人的救赎和人性本善等观念的解说得出,人会有一个美好未来的观点。对此,恩斯特·佛丁(Ernest . Fortin)就认为:"但丁的观点离不开他的思想,目的就在于教导尘世中的人如何生活,并相信其中蕴含的道德含义。"[②]查尔斯·辛格顿(Charles S. Singleton)也认为,但丁的作品"无论是引文,还是主题都包含了多重含义"[③]。

为了对这个观点作进一步说明,但丁在展示"三界之旅"的过程中还以高贵的道德的古代哲学家的立场和观点为依据,并结合对西欧社会现实的观察,展示了高尚的人类道德与人性的不同方面。中世纪,人们最崇拜的古代哲学家是苏格拉底,不仅是因为"他把哲学从天上带到地上"[④],还因为"人们都从古希腊文化中寻找思想的根源"[⑤]。在但丁看来,这些古代思想家和哲学家的观点与中世纪基督教神学观念的最大不同是,他们以当下的生活现实为依据展示了对人生的构想与推测。我们由此就可以理解,《新生》和《神曲》中就经常以

---

① Peter Burke, *The Italian Renaissance: Culture and Society in Italy*, Polity Press, 1972, P. 181.

② Ernest L. Fortin A. A., *Dissent And Philosophy in the Middle Ages: Dante and His Precursors*, pp 59-60.

③ Charles S. Singleton, "Allegory." In *Dante Studies1, Commedia Elements of Structure*, Cambridge: Harvard University Press, 1965, P. 1.

④ Alan Bullock, *The Humanist Tradition in the West*, P. 19.

⑤ Carol G. Thomas (ed), *Path From Ancient Greece*, E. J. Brill, 1988, P. 93.

"天堂""欢乐""轻盈的脚步",以及"愉快的心情"等隐喻了人的心灵愉悦与即将到来的人类道德的升华,同时以"欢娱""轻快",以及"人间美好"等隐喻了对人的精神自由与思想解放的期待与渴望,同时以"假如我有粗犷刺耳的诗韵,适于描写其他各层岩石之下的阴暗洞穴,就可以把我的构思充分表达出来"隐喻了人的精神世界的困惑与人类道德的迷茫。朱塞佩·马佐塔(Giuseppe Mazzotta)也由此认为,《神曲》"这幕历史剧对但丁而言不仅是获取生活乐趣的方法与手段,更是一种美学的实现。"①

从文学解说的角度来看,但丁的这句话包含了双重含义,其中最重要的意义基于对当下的人与尘世生活的解说,展示了理想中高贵的人性与尘世生活场景,其中说明的是对高尚的人类道德的期盼与对未来美好生活的向往。因此才有了此后《神曲》中以"描写全宇宙之底并不是儿,也不是叫妈妈和爸爸的舌头能胜任的"和"但凡具有灵性热爱真理的人,显然都热心于造福后代"等隐喻了对人类未来世界的构想与对人的美好的精神世界的期待,同时也以地狱中那些"腐败的灵魂""堕落的机构",以及"不想再提起的地方"等隐喻了中世纪基督教会在法理上已经失去了引导"尘世救赎"的神学功能,已经堕落为一个只知道贪恋金钱和权力的不知廉耻的世俗机构。

虽然如此,关于这个话题,有一点需要说明的是,这个带有明显的包装设计的基督教神学的隐喻表达方式虽然在当下很常见,但是在中世纪基督教神学文化中却有着惊天骇俗的影响。这是因为,在中世纪人们只能歌颂上帝或天堂,而不能提及任何与尘世有关的内容,更不能表达对尘世生活的赞美;另一方面,在展示尘世不幸与痛苦的过程中,但丁还基于对人性的肯定与尘世生活的解说隐喻尘世中的人已经具有获得精神自由和思想解放的能力。我们由此就可以理解,《新生》和《神曲》等作品中那些中世纪宗教文学中的圣洁形象已经转化为尘世中带有各种缺点、有道德缺憾甚至是罪恶的人,也由此才有了《神曲》中当但丁被困在"幽暗的森林"里不知所措时,人类理性的代表维吉尔能够及时出现,并且为他指明了"应该走的路"②等带有理性思考与惩罚性的描写。

其次,但丁以《圣经》中的"天堂幸福"与"上帝之爱"为依据,同时基

---

① Giuseppe Mazzotta, *Dante's Vision and the Circle of Knowledge*, Princeton: Princeton University Press, 1993, P. 220.

② Franco Masciandaro, *Dante as Dramatist*, P. 2.

于对当下的人与尘世生活的观察与解说，证明了人生的目的就在于获得当下的"尘世幸福"，进而得出尘世中人正在经历向自由与幸福的进程之中，目的在于说明当下的尘世生活就是《圣经》中的"上帝之爱"在人间的实现。同时也证明了具有崇高的道德观念是尘世中的人能够获得预期"人间爱情"与"尘世幸福"的动力和源泉。

为了更好地说明这个观点，我们在此还可以引用《最外层的天轮之上》（Olra la spera che piu large gira）这首流传至今的抒情诗，其中也以但丁独创的"温柔的新体"①这个写作手法隐喻了当时的人们对于理想中的"尘世幸福"与"世界和平"的期待②：

在最外层的天轮之上，我心底的悲凉烟消云散。我看到，那令人心碎的爱情正在召唤他，把他拉上更高的天层。当到达他向往的地方，他看到一位尊贵的、金光闪烁的女性。这位朝圣的精灵忘记了周围的一切，只是充满敬意地凝视着她的光彩。

这首诗从表面上来看，是以中世纪经院哲学的论证方法构想了人们理想中的"尘世幸福"与"人间爱情"等情景，但是对于但丁而言，这种写法却具有明显不同含义，主要表现为，他在展示人的内心世界的过程中，将观察的目标由中世纪基督教会宣传的"上帝之爱"和"天堂幸福"转向人与尘世生活，同时以理性和自由意志隐喻了人类社会变化是一个有其自身发展规律的自然过程。这能够说明，但丁关于基督教会学说中的"人间幸福"与"尘世爱情"的理解一方面是继承了他的精神导师卡瓦尔康提关于"爱情具有破坏力"等观点；同时，但丁也基于对当时西欧社会现实的观察，在《圣经》中展示的人性中加入了世俗和尘世生活的因素，进而以这个观点为依据，将对"上帝之爱"与"天堂幸福"的追求转化为对人与尘世幸福的评判。

中世纪的基督教会将天堂中"宇宙的光芒"与"力量"分为不同的级别和层次，而且这些不同的级别和层次分别与尘世中具有不同的道德意识和精神意象

---

① 因为《神曲》把这一类歌颂高贵的人类情感与美好的内心的诗歌通称为"温柔的新体"（Sweet New Style）而得名。

② George Holmes, *Dante*, P. 12.

的"人"相对，其中隐喻的就是这些代表基督教会统治的层级能够反映并决定人的思想和道德意识。我们由此就可以理解，但丁文学作品创作的思路和出发点仍然在很大程度上局限于中世纪基督教神学功能和教会学说的范畴。就《神曲》而言，这些观念表现为，但丁作品中的上帝居于宇宙的中心，宇宙的"最外层天轮"就是围绕地球运动的诸天体，在这之上是代表尘世生活中的终极幸福的"天堂"；同时将当下的尘世生活与《圣经》中的"上帝之爱"和"天堂幸福"等观念联系起来看待，并由此为依据构建了当时人们理想中的"人间之爱"和"尘世幸福"。他的目的在于说明，人的社会性和尘世生活有自身发展规律。对此，琼·费兰特（Joan M. Ferrante）就认为，这些内容"加强但丁的观点，也使读者接受了他作为上帝代言人的地位。"[1]丹尼斯·哈伊（Denys Hay）也由此认为，但丁的作品对"这一时期西欧社会变化起到推波助澜的作用。"[2]相对而言，约翰·斯科特（John A. Scott）的观点更加直接："爱情是拉丁语诗歌表达的主要内容。"[3]

究其原因，中世纪西欧社会氛围压抑沉闷，消极厌世的情绪十分普遍。这些变化表现在现实生活中就是，人们即使是对未来表现出哪怕是一点点的期待或惊喜，也经常被斯多葛（Stoic）学派蔑视现实生活的基督教神学传统冲淡。这个现实与基督教会学说之间的冲突与对立在最早觉醒的人文主义学家和思想家的作品和思想观念中体现得尤为明显。这方面，伊拉斯谟（Erasmus）写于1518年的一封信或许更能体现这一点："我对生命并没有太多眷恋；进入生命的第五十一个年头，我想我活得已经够长了；在这一生中我并未发现美好卓然的事物，值得虔诚的基督徒穷心向往，对于此等信徒，基督教教义早已许以更为善良的生活。然而现在我却希望能重新拥有几年青春，我相信不远的将来即有黄金时代的降临。"[4]现在看来，这句话中虽然充满了中世纪神学观念中的悲观情绪与矛盾心理，但是与14世纪的西欧相比，其中的积极意识与乐观精神仍然相当明显，由此就能够理解14世纪人的精神状态了。

从当时西欧的社会现实来看，造成人们精神困惑和精神迷茫的另一个主要

---

[1] Joan M. Ferrante, "The Bible as Thesaurus for Secular Literature", P. 40.
[2] Denys Hay and John Law, *Italy in the Age of the Renaissance* 1380-1530, P. 29.
[3] John A. Scott, "The Unfinished Convivio as a Pathway to the Comedy", *Dante Studies* 113 (1995): P. 32.
[4] Johan Huizinga, *The Waning of the Middle Ages*, P. 31.

原因是，中世纪基督教会对知识传播和教育的控制，以及由此而来的对人的思想意识与精神压制造成的。中世纪西欧教育的缺失和人们关于尘世知识的贫乏，以及由此造成的人们精神盲目与道德恐慌都在很大程度上阻碍了社会进步。具体表现就是，当时的人不仅普遍缺乏必要的宗教知识和对宗教的虔诚态度，他们的神学意识与宗教情感也同样软弱无力。结果就是，这时的人们认为人生不仅没有任何意义，而且在这个世界上也根本找不到人生的希望或是任何心灵的慰藉，因此尘世中的人只能在心灵的痛苦和道德磨难中默默等待"人间正义"的磨灭与世界和平的消亡。由此就可以理解，虽然乌尔里希·冯·胡腾（Ulrich von Hutten）的那句"噢，世界，噢，文学！这是生命之欢乐"[1]经常被后人引用，但是与其说它是一个尘世中普通人的宗教情感的迸发，倒毋宁说它是发自一个学者内心对宗教的盲目热情。

　　由此可以看出，但丁关于人与尘世生活的态度和观点与中世纪基督教会学说相比已经有了根本的不同。二者的差别主要表现在，中世纪基督教会认为，由于尘世中的人是上帝的创造物和附属物，因此尘世中的人在精神上服从中世纪基督教会宣传的"上帝之爱"与"天堂幸福"的指引，才能获得精神的自由与道德升华。基督教会认为，对"天堂幸福"和"上帝救赎"的追求是尘世中的人获得"人间爱情"与"尘世幸福"的唯一正确的途径。这也在很大程度上决定了但丁在观念上将尘世中的人作为"上帝的创造物"看待。由此可以理解，《新生》和《神曲》等作品中展示"上帝之爱"与"天堂幸福"的目的就在于说明，尘世生活就是"上帝之爱"和"尘世幸福"的场所。与中世纪基督教神学功能不同的是，但丁在观察人与尘世生活的过程中，还基于对基督教经典文献《圣经》的探究，找出了其中被基督教会"忽略"的关于人具有独立的精神意识和道德观念等的说教，进而将这些因素加入他对人类社会过程的观察中，并由此得出当下尘世生活中的人具有独立的精神意识和道德观念。虽然如此，由于但丁仍然在很大程度上局限于教会学说和知识界基督教神学观念的范畴之中，因此他关于当下的尘世生活与人类社会变化的解说中仍然带有明显的旧时代痕迹。由此可以理解，但丁一方面基于对当下的人与西欧社会现实的观察，另一方面在于证明尘世中的人已经具有了依据理性和自由意志进行思考和行为的能力。但丁也是因为这一点被

---

[1] Johan Huizinga, *The Waning of the Middle Ages*, P. 24.

称为"新时代的传令官"和西欧近代"第一个探索自己灵魂的人"[①]。

除对以上这些理论进行解说之外,但丁的观点也引出了另一个当时人们急于了解的现实问题,即尘世中的人怎样做才能够获得基督教会宣传的"天堂幸福"与"上帝之爱"?也就是说,尘世中的人怎样做才能够获得《圣经》中展示的"人间爱情"与"幸福生活"?在但丁看来,这个问题的答案只有一个,那就是,尘世中的人应该在遵照基督教会学说指引的同时,能够以理性的态度积极地看待一切。因此才有《神曲》中以"把你推动起来的是在天上形成的光的自身,或者把这种光引到下界的意志",同时以"天上的光"和"神圣的诸天"等隐喻了对《圣经》中展示的"上帝的理性"和"天堂幸福"的构想与对即将到来的人类未来世界的期待。对于但丁作品中的这些表达,班费尔·斯坦利(Benfell V. Stanley)认为,"上帝的语言已经成为人们能够接受的道德标准"[②]。而且,从这个观点的效果来看,这个不同于中世纪教会学说和中世纪基督教神学意识的观念不仅没有解决当时人们思想意识中的人与上帝之间的冲突,反而进一步加重了二者的矛盾和对立。进一步看来,这也是引发文艺复兴运动和其后一系列西欧社会变革的精神意识与道德根源之一。

这说明,虽然但丁作品是对中世纪晚期的人与西欧社会的展示,但是但丁的观点并不能够代表当时西欧的主流社会意识,而只是当时的时代精神的一个侧面。由此就可以理解,在中世纪的教会记载、历史著述甚至是文学作品中,既找不到对人与社会生活的肯定与高尚的人类道德的赞许,也感受不到任何形式的乐极精神或积极特征。查理七世和好人菲利普宫廷中的文人墨客和御用诗人从来就没有停止过对世俗生活的抱怨和那个时代的非议[③]。不仅如此,为了躲避基督教会的迫害,这是人们在谈话中都竭力避免涉及与人与尘世生活有关的话题,同时也对与当下的尘世生活表现出极大兴趣。约翰·赫伊津哈(Johan Huizinga)就对当时的这个变化进行了明确的解说:"一切看来泾渭分明,一切都被赋予隆重的礼仪,这给尘世生活带来极大热情与兴奋,也带来失望与欢乐、残酷与善意,这就是典型的中世纪世俗生活的特点。"[④]

[①] Jacob Burckhardt, *The Civilization of the Renaissance in Italy*, P. 309.
[②] Benfell V. Stanley, "Prophetic Madness: The Bible in Inferno XIX", P.154.
[③] Jacob Burckhardt, *The Civilization of the Renaissance in Italy*, P. 426.
[④] Johan Huizinga, *The Waning of the Middle Ages*, P. 10.

再次，但丁以《圣经》中构建的"天堂幸福"和"人性本善"等理想中的人与生活场景为依据，同时基于对当下的人与尘世生活的赞美，证明了尘世中的人已经具有在精神和道德上主动向"天堂幸福"与"上帝之爱"靠近以获得"上帝救赎"的意愿与能力。这方面的例子可以在但丁的作品中找到很多，其中最著名的例子就是，《新生》和《神曲》等作品中对《圣经》中展示的"人性美好"与"人性本善"的解说，并以此为依据预测了人类的未来将生活于一个人人都能够获得幸福与和平的"世界帝国"之中。除这些内容之外，在表达对尘世生活的理解的过程中，但丁还以"如果感官不给你提供什么材料，那么是谁把你推动起来的呢？"以及"如果人的感官不能给想象力提供材料，那么究竟是谁推动尘世一切的运转，并使之发生作用呢？"等隐喻了对理想中的"人类和平"与"尘世幸福"的构想与期待。

由此可以看出，但丁关于人性的解说中涉及的一个问题就是人类灵魂的定义。关于人类智慧的来源，中世纪基督教会基于对《圣经》的解读讲述了人类智慧的来源，认为人类胎儿活动分为植物性灵魂和动物性灵魂。植物性灵魂能够吸收感性灵魂，从而形成人类智慧。由于人类胎儿像植物一样具有生命，因此尘世中的人已经具有了领悟基督教会宣传的"天堂幸福"与"上帝之爱"的能力；另一方面，基督教会认为，由于想象力是人的内在官能之一，它不仅能够接受外在官能提供的感性和知觉材料，形成对自然景象的模拟，还能经过思维加工造出新的景象，因此灵魂只能由上天直接落入人的内心，而没有其他的可能性。我们由此可以理解，在《新生》和《神曲》等作品中经常出现以《圣经》中诸如"灵魂不朽""天堂幸福"和"上帝之爱"等隐喻对教会学说和中世纪基督教神学意识的尊崇，以及由此而来的对人类的未来世界的期待等内容了，其中隐喻的都是对中世纪基督教神学观念的解说与当时的人们在精神上对基督教会的追随。

为了对这个观点作进一步解说，《神曲》的开端还以《圣经》中"上帝降临人间"（Deus Venerunt Gentes）的故事为依据，隐喻了当下尘世生活中的"尘世幸福"就是《圣经》中的"天堂幸福"在人间的翻版和实现。不仅如此，但丁进而以这个观点为依据，展示了对当下的人与西欧社会现实的观察和评判。为了对这个观点作进一步解说，在展示人性与尘世生活的过程中，但丁还基于中世纪宗教文学的写作模式，将这个故事改写为：天堂凯旋车变成一个令人厌恶的怪物，代表腐败的教会人士的娼妇坐在凯旋车上与代表基督教会的巨人调情，最后娼妇和巨人闹翻，连人带车都被巨人拖走。天堂中的七位仙女在看到这个场景后，都流着泪答应为但丁说明这一事件。从文学解说的角度来看，这个故事表面上展示的是中世纪晚期西欧流行的关于中世纪基督教神学观念中关于尘世中人应该"追随上帝意愿行事的人的状态"[①]的观点，但是实际上其中隐喻的则是对人的精神自由与思想解放的构想与期待。这方面另一个类似的例子是，但丁在《神曲》中将佛罗伦萨描绘为"中世纪邪恶王国与但丁时代精神和政治腐败"[②]，并由此说出了其中的原因在于人性的自甘堕落和人性的迷茫等带有明显的中世纪基督教神学特征的观念了。现在看来，这也是"数世纪以来西欧传统文化发展"[③]的写照。

虽然但丁以教会学说和镇魂街基督教神学观念为基础和评判的标准，但是表达了他关于人与尘世生活的解说，他的行为是基于中世纪经院哲学思维模式作出的，进而表达了尘世中的人在精神上对教会学说的服从，以及对中世纪基督教神学观念的尊崇等。虽然如此，从文学解说的角度来看，实际上隐喻的却是诸如中世纪基督教神学观念中的人类社会有自身运行机制与发展规律等观点。由此就可以理解《新生》和《神曲》等作品中经常以"善"与"美"、"爱神""似非人之女，而系神之女"等隐喻对贝雅特丽齐的爱慕与思念，以及诸如基督教神学观念中关于尘世中的人应该对"上帝之爱"与"天堂幸福"的追随就是尘世中人的"得救的起点"等观点。在但丁看来，这是因为"在中世纪，人的世界观是以中世纪基督教蒙昧主义和禁欲主义为核心的中世纪宗教神学观念，教会学说是人行动和思考的基础"。

进一步看来，其实但丁关于人与尘世生活的观察和解说并没有简单地停留在中世纪基督教会学说或中世纪基督教神学观念的层面，而是将自中世纪流传下来的基督教神学因素与当下的尘世生活结合起来进行观察，进而得出了当下的尘世生活就是一个人不断获得精神自由与思想解放的世俗过程，其中隐喻的是一种努力向上的进取精神。因此，《新生》和《神曲》等作品中，但丁就将尘世中的人对基督教会宣传的"人间幸福"与"世俗之爱"的追求上升为《圣经》中关于人对"天堂幸福"与"天堂之爱"的期待和敬仰，目的就在于说明《圣经》中展

---

① F. J. C. Hearnshaw (trans), *The Social and Political Ideas of Some Great Medieval Thinkers*, P. 27.
② Franco Masciandaro, *Dante as Dramatist*, P. 2.
③ Ernst Cassirer, *The Logic of the Humanists*, P. 3.

示的"上帝之爱"已经遍布整个宇宙，而不是仅仅局限于教会学说。不仅如此，但丁在《神曲》中还以"那位使我得以进入天国的圣女"，以及"使我成为符合你授予你心爱的月桂的要求的、充满你的灵感的器皿吧"等隐喻了对理想中美好尘世生活的描写。此外，但丁在《论世界帝国》中也以"智慧的赐予者"和"上帝之手"等隐喻了照耀人们心灵的"上帝的光辉"，目的就在于说明"尘世爱情"就是"天堂幸福"与"上帝之爱"在人间的实现。

最后，但丁通过对《圣经》中展示的"尘世幸福""与"宇宙真理"等观念的解说，展示了对高尚的人类道德的向往。同时，但丁也基于对当下尘世生活中迷茫的人与尘世中的罪恶等现象的解说，从不同的角度证明了以上帝的意愿进行思考与行动是尘世中的人获得"上帝救赎"的唯一正确途径等观点。但丁的目的就在于说明，人类社会的进步源于人性与高尚的人类道德。但丁进而以他的这个观点为依据展示了即将到来的人类未来；同时基于对《圣经》中关于"人性本善"的解说，将观察的目标由"上帝之爱"与"天堂幸福"的信仰与追求改为对尘世生活中具有"高贵的人性"与高尚的"人类道德"的人的赞美，他的目的就在于证明人们对理想中的"上帝之爱"的追求就是一个人不断获得精神自由和思想解放的世俗过程。同样，我们也由此可以理解，《飨宴》中以"我们就是在耶稣的帮助下阐释俗语的重要"和"天使具有现成的、真正不可名状的智力"隐喻人类爱情，以"《福音书》里也可以遇见这样的例子"隐喻人类语言来自"上帝的恩赐"。虽然这些描写有些杂乱，但是其中隐喻的却是对人的内心活动、尘世生活的解说以及人类未来世界的期待。

不仅如此，在展示人的精神意识的过程中，但丁还以对人与尘世生活的赞美隐喻了当时的人们对教会腐败与尘世堕落的愤怒："难道我在别处就不能享受日月星辰的光明吗？难道我不在佛罗伦萨这个城市和它的人民面前屈身辱节，便不能思索宝贵的真理吗？况且我并不缺少面包吃"。但丁使用这类描述的目的就在于说明，人的形骸或人性的弊端必须加以抛弃，而人的精神世界的独立性和高尚的道德意识必须加以继承和发扬。但是如何才能够将人的形骸与道德意识分开呢？换言之，但丁对于怎样作保证人独立的精神世界与高尚的道德意识没有作进一步解说，而是认为人应该遵照《圣经》指引以达到精神净化和道德升华。现在看来，但丁关于人生的思考与对未来的预想不仅基本符合西欧近代社会发展方向，而且在很大程度上已经成为西欧近代社会现实。

除此之外，为了对他的这个观点作进一步说明，在《新生》和《神曲》等作品中，但丁还经常以中世纪宗教文学中常用的展示人的情感与内心世界的诸如"内心的苦闷""心灵的颤抖""茫然不知所措"，以及"不知向哪里前行"等表达隐喻了当时人们的道德迷失与精神苦闷，同时以"天边的一道光亮""温柔和鼓励的目光""遥远的星光""奔向那一缕光明"，以及"上帝救赎"等隐喻了对人的精神自由与思想解放的期待和追求，其中说明的就是当时的西欧已经出现了"通向市民自由与独立城邦国家制度之路开始出现，并成为意大利文艺复兴文化的组成部分"①。布克哈特（Jacob Burckhardt）也是基于这一点认为："这主要是由于意大利的政治情况产生的"②。

如果仅仅从但丁的这些话来判断但丁的观点，我们似乎能够得出，他并不关心人类社会进步或人的精神自由与思想解放这类带有明显尘世特征的事情，但是实则不然。他只是以中世纪宗教文学中的隐喻表达方式展示了他关于自古代到中世纪晚期的西欧社会与人的立场和观点。

由以上这些分析和解说可以看出，但丁的观点包含两层道德含义：其一，但丁基于对人性的展示与对尘世生活的解说，力图证明尘世中人精神迷失与道德堕落的原因在于尘世中的人误用了上帝赋予的理性和自由意志的结果，意在说明尘世堕落和教会腐败是尘世的人的精神迷失和道德混乱导致的结果。但丁这些表述的最终目的在于说明，尘世堕落是人自身的问题，而与《圣经》教诲或基督教会学说无关，其目的就在于抨击当时的尘世堕落和教会腐败是由人自己造成的，因此人类的救赎只能靠人自己。为了能够对这个观点作进一步展示，在述说尘世救赎的过程中，但丁不仅将意大利描绘为西欧近代的榜样，指出尘世堕落的原因在于人没有明确的生活目标，是人性的迷失和道德堕落，与教会宣传无关。但丁由此阐述了尘世生活的目标在于获得世界和平与尘世幸福，更在于挖掘心中尚存的渺小而微弱的理性意识和道德的闪光点。

但丁通过对人性的肯定与尘世乐趣的解说，证明了具有独立精神世界与高尚道德意识的人才能够获得精神的自由与思想解放，对人性的肯定与高尚的人类道德的赞美是解说的核心。由此可以理解，《新生》和《神曲》等作品中经常以"在那崇高的光的深奥而明澈的本性中"隐喻了教会人员的无知和教会学说的

---

① Hans Baron, *The Crisis of the Early Italian Renaissance*, P. 316.
② Jacob Burckhardt, *The Civilization of the Renaissance in Italy*, P. 144.

荒唐，从而得出"罪是不可能通过祈祷来补救的，因为那种祈祷是和上帝隔离的"，这是带有明显的人文主义特征的观点；不仅如此，在《神曲》中但丁同时也以"盲目地贪欲和疯狂的怒火呀，在短促的人生中那样刺激我们为恶，然后在永恒的来世这样残酷地浸泡我们"隐喻了带有明显中世纪基督教神学特点的"尘世中的人无法了解的神学真理"[1]。

虽然如此，在但丁的这些关于人与尘世生活，以及上帝与天堂景色的描写和展示中，我们也可以从中看出，在这个带有明显的中世纪基督教神学和教会学说观点的基础上，但丁已经开始将中世纪基督教会宣传的人们对"上帝之爱"与"天堂幸福"的盲目信仰转化为尘世中人对当下的人与尘世生活的理解，而且这种理解是以理性的态度展示出来的。进一步来看，但丁的目的更在于，在展示尘世苦难的过程中映射出尘世生活中的"积极的人"的形象，进而以这个形象为标准来说明对当下已经发生了变化的西欧社会现实的理解。但丁也是因为这一点被称作是"中世纪最后一位典型代表"[2]。我们由此可以得出结论，以上这些例子都能够说明，"积极的人"这个概念是《圣经》中已经存在的事实，而不是但丁关于人的独特见解或者是他个人的发明创造。

以上这些讨论会令读者不得不对中世纪晚期出现的、西欧近代早期的人文主义作家和思想家，以及他们的观念或思想意识有一个更加深刻的认识。究其根源，对意大利文明根源的探寻往往会追溯到古希腊罗马文化、中世纪以来的基督教神学观念，以及尘世中人的生活体验等。实际上，将基督教神学文化视为西欧近现代文化的来源这个做法在国内学界由来已久。虽然古典希腊、罗马文化对西方文化的影响不可小觑，但是国内学界对于古希腊、罗马文化的研究却仍然在很大程度上停留在简单的归纳或介绍的程度上，而没有对其中包含的文化内涵或中世纪以来有关人与西欧社会的各种观念或社会生活的作用作一个深入的探究。从这个意义上讲，对但丁作品中的古典文化痕迹或古典因素的探究都受到当时这个情况的制约，因而没能够对当时西欧社会变化作进一步的思考或探究。

本书基于对但丁作品中思想意识和精神意向的探究认为，但丁的作品虽然在很大程度上都是以中世纪宗教文学的风格和写作模式而形成的，但是其中表达的精神趋向和道德意识并不是有些人认为的那样，带有明显的旧时代因素或新时

---

[1] George Holmes, *Dante*, P. 82.

[2] Cecil Grayson, "Dante and the Renaissance", P. 73.

代精神，而是二者的过渡。这是因为，一方面，但丁在创作的时候已经明显意识到了当时西欧社会已经发生了变化，因而他能够以不同于教会学说或基督教神学观念的思维模式去看待当下的一切，进而发现了隐藏于当时尘世生活中的积极乐观精神或后来的研究者认为的所谓"进步意识"，即"但丁作品虽然与《圣经》内容有关联，体现的却是对人的理性和自由意志的解说"①。虽然如此，需要注意的一点是，在陈述人与尘世生活的过程中，无论是但丁的论述方法，还是论述逻辑，以及思维方式都能够证明，他并没有对当时的西欧社会和腐败的基督教会人士提出明确的认知或评判。也就是说，他对当时的西欧社会还没有一个清晰的认识或了解。不仅如此，在这个过程中，但丁仍然是基于他个人生活阅历和对人类社会变化的主观感悟，展示了他理想中的人类未来世界。这就在很大程度上造成了他对当时西欧社会现实的误解，例如，但丁在他的"三界之旅"过程展示了尘世中的罪恶与人的道德和精神世界的迷茫，以及沿途各地的景色，其中就"包括了尘世与天堂的不同方面。"②这也在很大程度上证明了本书上面所持的观点，就像罗素（Bertrand Russell）所认为的那样：但丁的作品不仅"总结了过去"，而且是"旧派人物中的最后一个。"③

另一方面，但丁基于对当时西欧社会现实的观察，展示了他对人生的理解。这是因为，与中世纪基督教神学思想家和文学家不同，但丁在观察人与西欧社会的过程中，基于对尘世生活中细微之处，意识到尘世生活完全不是基督教会宣传的那样是"上帝的复制品或创造物"，而是"有其自身的存在缘由和发展变化规律"的，进而证明了中世纪基督教神学观念的荒谬和教会学说的不可靠，同时他以人性与人类道德为依据开始了对尘世生活的观察。我们由此可以理解，但丁作品中的世俗精神或人文主义特征只是他从自己的角度出发对当时西欧社会变化的感悟，而不是后来人们认为的近代意识。布克哈特（Jacob Burckhardt）也认为："布局和立意是属于中世纪的，只能在历史方面引起我们的兴趣；但是由于它对于人的每一种类型和表现都作了有力而丰富的描写，所以它仍不失为一切

---

① Benfell V. Stanley, "Prophetic Madness: The Bible in Inferno XIX", P. 161.

② Charles S. Singleton, "Allegory" In *Dante Studies I, Commedia: Elements of Structure*, Cambridge: Harvard University Press, 1965, P. 1.

③ Bertrand Russell, *A History of Western Philosophy*, P. 455.

近代诗歌的滥觞"①。

第二节　但丁思想中的新时代因素

与上面内容相对应的是,但丁作品还体现着积极意识或新时代精神,他以《圣经》为依据,以中世纪经院哲学的论述模式为手段,基于对人性与高尚的人类道德的期待,展示了想象中人的精神世界与生活场景,其目的在于证明基督教会宣传的"人类救赎"就是一个尘世中人的自我救赎的过程。不仅如此,他也由此证明了尘世中人的救赎不需要基督教会的引领等带有明显人文主义特征的观点,主要包括以下几方面内容。

首先,但丁基于对人精神气质与高尚道德意识的解说,证明了尘世中的人具有主宰自己命运的能力。凡是读过《神曲》的人都会记得,这部享誉世界的文学作品不仅思想内容令人印象深刻,情感丰富而感人至深,而且他的写作模式也带有十分浓厚的西欧古典文学的意味。其中,地狱和炼狱就是基于基督教经典文献《圣经》教诲和教会学说等内容想象出来的尘世生活的景色或带有明显的经院哲学特征的关于尘世生活与人类命运的思考;而作为人类命运归属的天堂却在很大程度上是按照当时西欧社会现实而来的写照,或者说就是当时西欧社会现实的模仿或"翻版",其中隐喻的就是对当下的尘世生活的赞美。由此可以理解,在但丁的想象中,天堂中的天使和诸神不仅具有和当下的人一样的精神世界和思想意识,而且都已经获得了领悟"天堂幸福"与"上帝之爱"的能力,其中住满了像贝雅特丽齐一样,为解答但丁的问题下行到诸行星和恒星天轮中的人。这说明,天堂中的查士丁尼皇帝、圣约翰等人代表的就是当下尘世生活的"最初场景"②。塞西尔·格雷森(Cecil Grayson)就基于对当时西欧社会变化的观察与思考得出结论,但丁的这些描写"不仅表达了丰富的人类情感,同时开启了人的道德觉醒和智力视野"③。

除这些带有明显的中世纪简单特征的思路方面的构建和基督教会鼓吹的道

---

① Jacob Burckhardt, *The Civilization of the Renaissance in Italy*, P. 307.
② Peter Burke, *Culture and Society in Italy*, introduction, P. 13.
③ Cecil Grayson, *The World of Dante*, Oxford: Oxford University Press 1980, P. 11.

德功能的安排以外，我们可以看出，但丁的目的在于展示人性与人类道德的作用和影响。因此，我们就可以理解，但丁还以《圣经》中代表"人间美好"的"上帝的微笑""天堂幸福"和"天堂光辉"等隐喻了当时人们对理想中的"尘世生活"的构想和期待。《新生》第1歌也基于对现实生活的观察，构建了"我出生后的世界"和"我心中的事"。这些表述一方面展示的是对理想中的"尘世幸福"或"精神自由"的向往，更展示了对中世纪晚期西欧社会现实的观察。对此，班费尔·斯坦利（Benfell V. Stanley）就认为："但丁经常创造性地利用《圣经》表达他的观点"，其中的目的就在于说明"上帝的惩罚"已经变为对尘世中人的理解和"关爱"[①]。由此可以理解，《神曲》令人着迷的最主要的原因之一就在于，但丁在中世纪基督教神学观念和基督教会控制一切的大背景下，第一次明确提出"人是宇宙的中心"。

但丁还经常以诸如"我心中光彩照人的女郎首次出现""内心的喜悦"和"人类光荣"等隐喻当时人们理想中的"人间爱情"与"尘世幸福"，再如"难以名状的兴奋""轻快的脚步"以及"我内心的秘密"等都是隐喻了"尘世幸福"和"人间爱情"，同时以"咆哮""恶犬""邪恶的眼神"和"人间惨剧"等抨击了佛罗伦萨窦那底家族和切尔契家族开始于1300年5月1日长达10年之久的内战，其中使用的语言就带有很明显的世俗生活的色彩。布克哈特（Jacob Burckhardt）就是基于这一点认为："但丁把我们带到了纷争的中心。《论意大利的语言》不仅说明俗语是人类语言的源泉，也是西欧近代第一部完整的语言著作。他的方法和结论是属于语言史的范畴，并且在那里永远占有一个崇高的地位"[②]，其中隐喻的是但丁作品中"对诗歌的热爱及其观点与这个倾向的一致性"[③]。这是因为，中世纪晚期的西欧仍然处于基督教会控制下，人的精神世界与思想意识处于迷茫之中，一点点与尘世生活有关的因素都会受到严厉禁止，甚至是残酷扼杀。虽然这些中世纪宗教文学的表达并没有什么不妥，但是其中隐喻的却是当下的人与尘世生活，这都导致人的精神世界与思想意识与中世纪的不同。

另一方面，但丁的思想意识和在写作方式上仍然是基于对当时西欧社会现

---

① Robert Ball, *Theological Semantics: Virgil's Pietas and Dante's Pieta* in The Poetry of Allusion, P. 31.

② Jacob Burckhardt, *The Civilization of the Renaissance in Italy*, P. 371.

③ Robert Ball, *Theological Semantics: Virgil's Pietas and Dante's Pieta,* in The Poetry of Allusion, P. 19.

实的观察与对人性的思考，同时也提出了他关于人类的未来世界的构想，即人类的未来不仅将生活于一个人人都能够获得和平与幸福的世界帝国之中。这在很大程度上是因为，从当时的西欧社会现实来看，这个观点更能够发挥人性中的美好与对生活的渴望而展示出高尚而优雅的人类道德。由此就可以理解，在中世纪晚期西欧社会发生剧烈变化的大背景下，人们的精神世界和思想意识仍然处于中世纪基督教神学观念和教会学说的统治下的迷茫与困惑之中。在但丁看来，其中的主要原因就在于，人们对未来没有明确设想，与教会学说或中世纪基督教神学意识有关的观念层出不穷，而这类描写在中世纪文学作品中根本找不到。现在看来，这也是但丁区别于中世纪晚期其他作家和思想家的地方。对于但丁的这个观点的时代特征，恩斯特·佛丁（Ernest Fortin）就作了比较明确的解说，他指出："人们对于政治观念的观点很久以后才在拉丁世界完全消散。"[1]其中说明的是，虽然但丁关于人与尘世生活的理解有梦幻甚至是虚夸的嫌疑，但是在这个过程中他却能够将"积极的人"和尘世生活结合起来加以思考和观察，并由此得出人性美好的结论，中世纪宗教文学中关于人与尘世生活的展示中带有中世纪经院哲学的论证方法与逻辑思维模式，即中世纪宗教文学中"非此即彼"或"泾渭分明"的表达方式。进一步看来，正是因为这个观点，才有了地狱中那个因为尘世罪恶而被困于地狱中的教皇阿德里亚那五世[2]在看见但丁时，便流着泪请求道："请为我稍停一下你更关切的事吧"，进而以"你的哭泣使那种果实成熟，没有这种果实，我就不能到上帝那里"，以及"天堂幸福"与"上帝之爱"等幸福的场景隐喻了对基督教会理想中的"尘世幸福"的期待。对于但丁作品中这些描述的历史特征和文化内涵，布克哈特（Jacob Burckhardt）就作了十分明确的解说："但丁的伟大诗篇在欧洲任何其他国家都是不可能产生的，单提它们还处在种族诅咒下这一理由就足以说明。"[3]弗朗克·马辛达罗（Franco Masciandaro）也由此认为："在炼狱中，但丁知道了走向伊甸园的正确途径。"[4]

---

[1] ErnestL. Fortin A. A., *Dissent and Philosophy in the Middle Ages*, P. 7.
[2] 据记载，阿德里亚那五世还是一名枢机主教的时候，就曾经为教皇英诺森四世以后历任教皇服务：他于1265—1268年间担任罗马教廷驻英国使节，为英国内战后重建和平作出重要贡献；于1272年组织过第八次十字军东征，被当时的教会人士认为是上帝的信徒。但是在《神曲》中阿德里亚那却被打入地狱受苦，原因就在于他的贪婪和虚伪。
[3] Jacob Burckhardt, *The Civilization of the Renaissance in Italy*, P. 126.
[4] Franco Masciandaro, *Dante as Dramatist*, P. 110.

纵观但丁的作品，除《论水与陆地问题》是一篇以拉丁文写成的学术论文之外，他的其他作品都是以他独创的"温柔的新体"与"高雅的爱情诗"[①]展示的对当下的人与尘世生活的观察与解说，一方面隐喻的是文学创作中经常出现的"现实与表达之间的关联"[②]，更在很大程度上展示了在当时西欧社会环境下，人的精神世界和思想意识。我们由此就可以理解，在《新生》23歌中，但丁以"我似乎看到太阳已经十分昏暗，星星也显示出哭泣的颜色；我又仿佛看到鸟儿在飞翔时坠落，随即死去，地面在猛烈振动"隐喻了中世纪西欧出现的军事混乱和人们面对这个变化的困苦与无奈。对此，弗朗克·马辛达罗（Franco Masciandaro）也表达了类似的观点："返回人间天堂这幕剧被赋予的新的表达形式，即这个仪式的主要内容。"[③]对于但丁的这个表述，班费尔·斯坦利（Benfell V. Stanley）也表达了相似的观点："但丁的做法与他同时代的大部分人都不一样。"[④]究其原因，是但丁受到当时时代因素影响的结果[⑤]，而且"这种政治观念直到很晚才被人们理解"[⑥]。

需要说明的是，关于但丁作品中的新时代精神或积极意识，虽然后人有不同的理解，但是对于但丁作品反映的中世纪晚期西欧社会发生剧烈变化的时代特征却没有任何异议，其中最为流行的观点是：虽然但丁是以中世纪基督教神学观念为依据解说一切，但他论证的内容却是当下的人才是尘世的主人和世界主宰。一旦这个原则成为共识，人们的观念就不会恢复到信仰中世纪基督教神学的老路，并由此得出结论，其中展示的是对"本应在尘世中宣传上帝福音的教士"[⑦]的抨击。琼·费兰特（Joan M. Ferrante）由此认为，但丁的"三界之旅"展示的就是"按照《圣经》内容，将贝雅特丽齐塑造为上帝的形象"[⑧]。但丁基于对西欧社会的观察，修改了中世纪以来基督教会关于"愚昧无知的人"等观念，同时

---

① 它起源于中世纪穆斯林的上流社会、流行于法国南部地区，认为由美貌和优雅的仪态所唤起的内心感情是真正的爱情。

② Franco Masciandaro, *Dante as Dramatist*, introduction, P. xv.

③ Franco Masciandaro, *Dante as Dramatist*, P. 110.

④ Benfell V. Stanley, "Prophetic Madness: The Bible in Inferno XIX", P.160.

⑤ Maria S. Haynes, *The Italian Renaissance and Its Influence on Western Civilization*, P. 27.

⑥ ErnestL. Fortin A. A., *Dissent and Philosophy in the Middle Ages*, P. 1.

⑦ Joan M. Ferrante, "The Bible as Thesaurus for Secular Literature", In The Bible in the Middle Ages: Its Influence on Literature and Art, *Medieval & Renaissance Texts & Studies*, 1992,P. 44.

⑧ Joan M. Ferrante, "The Bible as Thesaurus for Secular Literature", P. 36.

在这个过程中将人作为观察的中心。

  虽然后人对这个观点大多持积极的态度，但是本书基于对但丁作品中关于人类社会变化的论述的探究认为，但丁以激烈的言辞和愤怒的态度抨击了教会人士的腐败与尘世堕落，但是他却并没有明确提出关于人性的立场或是对人类未来世界的构想，而只是基于他的生活经验展示理想中的人类生活的场景。这说明，但丁在观念上并没有办法解决当时人们面临的尘世生活与西欧社会现实之间的对立或矛盾，而是对未来表现出迷茫和恐惧。在这样的大背景下，但丁认为只有回归对古典文化和基督教神学观念的信仰，才能够获得理想中的幸福与和平。也就是说，但丁关于人与人类社会变化的结论只是对理想中的人类社会的设想，因而不可能完全符合西欧社会现实，因此才有了《神曲》中以"啊，宙斯啊！啊！崇高的才华呀！现在帮我吧！啊！记载我看到的一切事物的记忆呀！这里将显示出你的高贵！"隐喻了对人生的感悟。对此，恩斯特·佛丁（Ernest Fortin）就作了进一步解说："很明显，当时神学家和艺术家不惧怕探究新观点，特别是对那些没有明确结论，人们认为每一个学科都有其遵循的研究方法，不同研究者讨论，尽管有时是错误的，但是最终会导致真理的发现。"[1]

  另一方面，随着当下中世纪基督教神学观念的衰落和尘世中人类的迷茫与堕落，中世纪曾经高高在上、控制一切的"上帝"已经转化为现实中一切实在的总和"[2]。由此就可以理解，在《新生》和《神曲》等作品中，但丁就经常以"万物的原动者"和"我去过接受它的光最多的天上"隐喻了中世纪基督教会宣传的"天堂幸福"与"上帝之爱"，以"萨玛丽娅的小妇人请求恩赐的水""公正的惩罚一直使我心痛""愿上帝赐予你们平安""天国之福者"，以"我的心智一接近其欲望的目的，就深入其中"隐喻了人的乐观精神和进取意识，同时以"以致记忆力不能追忆"隐喻了"对基督教会的否定"[3]。但丁的这些关于人与尘世生活的明确表达，在现在看来，虽然我们认为这一切都是人性的自然流露，或者是人的内心世界的真实表达，但是在当时的社会和宗教环境下，即使是表达其中的某个概念或是某几个概念都要冒着杀头之罪。

  这主要是因为，在当时的意大利，尤其是佛罗伦萨，几乎每个人都与基督

---

[1] ErnestL. Fortin A. A., *Dissent and Philosophy in the Middle Ages*, P. 47.

[2] Feuerbach, *Das Wasen Christentums*, Berlin Academy Press, 1956, P. 67.

[3] Benfell V. Stanley, "Prophetic Madness: The Bible In Inferno XIX", P. 154.

教会有着千丝万缕的联系：他们或是家里有人在教会中任职，或是他们自己以某种方式为教会服务，因此教会腐败和基督教神学观念变化也必然对他们产生影响。我们因此就可以理解，《神曲》中就以"上帝之爱"与"天堂幸福"隐喻了对《圣经》中的学说的信仰，同时以"义士会永远受到纪念，他不害怕凶恶的消息"抨击了"无知的教会人士"。不仅如此，但丁进而以《圣经·新约》（马太福音）27章中"新彼拉多"①的故事隐喻了对人们理想中的高尚的人类道德的构想和期待。对此，布克哈特（Jacob Burckhardt）就作了十分深刻的解说："但丁还没有完全摆脱开那个欺骗了他那个时代的占星术"②。班费尔·斯坦利（Benfell V. Stanley）也认为："但丁作品与《圣经》的联系应该被看作他的自由意识的表达"③；相对而言，塞西尔·格雷森（Cecil Grayson）的观点更加明确："历史会证明但丁是一位真正的预言家。"④

就但丁而言，为了进一步说明他的观点，他还借用中世纪文学的写作特点和比喻的方式，将他的梦中情人贝雅特丽齐塑造为《圣经》中的"基督的形象"⑤，进而以中世纪基督教神学中的"天堂幸福"与"上帝之爱"等词语隐喻了人的精神自由与思想解放。对于但丁这个带有明显的中世纪基督教神学意味的观点，琼·费兰特（Joan M. Ferrante）认为："诗人对贝雅特丽齐的爱使他

---

① 彼拉多是古罗马帝国派往犹太地区的巡查官。在一次例行检查中，彼拉多遇到了一件麻烦的事情：犹太祭司和长老出于嫉妒要求处死耶稣，但是彼拉多却查不出耶稣有任何罪行。当时正值犹太的逾越节，每逢此时，罗马帝国的巡抚都要依照惯例，答应犹太祭司长和长老的要求，释放一名囚犯。当时一名囚犯巴拉巴也想加害耶稣，犹太祭司和长老于是就挑唆众人，要求释放巴拉巴，而处死耶稣。彼拉多没有办法，于是对众人说，这两个人，你们要我释放哪一个呢？众人群情激昂，非要处死耶稣。彼拉多于是无奈地说，流这义人的血，罪不在我，你们承担罢。于是就释放了巴拉巴，并将耶稣钉死在十字架上。在《神曲》中，但丁以"新彼拉多"隐喻法王腓力四世，因为他把教皇卜尼法斯八世交给其死敌——佛罗伦萨的科隆纳家族来处置，就如同彼拉多把耶稣交给他的敌人的作为一样。同时，这也是因为继任的教皇本尼狄克十一世于1304年在佩鲁贾发表演说，谴责这次暴行之后，腓力四世竭力推卸罪责，硬说诺加雷的作为超出了他的指示，就如同历史上的彼拉多一样。本尼狄克十一世由此在他的演说中将腓力四世称为"新彼拉多"。

② Jacob Burckhardt, *The Civilization of the Renaissance in Italy*, P. 478.

③ Benfell V. Stanley, "Prophetic Madness: The Bible in Inferno XIX", P.161.

④ Cecil Grayson, "Dante and the Renaissance", In *Italian Studies*, 1962, P. 74.

⑤ Joan M. Ferrante, "The Bible as Thesaurus for Secular Literature", P. 36.

能够与上帝相见，使他的人生由诗歌转向现实世界"[1]。另外，罗兰·马丁内兹（Roland Martinez）也是基于对但丁作品中的旧时代意识等的探究评论道，但丁作品中展示人与尘世生活的目的就在于"从神学角度观察贝雅特丽齐与上帝的联系。"[2]埃里希·奥尔巴赫（Erich Auerbach）也持类似的观点，他认为，"与中世纪的圣像崇拜相关的艺术史和宗教剧中"[3]，并由此得出结论，认为但丁的作品证明的是"对人性的解说，是在两件事或两人之间建立起紧密的联系，其一不仅代表它自己，并且能够隐喻另一个，第二个是第一个的升华。这个形象在时间上是分离的，它不仅存在于时间中，也存在于历史进程中。"[4]恩斯特·佛丁（Ernest. Fortin）也由此得出结论："无论喜欢与否，这位思想家很难将自己与道德严格区分开。他不是逃避现实，而是通过现实世界获得真理，因此但丁到达天国之前，必须先到达地狱的深处"[5]，虽然其中"有时会出现反基督的倾向"[6]。

虽然如此，但丁关于人与尘世生活的观察与描写也并没有完全脱离中世纪基督教会关于人类灵魂来源的观点，而是认为人类的灵魂来自上帝和天堂。这是因为，根据《圣经》，理性灵魂是人类灵魂的必要组成部分。人的理性灵魂是非物质的，不能随意传播，人类灵魂只能来自上帝，而没有其他的可能性。《新生》和《神曲》等作品中就是以"一直存在的恐怖情绪""心惊胆战"以及"惊涛骇浪"等隐喻了对尘世中那些"精神的出卖者"[7]的愤怒，因此才有了当地狱中张着翅膀的妖魔向但丁扑来时，他并没表现出过分的惊慌或恐惧，而他首先想到的却是"我的向导立即抱起我来，就如同母亲被人声喧嚷惊醒"。虽然这些描写展示的是对他的亲人的关注与尘世生活的观察，但是其中仍然带有明显的上古历史或中世纪基督教神学文化的痕迹。对此班费尔·斯坦利（Benfell

---

[1] Joan M. Ferrante, "Dante's Beatrice: Priest of an Androgynous God." *Medieval and Renaissance Texts & Studies*, Binghamton, N.Y., 1992, P. 1.

[2] Roland Martinez, "Mourning Beatrice: The Rhetoric of Threnody in the Vita Nouva." *Modern Language Notes* 113, no. 1 (Jan. 1998): 23.

[3] Erich Auerbach, "Figura." In *Scenes from the Drama of European Literature: Six Essays*, P. 60.

[4] Erich Auerbach, "Figura." In *Scenes from the Drama of European Literature: Six Essays*, P. 53.

[5] Ernest L. Fortin A. A., *Dissent And Philosophy in the Middle Ages: Dante and His Precursors*, P. 80.

[6] Benfell V. Stanley, "Prophetic Madness: The Bible in Inferno XIX", 160.

[7] Joan M. Ferrante, "The Bible as Thesaurus for Secular Literature", P. 44.

V. Stanley）就作了明确的解说："毫无疑问，但丁以《圣经》作为创作诗歌的基础。"[①]不仅如此，琼·费兰特（Joan M. Ferrante）甚至认为："可以用《圣经》内容抨击他们"[②]，以至于"虽然其中每个字都来自《圣经》，但是这些文字连起来则表达了不同的立场和观点"[③]。戴维·汤普森（David Thompson）也认为："但丁作品隐喻的问题并不只是技术性观点。"[④]

由以上解说可以看出，在论述人性的积极意义和尘世生活乐趣等方面，但丁不仅肯定对人与尘世生活的意义与对未来的期待，以这些内容展示了对人类历史的构想，因此才有了《新生》和《神曲》中以"上帝的子民""快乐的灵魂"和"幸福的欢笑"隐喻了尘世乐趣，同时以"啊，上帝的选民哪，正义和希望都使你们的痛苦减轻，指点我们向高处攀登的路吧"隐喻了"人类获救"的希望。对此，查尔斯·辛格顿（Charles S. Singleton）认为："这个文学主题，虽然是这样定义的，但是它却超出了这个问题讨论的本身，这在阅读这首诗歌时表现得十分明显。"[⑤]乔治·霍尔姆斯（George Holmes）也认为："但丁的理解力随着向真理之源的接近不断增长。最初，他提出一系列物理学和伦理学问题，这些问题很容易了解，最后才涉及那些尘世无法理解的真理。"[⑥]

进一步来看，但丁的这个表述更引出了另一个当时人们十分关心的现实问题。那就是，尘世中的人怎样做才能够获得尘世幸福与世界和平？或者说，人应该怎样看待当时人的立场与西欧社会变化之间的差异，以及人们如何理解"人们思想意识中近代性质的精神意识与中世纪基督教神学观念之间的矛盾与冲突"。虽然但丁从不同角度对这个问题进行了解说，但是由于他的立场和观察视野没有超出中世纪基督教神学的思考范围，因而不能对西欧社会现实与人作出有条理或逻辑的解说。《新生》和《神曲》等作品中就以维吉尔为例，说明解决教会腐败和尘世堕落的唯一方法在于，以乐观的态度积极地看待一切。由此可以理解，维吉尔原本是《伊尼阿德》中的一个的普通形象，并没有特别的才华或能力，但是

---

① Benfell V. Stanley, "Prophetic Madness: The Bible in Inferno XIX", P.160.
② Joan M. Ferrante, "The Bible as Thesaurus for Secular Literature", P. 42.
③ Joan M. Ferrante, "The Bible as Thesaurus for Secular Literature", P. 45.
④ David Thompson, "Figure and Allegory in the Commedia." *Dante Studies* 90 (1972): 1.
⑤ Singleton C. S., "Allegory" In *Dante Studies I, Commedia: Elements of Structure*, P. 1.
⑥ George Holmes, *Dante*, P. 81.

在《新生》和《神曲》等作品中不仅具备了"上帝的正义"①和"为不可预知的未来作好准备"②的能力，同时也具有了指引尘世罪人的社会功能。查尔斯·辛格顿（Charles S. Singleton）由此得出结论，但丁作品中包含"人们所能看见的事物以外的多个含义"③。

不仅如此，进一步来看，但丁肯定人性、赞美高尚的人类道德，一方面隐喻的是当时的人精神意识的复苏与人类高尚道德观念的觉醒，以及由此而来的对当下人与尘世生活的观察与反思；另一方面更在于警示尘世中的人只有及时改正自己的观点和行为才能获得基督教会宣称的那种"上帝救赎"。这就在很大程度上解释了，但丁思想中的旧时代特征或新时代意识并不是彼此独立的两个问题，而是一个问题的两个方面，即当时的人们都十分困惑的问题在于，是从人的角度，还是从上帝的角度来看待当时的西欧社会变化和基督教会学说，并由此得出对当下的尘世生活的理解。实际上，其中展示的是中世纪晚期的西欧由中世纪向近代过渡，以及由此而来的人的精神世界和思想意识向西欧近代人文主义精神转化的过程中所经历的不同生活场景或人生阶段。这也是在探究但丁作品或思想意识的过程中需要加以注意的一个现实问题。

再次，但丁基于对意大利民族国家的构想与解说，预言了一个统一的意大利民族国家的出现。历史上的意大利是古罗马帝国的一部分，曾经创造过辉煌灿烂的科学与文化成就，并对西欧其他地区产生过巨大影响。中世纪一个统一于罗马帝国的西欧这时不得不让位于一个以独立的民族国家构成的分裂的西欧。对于意大利而言，在整个中世纪，由于基督教会与世俗君主之间的矛盾和斗争、意大利经济的不断起伏、意大利政局的变化，以及由此而来的西欧的贸易中心向外转移等因素，意大利不可避免地衰落了。彼得·伯克（Peter Burke）就对当时意大利的这个现象进行了解说："尽管意大利作为一个概念而存在，但它既不是个文化上也不是社会意义的单位"④，但丁也是因为这一点成为"那个时代最具有民族性的先驱"⑤。我们由此就可以理解，但丁认为，"此前把西方国家连接在一

---

① Charles S. Singleton, "Allegory" In *Dante Studies I, Commedia: Elements of Structure*, P. 1.
② John Freccero, *The Eternal Image of the Father*, in the Poetry of Allusion, P. 76.
③ Charles S. Singleton, "Allegory" In *Dante Studies I, Commedia: Elements of Structure*, P. 91.
④ Peter Burke, *Culture and Society in Italy*, P. 1.
⑤ Jacob Burckhardt, *The Civilization of the Renaissance in Italy*, P. 144.

起的教会（虽然它已不能再继续这样做下去）之外，产生一种新的精神力量，这种精神从意大利传播到国外，成为一切受过良好教育的人必需的品质。"[1]理查德·兰辛（Richard H. Lansing）认为，但丁的目的在于，从"文化角度培养意大利的民族感，从而实现在意大利实现帝国统一的政治使命。"[2]相对而言，约翰·拉纳（John. Larner）的观点更加接近现实也更加积极乐观，认为"意大利是比法兰西更美好的国家。"[3]

此外，但丁还以"你知道，卓越的罗马人举着这面旗帜抗击布伦努斯，抗击皮鲁斯，抗击其他君主和共和国政府的军队立下了什么功劳。"隐喻了意大利统治家族之间的争斗，以"它随这位旗手使世界处于普遍和平状态，以致雅努斯的庙门一直关着"隐喻了对世界和平的期待，以"最高贵的民族理应高踞其他民族之上；罗马民族是最高贵的民族"隐喻了意大利是高贵的民族，以古罗马帝国的军事成就隐喻了理想中的"人间爱情"与"尘世幸福"；同时以"不是某一个城市所特有的，而是意大利共有的"[4]隐喻了意大利人有共同的历史与文化传统，以"国家是社会自然发展的结果，它的存在之所以合理且有道德价值，而无需任何明确宗教的认可"隐喻了在意大利建立世界帝国是基于上帝旨意，以"将在意大利尚未准备接受整顿时前来整顿她"隐喻了意大利是一个独立的民族国家。布克哈特（Jacob Burckhardt）也认为："但丁和彼特拉克曾经宣称，一个共同的意大利是她的所有儿女的最崇高的奋斗目标。"[5]这也解释了但丁将俗语称为"上帝赋予的语言"和"我祖国的语言"的主要原因。

但丁关于意大利民族国家意识的表达这个话题，截至目前，研究者虽然有不同的立场和理解，但是其中关于民族意识或国家观念的解说却是比较一致的。例如，关于意大利语言在人们心中的地位，约翰·斯科特（John A. Scott）就认为："他为了捍卫其母语的地位，以俗语写诗宣扬神学和哲学思想。"[6]不仅如此，但丁进一步认为："《神曲》中的语境谦卑而温和，它使用的是没受过教育

---

[1] Jacob Burckhardt, *The Civilization of the Renaissance in Italy*, P.176.
[2] Richard H. Lansing, "Dante's Intended Audience in the Convivio", P. 20.
[3] John. Larnar, *Italy in the Age of Dante and Petrarch*, 1216–1380, P. 2.
[4] Dante Alighieri, *De Vulgari Eloquentia,* London 1929, P. 55
[5] Jacob Burckhardt, *The Civilization of the Renaissance in Italy*, P. 142.
[6] John A. Scott, "The Unfinished Convivio as a Pathway to the Comedy", *Dante Studies* 113 (1995): 31.

的女性使用的俗语。"①这是因为,在但丁看来,从语法结构来看,俗语较拉丁语具有明显的优势:脱胎于古典拉丁语的俗语不仅语法简单、表达灵活,词汇通俗易懂,尤其重要的是能够表达人的丰富的精神世界与高贵的人类情感。从这一点出发,但丁也大力赞美以俗语代表的人类语言的赞美。例如,关于人类语言的高贵地位,他就认为,俗语也因此被看作是反抗中世纪以来基督教会独裁统治的有力的精神意志与道德武器。这说明,但丁利用俗语一方面在于说明俗语是意大利人共同的语言与文化传统,更在于引起读者对意大利民族国家统一的精神归属与情感共鸣。

我们由此就可以理解,但丁对"三界之旅"中的灵魂和尘世罪恶的描写虽然对现在的读者而言难于理解,有些内容显得不切实际甚至十分荒唐。但是,如果我们从中世纪晚期西欧社会发展的角度来看待这个问题,就会发现其中仍然带有明显的现实性与合理的成分。这主要是因为,但丁生活时代的意大利虽然处于西西里王国崩溃、教会腐败和基督教神学观念衰落的背景下,但同时也出现了对人与尘世生活的关注。

虽然如此,在论述意大利民族国家意识的过程中,但丁还以古代思想家和文学家的观点为依据,证明了他关于人类社会变化的立场和理解。也就是说,但丁认为,人类将生活于一个代表尘世幸福和美好的未来世界之中。在古代哲学家和思想家中,但丁最为敬重的是古希腊哲学家,亚里士多德(Aristotle,前384-332)和古罗马哲学家西塞罗(Cicero,前106-43)。《新生》和《神曲》等作品中就经常从古代思想家的立场和观点出发解说了当时的人与西欧社会,进而展示对未来的期盼。《论世界帝国》中也以亚里士多德关于"人类未来"和"人类真正的幸福"等论述隐喻了对理想中的"世界和平"的期待,同时以"但凡具有灵性因而热爱真理的人,显然都会十分热心于造福后代"隐喻了在意大利建立世界帝国的可能性,进而以"只要国家的权力是基于维护而不是侵犯公民利益,那么发动战争的原因,要么是为了援助盟邦,要么是为维护本身的权力"隐喻了"人间正义"与"上帝之爱"的一致性,目的在于说明在当下的意大利建立人们理想中的"世界帝国"是基于"上帝的旨意"。

从中世纪晚期西欧社会现实看来,但丁的这个观点深受下列情况的影响,中世纪以来意大利一直处于外部势力的统治下,意大利人一直在为争取摆脱外族

---

① John A. Scott, "The Unfinished Convivio as a Pathway to the Comedy", P. 31.

统治和民族独立,由于基督教会势力的强大和意大利封建国家的斗争,以及由此导致的西欧各地的混乱等都导致了意大利民族意识的衰落,意大利人的这些努力和抗争没有任何结果。中世纪晚期,这个情况更加明显。造成这种现象的主要原因是历史遗留问题,纵观意大利的历史,意大利君主大多都来自外部世界,民族意识或独立精神只是存在于中下层意大利市民之中,而且也因为不符合世俗君主的目的而不是现实的需要;另一方面,由于历史上的意大利是古罗马帝国的一部分,意大利与西欧其他民族国家之间在思想意识和文化观念等方面有密切的联系,加之意大利人在生活习惯和思想意识等方面与德意志民族之间的天然联系等因素的作用,意大利人民独立的意识并不是十分强烈。此外,当时意大利、法国和德意志帝国文化有很多共同地方,而且西欧很多其他国家的文化也对意大利有很大影响,因此普通意大利民众的民族国家独立的观念或民族意识并不强烈。

除以上这些内容之外,在证明尘世幸福与人类和平的过程中,但丁还以《圣经》中的世界和平的观念为依据,展示了人类未来社会的理想模式。例如,《论世界帝国》中就经常以"我们解释法律始终是为促进国民利益"和塞内加(Seneca)关于"法律是人类社会的纽带"隐喻一个世界性的君主是最公正和最仁慈的;《神曲》中也以"那美丽的土地""我们的骄傲"和"我们的祖国"等隐喻了对古罗马帝国的成就与辉煌的追忆,既有对古代思想家的赞美与古典文化的追寻,更表达了对当下意大利时局的困惑。丹尼斯·哈伊(Denys Hay)也由此认为"意大利长期经受政治分裂的折磨,因而渴望统一是普遍的,虽然这种愿望或许并不深刻,这种情绪唯一的满足似乎是落入日耳曼人之手的罗马皇帝的统治范围内"[1],即汉斯·巴伦(Hans Baron)所谓"一个新的观念即将战胜《神曲》中关于大一统帝国的观念"[2]。

除此之外,关于这个话题,有一点需要说明的是,对于但丁关于西欧社会变化的这些带有积极意义的隐喻性表达或解说,不同的人有不同的理解。对于这个问题,本书认为,与其说但丁在他的思想意识中构想的世界帝国就是对当时人们理想中的意大利民族国家形态的构建,倒不如说对意大利是一个独立的民族国家的认可更为贴切。当时这个观念的变化表现在人们的思想中就是对当下的尘世生活的肯定,即随着神圣罗马帝国解体和西欧民族国家不断形成,一个曾经统一

---

[1] Denys Hay, *The Medieval Cultures,* London, 1964, P. 227.

[2] Hans Baron, *The Crisis of the Early Italian Renaissance*, P. 40.

于神圣罗马帝国的完整的欧洲这时不得不让位于一个以民族国家为基础的分裂的欧洲。结果是，教会学说和中世纪基督神学观念不得不让位于西欧社会意识，同时不同于以往的新的社会意识和道德氛围不断酝酿，与当时西欧的社会现实相结合，最终形成了西欧近代人文主义精神的最初萌芽。

我们由此可以看出，虽然但丁花费很大精力和篇幅构想了理想中的人类未来世界，但是他的世界帝国观念并没有一个具有理论基础或成熟的道德范畴，也没有任何实质内容，只是作为一个想象中的社会模式存在。这是因为，但丁没有看清楚当时造成西欧社会动乱的根源在于世俗君主与基督教会的争斗，只是对西欧社会动乱的愤怒，因此才有《神曲》和《论世界帝国》等作品中对亨利的赞美与意大利重现罗马帝国辉煌的追忆；以"凡是借助奇迹达到目的的一切，都是合乎神意的"等隐喻上帝对罗马人的关怀，以"光明"和"群星"等隐喻了对"人间爱情"和"尘世幸福"的期待，同时以"绝望的呼号"和"安心于火中的灵魂"等隐喻了人的精神世界的迷茫，其目的就在于以"衰微的意大利的救星"隐喻了在意大利实现"上帝正义"[1]的可能性。现在看来，这些内容虽然仍然是中世纪宗教文学的典型表达，但是其中的立场已经近代化，而与教会学说或中世纪基督教神学意识关系不大。

除以上这些例子以外，《享宴》中还以"我们真正的原初言语"隐喻了意大利人拥有共同的历史与文化来源。但丁进而基于这个错误前提得出意大利人是古罗马帝国的继承者等暗示性的结论。现在看来，这些内容都在很大程度上代表的是关于人类社会变化的解说。除此以外，还可以找到很多研究成果来支持这个观点。其中，《欧洲戏剧文学中"人"的场景：六篇论文》(*Figura in Scenes from the Drama of European Literature: Six Essays*) 一书则主要说明了人性的堕落与人类道德的迷失是人的理性和自由意识选择的结果，是人自身的问题，而与《圣经》教诲或"教会学说"无关；为了对这个观点作进一步解说，但丁也以"你用这样甜蜜的话引诱我，使我不能沉默下去"的枯树干、炼狱中那些"使我伤心惨目的死亡气氛"、"值得我对他毕恭毕敬的老人"，以及"向我们齐声呼喊的灵魂"等隐喻了当时西欧出现的"民族国家不断形成的历史事实"。[2]埃里希·奥尔巴赫 (Erich Auerbach) 也是基于这一点认为，但丁作品中展示的这些

---

[1] Singleton C. S., "Allegory" In *Dante Studies I, Commedia: Elements of Structure*, P. 1.

[2] F. J. C. Hearnshaw (trans), *The Social and Political Ideas of Some Great Medieval Thinkers*, P. 30.

现象"都能够以恰当的词汇与语序表达"①。

按照中世纪经院哲学的论证模式或思考逻辑，但丁接下来就应该以基督教会宣传的"上帝之爱"与"天堂幸福"为出发点，以人性与人类道德为依据，基于对当下的人与尘世生活的观察，将尘世中人对基督教会学说的绝对信仰改为对精神自由与思想解放的诉求；与此相反，但丁以人性与高尚的人类道德为依据开始了对人的内心世界的探究，进而得出尘世中的人能够依据理性和自由意志对当下的尘世生活和人作出正确的观察与判断，这些内容已经与中世纪基督教神学观念或教会学说已经有了根本不同，其中隐喻的就是西欧"政治哲学思想仍然处于萌芽阶段这个事实"②。对此，班费尔·斯坦利（Benfell V. Stanley）就认为，这些描写是"但丁对《圣经》的新的解释"③。布克哈特（Jacob Burckhardt）也认为："我对于这一点，人们一直是在引用一个认真的作家，他的判断绝不是孤立的一家之言。"④汉斯·巴伦（Hans Baron）也由此认为，但丁作品反映的是"文艺复兴前期意大利半岛政治版图变化影响"⑤。相对而言，玛丽安·夏皮罗（Marianne Shapiro）的观点更加明确也更加直接："每一位读者都能够从《神曲》中看出，上帝的意志就体现在对人性与艺术的解说中"⑥。

由此可以理解，但丁展示世界帝国的目的一方面在于，说明当下的人与尘世生活的美好，更在于说明对人类未来的构想与期待，其中隐喻的是人才是这个世界的主宰等带有明显的世俗特征的观点。由此，我们就能够理解但丁基于对高尚的人类道德的期待与对人类未来的构想等的描写；另一方面，但丁也是通过对教会腐败与尘世堕落的展示，说明了人类堕落是基督教会引导的结果。由此就可以理解，读者经常可以在但丁的作品中看到对人性的肯定与对人类道德的赞美，同时这些描写在很大程度上说明了尘世中的人只有真心过一种符合高尚的人类道德的生活才能获得精神自由与思想解放，其中说明的就是当时的人们普遍持有的观点，当下的尘世生活就是人摆脱基督教会的束缚，并且最终获得精神自由的世俗过程，其中隐喻的是对一个理想中的独立的意大利民族国家的构想与期待。

---

① Erich Auerbach, "Figura." In *Scenes from the Drama of European Literature: Six Essays*, P. 26.
② ErnestL. Fortin A. A., *Dissent and Philosophy in the Middle Ages*, P. 7.
③ Benfell V. Stanley, "Prophetic Madness: The Bible In Inferno XIX", P. 146.
④ Jacob Burckhardt, *The Civilization of the Renaissance in Italy*, P. 448.
⑤ Hans Baron, *The Crisis of the Early Italian Renaissance*, P. 9.
⑥ Marianne Shapiro, *Dante and the Knot of Body and Soul*, introduction, Macmillan Press Ltd, 1998, P. 1.

基于以上这些观察，我们可以得出如下观点：但丁对当下的尘世生活和人类未来抱有积极乐观的态度和明显的期待。主要表现为，但丁想象中的人类未来世界是一个人人都能够获得和平与幸福的美好的人类社会形态。我们由此就可以理解，关于但丁的这个观点，即使是从中世纪晚期西欧社会变化的大背景下来看待其中蕴含的社会意义或文学内容，同时我们也仍然可以看出，但丁这些关于尘世生活与人类未来的构想不仅大大超出了教会学说和中世纪基督教神学的思考范畴，以及中世纪基督教神学观念对尘世中的人的精神桎梏与人们的思考范畴，即以人性为标准对人性的挖掘与尘世生活的探索与对人类社会变化的探寻，同时也在很大程度上规划了人类社会的发展与未来，进而以这些观点为依据展示了当时人们理想中的美好人性。虽然如此，但丁在解说人与尘世生活的过程中，还经常会以中世纪基督教神学意识或旧时代的哲学观念或消极默然的精神意识来解说当下处于不同生活场景中的同一个人与情，或是以《圣经》教诲为依据解说人类经历的一切。读者很难说清二者的区别，更不用说理解二者之间的矛盾或观念上的冲突了。

需要说明的是，在观察但丁的思想意识的过程中，虽然我们很难讲清楚古典文化与时代精神究竟哪一个在但丁作品或观念中占有更大比重，也无法明确说出这些变化的过程或原因，但是其中有一点是明确的，即但丁眼中的人不仅已经成为积极的"社会存在"，能够通过努力达到既定目标，而且他们不必顾及他人的立场或观点是否符合社会现实或教会学说。《神曲》开篇讲的是"古代传说如何受黎明第一缕曙光的影响，从而在但丁笔下形成赞歌"[1]的故事，而《神曲》的结尾则明确表达了对教会学说与中世纪督教神学观念的愤怒与否定："走自己的路，让别人说去吧"。布克哈特（Jacob Burckhardt）对这个描写作了解说："在13世纪后半期，如他们最近所称的'过渡时期的抒情诗人'标志着从抒情诗人向诗人——即向在古代文学影响下写作的诗人——的过渡。他们质朴的感情、活泼有力的叙述、准确表达预报着但丁这样的诗人到来。"[2]恩斯特·卡西尔（Ernst Cassirer）也由此得出结论："人们企图以魔力控制这个世俗世界的热情在逐渐消退，同时关于宇宙秩序的观念已经出现。"[3]

---

[1] Mary B. Whiting, *Dante and His Poetry*, London: George G. Harrap & Co., Ltd, 1932, P. 9.

[2] Jacob Burckhardt, *The Civilization of the Renaissance in Italy*, P. 306.

[3] Ernst Cassirer, *The Logic of the Humanists*, P. 41.

由此就可以看出，"积极的人"的观念不仅在但丁的思想意识中占有十分重要的地位，而且已经成为但丁论述他的观点和思想观念的主要思考模式与论述的前提。原因如下：首先，但丁通过对人的精神世界的独立性和人类道德的充分肯定和高度赞美，展示了他理想中的高尚的人性与人类道德的丰富内涵，以及由此而来的对即将到来的美好的尘世生活的期待。例如，《新生》中就有但丁在经历了内心世界的恐惧、害羞与彷徨之后，并最终鼓起勇气走向他心中的女神，但是却遭到他心中女神的嘲笑，而显得"筋疲力尽"和内心的"疲劳和怠倦"。由此可以看出，但丁关于尘世生活和未来的迷茫心态一览无余，同时见证了尘世罪恶、人性的善与美。由此可以理解，但丁以一个尘世中人的形象展示了人类将生活于一个充满幸福与和平的世界之中。

其次，虽然但丁没有对"积极的人"作一个清晰的解说，但是他并没有简单地以人性或人类道德对人与尘世生活进行评判，而是将人性与人类道德看作是衡量一切的唯一客观标准①，进而证明了地狱中罪人因此能够获得通往"天堂"的许可，以及炼狱中那些等待进入天堂的幸福的灵魂等形象，但是展示的却大多是当下的人与事。

关于但丁作品中"积极的人"，需要说明的是，在解说人性与人类道德的过程中，一方面但丁还基于对高尚的人类道德与对理想中的"尘世幸福"与"世界和平"的期待，展示了人类未来的生活场景，目的就在于说明人具有积极乐观的精神世界与高尚的道德意识；另一方面，但丁也基于对人性的肯定说明了尘世中的人受苦的真正原因在于他们误用了理性和自由意志的结果，并由此得出教会腐败和尘世堕落与"上帝教诲"无关，目的同样在于证明人解脱尘世苦难的正确途径在于实现精神自由与道德升华，只是表达不同而已。这些内容虽然都以中世纪宗教文学的模式写作而成的，但是其中的内容已经变为对人与尘世生活的关注，以及对人类社会变化的反思。班费尔·斯坦利（Benfell V. Stanley）由此认为，"但丁坚持对《圣经》，而不是对教会的说教的信仰。"②

最后，但丁基于对基督教会学说中"上帝之爱"与"人性本善"的解说，说明尘世中的人能够通过自己的努力获得精神自由与道德升华。我们由此就可以

---

① Eugenio Garin, *Der Italianische Humanismus*, P. 11.

② Benfell V. Stanley, "Prophetic Madness: The Bible in Inferno XIX", *Modern Language Notes* 110 (1995): P. 154.

理解，《新生》和《神曲》等作品中一方面是基于对"上帝对人类的爱也就是人的自我关爱"等观念进行了说明，同时也将上帝化为具有能够感知人的内心世界的积极的尘世存在，同时还应该看到，其中展示的也是对中世纪基督教会神学观念和基督教会学说的否定。究其根本，其中展示的是对人生的探究、对人性和人类道德的进一步思考①，因此他关于人类历史的演化是一个自然过程的观念突破了教会说教和基督教神学观念的束缚，而这些内容在中世纪宗教文学中是绝无仅有的。

这是因为，在但丁看来，尘世中的人因为具有理性和自由意志而能够与上帝直接进行沟通，因而不需要基督教会作为人与上帝进行沟通的媒介。由此可以理解，在展示人性与人类道德的过程中，但丁还通过对人的精神世界的迷茫以及人在信仰与追求"上帝之爱"和"天堂幸福"的过程中表现出来的摇摆不定等状况的描述，以及由此而来的对尘世生活与人的不同态度。这说明，《圣经》中关于人是宇宙间具有独立的精神世界和道德意识的积极的个体存在，而这恰恰证明了人具有独立的精神意识与道德意识，而"人的救赎"就是对"上帝救赎"的信仰，以及代表人间爱情的"世俗之爱"与"上帝之爱"结合，从而使人获得精神自由与道德升华。由此可以理解，但丁描写的人与尘世生活已经超出教会学说与基督教神学的思考范围，同时将人看作"积极的社会存在"，目的就在于说明"尘世生活才是人生的唯一目标"。

我们由此可以理解，在观察人与尘世生活方面，但丁是从他的个人生活经历与当下的生活现实出发，通过对人性的肯定与对高尚的人类道德的赞美，展示了基督教会宣传的人性的高贵与对尘世生活的美好期待，但是他也同时指出了人性的迷失和道德意识败坏的原因在于，人类道德的迷失和精神堕落，目的在于证明尘世堕落和基督教会失职是导致西欧社会走向迷茫与动乱的主要原因之一。我们由此就可以理解，但丁关于人与尘世生活的解说与对人类未来的期待是二者的继续和发展，即但丁的思想观念在很大程度上就是中世纪以来西欧的思想意识的延伸或中世纪基督教神学观念与西欧人文主义精神的连接和过渡，其中的连接点就是尘世中有积极的思想意识的人。

由此就可以理解，这些描写就引出了上文提及的另一个当时的人们急于了解的现实问题，那就是，尘世中人的思想解放与精神世界的独立性到底指的是什

---

① Eugenio Garin, *Der Italianische Humanismus*, P. 15.

么？尘世中的人究竟应该怎样才能获得精神自由与思想解放？以及人的精神自由和思想解放到底指的是什么等与尘世生活密切相关的现实问题。与教会学说和中世纪基督教会学说不同的是，关于尘世中人的过错的不同解释。在这个过程中，但丁还基于他对尘世生活的观察，修订了中世纪基督教会关于人的"本罪"与"上帝惩罚"等观念，认为人的原罪和本罪都是尘世犯罪的结果。尘世犯罪一方面是人对《圣经》的歪曲，另一方面更是人迷失行动方向以及人性的迷失和道德堕落，因此是人自身的原因，即西欧社会变化导致的人的思想的迷茫的原因是人类道德堕落。这说明，但丁没有认识到人类社会已经发生了变化才是决定人的思考目标与思想观念形成或变化的根本原因。

关于但丁思想的时代特征，本书认为，它既是对中世纪晚期西欧的历史和社会变化的概括，扫清了基督教神学文化对人的束缚，同时也极大地开辟了人们观察和思考的视野。这是因为，无论是但丁作品中的新时代精神，还是教会学说或基督教神学观念虽然都是以基督教会宣传的"天堂之爱"和"信仰上帝"为出发点作出的，但是上帝已经变为尘世中的人，即"但丁的新的灵感是一种带有普遍意义的狂热，与其说他热衷于技术性的中世纪经院哲学的理论阐述，倒不如说让他在探索着生命的精神性的方面"[①]。由此可以理解，虽然《圣经》中也有对人性的肯定与高尚的人类道德的赞美，以及由此而来的对人性的解说与对人类未来世界的构想与期待，但是这类内容并没有涉及当下的人与尘世生活而显得了无生趣。由此看来，但丁的思想意识并不是与基督教神学观念的"断然决裂"，而是西欧中世纪基督教神学观念向人文主义的过渡和转化。朱塞佩·马佐塔（Giuseppe Mazzotta）由此认为："但丁表达了深刻而不同的观点。"[②]

由以上解说可以看出，但丁作品中的新时代精神或积极意识并不是有些研究者认为的，是对新时代的拥抱、对人类未来世界的展望，或者是以积极的人生态度对人类未来的构想等。这主要是因基于以下三点原因。

第一，但丁关于理想中的人类社会或当下的尘世生活的构想不是基于对当下尘世生活的观察得出来的结论或观点。从但丁的"三界之旅"中的灵魂的语言和行为以及其中的景色布局来看，虽然其中的含义或目的都在于展示当时的尘世生活，但是从二者之间的对比和相似度来看，但丁的"三界之旅"并不是

---

① George Holmes, *Dante*, P. 20.

② Giuseppe Mazzotta, *Dante's Vision and the Circle of Knowledge*, P. 15.

当时西欧社会中现实生活场景的再现，而是但丁构想出来的尘世中的人"应该"成为的景象或人物形象。同时，但丁也基于《圣经》中对于尘世堕落和教会腐败的惩罚展示了对罪恶与堕落的抨击。究其根本，但丁的这些描写表达的是对理想中的教会学说和中世纪基督教神学观念的尊崇。布克哈特（Jacob Burckhardt）由此认为："但丁并未片刻放松人们道德的责任，而且他是相信自由意志的。"[1]

第二，但丁并没有明确提出对人类未来的期待。无论是从但丁的作品还是当时的西欧社会现实来看，但丁生活时代的西欧仍然在很大程度上处于基督教会学说和中世纪基督教神学观念的严密控制之下，对上帝与天堂的尊敬与追求是当时西欧主流社会意识，而对人的观察与解说却被认为是维持上帝与人联系的"爱的链条"[2]。由此可以理解，但丁作品中的积极意识与近代精神并不是当时时代精神的代表或者是对当下的积极的人的探究，或是诸如此类的观点的展示。其只是他基于对当下的人与尘世生活的观察而得出的关于人类社会变化的设想或是某中带有某种模糊的目的的期待，而不是近代人们认为的那样，是基于对当下的尘世生活或是人生的理性思考。乔治·霍尔姆斯（George Holmes）就是基于这一点认为："《新生》中的贝雅特丽齐既是上帝的创造物，也是一个有生活原型的创造物。"[3]

第三，但丁作品中的尘世生活和积极的人在很大程度上就是对《圣经》中的人们理想中的"人"的构想与解说。这是因为，即使是从但丁对于尘世中人的行为与思想观念等的解说来看，"人"这个形象在但丁的观念中并不十分清晰，同时这些形象也并没有带有尘世生活中人的具体形象或丰富的思想意识，而在更大程度上带有《圣经》中规定的人的思想意识或尘世中的形象等展示或描写。不仅如此，我们还由此可以看出，但丁作品中对这些形象的解说或观察也在很大程度上是基于对古典文化或人们理想中的灵魂的形象的描述而来的，而在很大程度上不是对当下的人与尘世生活的客观的观察或真实的解说，只是对这些形象或意识的隐喻性的表达，而其中表达的只是一种比较明确的思想意向或道德含义。我们由此就可以理解，《中世纪哲学与悖论：但丁与先哲》（*Dissent and*

---

[1] Jacob Burckhardt, *The Civilization of the Renaissance in Italy*, P. 478.

[2] E. Wind, *The Eloquence of Symbols Studies in Humanist Art*, London, 1983, P. 41.

[3] George Holmes, *Dante*, P. 6.

Philosophy in the Middle Ages: Dante and His Precursors）一书中就主要证明了"但丁的话离不开他的思想，以教导当下的人如何生活，告诉人们如何达到更好的状态，以及尘世中的人如何达到精神解放和自由，由世俗走向神圣，由暂时走向永久，其中就表达了明显的道德含义"①。关于这个问题，在此需要说明的就是，本书的后面的章节中关于"意大利文学三杰"作品中的隐喻表达对这个方面的内容会有一步的解说和分析，在此就不作进一步说明了。

　　本书列举以上但丁作品中这几点关于人与尘世生活的理解，其中的目的在于说明，认识到但丁关于他的"三界之旅"中的灵魂的文学隐喻意义与当时的西欧社会现实之间的区别仍然很明显。认识到这些变化相对而言比较容易，但是以具体的事例或方式将这些因素展示出来却不容易。当时的西欧社会现实无疑有助于塑造但丁的"三界之旅"中的形象或沿途所经历的各种景色，但是不应该将但丁的这些描写或观点按照中世纪基督教神学或教会学说等固定的思维模式归结为新时代的气息或是类似观点。从西欧近代历史和文化的发展过程来看，但丁作品中描写的这些故事或现象在当时西欧不同国家的叙事史诗和文学作品中也大量存在。但是基于当时意大利日益发展的经济与不断自由和开放的社会文化氛围、人的精神意识逐渐自由、西欧社会意识的启蒙和迅速发展，以及由此而来的当时的人们对当下尘世生活的感悟，我们可以得出唯有但丁才从更宏观的角度展开了对人类社会变化的思考。恩斯特·卡西尔（Ernst Cassirer）由此认为："人们看到了尘世生活的意义，由于这个变化，人们的视野与观察范围都获得了无限扩展。"②

　　究其原因，这在很大程度上是因为中世纪晚期西欧社会变化带给人们的影响。主要表现为，到了1300年，西欧虽然已经发生了很大改变，但是这些都不足以引发但丁思考人生与人类社会变化的因素，更不是我们应该衡量当时人的思想观念的标准。这些变化了的因素只是应该被当作当时西欧出现的近代精神或思想观念的萌芽。由此可以理解，但丁的思想意识在当时西欧社会文化而言并不是一个具体的标志性观点。毕竟自中世纪以来西欧出现了各种不同的观念和社会变化，而且这些变化从不同的角度和层次对当下的人产生这样或那样的影响。但丁的观点或思想意识只是其中之一。

---

① Ernest L. Fortin A. A., *Dissent And Philosophy in the Middle Ages*, pp. 59-60.
② Ernst Cassirer, *The Logic of the Humanists*, P. 41.

关于这个问题，还有一点需要明确的是，在中世纪晚期西欧社会发生激烈变化的大背景下，当时的人们很难能够从人类社会发展变化的宏观视角来看待当时的一切，而且事实上，由于基督教会学说和中世纪基督教神学观念的束缚、教育的普及程度不高，以及人们的生活范围与生活阅历所限，当时的人们也不可能做到从人类社会发展变化的宏观角度来看待当下正在发生的一切。由此可以理解，但丁展示人与尘世幸福的目的在于，将人作为宇宙的中心和尘世生活的主宰，而且人能够对面临的困难和诱惑作出正确判断。布克哈特就是基于这一点认为："对于一个非常重视诗歌的形式的时代来说，但丁的这些诗歌标志着一个新纪元的开始。"[①]由此可以理解，但丁的思想并不是与教会学说或中世纪基督教神学观念的"断然决裂"，是西欧由"政治、经济从属于道德，而道德从属于神学"[②]向"即使是错误的，从不同角度公开讨论也能导致真理的发现"[③]的过渡。这也说明了一个事实：但丁关于人与尘世生活与教会学说的解说展示就是同一事物的不同表达，而不是两个彼此独立或者完全不同的事物。

第三节　但丁关于人的理解

但丁关于"人"的理解经历了基督教会宣传的"盲目无知的消极存在"向《圣经》中原本就存在的"积极的人"的回归。这既是对人性的肯定与确立人类道德曲折经历的解说，更是对人积极的精神世界的赞美与"尘世幸福"的期待，主要包含以下三方面内容。

首先，但丁将尘世生活作为观察的中心，同时基于对人性中的"善"与"美"的解说，证明了尘世中的人已经具有积极的精神意识和高尚的道德观念。如《神曲》中就基于对教会腐败与尘世堕落的观察与对人性的观察与剖析，证明了教会腐败与尘世罪恶是人性的堕落与人类道德的迷失，并由此认为教会腐败和尘世堕落都是人自身的问题，而与中世纪基督教会宣传的"天堂幸福"或"上帝救赎"无关。这个观念的变化的结果之一就是，它"引发文艺复兴运动的新文化

[①] Jacob Burckhardt, *The Civilization of the Renaissance in Italy*, P. 305.
[②] F. J. C. Hearnshaw (ed), *The Social and Political Ideas of Some Great Medieval Thinkers*, P. 16.
[③] Ernest Fortin A. A., *Dissent and Philosophy in the Middle Ages: Dante and His Precursors*, P. 47.

内涵的价值"①。由此可以理解，《新生》和《神曲》等作品中经常以"如此快乐，我几乎难以认清"，以及"这恐怖的场景令我心惊胆战"等隐喻了人性中的"善"与"美"，其中隐喻的都是对"积极的人"的解说。现在看来，虽然这些表达在形式上并没有现在关于但丁的研究所说的是对近代精神的迎接或来私德观点，但在很大程度上是对人的积极意识和乐观精神的预言和赞美，即对人性中积极意义的解说。

为了表现尘世中的痛苦和上帝的惩罚，在《神曲》等作品中，但丁还以"尸骨依然堆积在阿普利亚人个个都临阵叛变的切普拉诺地方""暴露着被切断的尸体"和"悲惨的路人"等隐喻了对尘世堕落的抨击。在但丁看来，尘世中的人们"并不认为自己有罪。因为人的内在和谐每一次遭到破坏，都可以靠他们随机应变的智谋得到恢复和弥补。因此，人没有得救的必要。对于现世的野心和智力活动并不完全排除关于人类未来的想法，这就使它采取一种诗的形式来替代教义"②。布克哈特也对这个现象进行了解说："这个有形的世界是上帝以爱来创造的，是上帝按事先设想的模型创造的作品，上帝永远是这个世界的推动者和恢复者，人能够通过上帝之爱将上帝吸引进自己灵魂的狭小范围，通过热爱上帝使自己的灵魂扩展到上帝的无限之中，这就是尘世幸福。"③但丁构想出来的"积极的人"就是"有至高的美德的人""圣女"和"有健全的理解力的人"等观念的翻版。

进一步看来，但丁的这个观点也有其深刻的宗教原因。这是因为，中世纪基督教会认为，尘世中的人是上帝的创造物和附属物，因此只能在精神上匍匐于上帝脚下，而没有任何自主的精神和行动的能力，这就是典型的中世纪基督教会关于"人"的理解。不仅如此，与中世纪基督教会学说相对，但丁关于人是具有独立的精神世界和高尚的道德意识的"积极的人"的理解不仅恢复了人与上帝平等的观念，同时赋予人以积极乐观的精神气质与高尚的道德意识，并由此得出尘世中的人因为具有独立的精神意识能够与上帝直接沟通，而无需基督教会作为人与上帝沟通的媒介。布克哈特由此认为，但丁"准确无误地证明了自然对于人的

---

① Maria S. Haynes, *The Italian Renaissance and Its Influence on Western Civilization*, P. 2.
② Jacob Burckhardt, *The Civilization of the Renaissance in Italy*, P. 474.
③ Jacob Burckhardt, *The Civilization of the Renaissance in Italy*, P. 517.

精神世界还是有影响的"①。

其次,但丁基于对人的精神世界与中世纪基督教神学观念的解说,证明了人具有理性与自由意志。理性与自由意志最早出现在《圣经》中,认为理性和自由意志是人性中固有的智力成分,因而尘世中的人能够通过艰苦的尘世努力达到理想中的人生目标。因此,中世纪晚期理性与自由意志被重新发现,并且在西欧开始迅速普及,即随着中世纪基督教神学观念影响力和教会学说的衰落,西欧不仅表现出理性与自由意志观念,也表现出积极的思考和行为的能力。由此就可以理解,在《新生》中关于但丁第一次见到贝雅特丽奇时的奇妙情景的回忆与描述:"9岁那年,但丁第一次见到并爱上了她。到18岁那年,这种爱使他为之心醉神迷。"②现在看来,虽然这些描写中并没有那种明显的文学特征或明确的时代意义,但是其中的现实意义非同小可。

这方面的例子之一是,《神曲》中就将历史上的伟大人物查士丁尼皇帝和哲学家阿奎那等人都赋予了乐观善良的本性和积极进取的高尚的道德意识,并且认为他们都能够因其自身的行为和话语获得"上帝之爱"和"天堂幸福",通过对古代哲学家和思想家的赞美隐喻了理性与自由意志是与生俱来的,而不是"教会赐予",以"那些基督凯旋大军""幸福的灵魂"和"那些跳舞的天使"等隐喻了"尘世幸福",同时以"那些最丰富的箱子中的财富多么巨大呀!"隐喻了人性贪婪造成的各种不幸与灾难;《论世界帝国》中以"最高贵的民族理应居于其他民族至上"隐喻了罗马民族具有统治这个世界的权力,同时以《圣经》中常见的"慈父般恩典"隐喻了对高尚的人类道德的探索。

不仅如此,但丁还通过对尘世中的人通过努力以获得"天堂幸福"与"上帝救赎"的解说,证明了尘世罪恶的个体性和教会腐败的世俗特征,认为"上帝惩罚"是人没有遵照上帝的旨意和理性行事的结果,尘世罪恶是人性的迷失与道德堕落的结果,而与"上帝救赎"无关。但丁不仅由此证明了人类堕落的罪魁祸首就是腐败的基督教会和教会人士的愚昧,说明由教会腐败引起的尘世堕落就像毒瘤和瘟疫一样,由教会和贵族向普通市民蔓延,最终会导致人类社会崩溃,因此才有了以"引诱吉左拉贝拉去顺从侯爵的意愿的人"、吃尽苦头的维奈狄科·卡恰奈米科、永恒的圈子里"被鞭打的罪人"隐喻人性堕落,以地狱中"幸

---

① Jacob Burckhardt, *The Civilization of the Renaissance in Italy*, P. 294.
② George Holmes, *Dante*, P. 6.

福的天使"隐喻了人性的高贵。昆廷·斯金纳（Quintin Skinner）认为，其中展示的是基督教神学观念与"现实生活相联系"①。

基于以上分析，我们就可以得出如下结论，即但丁展示这个观点的目的主要在于反对中世纪基督教会关于"天上地下万事万物皆为人而造，人是为人本身而造"②等观念。为了对这个观点作进一步解释，在展示美好人性的过程中，但丁也在中世纪基督教教会学说中加入了人和积极的人性等带有明显的世俗特征的因素，以说明尘世中的人能够基于自己的理性和判断获得美好的尘世生活，其目的就在于证明中世纪基督教会学说中诸如人类社会是基于"上帝之爱"与"天堂幸福"等带有明显的中世纪基督教神学观念的荒谬。不仅如此，在展示美好人性的过程中，但丁还多次以"上帝之爱"隐喻了人们当下享受的"人间幸福"在本质上就是"天堂幸福"在人间的实现或翻版。这是因为，按照中世纪经院哲学的思考模式和逻辑，但丁这样做就能够将中世纪基督教会判定的尘世中那些"愚昧无知的人"恢复为《圣经》中原本就存在的"积极的人"。对此，布克哈特就认为，但丁的目的不仅在于"直率地颂扬上帝对天体和四行（地、水、火、风）的创造"③，同时"准确无误地证明了自然对人类精神世界有深刻影响始于但丁。他不仅用一些有力的诗句唤醒我们对于清晨的新鲜空气和海洋上颤动着的光辉，或者暴风雨袭击下的森林的壮观景色有所感受，而且为远眺景色而攀登高峰——自古以来，他或许是第一个这样做的人"④。另外，查尔斯·特林考斯（Charles E. Trinkaus）由此认为，但丁是"以一位诗人、历史学家、雄辩家或道德哲学家的形象出现的"⑤。

此外，但丁还基于对人与尘世生活的观察，证明上帝能够通过人与尘世发生联系。于是就有了《神曲》中以"'亚当啊，我们不给你固定地位、固定的面貌和任何特定的职务以便你能够按照自己的意愿取得并占有全然出于你意愿的那种地位、面貌和职责'，和我'给了你自由，不受任何限制，你可以为自己决定你的天性'，'你可以堕落到与野兽同行，亦可以上升位列神明'"⑥ "哦，该

---

① Quintin Skinner, *The Foundations of Modern Political Thought*, Cambridge University Press, 1978, P. 11.
② Jacob Burckhardt, *The Civilization of the Renaissance in Italy*, P. 352.
③ Jacob Burckhardt, *The Civilization of the Renaissance in Italy*, pp. 293-294.
④ Jacob Burckhardt, *The Civilization of the Renaissance in Italy*, pp. 294-295.
⑤ Charles E. Trinkaus, *The Poet as Philosopher*, P. 1.
⑥ Ernst Cassirer, *Philosophy of Man*, Oxford: Oxford University Press, 1963, pp. 224-225.

死，天国众神的希望居然如此"，以及"当爱神找到有资格注视他的人，那人就对他的懿行淑德记在心中，认为这无疑是她赐给他的恩宠"等隐喻人和尘世生活的原因了，同时以"上帝洞见一切""人类享有这一切天赋的优点"和"我们是被那普照整个天国的光点燃着"隐喻了对人类未来的构想和期待，进而以"我很想停留在那里哭一场""你就向前望吧，看你是否能看出他来"等隐喻了人的理性和自由意志的作用，目的就在于"指导现世"[①]。

我们由此就可以理解，后人对于但丁的立场虽然有不同解说，但是其中有一点是一致的，那就是但丁作品中的"人"已经具备领悟"天堂幸福"与"上帝之爱"的能力，即尘世中的人具有乐观的精神世界与积极进取意识。因此，在《新生》和《神曲》等作品中，但丁就以"普里亚和普罗旺斯变得怨声载道"、"表情痛苦没精打采"的天使等隐喻尘世堕落，以"伊似非人之女，而系神之女""那位淑女坐在礼赞圣母的地方"，以及"另一位年轻美貌的女郎按着天使之主的旨意，被召前往他光荣的国土里去"等隐喻人们理想中的"上帝之爱"与"天堂幸福"。截至目前，学界对这个问题已经有很多类似的研究。其中，戈登·哈伍德（Gordon S. Harwood）就认为："人类通过发挥自由意志决定能够接受多少来自上帝的光辉，来世直接与他领悟上帝的阳光、爱与力量的能力相关。"[②]埃里希·奥尔巴赫（Erich Auerbach）也认为，"无论是神学著作，还是艺术史方面的研究都包含着对人的解说"[③]。威廉·安德森（William Anderson）由此认为，但丁作品"具有广泛而现实的重大意义"[④]。

我们由此可以看出，但丁关于"积极的人"的解说一方面是通过赋予中世纪基督教会学说中"盲目无知的人"以积极的精神世界与高尚的道德意识来实现的；另一方面，在这个过程中，但丁也通过对《圣经》中原本就存在的"上帝的神性"等观念隐喻了他对尘世中的人的理解和关爱以实现他关于人与尘世生活的构想与期待的。也就是说，但丁将上帝的"神性"赋予了尘世中的人，进而展示了对理想中的尘世生活的构想，因此才有了但丁作品中的"人"已经具备了知晓

---

① A. Heller, *Renaissance Man*, pp. 123-127.

② Gordon S. Harwood, *A Study of the Theology And The Imaginary of Dante's Divina Comedy*, Lewiston, 1991, P. 34.

③ Erich Auerbach, "Figura." In *Scenes from the Drama of European Literature: Six Essays*, P. 60.

④ William Anderson, *Dante the Maker*, introduction, P. 2.

上帝旨意的能力，同时以人的主观感受作为评判一切的唯一标准。现在看来，其目的就在于说明只有那些少数最早觉醒的人文主义思想家才能够对人与当下的这个世界有一个清醒的认识。

这说明，但丁关于"人"与尘世生活的理解都很模糊，截至目前国内学界还没有一个统一的立场，但是可以肯定的是，但丁基于对人与尘世生活的解说，恢复了人具有独立的精神世界与道德意识。在这个观点背后，原本属于"上帝"的智慧与洞察力已经为尘世中的人分享，人具有上帝的智慧，进而证明了中世纪基督教会宣传的"上帝救赎"与"天堂幸福"本质上就是人的"自我救赎"。这是因为，基督教会宣传的"上帝之爱"隐喻的是尘世中人的"自我救赎"。现在看来，"这些影响改变了14世纪大多数人文主义思想家的观点，出现了与脱离社会生活相违背的新的重视世俗社会与家庭生活的历史观和道德观"[①]。玛丽亚·罗塞蒂（Maria F. Rossetti）也对当时的这个变化进行了解说："但丁的名字超越了时空，不仅是意大利，而且整个宇宙都是他的出生地，不仅是14世纪，整个历史发过程展都是他生活的时代。"[②]

这是因为，人类社会的变革并不是一个周而复始的简单过程或人生经历，而是人的道德观念更新与精神世界升华的辩证的发展过程。就但丁的思想观念而言，其中分别隶属于以中世纪基督教神学观念为主要内涵的中世纪宗教神学意识与以赞美人与尘世生活为主要内容的近代人文主义观点之间产生了不可调和的对立与矛盾，这些矛盾和观念不断交锋和冲突，最终形成了一个关于人与尘世生活的理解，即人是尘世社会的主宰和宇宙的中心。一方面但丁由此成为"具有道德分辨力和自我意志的个体"[③]；另一方面，虽然但丁经历了守候在地狱入口的"三只猛兽"的逼迫而被迫退向地狱的入口，但同时仍然以天边一道闪亮的"星光"隐喻了"发生变化的必要条件和这位徒步旅行者的觉醒"[④]，这也是但丁人生旅程中的"无可争辩的人生向导和'父亲'"[⑤]的主要原因。由此可以理解，虽然但丁关于人与尘世生活的解说是借助于教会学说和中世纪基督教神学观念完

---

① Hans Baron, *The Crisis of the Early Italian Renaissance*, P. 6.
② Maria F. Rossetti, *A SHAOW OF DANTE*, Port New York, N.Y. London, Kennikat Press, 1871, P. 1.
③ Brian Tierney, *Rights, Law and Infallibility in Medieval Thought*, Variorum, 1997, P. 164.
④ Franco Masciandaro, *Dante as Dramatist*, P. 2.
⑤ Rachel Jacoff (ed), *The Poetry of Allusion*, introduction, Stanford: Stanford University Press, 1991, P. 1.

成的，而且其中仍然带有基督教神学意味和教会学说的痕迹，但是关注的目标已经是人与尘世生活。由此可以理解，但丁作品中的"上帝之爱"与"天堂幸福"就是上帝对人的理解与关爱，即与布克哈特关于"生活的不同旨趣和不同表现的生气勃勃和丰富多彩"[①]等论述有异曲同工之妙。

首先，但丁通过对基督教会宣传的"尘世罪恶"与"上帝惩罚"，以及人性与人类道德的解说，说明了基督教会宣传的"上帝救赎"本质上就是人在精神上不断向"上帝之爱"与"天堂幸福"靠近的世俗过程，具有独立的精神世界与高尚的道德意识的人才是这个过程的主体。在《神曲》中，读者经常可以看到对努力向上天进发的积极的灵魂的惩罚本质上就是对人的关爱，以及对那些已经获得了"上帝救赎"的灵魂的赞美。《新生》和《论世界帝国》等作品通过对尘世乐趣的解说，展示了"世俗生活的无限范围"[②]，同时以"神秘原因与人类痛苦的承受者"[③]隐喻了尘世中的"人"已经具有按照自己的意愿处理一切的能力，即"他的人生旅程开始于佛罗伦萨"[④]。

不仅如此，但丁还以"永恒的天""高尚的存在"和"万能的主"隐喻了"上帝之爱"和"天堂幸福"，同时以"善行""幸福""愉快"和"美妙"隐喻了人的思想解放和精神自由。理查德·兰辛（Richard H. Lansing）由此认为："但丁的创新与复兴精神也许还没有被完全理解"[⑤]，因此才有了《神曲》中经常以诸如"那个奔跑的人""已经领会了上帝的旨意"和"我们中间的每一个人都自成一类"等隐喻尘世中具有独立的思想意识的"人"。同时，但丁也以"我们的愿望是给那些像盲人一样在街上走的人一些启示"和"人的行动不是受本能而是受理智支配的"等隐喻了人性的高贵与人类道德的尊严。虽然二者表达相似，但是其中的进取意识和道德价值取向已经与教会学说或基督教神学文化完全不同。

《神曲》中诸如地狱中"三个鬼魂一起飞跑着离开了在火雨酷刑下走过的队伍""如果你知道怎么走，我们就不要护送"，以及"严峻的正义"等都带有

---

① Jacob Burckhardt, *The Civilization of the Renaissance in Italy*, P. 145.
② Giuseppe Mazzotta, *Dante's Vision and the Circle of Knowledge*, P. 17.
③ Franco Masciandaro, *Dante as Dramatist*, P. 106.
④ William Anderson, *Dante the Maker*, P. 152.
⑤ Richard H. Lansing, *Dante- the Critical Complex*, Series Introduction, London: Routledge, 2003, P. vii.

明显的世俗特征的描写。为了对这个观点作进一步解说,在展示尘世生活美好的过程中,但丁还经常以"刺眼的光芒""欣喜之地"以及"父亲就在那里"[①]等隐喻了教会学说对人的启迪,其目的就在于证明尘世中的人已经具有向"上帝之爱"与"天堂幸福"靠近,以获得"上帝救赎"的能力。艾蒂安·吉尔森(Etinne Gilson)认为:"毫无疑问,但丁给自己很多机会表达个人观点。"[②]瑞秋·捷克夫(Rachel Jacoff)也是基于对当时西欧出现的不同于中世纪基督教神学观念和社会意识等的探究,认为"哲学成为其心灵的安慰"[③],但是二者对基督教会宣传的"天堂幸福"与"上帝之爱"等观念的理解已经有了本质的区别:但丁将人性与人类道德作为衡量一切的标准,而基督教会则是以"天堂幸福"与"上帝之爱"为出发点来看待一切。

其次,但丁虽然是以积极态度论述的人与现实生活,但是其中仍然带有明显的教会学说的痕迹与中世纪基督教神学意味。其中,但丁关于上帝的作用和形象的解说代表了人们关于"上帝之爱"与"天堂幸福"的理解,即但丁展示"天堂幸福"与"上帝之爱"的目的在于以上帝的恩惠防止人类堕落,而不在于展望人类未来。根据中世纪基督教会学说,上帝降临人间为完成拯救人类的使命,因而人类救赎并不需要基督教会引导,认为尘世中的人应该在精神上服从上帝的指引,而不是盲从于当下的教会说教,同时展示了人性中阴暗的一面,即尘世生活与基督教会宣传的"人类救赎"无关。

由此可以理解,《新生》和《神曲》等作品中虽然带有中世纪宗教文学的表达风格,但是其中已经出现了对尘世堕落与"教会腐败的谴责"[④]。由此可以理解,《新生》和《神曲》中就经常以诸如"上帝的选民"和"我们前面不远有声音回答我们"等隐喻了对世界和平与尘世幸福的期待,以"圣灵的伟大器皿""人间的辉煌"和"充满爱的容器"等隐喻对上帝的人性的肯定,同时以"普照全世界的太阳"以及"温和的星星"等隐喻了对"人类未来"和"天堂幸福"的期待,进而以"那个拿着天国钥匙的人,在上帝和玛丽亚崇高光辉的照耀

---

① Rachel Jacoff and Jeffrey T. Schnapp, *The Poetry of Allusion*, P. 35.
② Etinne Gilson, *Dante and Philosophy*, P. 85.
③ Maria F. Rossetti, *A SHAOW OF DANTE*, P. 22.
④ Benfell V. Stanley, "Prophetic Madness: The Bible In Inferno XIX", P. 154.

下，同圣徒们一起，在他的胜利中凯旋"隐喻了尘世生活中的"精神含义"①。彼得·伯克（Peter Burke）认为，"与人们关于宇宙的传统观点一致的是，人们对时间与空间的观点已经发生了变化"②。这些变化的结果是，人们"重新燃起了对古代世界的兴趣"③。

这是因为，中世纪晚期的西欧虽然仍然处于中世纪基督教神学观念和基督教会学说的严密控制下，但是已经出现了近代萌芽，但丁关于人与社会的理解就是这个变化的产物。一方面，在解说人与社会生活的过程中，但丁没有完全遵照教会说教和基督教神学的教诲来看待当下的一切，而是以人性与人类道德作为观察的出发点，以个人的生活体验为媒介，展示了人生的过程。这就在很大程度上摆脱了基督教会的封建说教和中世纪基督教神学思想的束缚，同时以人性与人类道德为标准，验证了尘世中的"善与恶"和"美与丑"。另一方面，但丁没有完全做到能够以客观理性的态度积极看待一切，而且其中仍然有很多与当时的西欧社会现实不一样，甚至是荒唐可笑的地方。

由此可以理解，但丁思想的新时代特征主要表现在两个方面：一方面，但丁在观念上突破了中世纪基督教神学观念对人的精神世界的禁锢和束缚，将高贵的人性与高尚的人类道德作为标准评判人与社会生活的标准，以说明尘世中的人不仅具有积极的进取意识和丰富的道德情感，而且能够通过努力获得《圣经》中的"天堂幸福"与"尘世幸福"。另一方面，由于人具有社会性因而会犯各种错误，人也具备了向"人性本善"回归的意愿，因而能够获得"上帝救赎"。这些都在暗示着这样一个事实，但丁已经开始思考诸如：上帝与人哪一个更重要？是"上帝之爱"还是人的"自我救赎"更加符合人性？换句话说，这个问题就是，尘世中的人究竟应该无条件地服从上帝的教诲，还是应该追求精神自由和当下的尘世乐趣？

我们由此可以看出，但丁的思想意识或精神世界并不像有些研究者或读者认为的那样，是一个抽象的思维过程或是基于中世纪宗教文学概念而来的对教会学说的固化，或是关于人与尘世生活的虚幻的论述或经院哲学式的推理，而其中展示的是中世纪晚期西欧社会的变化及其对当下的人与尘世生活的影响，以及由

---

① Simon Brittan, *Poetry, Symbol, and Allegory*, P. 60.
② Peter Burke, *The Italian Renaissance: Culture and Society in Italy*, P. 69.
③ Alan Bullock, *The Humanist Tradition in the West*, P. 19.

此而来人们对人性的关注与人类社会变化的反思。这在很大程度上是因为，这时人们不仅开始了对人与世俗生活的关注，人性与人类道德也被赋予了崇高的精神内涵与道德地位，人性甚至被看作是衡量尘世中一切的最终标准。结果是，中世纪晚期的西欧社会并没有过于激烈的变化，但是人的精神世界却由此开始变得活跃起来，尘世生活开始迸发出积极乐观的景象，上帝因此具有人的属性。这能够说明，但丁并没明确提出"人文主义"或类似的观点。

现在看来，但丁关于人与上帝等观点的变化不仅包括了当时出现的对人与尘世生活的观察，也包含了当时人们都在极力避讳的诸如上帝、天堂、基督等敏感的话题，以及对当下各种现实问题的探讨。结果是，人们从自身角度观察这个世界。彼特拉克以大自然美景隐喻了人性的高贵与人类道德的尊严；薄伽丘基于对人性与人类道德的探究，提出"精神自由"和"尘世幸福"只能靠自己争取，而不能够靠基督教会的拯救与施舍的近代意义的观点，这就在理论上否定了"人类幸福"来自"上帝赐予"等中世纪基督教蒙昧主义与禁欲主义观念。从这个意义上讲，但丁作品不仅包含了对人与尘世生活的观察，更预示了西欧近代社会的发展方向。

首先，但丁的人学观来自教会腐败和基督教神学观念的衰落。随着教会腐败和基督教神学观念的衰落，人与社会生活成为可以把握的内容。例如，人们在任何一个具体问题上缺少信仰往往会导致迷茫或怀疑的倾向，很容易会得出类似于基督教会学说的、不值得信任的结论；世俗权力也试图插手教会事务，并且在与教会的争斗中作出有利于自己的决断。14世纪，佛罗伦萨公社政府就采取了限制教会特权和插手属于基督教会专管领域的政策。这一倾向的顶峰就是，公社和教皇格里列高十一世之间的战争（1375-1378）。在战争中，不仅宗教界被抽以重税以冲抵战争费用，基督教会的财产也被没收并被卖给俗人。不仅如此，佛罗伦萨公社政府还试图控制对佛罗伦萨和费埃索列两个主教区职位的任命，并对教士施行了前所未有的广泛的监督。

意大利的市民，特别是青年人对教会人士和神职人员普遍持有怀疑，甚至敌视。人们同时意识到基督教会就是造成尘世腐败和人类堕落的罪魁祸首。更有甚者，有人公开宣称教会人员是"最可耻的诽谤对象"[1]。这是因为，随着基督教会腐败和尘世堕落，意大利出现了对教会人士的人身攻击，"令人惊讶的是，

---

[1] Jacob Burckhardt, *The Civilization of the Renaissance in Italy*, P. 445.

第二章 但丁：人性的确立者

佛罗伦萨市政府也对神职人员采取了嘲讽甚至漠视的态度。再比如，为了保护争执中的世俗人士，教士和神职人员都可能成为人们报复的目标。"[1]更有甚者，在当时的佛罗伦萨，如果一个宗教法庭拒绝审理作为被告的宗教人士，世俗法庭就可以"关押宗教界的罪犯，并对他们审讯和判刑"[2]。这些都加速了基督教会学说和基督神学观念的衰落。

其次，但丁将古典文化中的美好因素展现在作品中。但丁在论证他的观点的过程中，也经常以《圣经》内容和古典文化为依据，证明人性中本身就带有源自古代的人性中的"美"和"善良"。主要表现为，从《神曲》关于"精神的人"的解说中可以看出，他理想中的"人"既包含了古希腊罗马文化中关于人是具有理性的精神内涵，又具备了基督教会对人与尘世生活的强调，是二者的有机结合，其中反映的是以追求"尘世爱情"与"此岸幸福"为主要特征的世俗文化与基督教会关于以尊崇"上帝之爱"与"天堂幸福"为主要特征的中世纪基督教神学文化之间的矛盾与对立，是人们对尘世生活与自身存在的思考。

除此以外，但丁思想意识中的模糊性与矛盾性还表现在，在他面临是追寻人与尘世生活的乐趣还是"上帝之爱"的选择时，经常徘徊于究竟应该遵循内心的呼唤与高尚的人类道德的指引，以获得精神自由与思想解放，还是信仰基督教会学说从而表现出来的对人性的敬仰。他在精神上归于对"上帝之爱"与"天堂幸福"的回归，以及由此而来的以中世纪经院哲学的论证方式对人类社会变化的评判等带有明显的中世纪基督教禁欲主义与蒙昧主义的观点，目的在于期待人在精神上实现对《圣经》中的"上帝之爱"与"天堂幸福"的回归。现在看来，他的这个观点既是基于中世纪经院哲学的思考模式作出的，同时也是基于对中世纪基督教神学观念和想象作出的，其中既有对西欧社会变化的恐惧与迷茫，更有对未来的惶恐。换句话说，但丁是以僵化的中世纪基督教神学观念和教会学说解说人与西欧社会，因此二者间必定会产生矛盾和冲突。

这是因为，自中世纪基督教神学文化形成以来，其内部就一直存在着人与神之间在观念上的矛盾与对立。二者的分歧主要表现为，认为尘世中的人是应该以人为出发点，通过对人的自由意志和理性的肯定，证明尘世中的人具有获得上

---

[1] Denys Hay. *The Italian Renaissance in Its Historical Background*. Cambridge: Cambridge University press,1961. P. 65.

[2] G. Salvimini. *Le lotte fra Stato e Chesa nei Comuni italiani durante il secolo* XIII. 1901. P. 45.

帝智慧的能力，还是以"上帝之爱"与"天堂幸福"为出发点，说明尘世中的人能够通过克服自身的缺点和欲望，通过自己的努力达到向"上帝之爱"代表的"至高真理"回归的目的。虽然二者都强调通过尘世中人的精神净化与道德纯洁达到与"上帝之爱"合二为一的目的，但是二者出发点的不同导致了尘世中的人是"精神的人"，还是"上帝羔羊"之间的差异。前者代表的是中世纪基督教神学文化的进步意义和人文主义精神的表达，是西欧历史的进程和文化发展的真实形态；后者则是反动的宗教哲学观，是基督教会和僧侣和封建统治者强加的精神枷锁。当时的现实情况是，中世纪基督教神学功能或教会学说中没有任何一个地方提及诸如尘世中的人已经成为具有积极而独立的道德意识和社会观念的"精神的人"，或者类似的观点。

中世纪基督教神学文化内部这种人神对峙反映在现实生活中就表现为，以肯定以崇尚人性与高尚的人类道德为代表的世俗文化与中世纪基督教神学文化之间的矛盾与冲突，其中的关键就在于对"人性"这个概念的不同理解。世俗文化认为，由于尘世中的人具有判别真假善恶的能力，因而人能够基于个人意志作出有利于自己的选择，其实质就是强调人具有理性和自由意志；中世纪基督教神学文化认为，人是上帝的创造物和附属物，因而只能领会上帝的救赎与来自天堂的幸福，尘世中的人只能在精神上匍匐于上帝脚下。这是因为，人们的精神世界和思想意识开始变得活跃，对一切都充满了好奇，同时开始怀疑教会说教，但是仍然以教会说教为标准评判一切。由此可以理解，但丁以人性与高尚的人类道德为依据，展示了对当下的尘世罪恶的惩罚，进而以《圣经》中的"宁静""和谐"和"欢快"等隐喻了对理想中的"人类爱情"与"尘世幸福"的赞美。

这是因为，在但丁看来，人生的目的就在于追求理想中的"上帝之爱"和"天堂幸福"；同时，但丁也在这个过程中追求"人生幸福"与"尘世乐趣"，将其看作是尘世中人的毕生责任和上帝赋予人类的精神意识与道德义务，但是所他关注的目标和重点仍然是人与尘世生活这个角度，其目的在于说明人生的目的就在于获得精神的净化与内心平和为代表的"此岸幸福"，即以人与尘世生活为出发点看待一切[①]，因此才有了但丁把教皇卜尼法斯八世和腐败的主教打入地狱接受"上帝惩罚"，同时让他敬爱的"异教徒"、古希腊诗人维吉尔为向导，引导他周游了代表尘世中人的精神净化与道德升华的地狱和炼狱，进而在贝雅特丽

---

① Alan Bullock, The Humanist Tradition in the West, P. 9.

齐的引导下游历天堂。现在看来，虽然这些经历都是但丁构想出来的神话世界的一部分，但是其中的内容在很大程度上展示的都是当时的西欧社会现实。

此外，关于这个问题，还应该注意的一点是，但丁思想中虽然已经出现了积极乐观的精神与世俗特征，但是他的这些描写并不完全是基于对人与西欧社会的观察，以解说人与西欧社会变化的，因此其中也带有很大的虚幻和想象成分，因此不完全是当时西欧社会的反映。也就是说，无论是他的"三界之旅"中灵魂的解说与评判，还是对那些已经获得"上帝救赎"的灵魂的赞美都带有尘世痕迹和明显的想象成分，其中既有对人性的肯定与对高尚的人类道德的赞美，也有对尘世犯罪与腐败堕落的教会人士的惩罚等对立的描写。从这个意义上讲，无论从但丁关于人的本性的刻画、人的内心的描写，还是他关于人性的解读等都已经与当下的现实生活相联系。

再次，但丁关于人与人类道德的理解已经由对人类社会变化的抽象思考过渡到对人生经验的思考与人类社会发展历程的总结上来。从以上解说可以看出，在解说人与尘世生活的过程中，但丁不仅将他对基督教会宣传的"上帝之爱"与"天堂幸福"的尊崇转化为对人的内心自由与尘世快乐的追求，其中人能否感受到和平与幸福就成为衡量这个变化的主要标准之一。这是因为，这时人们一方面能够尽情享受内心的自在与尘世幸福，对伦理学、政治学、经济学、美学、逻辑学和修辞学等学科都表现出浓厚的兴趣。这是因为，"自12世纪以来，贵族和市民共同居住在城市这一事实非常重要。更重要的是，两个阶级的兴趣爱好得到很好的统一。在意大利从来就没有像北方那样，为甘心作为贵族家庭长子以外的子弟提供生计的手段。"布克哈特由此认为："在但丁后，新的诗歌和文学著作已经为全意大利所有，还有古典文化复兴和人作为人出现的一种新的兴趣。"[1]

从但丁的目的来看，他以尘世中的"真人"经历代表尘世中人的精神自由与道德升华，"三界之旅"虽然代表人死后的"另一个世界"，但是由于其中的人物与场景都发生在当下的现实生活中，甚至有些就是当时人们正在经历的现实生活。在这个场景中，但丁以理性和积极乐观的态度观察了人生的过程，目的就在于通过对其中罪恶与惩罚的展示警示世人，因而其中必然带有明显的对人性与人类道德的剖析。这两方面共同决定了但丁的思想意识与教会学说和中世纪基督

---

[1] Jacob Burckhardt, *The Civilization of the Renaissance in Italy*, P. 354.

教神学观念的区别。一方面，由于但丁看问题的角度和方法都源自中世纪基督教神学观念和古典文化，因此他的观点必然与尘世生活以及当时的西欧现实产生巨大差异。另一方面，但丁的观察视角和观察范围也经常变化：他有时以教会学说和中世纪基督教神学观念为基础来看待人与尘世生活，有时以人性与人类道德为方法来观察一切。虽然二者并没有太大的差别，但是由于基督教会的任意歪曲与误读而导致了人们思想意识的混乱与道德迷失。由此可以理解，《新生》和《神曲》等作品一方面将教皇卜尼法斯八世置于地狱中烘烤，同时恢复了《圣经》中教皇至高无上的崇高地位。现在看来，这些观念虽然是对古典文化的回归，但是却由此造成了但丁思想的困惑与迷茫。

这方面，布克哈特就是基于对西欧近代社会发展的探究认为，但丁作品"是从自然界的现实取得知识，或从人类生活现实取得知识，然后运用这些知识，绝不是仅仅用来做点缀，而是使读者对其意义有最充分和最恰切的理解。但丁在这方面比任何近代诗人做得都多"①。结果是，西欧出现了"对经院哲学的反叛，对《圣经》教条的反叛和对教会等级的反叛"②。这个变化反映在当时的现实生活中就是，这时的人们感受到人类社会变迁与西欧社会变化的影响，人们大多趋于对西欧近代世界的展望。也就是说，基督教经典文学中"积极的人"从哲学的高度冲击了中世纪以来基督教神学所设立的精神藩篱，并由此揭开西欧人文主义文化的新篇章。同时也应该看到，但丁作品的理论体系的不成熟和中世纪基督教神学观念的痕迹和落后意识也有碍西欧早期资本主义精神的形成。不仅如此，其中的矛盾性和妥协性使之不能将反对教皇和维护君主政权等观念贯彻到底。

从文学解说的角度来看，尽管但丁宣扬人性与高尚的人类道德在人的精神世界中有决定性的地位与作用，这种解说有虚幻的成分甚至是故意之嫌，但丁仍然依据中世纪基督教神学色彩的观念来看待一切的，其中有一点是不可否认的，那就是，中世纪晚期意大利出现的世俗特征与西欧早期的人文主义精神等微妙的变化已经在很大程度上引发了人们关于人性和人类道德的追寻、对人类命运等与现实生活的思考，并由此产生了人们对尘世生活的观察与对人性与人类道德的观

---

① Jacob Burckhardt, *The Civilization of the Renaissance in Italy*, P.284.
② L. W. Spitz, *The Religious Renaissance of the German Humanists,* Cambridge University Press 1963, P. 269.

察与理性期待。除此之外，但丁的作品中还出现了一个不可忽视的现实因素，那就是，西欧近代性质的经济的发展极大地促进了意大利与外部世界的沟通，同时促使西欧文化兴盛，进而从外部引发了当时的人们对人的内心世界的探寻与自身存在的关注。

由此就可以理解，但丁关于"人"的理解与对人类道德的解说使他回到关于人是尘世中心和人类的主宰，还是上帝的附属物和创造物等这个中世纪基督教神学问题的源头，其中的核心就是人们一直在疑惑的"尘世中的人到底有没有人性？"这个与未来密切相关的现实问题。如果有，人性到底是什么？以及人性与高尚的道德在人获得尘世幸福的过程中究竟起怎样的作用？截至目前，虽然人们对于这个问题作出了不同的观察和解说，但是从这个问题的本质来看，但丁的这些思考都没有超出中世纪基督教会学说或是中世纪基督教神学的思考或论证的范畴。也就是说，这些思考或观点都是从中世纪神学观念中的"天堂幸福"与"上帝之爱"的角度出发解说这一情况的，其中就包含着尘世中的各种罪恶。这些观点自产生之日起就迅速向西欧不同社会阶层渗透，其所到之处深刻而彻底地革新着那里的社会意识与精神面貌。对此，阿伦·布洛克(Alan Bullock)就作了明确的解说："人的优越性是他发展的一个重要概念，其中就包括能言善辩和领袖群伦在公共事务中扮演活跃角色的品质。"[1]对于但丁的这个积极的行动，马内蒂（G. Manetti）也大声呼吁："用全身心去拥抱道德吧！如果我们相信西塞罗。因为道德（Virtu）这个词来源于拉丁文中男子汉气概（Virilita）这个词，而禁欲主义者则把人变成了石头，他们不是在歌颂人性而是在消灭人性。"[2]

但丁思想中的矛盾与模糊意识还表现在，他将人类社会看作基于上帝旨意进行的自然过程，其中一方面说明对当下现实生活的观察与解说，另一方面更说明人类社会的变化有其自身规律，这也在很大程度上解释了但丁作品中那些既有按古希腊罗马神话构建的尘世场景，也有对中世纪以来西欧社会变化的反思等带有近代性质的内容。因此，对于但丁作品中展示的积极意识或者说新时代精神，弗朗科·马辛达罗（Franco Masciandaro）就认为："但丁将伊甸园比作地狱中的花园，目的就在于赋予地狱以新的含义。"[3]玛丽安·夏皮罗（Marianne

---

[1] Alan Bullock, *The Humanist Tradition in the West*, P. 11.

[2] Eugenio Garin. *Der Italianische Humanismus*, P. 70.

[3] Franco Masciandaro, *Dante as Dramatist,* Philadelphia: Philadelphia University Press 1991, P. 36.

Shapiro）也表达了类似的观点，认为："但丁将理性应用于他的作品在当时来看就是惊人的创举。"[1]桑索尼（G. C. Sansoni）进一步认为："但丁虽然是中世纪的人物，但是他却以最有权威的理性引导当下的人。"[2]约翰·拉斯金（John Ruskin）也由此认为："但丁之所以被称为世界中心，因为他既代表理想、道德与智力的最高峰，也代表人类想象力的最初功能——对终极真理的理解达到最高境界，这些内容则被依次带入人的内心。"[3]

导致西欧社会意识改变的主要因素还有很多，其中最著名的一点就是，这时的市民第一次以一个带有明显的独立的思想意识与明确的道德观念的积极的社会力量登上西欧社会发展的历史舞台，并且自身的思考和行动深深卷入当时西欧社会变革的社会过程之中。进一步来看，相对于之前的任何一个社会变化而言，这个观念的变化都不愧为一声炸雷，响彻了西欧。这个变化不仅极大地改变了当时的人们对人类社会的理解和认识，更在很大程度上促进了人们的思想观念的进步和西欧社会意识的更新。这些内容概括起来就是，积极进取的市民意识为西欧社会的发展提供了积极的精神意识与明确的道德力量。这一方面来源于对人性的赞美与对人类未来世界的构想与期待，更来源于当时的人们对获得解放思想和精神世界的现实需要。

除此以外，即使抛开"行吟诗人"的诗歌，读者仍然能够发现，关于人与尘世生活等内容在中世纪晚期已经出现。不仅如此，这种带有明显的世俗特征或积极意识的道德萌芽也随着西欧社会逐渐发展壮大，并最终成为西欧近代文化的主流。造成这个情况的另一个主要原因是，但丁作品或因为俗语表达贴近尘世生活而朗朗上口，或因为其中表达了深远而优雅的文学意境而意味悠长，或因为对中世纪基督教会独裁统治的追忆显得茫然与无奈，但是其中表达的却是对当下尘世生活的观察与对人生的思考。这在很多方面都会与西欧社会现实产生矛盾，其中隐含的是"对意大利批评德意志思想观念等不成熟的回答"[4]。关于这个问题，需要说明的一点是，但丁作品中虽然已经出现了对人类社会的关注，以及对未来的期待等带有明显的积极意识和近代性质的内容，但是他关于以上这一切的

---

[1] Marianne Shapiro, "On the Role of Rhetoric in the Convivio", *Romance Philology* 40, no. 1, 1986, P. 48.

[2] G. C. Sansoni, *Life of Dante*, trans by Paul G. Ruggiers, Berkeley and Los Angeles1954, P. 58.

[3] William Anderson, *Dante the Maker*, P. 3.

[4] Jacob Burckhardt, *The Civilization of the Renaissance in Italy*, P. 143.

论述仍然是从中世纪基督教神学或者说中世纪经验哲学的思考模式为出发点作出的。也就是说，中世纪经院哲学的思考模式仍然制约着他的思想意识，这就在很大程度上决定了他不能对当时的西欧社会作出完全理性的观察或思考。从这个意义上讲，但丁的作品和他的观点只是他关于中世纪晚期西欧出现的关于人与西欧社会变化的模糊的感觉或是当时人们的模糊的自我意识的展示和解读，而不完全是对中世纪晚期西欧社会变化的剖析。

这说明，但丁关于"人"的构想与解说在很大程度上只是作为人们想象中的经典或文学形象提出来，并不是有些研究者认为的，具有各种丰富的文学内涵或复杂的政治含义，或是其他方面的暗示。我们由此就可以理解，但丁以一个地狱中"真人"的角度来观察人与一切，直到他走出炼狱才最终宣告结束。尘世中的"人"也由此开始由"盲目无知的存在"恢复为"积极的人"。我们由此可以得出结论，无论是但丁作品中的灵魂有怎样的语言或行为，也无论他们的立场和观点在多大程度上是对当时的人与西欧社会现实的解说，但是他们的内心世界和道德意识却是一致的，即"什么样的形象就代表什么样的精神意识"。因此，就可以理解彼特拉克关于意大利人的形象与精神意识的解说："即使是今天，意大利人，特别是罗马人，仍然抱有用一种简单的、一两句话勾画出人的形象的艺术。这种对具体事物的迅速领悟被认为是发现美丽的一个基本条件"[1]。但丁也因此成为"当时第一流人物，这样评价他比评价他同时代少数艺术家更有理由，因为他就是这个灵感的源泉"[2]。

---

[1] Jacob Burckhardt, *The Civilization of the Renaissance in Italy*, P. 338.

[2] Jacob Burckhardt, *The Civilization of the Renaissance in Italy*, P. 147.

小　结

　　综上所述，但丁在中世纪基督教神学观念和教会学说在西欧占主导地位的前提下，以中世纪经院哲学的论证模式展示了对尘世生活的观察、对人类社会变化的观察与人性的解说，以及对人性与人类过往历史的反思，当时的西欧已经与中世纪有了根本的区别。因此就可以理解，但丁关于"人"的解说不仅是一个与教会学说和中世纪基督教神学观念有关的理论问题，更是一个与人、与尘世生活密切相关的现实问题，对"积极的人"的解说是其中的关键。

第三章　彼特拉克：人性的赞美者

彼特拉克作为但丁之后有明显的人文主义精神的作家和思想家在西欧文学史上占有一个十分崇高且独特的历史地位。他关于人与尘世生活的描写主要是通过对大自然景色的赞美与对尘世堕落的反思实现的，以及由此而来表达了对人性的赞美与对理想中的尘世生活的期待。与但丁十分不同的是，他的诗歌中不仅已经摆脱了中世纪宗教文学中那种常见的阴冷、灰暗色调的忧郁与描写人的精神世界的迷茫和彷徨等内容，以及由此带来的人的心灵的愤懑与精神的压抑，而且通过对人性和尘世景色的赞美带来了积极面对一切的乐观的精神气质。如果说但丁是以对人与尘世生活的关注开启了近代世界，彼特拉克则基于对大自然景色与宁静的乡村生活的赞美带领读者迈进了近代世界的大门，其中展示的是中世纪晚期西欧出现的以积极乐观的生活态度和以理性的态度积极看待一切的近代意识。基于此，本章主要讨论彼特拉克对大自然景色的展示与平静的社会生活的解说，对理想中的美好的尘世生活的构想，以及由此而来的对人性与高尚的人类道德的赞美与期待。

第一节　彼特拉克眼中的尘世美景

彼特拉克对人与尘世生活的探索是按照知识界宗教文学的模式，通过对大自然景色的赞美、对平静的尘世生活的期待，以及对人生的感悟实现的。主要表现为，彼特拉克能够以更加理性积极的态度展开对尘世生活的探求，热衷于各种性质的旅行、在西欧各地奔走就成为他理解人生与尘世生活的手段和主要方式之一。进一步来看，这些努力不仅为他赢得了很多声望和荣誉，同时也加深了他对人生和人类社会的感悟。彼特拉克也因为这一点被称作"欧洲14世纪的第一位古典学者和外交家""享誉全欧洲的桂冠诗人""古代世界与现代世界的连结者""欧洲文艺复兴文化的创立者之一""欧洲近代第一位历史学家""西欧的第一位园艺家""西欧第一位登山家"等。

从彼特拉克的生活经历来看，各种性质的出游和旅行占据了他一生的大部分时间：1330年夏天，他游历了隆贝、比利牛斯山和图卢兹等地；1333年，他向北跨越过阿登高原，并到达了科隆及以远地区；1336年，彼特拉克在去巴黎的途中成功登上当时欧洲的最高峰——旺图峰。他于1337年到达罗马，当他看到罗马帝国遗存和文化古迹时，有了"激动的心情""没有言辞能够形容"[1]等带有丰富的情感色彩的描写。彼特拉克还于1341年首次访问那不勒斯，并且在那里被加冕为"桂冠诗人"[2]。在这之后不久，彼特拉克举家迁往帕尔马居住，于1343年再次访问那不勒斯，并且在这个过程中顺路参观了意大利的其他城市。除这些行程之外，彼特拉克还于1345年到达维罗纳，于1350年再赴罗马，并于同年到达了热那亚。而且，他还于1351年到达了当时人文主义气息十分浓厚的维琴察和费拉拉等地，领略到古典文化的美以及人的精神的欣喜与道德愉悦。这些旅行一方面隐喻的是对"古典传统"[3]的期待，更在于表达对人的精神自由与人类未来的期待。值得一提的是，彼特拉克在米兰居住的8年（1353—1361）间，还于1356年游览了达巴塞尔和布拉格等地，并于1360—1361年间再次访问了巴黎。彼特拉克在他生命最后12年间，分别居住在威尼斯、帕维亚、帕多瓦以及阿尔夸等地。

彼特拉克的这些出行通常是为了获得世界和平或有目的外交活动，或是代表他的赞助人或有权势的朋友为缔造和平的呼号奔走，其中就包括去谒见当时法国国王"善良的让"（Jean le Bon）、去布拉格拜会查理四世皇帝等这类具有重大的文化意义与历史意义的行程。而他另外的旅行则是为了探索欧洲各地的历史文化古迹或拓展他的精神意识与道德升华的旅行。此外，他于1341年赴那不勒斯和罗马就是为了被加冕为"桂冠诗人"。1350年，彼特拉克还于每50年一次的贺典时到达罗马，以表达他对古典文化的崇敬与纪念。需要说明的是，关于这些旅行，彼特拉克有时是应邀前往，而有时的动机却无从知晓。彼特拉克的这些旅行不仅使他有机会结识当时西欧的文人雅士、绅士和权贵，同时也使他

---

[1] Alan Bullock, *The Humanist Tradition in the West*, P. 15.

[2] J. P. Trapp (ed), *Essays on the Renaissance and the Classical Tradition*, P. 95.

[3] Carol G. Thomas (ed), *Paths From Ancient Greece*, P. 108.

有机会目睹西欧各地的历史与文化遗存。从截至目前得到的彼特拉克的作品来看,彼特拉克的这些经历使他对古代文化有了深刻的认知。我们由此能够理解,彼特拉克经常以古典文化展示对人和尘世生活的感悟与解说。查尔斯·特林考斯(Charles E. Trinkaus)也是基于这一点得出结论,彼特拉克"对古典知识有相当的了解"[①]。

在他的这些游历中,彼特拉克不仅目睹了当时仍然存在的那些令人震惊的古代历史文化的痕迹,也引发了他对人类古代历史的无限向往与对古代的追忆与怀古寻幽之情,使他在感悟大自然美景的过程中获得精神净化与道德升华。在创作的过程中,彼特拉克以他的早年生活和现实生活为基础,写出《田园歌集》《致友人》《给无名收信人的信》和《阿非利加》等能够流传至今的文学作品。从当时的西欧社会现实看来,彼特拉克获得学问和见识最多的地方是阿维尼翁。当时的阿维尼翁既是西欧的政治中心和交通战略要地,也是各种政治势力争权夺力的中心;当时阿维尼翁的地理位置不仅优越,也是教皇授予圣职的地方。阿维尼翁成为当时人们关注焦点的另一个因素是,西班牙通往意大利的主要道路就在此地跨越罗纳河。另一个巧合是,罗马教廷设在阿维尼翁的70年恰好是彼特拉克在阿维尼翁的时代,因此西欧社会变化也必然也会对彼特拉克的创作产生影响。在彼特拉克看来,当时的阿维尼翁不仅是西欧政治权力争夺的焦点和各种观念碰撞的中心,更是人类信仰与"上帝之爱"的融合之地和尘世生活接受检验的场所。

彼特拉克诗歌的一个显著特点是,其中经常提及他的早年经历和对尘世生活的观察,以及由此引发的对人生的感悟与对人类过往历史的反思。这是因为,人精神旅程不仅是人生的一部分,更是人类"道德旅程的延续"[②]。因此,无论是彼特拉克去造访巴黎、帕多瓦这样充满道德意志和人文气息的学问之地或大学城,还是去敬仰那些近乎荒芜的古罗马遗迹或人类历史的见证地,抑或是去那不勒斯的海滨,在当时看来都是一次获得精神净化与道德升华旅程。彼特拉克于1336年4月26日写给朋友的一封信中就这样描述了他与弟弟盖尔多一同攀登旺图峰时的情形:彼特拉克选择了一条看上去更有吸引力、相对平坦的路,但是这条路却常常引导他走下坡路。他的弟弟则选择了一条笔直、更为险峻的路,并先于

---

① Charles E. Trinkaus, *The Poet as Philosopher*, P. 1.
② John Freccero, *The Eternal Image of the Father* In The Poetry of Allusion, P. 63.

他到达了顶峰。从中世纪文学的角度来看，这个故事的寓意十分明显：私欲和世俗诱惑使彼特拉克三心二意，经常迷失在各种诱惑中，他的弟弟却具有积极执着的进取精神和顽强意志，能够义无反顾，不畏艰险，努力攀登，先于他到达山顶。其中的目的就在于说明，世俗烦恼会阻止人的努力和进取意识，而对精神世界的肯定与高尚的人类道德的追求才是人生的主要目标。

从当时西欧的社会现实来看，彼特拉克的这些外交活动和在西欧各地的旅行或是为意大利的利益奔走，或是为了他保护人的利益而奔走呼号。从文学解说的角度来看，他的这些旅程隐喻的就是对西欧社会现实的观察，以及由此而来的对人性的赞美与理想中的人类未来世界的期盼。现在看来，虽然这些描写仍然带有明显的教会学说和中世纪基督教神学意味，但是其中的世俗生活痕迹和近代精神同样十分明显，后者才是他要说明的内容。例如，1343年和1347年，彼特拉克就以教皇克莱门特六世代表的身份在意大利作了一次长途旅行，以展示教皇对当地人的关怀。人们都在为获得理想中的"尘世幸福"、意大利的社会稳定以及人类和平努力。彼特拉克认为，这次旅行是"从上帝的角度歌颂人性"[1]的认知，更是对"人类幸福"与"世界和平"的构想："假如罗马被割得四分五裂，意大利将会成为什么样子呢？假如意大利被破坏得肢体不全，我个人前途又有什么希望？"现在看来，这句话不仅包含了对祖国意大利的热爱，也包含了对人性与尘世生活的反思。现在看来，这也是彼特拉克经常在他的作品中"歌颂爱情"[2]的主要原因之一。

彼特拉克喜欢阿维尼翁的另一个主要原因是，在那里他能够接触到当时西欧最有学识的文人雅士和在其他地方看不到的文献和书籍，而且当时西欧正在兴建的教廷图书馆更使彼特拉克大开眼界。彼特拉克醉心于文学艺术的另一个主要原因是，西欧的政治纷争造成西欧社会的动荡，加之中世纪基督教神学观念和教会学说的影响，人的思想意识和精神世界也陷于苦闷之中。同时，彼特拉克也力图从古典文化中获得灵感，将他的目光"转向罗马传统"[3]，并力图从中寻找人们摆脱精神迷茫与道德困境的出路。彼特拉克在阿维尼翁居住了一段时间后，搬

---

[1] Simon Brittan, *Poetry, Symbol, And Allegory*, P. 94.

[2] P. A. Ramsey, The Poet Laureate："Rome, Renavatio and Translatio Imperii", Binghamton, N.Y. *Center for Medieval and Early Renaissance Studies*, 1982, P. 95.

[3] Carol G. Thomas, *Paths From Ancient Greece*, P. 95.

到距离沃克吕兹几公里之外的一个小镇上,后来出于某种原因他又回到意大利居住,并在此期间创作出大量人们后来知晓的"抒情诗歌"。关于彼特拉克和阿维尼翁之间的关联,另一点需要注意的是,彼特拉克在欣喜和羡慕当时阿维尼翁的思想交流与学术繁盛的同时,也十分厌恶当时阿维尼翁的腐败与堕落,彼特拉克也因为这一点将阿维尼翁称之为"新巴比伦"和"伤心之地"。

由此可以理解,彼特拉克的诗歌中会经常出现各种景色优美的别墅、迷人的乡间风貌、爱神和天使等尘世中常见的形象,同时他也将当时人们想象中的"文学、精神与赞誉等经历"[1]等因素融入他的诗歌创作之中,并以此作为展示尘世生活的工具或手段。现存彼特拉克的第一首抒情诗就是悼念他母亲的拉丁文诗歌《韵文体信札》。该诗歌创作于他十四五岁的时候,后来被编入《韵文诗信札》。彼特拉克大部分意大利文诗歌都创作于1326—1336年间,即他写作《胜利》的首卷和构思《阿非利加》的阶段。实际上,《阿非利加》构思于1333年复活节的前一周。14世纪50年代,不知是什么原因,彼特拉克后来放弃了《阿非利加》的写作,同时将他的《田园诗》从一首扩展为12首,以展示思想中的田园美景记忆带来的心灵自由与精神的愉悦。从当时西欧社会变化的角度来看,彼特拉克的这些作品隐喻的就是人们对当时出现的"哲学观念的演变"[2]与"人的内心与外在真理"[3]的感知,以及理想中的人类未来世界的期待,目的在于说明"我们生命的目的,以及我们走向哪里等至关重要的问题"[4]。《田园诗》(II)则着重描写了对国王罗伯特驾崩的哀伤以及由此而来的对人生的忧伤,第五集主要表达了对罗马帝国现状的担忧和科拉崛起的感触。这首诗也因此被看作"代表新时代的内容。"[5]特拉普(J. P. Trapp)等人也认为:"到了1340年,历史已经证明,彼特拉克是但丁开创的意大利文学的继承者。"[6]

关于这个问题,还有一点需要说明的是,彼特拉克虽然仍然使用中世纪宗教文学的方法展示大自然美景,但其中隐喻着对人类心灵和人生的思考。这些作

---

[1] J. P. Trapp (ed),"The Grave of Vergil", *Journal of the Warburg and Courtauld Institute*, London, 1984, P. 4.

[2] Ernst Cassirer, *The Logic of the Humanists*, P. 74.

[3] Sergio Rossi,"Thomas More and the Visual Arts", *Saggi sul Ranascimento*, Edizioni Unicopli, 1984, P. 36.

[4] Alan Bullock, *The Humanist Tradition in the West*, P. 18.

[5] Charles E. Trinkaus, *The Poet as Philosopher*, P. 56.

[6] J. P. Trapp (ed), *Essays on the Renaissance and the Classical Tradition*, Variorum, 1990, P. 100.

品不仅超越了中世纪宗教文学，而且在很多方面"超越了古代诗人"[1]。不仅如此，《田园诗》（I）描写的是西尔维斯（Silvius）与莫尼尔斯（Monius）基于对远古时代"神"争论，展示了对人类过往历史的探寻。《田园诗》（III）也基于对自然景色的赞美，将他被加冕为"桂冠诗人"这个故事神圣化：女神达芙妮（Daphne）[2]将她的崇拜者、崭露头角的诗人斯图波斯（Stupeus）引至阿波罗神和缪斯的家中，在他讲述完他杰出的先辈西庇阿斯被加冕的经过之后，女神为他戴上象征自身才华的月桂树冠。现在看来，这个故事虽然带有中世纪基督教神学意味，但是在当时的人眼里就是对人生的感悟与人类社会变化的思考。

不仅如此，在《歌集》中，彼特拉克还基于他对想象中的情人"劳拉"的精神向往与爱情体验，展示了对人生的构想与期待，也通过对仙女该拉忒亚[3]具有的神性与这个故事中蕴含的高雅的文学意境的解说，目的在于表明劳拉已经升入天堂。这个观点的可能的原因之一是，由于彼特拉克的文笔过于生涩难懂，或是因为内容过于刻板而使普通读者因而无法分享14、15世纪的学者发现这些诗句时的惊讶与欣喜。这在彼特拉克来看具有更加神秘的魅力：内容越难理解的诗就越具有追求动机与文学价值，显得更加弥足珍贵《歌集》的内容多为日常生活琐事：岁月流逝，人生的努力与挫折，以及由此而来的对劳拉的古典式哀悼与往昔幸福的追忆。不仅如此，彼特拉克还基于对人性的感知，把人的情感"吹"进了古人的躯壳和古代的字里行间，爱情也随之成为人的精神愉悦和尘世美好的代名词，其中隐喻的是中世纪晚期西欧出现的"教会影响力的不断消退与宇宙秩序的交替"[4]。这说明，彼特拉克的诗作虽然展示的是对大自然景色与人性之美的赞颂，但是其中仍然带有中世纪基督教神学的印记与古典文化色彩[5]。《田园歌集》就以大自然美景隐喻了人性美好与对幸福人生的期待：

---

[1] Angelo Mazzocco, *Linguistic Theories in Dante and the Humanists*, P. 96.

[2] 达芙妮（Daphne），古希腊神话中的女神，太阳神阿波罗追求她，但是达芙妮已经另有所爱。为了躲避阿波罗的追求，她请求她的父亲将自己化为桂树叶，阿波罗无奈，只能取其树叶编成花冠戴在头上，以纪念她。这个花冠也因此成为体育竞赛中获胜者的标志。

[3] 该拉忒亚（Galatea），希腊传说中的海中女神。她貌美如花，皮肤白嫩娇艳，波吕斐摩斯爱上了她，但是她却爱上了西西里的一个青年牧人。一日，波吕斐摩斯发现他们二人在一个山洞中幽会，就用石头砸死了那个牧人。该拉忒亚于是把牧人变成了河流，她自己则游回大海，与牧人相聚。

[4] Ernst Cassirer, *The Logic of the Humanists*, P. 41.

[5] J. P. Trapp (ed), "Virgil and the Monuments", *Proceedings of the Virgil Society*, London, 1986, P. 5.

第三章 彼特拉克：人性的赞美者

我正要告辞离去，
你将它送给了我，
我的慰藉和旅伴……

（《韵文体信札》III，5）

除此之外，彼特拉克的另外一些诗歌和信件展示的是，从简朴的世俗生活的体验与内心乐趣、大自然美景、个人生活经历带来的奇幻、身居异国的艰辛、不可避免的死亡和转瞬即逝的时光等凄凉优美的道德激励与想象中的文学意境的神思与遐想：

天啊！我还要忍受什么样的苦难啊？
为什么无情的命运又将我降至人间？
我看见时光在世界衰落中匆匆前去，
我看见周围众多的青年、老人一命归天，
世上似乎没有安全的福地，
也没有避风的安全的港湾，
我向往的解救众生之道更是难以寻觅。

（《韵文体信札》I，14）

这首诗不仅涉及人们极力探求的"人生真理"和"道德哲学"[①]，以及诸如此类与当下尘世有关的现实问题，也涉及与人和生活意义有关的世俗观念，其中的世俗特征远远大于宗教内涵。他甚至在记载意大利公共事务信件与和朋友往来的札记中表达了对劳拉的思念："万岁！这片蒙上帝垂爱的土地，万岁！这片最神圣、最安全的福地。"（《韵文体信札》III，24）除此以外，彼特拉克还根据中世纪宗教文学中诸如情感呼唤人性、情感引发的道德意识等心理描写方法，将尘世生活看作是一个具有自身变化规律的社会过程，而且他还将这篇信札的收件人标注为他的祖国意大利，目的在于展示他对祖国意大利的关心与热爱，因此其中既有对人类社会变化的构想，更表达了对当时意大利社会现状的担忧，以及对

---

① Denys Hay and John Law, *Italy in the Age of the Renaissance* 1380-1530, P. 291.

当时统治者的谦卑的建议和温和劝告。

此外，彼特拉克在极力赞美《圣经》中的天使、仙女和爱神等文学形象的同时，也以当下现实生活中的人间景色隐喻了人的精神愉悦与由此而来的道德的启迪。例如，为了表达他的精神世界的愉悦，他就以古典文化中的"阿尔卑斯山外的赫利孔山"隐喻了人们理想中的高尚的道德境界与积极精神意识所能够达到的文化意境与思考范畴。不仅如此，为了对这个观点作进一步解说，彼特拉克还在想象的花园中栽种了代表高贵情感的月桂树、柑橘树等带有文学象征意义的植物，目的就在于将阿波罗和缪斯的智慧和灵气吸引至人间，使尘世中的人获得精神解脱和道德升华。现在看来，这十几首以拉丁文写成的韵文题材的信件、数量可观的十四行诗，以及《歌集》等都是以俗语赞美大自然与幽静乡间生活的典范。特拉普（J. P. Trapp）等人由此认定，彼特拉克对俗语和人的精神世界等因素"并不是漠不关心的"[1]。

从文学写作的角度来看，《歌集》里的抒情诗展示的就是：彼特拉克以大自然景色为媒介，歌颂了人的内心与对尘世爱情的向往。《歌集》共包括366首诗，317首十四行诗，7首叙事诗，4首短诗。这部作品的新奇之处在于，彼特拉克将其中的诗句组成一组内容彼此关联、结构完美的抒情歌，以说明人的精神与道德的价值。阿伦·布洛克（Alan Bullock）高度评价了这部作品："他的作品至今尤列意大利最优秀作品之林。"[2]大约在1347年，彼特拉克将《歌集》分为两部分：上集主要描写他对劳拉的爱情；下集则主要描写了劳拉的死而复生。不仅如此，彼特拉克还将《歌集》下集的结尾确定在劳拉死去的前一天，以之构成对劳拉的思念。由此可以理解，《歌集》既不是写作模式的改革，也不是创作思路的创新，更没有表现出与中世纪宗教文学明显不同，而是三者的综合。《致友人》一文中既有以鲜活灵动的俗语关于尘世生活与人丰富的内心世界的感性描写，也有现在看来略显粗糙稚嫩的道德比喻与不恰当或肤浅的文学表达。其虽然展示的是天堂中的形象或事件，文学意境却略有欠缺，这也很可能是《方言诗絮》被彼特拉克称作"小玩意"而请求读者谅解的主要原因之一。

现在看来，这些诗歌绝大部分展示的是对美好的尘世生活的向往，隐喻的

---

[1] J. P. Trapp (ed), *The 'Conformity' of Greek with the Vernacular: The History of a Renaissance Theory of Languages,* Wellington, New Zealand: Weit-te-ata Press, 1973, P. 11.

[2] Alan Bullock, *The Humanist Tradition in the West,* P. 23.

是大自然景色变化带给人的心灵震撼、道德警醒等与尘世生活有关的内容，以及对人的心灵与道德启发。《歌集》中就记载了1327年彼特拉克与他精神上的恋人劳拉那次美丽的邂逅。这是因为，在彼特拉克看来，这次见面开启了他对劳拉的爱情：劳拉在他们相遇整整21年后去世的那天也成为彼特拉克理解"人间爱情"的特殊方式。彼特拉克曾经在维吉尔手抄本的扉页上写道："劳拉自身的美德使她的形象光彩照人，我在诗歌中永久为之歌颂，1327年4月6日，在克莱尔教堂做早祷时，我第一次见到她，那时我很年轻。1348年，也是在4月6日这一天，同一时辰，同一城市，她的光彩被从这个世界上劫去了……"这段话表面上是对劳拉去世的哀诵，实际上是对人的精神净化与尘世乐趣的幻想。查尔斯·特林考斯（Charles E. Trinkaus）认为："彼特拉克的诗歌与文艺复兴时代出现爱的哲学意识有特殊的关系，并对此贡献极大。"[①]

虽然《歌集》中的描写带有很大的想象和虚幻成分，但是其中表达的却是"一种风俗习惯与生活方式的发展手段"。[②]因此就可以理解，虽然我们对彼特拉克与劳拉之间的爱情一无所知，但是对这些含有丰富人类情感与带有各种情感波折的描写却没有什么疑问，因为其中表达的都是当下的人们能够经历的尘世生活的内容。关于这部作品，另外一点需要注意的是，《歌集》中表达爱慕的方法不仅极富想象力和创造力，其中奥维德式的幻想最富有创造力，也最富神秘的色彩。现在看来，彼特拉克构想出来的这个幻境展示的是当时人们发自内心地对人生与尘世生活的欲望和憧憬高尚的人类道德而来的激奋之情。这也注定是彼特拉克只能遭受单相思的煎熬与痛苦，最终走上一条通往死亡与永恒的不归路：

> 胸中一团火、外面一层霜，
> 满腹思恋、华发平添、
> 我常饮泪独自徘徊在河边……

（《歌集》30）

诗歌的创作格式严格遵守中世纪宗教文学模式展示人的内心世界，同时采取多种韵律与格式的重复使用表达多变的人类情感，时而讴歌大自然之美，时而

[①] Charles E. Trinkaus, *The Poet as Philosopher*, P. 2.

[②] Alan Bullock, *The Humanist Tradition in the West*, P. 35.

寻求内心愉悦与道德的片刻平静，时而激情迸发，时而交替出现，组成了尘世生活的画卷。特拉普（J. P. Trapp）等人由此认为，其中充满"维吉尔式"[①]表达：随着岁月的流逝，所有事物与生命都变得不堪一击；人生乐趣与志趣背后是赤裸裸的人性弱点和无止境的虚荣心，其中隐喻的是在这个纷乱的世界寻找一个平静港湾而奔波不息的人生、激情过后的精神沉寂和消极遁世的不安灵魂的展示。《我的意大利，说你美丽又有何用？》则基于对祖国意大利的思念，描写了人的丰富的内心情感的起伏与灵魂的躁动。彼特拉克的这首诗因此被看作西欧近代第一首赞美意大利的爱国诗篇。

彼特拉克的另外一些诗歌阐述的不仅是对人们渴望的声望、美德的赞许，对他赞助人的亡逝与想象中世界的期待，甚至包含了对乡间隐居生活的沉思。《歌集》中展现了人生与尘世生活的矛盾：彼特拉克因为对理想的追求而写不下去，但是却不得不继续写下去。在彼特拉克看来，命运不仅代表了上帝的光辉与完美爱情的符号，还是人的精神自由的体现，而且诸如此类的精神意识具有安抚心灵和消除折磨的神奇功效，以及"谈疗"人的心理不安的良好方法，因为文字可以使作者获得荣誉，并且使自己在人类文化中保留一席之地。这是因为，在彼特拉克看来，写作会产生相思痛苦，这种痛苦只能通过文学写作消除，而高贵的人性与道德是人获得精神自由的唯一保障和获得尘世幸福的关键。同时，彼特拉克将人的活跃的精神世界与当时沉闷的西欧社会氛围进行了对比，并由此得出诸如人的心灵躁动和道德迷茫是人性的迷失和道德的堕落等观点。查尔斯·特林考斯（Charles E. Trinkaus）由此认为"彼特拉克期望人们的生活方式与企盼的目标达成一致"[②]，即"中世纪与近代互相交错融合，并由此表现出一个有趣和典型特征的时期"[③]。

[①] J. P. Trapp (ed), "Vigil and Monuments", *Proceedings of the Virgil Society*, London, 1986, P. 5.

[②] Charles E. Trinkaus, *The Poet as Philosopher*, P. 79.

[③] F. J. C. Hearnshaw (ed), *The Social and Political Ideas of Some Great Medieval Thinkers*, P. 140.

第二节　对高尚的人类道德的追求

彼特拉克不仅在精神意识上放弃了对知识界基督教神学功能的束缚，还在赞美大自然景色与乡村生活的同时，开始思考当时人极力探讨的"人间爱情"与"尘世真理"，以及"人类的心灵和对真理的关注"[1]等现实问题。卡罗尔·托马斯（Carol G. Thomas）认为："自彼特拉克开始，人文主义者致力于遵循一定的规范和古典传统探索这个世界。"[2]这也是彼特拉克被称为"非凡的天才"[3]的主要原因之一。

彼特拉克花费几乎一生的时间，将个人道德的自我完善和人的精神净化与理想中的"人间幸福"结合，以说明人的精神世界的高贵，进而从中抽象出基督教会宣传的"人生高贵"与"人性本善"等观念，其中隐喻的就是对高贵的人类灵魂的期待和赞美。阿伦·布洛克（Alan Bullock）也由此认为："彼特拉克指责经院哲学总是准备告诉我们那些对于丰富我们的生活'没有任何贡献的东西，即使它们是正确的'。关于'人的本性，我们生活的目的，以及我们走向哪里去'等问题却不加理会。"[4]彼特拉克看来，人性中的"善"与"恶"并不是人获得显赫地位和权势的媒介，而只是对尘世中的积极的人性的表达。这是因为，在当时的人们看来，只有以积极乐观的心态看待一切，才能够发挥人性中的善与美。查尔斯·特林考斯（Charles E. Trinkaus）也认为，"他对古典哲学思想传统的继承与在当时现实生活中的应用"[5]这些解说都能够在很大程度上解释，彼特拉克在诗歌创作方面的伟大成就不仅对14世纪欧洲的文化产生了深远影响，更在于说明人的理性的自我觉悟与人的积极进取精神与道德反省意识。从这个意义上讲，彼特拉克不愧为欧洲近代人文主义精神的一面大旗。

如上所述，中世纪晚期的西欧不仅出现了对人与尘世生活的关注，同时出

---

[1] J. P. Trapp (ed), "Thomas More and the Vsual Arts," *Saggi Sul Rinascimento*, Milan, Edizioni Unicopli, 1984, P.36.

[2] Carol G. Thomas, Paths From Ancient Greece, P. 108.

[3] Eugenio Garin, *Der Italianische Humanismus*, P. 25.

[4] Alan Bullock, *The Humanist Tradition in the West*, P. 18.

[5] Charles E. Trinkaus, *The Poet as Philosopher*, P. 1.

现了对人性的反思。这时人们对于古典知识的学习不仅在于掌握古人的生活哲理和文化知识，同时开始了对人生和尘世生活的探索。由此可以理解，在彼特拉克的作品中，古典希腊罗马文化表现得更加有意义也更加诱人。彼特拉克对古典文化的喜好与人生意义的追求还表现在，他关注人与尘世生活，还在追求"上帝之爱"与"天堂幸福"等矛盾与冲突中遭到苛刻的道德家或伦理家的指责，甚至是无情的讽刺与抨击，而彼特拉克的对手最后也不得不承认他们是借助古典文化才达到目的的，其中就提到西塞罗的《我的秘密》的场景。查尔斯·特林考斯（Charles E. Trinkaus）认为："彼特拉克对道德哲学的重要性的认知使他更倾向于从苏格拉底作品中寻求人生的答案。"[①]

一方面，在展示人类道德与人生的意义和解说他思想意识中的矛盾性的过程中，彼特拉克还经常引用但丁和与他同时代诗人的作品、上古神话传说中带有暗示性和那些先于基督的事例以证明他的观点，其中展示的就是对古典文化的代表"天堂幸福"与"上帝意愿"的信仰与尊崇，目的就在于弥合古代知识与中世纪基督教神学观念的差异，其中隐喻的就是古典文化对当下尘世生活的启示，虽然这些启示经常不能自圆其说。另一方面，彼特拉克经常以一个小学生的心态揣摩古代伟大哲学家深刻的道德观念与丰富的精神世界，并尽可能避免对奥古斯丁或其他古典文人的文学地位或声望产生任何妨碍，即假如西塞罗幸会基督，彼特拉克或许能够了解他的内心世界。这些描述暗示这样一个事实：彼特拉克在精神上已经成为一个基督徒。安吉洛·马佐科（Angelo Mazzocco）由此得出结论，"他认为拉丁语与俗语是两种不同的语言"[②]。

在《爱情的胜利》一诗中还以对大自然的悲观与感伤情绪，以及对人生的消极的隐喻与思考隐喻了想象中被爱情刺痛的人和"善良"遭到愚弄时的悲伤。在这首诗的第一章，对"荣誉"的追求与对人类"命运"的理解不仅被看作是创新者的灵感与天资，同时也被看作是了解这个世界唯一的精神依据与道德线索。不仅如此，为了达到能够完全解说人性与人的内心世界的目的，彼特拉克在其后的两章也加进了赞美古罗马帝国的《阿非利加》中的马西尼撒与索菲尼斯，以及

---

① Charles E. Trinkaus, *The Poet as Philosopher*, P. 8.

② Angelo Mazzocco, *Linguistic Theories in Dante and the Humanists*, P. 34.

特里斯丹和奇瑟[①]等英雄形象，以说明对人的粗暴对待与不道德的抨击。另外，与这个情况不同的是，这首诗的第四章和最后一章仍然表达了对"人间爱情"与尘世生活的赞美，而且上自维吉尔，下至但丁、皮斯托亚的奇诺，乃至彼特拉克的朋友和莱莉厄斯等人都成了丘比特的俘虏。因为劳拉身上的"美"使得"爱神"在与命运的搏斗中惨遭失败，劳拉也由此成为走向胜利的巨人队伍的首领，而战俘只有丘比特一人。现在看来，这首诗歌虽然以优美的文学语言展示了尘世乐趣，其中却有明显的违背人性的地方。阿伦·布洛克（Alan Bullock）就是因为这一点认为，这不仅为读者"提供了一幅引人入胜的、复杂的自画像"[②]，更为人们提供了一个观察尘世生活的新视角。这方面，《维吉尔与里程碑》（Virgil and the Monuments）一文中关于"彼特拉克是维吉尔思想的追随者"[③]等描写所隐喻的是人类道德内涵。

由此可以理解，彼特拉克的作品以通俗易懂的语言展示了理想中的美好的人性的追求与对人类未来的期待；《歌集》第16歌就描述了他见到劳拉时的喜悦，以中世纪宗教文学的写作模式，将他在想象中与劳拉的见面隐喻为一位朝圣者去罗马朝拜的神圣而又神秘的经历。《衣裙更衬托出她的圣洁美丽》证实了这个故事的真实性，其中隐喻的是对"近代荣誉"[④]的追求。

由此就可以理解，一方面，彼特拉克的诗歌一直在说明人性的高贵与人类道德的脆弱，其中对人性与人类社会的赞美在很大程度上说出了人们对自己与外部世界的理解；另一方面，彼特拉克的作品延续了中世纪宗教文学的写作风格与创作模式，但是在当时社会环境下，对人与大自然美景的赞美与解说已经足以引起人们的兴趣了。也就是说，虽然彼特拉克的文学成就主要在于他的诗歌充满"维吉尔式的表达"[⑤]，但是其中渊博的知识与高雅的精神意境则远远超越当时人的想象，其中的主人公劳拉被隐喻为引导彼特拉克走上一条情感净化与道德升

[①] 特里斯丹和奇瑟（Tristan and Isolde）是中世纪流传于苏格兰的一部脍炙人口、具有传奇色彩的骑士爱情故事的主人公。故事的大意是：骑士特里斯丹接替英王马尔克迎娶爱尔兰公主奇瑟为王后，但在其行程中，奇瑟不慎落水，特里斯丹演出了一幕英雄救美人的剧目，两人之间产生了爱情。奇瑟与英王结婚时对特里斯丹的爱情仍然没变，结果他们双双自杀殉情。

[②] Alan Bullock, *The Humanist Tradition in the West*, P. 23.

[③] J. P. Trapp (ed), "Virgil and the Monuments," *Proceedings of the Virgil Society*, P. 5.

[④] Jacob Burckhardt, *The Civilization of the Renaissance in Italy*, P. 151.

[⑤] J. P. Trapp (ed), "The Grave of Virgil," *Journal of the Warburg and Courtauld Institutes*, London, 1984, P. 4.

华的艰难旅程的引路人。

除此之外，在彼特拉克看来，人的道德瑕疵和行为偏差是导致尘世堕落和人生困惑的主要原因，目的就在于说明尘世中的人要树立高尚的道德意识。在彼特拉克看来，静谧的隐居生活既能够带给人以心灵的沉静与道德的升华，也能使热恋中的人在他的孤独中体验到发自内心的喜悦。这部作品的第二和第三部分利用他对各种古典文献的领会与掌握，证明了他能够寻找关于个人生活的伦理主题的能力。其中，彼特拉克对劳拉的"爱情"的描写展示的是他在遇见幻想中的"人类爱情"时的惊讶与喜悦，以及他见证教会腐败和人间苦难时的无奈与矛盾的心情：

> 你使我激情燃起，
> 没有你我简直活不下去，
> 因为我只属于你自己，
> 我最大的不幸莫过于失去你，
> 当我与尘世和最美好的时光告别，
> 你使我充满向往与希望，
> 可你却也随风散去。

（《歌诗集》，267）

这首诗不仅以带有基督教神学意味的日期、周年纪念和"逝去的日子"等词语隐喻了人生的苦短和时光的飞逝，以"不幸""风"和"云"等隐喻理想中的尘世乐趣与高尚的人类道德，也包含对内心感受与人类情感的追逐：劳拉和她的恋人成了爱情与光阴的俘虏，中世纪基督教会关于时间的肆意妄为使生命变得须臾等观念在这首诗歌中都得到证实，认为这是人性的"阴暗面"[①]和"教会与希腊哲学妥协"[②]的结果。查尔斯·特林考斯（Charles E. Trinkaus）也是基于这一点认为："无论是诗歌、历史著作还是哲学著作都具有重要作用，因为它们代表了西欧的哲学观念从古典思想的客观模式向文艺复兴与近代的主观模式转变的

[①] J. W. Thompson, *Economic and Social History of the Middle Ages*, D. Appleton-Century Company, 1928, P. 40.

[②] Alan Bullock, *The Humanist Tradition in the West*, P.13.

关键。"①

《她比太阳还要明媚艳丽》这首抒情诗说明彼特拉克不仅承认劳拉就是人们竭力争取的"荣誉",同时说明了"荣誉"的虚幻与人们面对"荣誉"的无奈。这说明,彼特拉克作品中的"荣誉"显然隐对理想中爱情的困惑与消极心态。在全诗的结尾,爱神声称诗人因为《歌集》成名、人生因为爱情而变得完美。如果说《爱情的胜利》一文中时间出于嫉妒"名誉"战胜它,彼特拉克也因为这一点将人们极力追求的"名誉"隐喻为"子虚乌有"和"第二次死亡"。只有说明人与凡间事物的脆弱本质时,才看到这一矛盾的了结,其中展示的是"对文艺复兴运动出现有巨大推动作用的新的哲学意识和思想观念"②的思考,同时论证大自然美景以及其对人的影响,并经常将心灵的苦闷与道德彷徨编入《阿非利加》或他给朋友的信中。由此可以理解,彼特拉克关于他攀登旺图峰的故事实际上是创造出一个不同于教会学说和中世纪基督教神学观念的新的道德体系。卡罗尔·托马斯(Carol G. Thomas)认为,这些来自"古典传统的影响。"③特拉普(J. P. Trapp)等人也认为,这个做法"比但丁更近一步"④。

除此之外,还有需要注意的一点是,在观察大自然景色与尘世美景的过程中,彼特拉克对人生与人类命运的理解前后并不一致,而是带有明显的差异。这些变化主要表现为,彼特拉克关于不同人物形象与观察现实生活角度的变化,这可能是因为他要表达人生的起伏跌宕与人类命运的波折与不幸。由此可以理解,《歌集》和《胜利》之外的大部分诗歌对"命运"与"爱情"这类话题要么绝口不提,要么严格屈服于基督教会和基督教神学观念。有人因此认为,彼特拉克的拉丁文作品与俗语作品根本就是两回事,或者二者自相矛盾。在这个过程中,彼特拉克还多次"以俗语阐述古典文化的内容"⑤,以说明古典文化与世俗文化的相似性。在彼特拉克看来,古典拉丁文的作用不仅在于对人类爱情与人间正义的评判,更在于表达高贵的人性与高尚的人类道德,俗语作品只是对这些话题的简单复述或粗暴加工。造成这个现象的另一个主要原因是,人们力图从各个角度融

---

① Charles E. Trinkaus, *The Poet as Philosopher*, pp. 2-3.
② Charles E. Trinkaus, *The Poet as Philosopher*, P. 2.
③ Carol G. Thomas, *Paths From Ancient Greece*, P. 92.
④ J. P. Trapp (ed), "The Grave of Virgil," P. 21.
⑤ Angelo Mazzocco, *Linguistic Theories in Dante and the Humanists*, P. 66.

合古代知识与基督教道德伦理,忽视了其中的社会因素。这不仅是一个颇有难度的文化问题,更是引起人们关注的道德问题①。

彼特拉克虽然在观念上力图调和中世纪基督教神学中的一神论与古典文化中多神论的矛盾和冲突,但是在他的内心并没做到能够客观、平等对待二者。表现在他的诗作中,这两方面从来没达到过真正统一与和谐。这也在很大程度上解释了彼特拉克在其后很长的一段时间的创作中,古典文化的泛神论与中世纪基督教神学中的一神论一直处于不断的矛盾与对立之中,其中对上帝的人性的关注表现得最为明显。对于彼特拉克的这个观点的矛盾,阿伦·布洛克(Alan Bullock)就认为:"自文艺复兴时期以来,人文主义者的特点不仅观点多样,看问题的角度和方法各不相同。这些观点或论断,无论是宗教的还是科学的,人类经验都不会支持。如果在任何一个问题上出现相同的观点,他们也会以同样激烈的方式进行辩论。"②

以上这些讨论进一步佐证了这样一个事实:彼特拉克的观念或思想意识对于教会学说和基督教神学观念而言是一个明显的背叛。主要表现为,虽然彼特拉克作品中的世俗特征或人文主义精神没有得到当时的人们明确认可或赞美,但是却带有明显的近代意识。这方面的例子之一就是,古代异教关于人类道德的寓言和警示就曾经遭到哲罗姆③的谴责。这表明,古代的泛神论与中世纪基督教会提倡的一神论在观念上水火不容,其中以强调个人成功为主要特征的斯多葛式的道德标准虽然不能被以提倡自我牺牲为美德的中世纪基督教神学观念接受,但是从现在的研究结果来看,这些观念却对彼特拉克的创作产生了深刻的影响,从而使他着力于对人的精神世界的赞美。我们由此就可以理解,在《大事集》中,彼特拉克不仅能够按照中世纪基督教会规定的四大美德(谦恭、正直、坚毅、节制),将古人的业绩与古代英雄的言行分门别类以说明人的思想意识和行为,将这些古典知识与基督教神学道德意识融为一体。彼特拉克的这个观点并不新颖,但是却明确表达了对人的尊重与人类道德的肯定。从这个意义上讲,彼特拉克是

---

① Alan Bullock, *The Humanist Tradition in the West*, P. 25.
② Alan Bullock, *The Humanist Tradition in the West*, pp. 77-78.
③ 哲罗姆(St. Jerome,约 340/342—419/420?)西方早期教会中学识最为渊博的教士,他曾将希伯来文的《圣经·旧约》和希腊文的《圣经·新约》翻译成拉丁文,此译本被后世称为通俗拉丁文译本在中世纪初期影响很大。哲罗姆鼓吹隐修,并同禁欲主义者关系密切。纵观他的著作与学说,他主要是一位宗教学者,而不是基督教神学思想家。

最早不依赖中世纪宗教文学观点解释自然的近代人文主义文学家或思想家之一。

西欧近代文学作品中会经常出现以上古文化与中世纪经院哲学的推理方式为起点，来阐述下列观点：尘世中的人应该把关注的焦点由"上帝之爱"和"天堂幸福"转移到世俗生活与人的道德、心理等方面，目的在于解决人们面临的社会问题。前者是与哲学传统相对应的伦理学与修辞学传统的核心，后者已经失去应有的道德价值与吸引力。与但丁相比，彼特拉克的作品虽然缓和很多，但是其中愤怒与谴责的情绪却一点没有减弱。《对策论》一文仍然按照中世纪经院哲学的论证方法探讨了250种可能引起心理波动的因素，如心态不佳、情绪低落或极度兴奋，同时提出该如何应付现实生活与情感危机的方法，认为只有那些具有高尚的道德意识的人才能获得心灵的自由与道德慰藉。

由此可以理解，彼特拉克的写作模式和表达内容虽然已经接近人的内心世界，表达形式灵活多变，但是在观念上一直力图调和古典文化的多神教与中世纪基督教神学观念中的一神论的矛盾，力图将二者统一起来以适应当下西欧社会变化。丹尼斯·哈伊（Denys Hay）认为，这是"当时大家族努力扩大他们的政治与财富"[1]；另外，彼特拉克关于大自然与人类社会变化的理解则主要是基于"他对古典的深刻了解"[2]等观点形成的。虽然如此，彼特拉克仍然认为古典文化更加诱人，也更有诱惑力，因而荷马与维吉尔等人的诗歌比《诗篇》表达更加高超。不仅如此，彼特拉克还基于对古典文化的偏爱总是遭到以奥古斯丁为代表的评论家的指责，虽然他们从未轻易说服对方，他的对手也不得不承认自己的胜利是受惠于古典文学，特别是西塞罗等人的影响。特拉普（J. P. Trapp）等人也认为，彼特拉克的这个观点是基于"对罗马与文艺复兴进行深入研究而得出的结论。"[3]

另外一个例子是《论僧侣的闲适》一文中关于人性的解说。这是因为，其中不仅基于对大自然景色的赞美，展示了当时人们理想中的高贵的人性和高尚的精神世界，同时也发展了彼特拉克在《论隐居》中关于人性与人类道德是一个自然过程的观点，进而认为人性就是人们对现实生活与尘世美景理解的自然反应，是基于对现实生活的理解而抒发的人类情感，这就与基督教会宣传的"上帝的赐

---

[1] Denys Hay and John Law, *Italy in the Age of the Renaissance* 1380-1530, P. 16.
[2] Charles E. Trinkaus, *The Poet as Philosopher*, P. 1.
[3] J. P. Trapp (ed), "The Poet Laureate: Rome, Renovatio and Translatio Imperii", P. 125.

予"无关；彼特拉克进而以这个观点隐喻了对《圣经》中展示的"上帝之爱"和"天堂幸福"的追求与向往。全诗结尾以"静下来，看，我就是上帝"作为论述高尚的人类道德的开端，采用早期基督教神父语录与典型例证，从而证明了宗教生活的安静与恬淡，进而认为这种积极乐观的精神状态比尘世间的任何事情都更加稀少和宝贵，因而也就更加令人向往。

此外，彼特拉克还以自然灾害，甚至古代文明的"崩溃"隐喻了人的精神彷徨与苦闷，同时论述了尘世中的人能够获得"尘世救赎"的途径在于理性信仰"天堂幸福"，说明了基督教会关于人的精神永恒与肉体欲望的冲突以及死亡不可避免。彼特拉克由此得出结论：来世生活是美好的，《圣经》是通向来世的人生指南，并因此"将经典神话解释为具有诗意的神学"[1]。由此可以理解，如果读者没有对当时西欧社会与古典文化知识足够了解，很难相信这些话是出自彼特拉克之口。查尔斯·特林考斯（Charles E. Trinkaus）认为："彼特拉克的诗歌包含的范围很广泛。"[2]

彼特拉克力图说明，人生是人必须接受的自然进化结果，即人的灵魂最终将会升入天堂，同时说明了尘世中的人因为具有高尚的道德意识因而能够与上帝在一起。不仅如此，彼特拉克诗歌中经常展示以奥古斯丁为代表的圣人形象，因为他的面孔就带有堕落和人类罪过[3]。这也是《论僧侣的闲适》和《论隐居》中"昔日的辉煌哪里去了"和《我的秘密》的主题。《致友人》和《论老年》的末尾也谈到了这个话题。《致友人》最后一卷首篇将古人论述时光流逝的名言与他长达30余年的写作完美结合：

我们不停地向着死亡走去，
就在我写这篇东西的时候，
就在你读这篇东西的时候，
就在别人听着什么，我没听什么的时候，
……
我们都正在走向死亡，

---

[1] Peter Burke, *The Italian Renaissance: Culture and Society in Italy*, P. 170.

[2] Charles E. Trinkaus, *The Poet as Philosopher*, P. 1.

[3] Jacob Burckhardt, *The Civilization of the Renaissance in Italy*, P. 305.

……

(《致友人》,24)

在这篇名著中,彼特拉克不仅按照中世纪宗教文学的经典写作模式,将人类的未来隐喻为死亡,更是将时间作为衡量尘世生活与死亡的唯一标准,从而阐述了人生的短暂与对尘世生活的珍惜与怀念。进一步看来,这个描写方法也在很大程度上展示了中世纪向近代过渡时期的人们在精神与道德等方面对未来的期待。

彼特拉克步入暮年后,将更多精力和时间放在对人生的思考与人类经验的总结上,其思想出现了向"上帝之爱"与"天堂幸福"的回归[1]。《论对两种不同命运的拯救》卷一中证明高尚的道德品质与高雅的生活情趣是最可贵的精神财富;第二卷暗示了"理想的生活状态该如何取代人类堕落"[2]和"对诗的热爱"[3]。欧金尼奥·加林(Eugenio Garin)认为,"只有经过含义上全新的人文主义教育后,才显得具有丰富的内容"[4],其中人的精神自由与理性对话如下:

> 欢乐:假如我获得诗人的桂冠怎么办?
>
> 理性:寻求真谛是一种高尚的追求,然而寻求与被授予是截然不同的两回事……
>
> 欢乐:我以为自己摘取了桂树的叶子。
>
> 理性:这种最绿的树一旦被摘掉了叶子就会枯萎,除非它立即受到充盈的智慧和潜心学习的照料……
>
> 欢乐:我沉浸在爱的激情之中。
>
> 理性:你将会陷进爱的圈套。
>
> 欢乐:爱的火焰正在我心中燃烧。
>
> 理性:你说爱在燃烧是对的,因为爱是一把看不见的火、一个带有快感的伤口、一种甜蜜的痛苦、一种美好的疾病、一种

---

[1] Alan Bullock, *The Humanist Tradition in the West*, P. 12.
[2] Charles E. Trinkaus, *The Poet as Philosopher*, P. 74.
[3] Peter Burke, *The Italian Renaissance: Culture and Society in Italy*, P. 163.
[4] Eugenio Garin, *Der Italianische Humanismus*, P. 25.

> 惬意的折磨、一次迷人的死亡……

现在看来，这首抒情诗表面上展示的是波依修斯[①]对古典传统的羡慕、对命运的思考，以及对即将到来的人类未来世界的期待，实际上隐喻的是对人的内心与对精神自由的赞美，前提是人已经成为"积极的人"。现在看来，其中虽然仍然带有教会学说和基督教神学观念的痕迹，但是已经成为"探求自己和人类经验的财富"[②]。

对人性的肯定与对高尚的人类道德的赞美是彼特拉克的目的，可以说，彼特拉克的作品中已经看不到《新生》和《神曲》中那种阴暗与灰色的中世纪基督教神学文化的忧郁的精神氛围或迷茫的道德意识，取而代之的是对代表未来的自然美景的欣赏。需要注意的是，在解说尘世景色的过程中，彼特拉克还以一种从容与积极的心态展示了人性的美好，及其由此带来的心情的愉悦，而不像但丁那样在尊崇基督教会意志和知识界基督教神学观念的同时，展示了对人性中的"恶"的理解与对尘世堕落的抨击，其中的旧时代内容并不是人们关注的重点，而只是一种带有世俗特征的文学表达。

同时，彼特拉克明确表达了对人生的积极乐观的展望与对高尚的人类道德的构想与美好期待。在彼特拉克看来，赞美大自然景色的最好的方法就是将积极的人生经验与高尚的道德意识扩展到对人生的理解，将对大自然之美的追求与积极的人生态度作为一个整体加以观察，进而将其奉为代表人生过程的道德伦理观念在当时的人群中加以传播和推广。查尔斯·特林考斯（Charles E. Trinkaus）认为，彼特拉克关于大自然美景与尘世生活的解说隐喻的就当时出现的"看待世界的观点的巨大进步"[③]这也是彼特拉克和当时许多人文主义哲学家和思想家的共

[①] 波依修斯（Boethius, 480?-524），古罗马学者，哲学家、神学家、政治家。5世纪末6世纪初外族的入侵西罗马帝国时，他是当时西欧上层社会中少数努力将古代文献传给后世的文化人士之一。524年，他被以通敌叛国之罪处死。死前，他在监狱中写了《哲学的安慰》一书，以柏拉图思想为理论基础，认为宇宙中存在着最高的善，它严格而又亲切地控制着宇宙，人的幸运与不幸都属于天道。实际上，人学中并不存在恶的成分。人具有自由意志，但人的自由意志并不影响上帝的安排与预见。无论事物的表面现象如何，德行都会得到报偿。这部书将柏拉图的主要学说传给后世。不仅如此，他的逻辑学著作对中世纪教士的训练起了支配作用，他翻译的《范畴篇》《解释篇》等也成为基督教经院哲学的基本教材。

[②] Alan Bullock, *The Humanist Tradition in the West*, P. 14.

[③] Charles E. Trinkaus, *The Poet as Philosopher*, P. 3.

同目标。彼特拉克多次强调：以大自然之美为代表的积极的人生态度不仅为当时人文主义思想家和进步的神学家所需要，尘世中的有识之士也有这类的需要；积极的人生态度对于人生旅程和人类未来具有重大的精神意义与道德价值。积极乐观的人生态度不仅是人的自我实现，也是人性的体现。彼特拉克进而由此得出结论，人应该努力发挥人性中的美好一面，才能实现精神的自由与道德升华，这也是一直以来彼特拉克进行创作的道德依据和展示他的活跃的思想意识的原动力。

由此可见，彼特拉克将对大自然之美的赞颂与对人的高贵的内心世界联系起来加起来考虑，一方面在于说明人的内心世界的高贵与人类道德的尊严，即对人们一直在求证的关于大自然如何反映人的内心这个话题的理解；另一方面通过对人性的探究说明人的道德意识的含义。

之所以如此说原因如下：由西欧社会发展而呈现出的具有高尚的道德意识、激发的积极进取的人生观念与思想意识态度是尘世中的人获得精神自由与道德升华的根本特征，故而在人群中推广并发扬这种积极乐观的人生态度，并将这种人生观念扩展为当时市民阶层的处事方法。从现有的研究结果来看，虽然彼特拉克在他的诗作中并没有提及"人性"或"人学观"一词或使用类似的词语，但是他的本意也是把"积极乐观的人"作为共同遵循的道德意识或行为规范看待，其中隐喻的是基于对《圣经》的理性信仰而获得的心灵的愉悦。

在彼特拉克看来，大自然美景不仅起到衬托人生与展示人的美好心灵的文学作用，同时也具有促进人的精神净化与道德升华的现实意义。这些内容不仅是通过人对"爱情诗"[①]和"人和人的学问的关注"[②]实现的，也是尘世中的人"通过不同事物寻求欢乐"[③]的手段，只不过与理想中的人类道德的作用相对而言，其中的内容更接近人的内心与现实生活，目的在于证明，在了解这个世界的诸般事物中，对人的研究才是尘世中最重要的工作。

---

① Peter Burke, *The Italian Renaissance: Culture and Society in Italy*, P.163.

② Alan Bullock, *The Humanist Tradition in the West*, P. 12.

③ A. Heller, *Renaissance Man*, P. 122.

第三节 对人性的赞美

彼特拉克对人性的解说既有对大自然美景的欣赏与喜爱之情，也有对大自然暴虐一面的解说，二者叠加在一起共同构成了彼特拉克心中的人性与人类道德的内容。彼特拉克时代西方看待人与世界的观点主要有三种：第一种是超自然模式，即从超越宇宙变化的道德范畴看待一切，其核心就是对"上帝救赎"与"天堂幸福"的赞美；第二种是科学模式，焦点是对大自然的赞美，将人看作大自然的一个有机组成部分；第三种是近代人文主义模式，焦点集中于对人性的赞美与人类道德的思考，即以高尚的人类道德与生活经验作为了解一切的手段。第一种模式在中世纪西欧占统治地位，与西欧社会现实之间有着密切联系；人文主义模式同文学艺术联系密切，虽然这种模式可以从古代文化中获得灵感与借鉴，但是现代形态一直到文艺复兴才出现。这种带有科学思维特征的理性思维与论证模式直到17世纪工业革命前才最终形成。

从彼特拉克关于人性与人类道德的理解来看，他的立场和观点显然是属于第二种模式。在彼特拉克的作品中可以找到很多这类的例子。其中之一就是，《致友人》一文中不仅以轻松欢快的笔调记录了他于1336年攀登阿维尼翁东北60公里的旺图峰时的喜悦心境和他在登山的过程中能够体验到的身体的劳顿与艰苦的意志力，其中还夹杂着对人生不幸经历的抱怨与世界和平的期待等内心活动。现在看来，这些以中世纪宗教文学为主要特征的表达方式虽然仍带有基督教神学特征，其中隐喻的就是当时的人们关于人生与尘世生活的理解，同时也说明了当时人的精神世界在"古代世界与中世纪基督教神学观念之间不断徘徊"[1]。这些描写不仅带有对上帝神性与高尚人类道德的隐喻赞美，其中也包含了对攀登过程的理解和对人生的感悟，在他看来，人生就是一个艰苦的尘世修炼过程。究其根本，是彼特拉克对当下尘世生活的观察、对人生的反思以及由此而来的对人性与人类道德的感悟。

当时西欧最早觉醒的神学家和人文主义思想家不仅已经开始了对人生意义的探寻与对这个尘世世界的思考，而且他们以观点的多样性与思想的矛盾性著称

---

[1] Charles E. Trinkaus, *The Poet as Philosopher*, P. 27.

一时。一方面，当时西欧现实生活在人们的眼里开始显现出不同的侧面和各种缤纷色彩；另一方面，人们以立场和观点的复杂性与多样性著称于世，即使是属于同一个派别的思想家或神学家在立场与观点方面也各不相同，甚至是相互矛盾和彼此对立的。当时有关人与社会的理解，不论是宗教性质的，还是具有现实性或科学意义的，由于没有被人与现实生活证明而得不到人类经验的支持。由此而来的是，如果人们对某个问题有不同的理解，经常以辩论的方式解决。这个观念的变化"改变了原来的含义，使之适应这一体系，而没有任何不合时代的感觉"[1]，其中展示的是"对人的研究"[2]，这类主题在《给无名收信人的信》《田园歌集》和《对医生的斥责》（Invectiv contra Medicium）中一再出现。另外，《歌集》在谈论此类情境时，甚至把在1354和1355年间与查理四世会谈记载等写入《致友人》（XIX，3）中，目的在于阐释对人生的感悟。

在赞美人性与人类道德的过程中，彼特拉克还以大自然美景为依据，展示乐观的人生态度与进取心态。1337年，彼特拉克就以古罗马帝国的军事统帅西庇阿·阿非利加努斯[3]的故事作为《名人传》开篇，构思了理想中的人性与人类道德。到1343年，他已经撰写了23位古罗马名人的生平事迹，其中就有古罗马帝国的建立者罗慕路斯和著名检察官加图[4]。《名人传》动笔一年后，彼特拉克开始创作以西庇阿为主角的英雄史诗《阿非利加》。《爱情的胜利》一文就将高尚的人类道德看作是"以人的经验作为对自己、对上帝、对自然了解的出发点"[5]，认为人不仅是尘世中唯一能够感知一切客观存在的道德实体，由此得出爱情既能够激发人活跃的精神意识，也能带来心灵的磨难和各种精神的摧残。《爱情的胜利》一文中爱情也被看作是展示人精神与道德意识的理想境界。安吉洛·马佐科（Angelo Mazzocco）由此认为，"彼特拉克开创了典型的市民文学"[6]。丹尼

---

[1] Alan Bullock, *The Humanist Tradition in the West*, P. 10.
[2] Eugenio Garin, *Der Italianische Humanismus*, P. 11.
[3] 西庇阿·阿非利加努斯（Scipio Africaus,前236－前184）：古罗马帝国军事统帅。第二次布匿战争后期，曾经率领罗马军队占领西班牙东南沿海地区。公元前209年任执政官，次年率军进攻迦太基本土。公元前202年在扎马战役中击败汉尼拔，结束了第二次布匿战争，他因而被誉为罗马的民族英雄。
[4] 加图（Cato, 前95－前46 BC），罗马政治家，因反对凯撒的某些做法而受到迫害。他在作战受挫后，率领余部逃到利比亚大沙漠。公元前46年，他在苦闷中遣散随从，拔剑自刎。
[5] Alan Bullock, *The Humanist Tradition in the West*, P. 16.
[6] Angelo Mazzocco, *Linguistic Theories in Dante and the Humanists*, P. 87.

斯·哈伊（Denys Hay）也认为，彼特拉克作品的目的"实际上是在捍卫他的道德哲学"①。

彼特拉克想象中的花园的一半是指现实中的花园，另一半则是对理想中的人类精神世界与道德的赞美。读者不仅能够从中找到现实生活与自然之美，也有对未来的期待，而后者才是彼特拉克创作的主要目的。查尔斯·特林考斯（Charles E. Trinkaus）认为，其中"表达了他的思想观念的总体倾向与相关的文本内涵。"②卡罗尔·托马斯（Carol G. Thomas）认为，彼特拉克通过对"艺术的古典标准"③的解说，阐述了人的内心世界和丰富的道德情感；《歌集》则通过对人类爱情与古典文化的解说，说明了尘世生活的意义在于获得"尘世幸福"与"世界和平"。后人从不同的角度和侧面对这个观点作了进一步论述。其中，安吉洛·马佐科（Angelo Mazzocco）认为："彼特拉克诗歌中那些高雅、温柔而又精致的表达是佛罗伦萨俗语的一个典范。"④丹尼斯·哈伊（Denys Hay）也是因为这一点认为，彼特拉克的诗歌展示的是对"人类命运，而不是对人类智力的赞许"⑤，其中展示的是"历史是活生生的，它与人的生活共同存在，还记载着人使自身完善的同时也在最大限度地为自己开辟活动的前景"⑥，这个观点的前提是"人的优越性是一个人具有人性的必不可少的条件"⑦。

在彼特拉克的诗歌和文献中，大自然的一草一木都已经成为高贵的人性与高尚的道德的典型标志，同时预示了大自然中只有具有高尚的道德修养的人才有机会登上人类的精神世界与知识殿堂的最高峰。从西欧社会的发展过程来看，任何一种思维模式或文化的形成都要经历剧烈阵痛，这个阶段的长短取决于人们对自己固有观念或文化模式的接受程度，而这需要经历漫长的思想斗争。现在看来，这一点已经无数次被历史进步和人类社会发展所证明。因此可以理解，中世纪向近代过渡这个时期首先给人的个性以最高发展，其次是引导人在一切条件下对自己的内心和这个世界做最彻底和最公正的探究。这些内容在当时的现实生活

---

① Denys Hay and John Law, *Italy in the Age of the Renaissance 1380-1530*, P. 291.
② Charles E. Trinkaus, *The Poet as Philosopher*, P. 91.
③ Carol G. Thomas, *Paths From Ancient Greece*, P. 108.
④ Angelo Mazzocco, *Linguistic Theories in Dante and the Humanists*, P. 100.
⑤ Denys Hay and John Law, *Italy in the Age of the Renaissance 1380-1530*, P. 291.
⑥ Eugenio Garin, *Der Italianische Humanismus*, P. 69.
⑦ Alan Bullock, *The Humanist Tradition in the West*, P. 12.

中的表现就是，人们对自己和其他人在语言、服饰以及观念等方面差异的接受和认可。至此，本书用很大篇幅谈论中世纪晚期西欧社会意识的更新与人的自我意识的觉醒，目的在于说明：对尘世中"人"的理解和表现的方法受到当时西欧社会变化的制约和其他很多因素的很大影响，因而不可能有一个统一的判别依据或衡量标准。

因此，《对策论》一文就提出，文学创作是治疗人们心理创伤的良药，目的在于说明人类心灵的痛苦来自人道德意识的缺失和人精神意识的匮乏。这是因为，由于深受中世纪基督教神学观念影响，人们关于一切的思考都是以满足上帝意愿为出发点作出的。这一点表现在现实生活当中就是，人们采用心灵暗示和自我说服的方法解脱他们面临的精神不安与道德痛苦。这个观点自出现以来就被教会人员和基督教神学思想家沿用，一直延续到近代。阿伦·布洛克（Alan Bullock）认为："文艺复兴时期人文主义者最不愿意做的就是，用另一种新的哲学思想体系来代替当时常用的经院哲学，目标就是把经院哲学（而不是古典哲学）忽略的作用恢复起来。"[1]《致友人》一文中就以古代道德为依据，探索了"人的外表与心灵的真理"[2]等宗教问题，同时阐述了这些问题"代代相传"[3]的原因是人的精神世界的迷茫与道德困惑。其中，但丁对"桂冠诗人"的浓厚兴趣和极力追求在很大程度上就是由于他听到阿尔贝蒂诺·墨萨多[4]于1315年在帕多瓦大学被加冕为"桂冠诗人"的故事，或是由于4年后但丁在博洛尼亚被提名为"桂冠诗人"，抑或因为他阅读了阿克硫斯以月桂树枝加冕故事的启发。这首诗歌不仅能够引发心灵的震颤与情感共鸣，还包含着对"人们思想上的混沌"[5]与"新时代的曙光"[6]的解说。

按照中世纪宗教文学的思考模式，彼特拉克应该在他作品的结尾，以大自然景色与人的内心世界隐喻人性与道德的美好，而且这一点已经成为当时人们普遍认可的高尚行为。究其原因，是由于当时的人们找不到一个恰当方法来表达他

---

[1] Alan Bullock, *The Humanist Tradition in the West*, pp 18-19.

[2] J. P. Trapp (ed), "Thomas More and Visual Arts," *Saggi sul Rinascimento*, 1984, P. 36.

[3] J. P. Trapp (ed), "The Grave of Vergil", P. 3.

[4] 阿尔贝蒂诺·墨萨多（Albertino Mussato, 1261–1329），14世纪帕多瓦杰出的诗人和政治家，曾经获得过"桂冠诗人"的称号。

[5] Peter Burke, *The Italian Renaissance: Culture and Society in Italy*, P. 181.

[6] Eugenio Garin, *Der Italianische Humanismus*, P. 26.

们内心的真实情感。从这个角度来看，中世纪宗教文学中的隐喻表达自然就成为他们的选择之一。另一个可能的原因是，人们没有也不可能找到与中世纪宗教文学不同的任何一个文学倾向或意向来表达他们的精神意识或诉求，没有其他选择表达被压抑的精神世界，只能从基督教会允许的范围内寻找表达他们情感的出口。阿伦·布洛克（Alan Bullock）就认为："虽然他够不上第一个对文学表示出兴趣的人，却以一个伟大创新者的所有天资使人文主义有了生命。"[1]对于彼特拉克作品中描写的这个情况，特拉普（J. P. Trapp）等人也认为，"我们必须相信彼特拉克的眼光。"[2]。

至此，彼特拉克通过对大自然的赞美与人的内心世界的解说，展示了他关于人性与人类情感与人类道德的理解，加之当时已经出现的近代精神面貌与人类道德意识等因素已经足以说明，一个新的历史时代即将出现。这方面的例证之一就是，彼特拉克的作品已经从盲目信仰上帝的说教转向了对人与现实生活的关注。因为，他作品中教会学说与中世纪基督教神学因素已经荡然无存，取而代之的是对人性的肯定与对高尚的人类道德的赞美。这说明，彼特拉克既是一位严肃的道德家和理性的历史评判者，也是对人生充了激愤之情的世俗人士。

再如，罗伯特·鲍尔（Robert Ball）在他的《维吉尔与但丁的怜爱》（Theological Semantics: Virgil's Pietas and Dante's Pieta）一文中，就主要通过对人间美景的解说，展示了"他将大自然讲述为'不成熟的游历'，并请求读者不要轻易作出判断。这个观点即便还没有被完全理解，也请给予他同情"[3]等带有明显的近代人文主义特征的观点。对于其中的近代特征，恩斯特·卡西尔（Ernst Cassirer）认为："这就导致了一种更为深刻的自我意识，即人不仅需要提出这些问题，而且迫切需要找到一种解决这些问题的方法"[4]。这就在理论上反驳了中世纪基督教会关于"现实世界是静止不动的和僵硬的违反历史的观念"[5]，同时也证明了"基督教罗马的黑暗即将被过去时代失传的艺术复活所驱

---

[1] Alan Bullock, *The Humanist Tradition in the West*, P. 23.

[2] J. P. Trapp (ed), "The Grave of Vergil", P. 24.

[3] Robert Ball, *Theological Semantics: Virgil's Pietas and Dante's Pieta*, in The Poetry of Allusion, Stanford: Stanford University, 1991, P. 36.

[4] Ernst Cassirer, *The Logic of the Humanists*, P. 44.

[5] Eugenio Garin, *Der Italianische Humanismus*, P. 15.

散"①。另一点应该了解的是,彼特拉克这个时期关于人与社会生活的记载也多了起来,而且这一时期西欧思想意识的分化与更新比以往任何一个时期都更加明显。这时,彼特拉克通过对身边人与事的仔细观察与对人性的观察与深刻反思,得出'人生就是一个不断追寻内心平静与幸福快乐的体验'这样的结论,来自上帝的"充满宇宙的爱"被看作解决人世间一切痛苦的主要方法和救世良药。

这些例子都说明,彼特拉克眼中的"人"不仅已经成为具有高尚的道德观念和丰富的精神世界的社会人,也能够依据个人对外部世界的感知做出正确的思考和行为,同时在这个过程中反思了人生的意义。这不仅代表了当时人的思想意识的更新、人们认识人与世界的立场和观念的变化,也证明了人的社会性,即人拥有理解大自然变化和宇宙奥秘的能力。这是因为,在彼特拉克看来,人精神世界的愉悦或内心情景可以经由大自然景色的赞美来实现,其核心就是人应该拥有一颗敏感而善良的心。如上所述,中世纪晚期的西欧是基督教会和中世纪基督教神学观念已经衰微,而近代观念和社会意识还没有建立起来的空白期。人的精神世界与思想意识处于困惑而迷茫和一种莫名的期待之中。

这些话语尽管带有个人观点或意向性的表达,我们也应该看到,其中也包含一种真实的精神意向与道德觉悟,即对人性的肯定与对当时意大利社会现实的解说,以及由此而来的对人类社会变化的思考。对于彼特拉克作品中的这个特征,布克哈特(Jacob Burckhardt)就认为:"意大利人从一开始就在迅速了解城市和居民中间的精神差别上超越了其他民族,他们热爱乡土的观念比其他中世纪的人都强烈,这个观念表现在他的文学作品中,并和流行的声誉结合在一起。"②以布鲁尼为例,他除十分了解自己的国家意大利以外,也因为他在法兰西的生活经历而对法国的人文与地貌,法兰西人和意大利人在语言、服饰、政体以及生活方式的区别等方面也有很深的了解③。

---

① Alan Bullock, *The Humanist Tradition in the West*, P. 16.
② Jacob Burckhardt, *The Civilization of the Renaissance in Italy*, P. 335.
③ Jacob Burckhardt, *The Civilization of the Renaissance in Italy*, P. 334.

小　结

综上所述,彼特拉克通过对大自然的赞美展示人与尘世生活的积极意义,目的不仅仅在于追求中世纪基督教会宣传的灵魂的永生、尘世爱情、理想、信念等人的自然欲望,更在于以此为依据说明人精神世界的丰富与人性的美好。现在看来,这不仅是对人生意义的探索,更是对一个关乎人与尘世生活,以及人类命运的现实问题的探索。彼特拉克不仅是一位严肃的人文主义文学家和严谨的道德批评家,也是一位对人与尘世生活充满热爱,同时追求人生幸福的世俗人士。所以,彼特拉克作品中的中世纪基督教神学观念和教会学说已经消失殆尽,取而代之的是对人性的探究与对人生意义的探寻。

第四章　薄伽丘：人性的反思者

薄伽丘对人性的反思更加贴近现实，不仅有对人与尘世生活的肯定与对人类道德的赞美，也呈现出了对人性的反思，既包括对基督教会学说、高高在上的罗马教皇和教会人士、没落的宫廷御用文人的反思，也包含对尘世中的好人，像温柔美丽的家庭主妇、天真善良的儿童、心性善良的邻居，以及努力谋生的商贩和默默无闻的马夫等的赞美。在薄伽丘看来，这些好人虽然处于社会底层，但是他们的思想和行为却散发着人性的魅力与道德的光辉，因而更值得敬仰。事实上，薄伽丘关于尘世中小人物的内心与情感的解说，展示了中世纪晚期西欧社会变化。

第一节　理性积极地看待一切

薄伽丘以理性的态度看待一切，在观念上冲破了中世纪基督教神学和教会学说的束缚，同时开始以人性与人类道德为依据展示人与现实生活。也就是说，他的作品中已经完全没有中世纪基督教神学或教会学说影子，而是开启了对人与尘世生活积极的思考。通过对大自然的观察得出，尘世生活不仅包含着人性的"善良"与"宽容"，更蕴含着人对精神净化与道德升华的期待，并由此展开了对人性的进一步探究。

薄伽丘出身于佛罗伦萨的金融世家，家境优越，这使他有机会在当地的修道院博览群书，并有机会与学识渊博的文人雅士结识与交往。因此，他在1348年动笔写《十日谈》的时候，已经对人与当时的西欧社会有了充分的了解，薄伽丘也因此成为"用文艺复兴的方式看待人类和人类世界的先例"[①]和"从自然哲学

[①] Alan Bullock, *The Humanist Tradition in the West*, P.14.

与道德哲学看问题的思想家。"[1]这是因为，中世纪晚期的佛罗伦萨是西欧人文主义的中心和文化发源地，当时文人学者的主要工作就是继承并发展中世纪以来人们关于人与世界的思考和解说。列奥纳多·布鲁尼（Leonardo Bruni）就是基于对西欧社会现实的观察，将尘世中的"人"定义为"接受过思想文化熏陶的社会存在"[2]，其中说明的是，薄伽丘作品中的"人"已经成为"亚里士多德思想最终取代柏拉图主义成为观察的主要视角"[3]。

与中世纪基督教文学作品相比，薄伽丘作品的另一个主要特点是，他在创作中很少使用中世纪经院哲学的论证模式去思考他所看到的一切，取而代之，他从自己的内心感受和对西欧社会现实的观察出发，以人性和人类道德为标准来看待与人和尘世生活密切相关的现实问题。因此《十日谈》中关于现实生活中的人与事的评判和解说便带有了明显的现实意义。不仅如此，基于对人与尘世生活的观察和对人性的思考，薄伽丘进而得出了人是具有社会性和世俗性的、积极的社会存在的观点。查尔斯·特林考斯（Charles. E. Trinkaus）就是基于这一点认为，薄伽丘作品中的这些内容"联系着现世的成功与失败"[4]。

薄伽丘对人与社会的理解超出了中世纪基督教神学与教会学说，其中对声誉带来的拖累的担忧是他反对中世纪经院哲学的"最重要的直接原因"[5]，同时薄伽丘也以此为依据证明了尘世堕落和教会腐败是人性的堕落与道德的迷失，并由此得出结论，尘世中人的思想和行为与教会学说无关。因此，薄伽丘作品中的人物既包括尘世中投机取巧或贪图小利而遭到严厉惩罚的市民，也有诚实而善良的市民。薄伽丘判定尘世惩罚的标准只有一个，即人能否按照积极的人性与高尚的人类道德行事。这进一步佐证了这样一个事实：薄伽丘在观念上已经摆脱了中世纪基督教神学观念和教会学说的禁锢与束缚，开始以一个尘世中人的角度观察一切。

布克哈特（Jacob Burckhardt）等人认为，薄伽丘的观点中夹杂着中世纪宗教文学中不同程度的"羡慕与嫉妒心理"[6]，但是从西欧社会现实来看，薄伽丘

---

[1] Ernest L. Fortin A. A., *Dissent and Philosophy in the Middle Ages*, P. 67.

[2] Alan Bullock, *The Humanist Tradition in the West*, P. 23.

[3] Ernest L. Fortin A. A., *Dissent and Philosophy in the Middle Ages*, P. 39.

[4] Charles. E. Trinkaus, *The Poet as Philosopher*, P. 83.

[5] Quintin Skinner, *The Foundations of Modern Political Thought*, P. 104.

[6] Jacob Burckhardt, *The Civilization of the Renaissance in Italy*, pp 449-450.

作品中的那些描写无疑是对中世纪基督教神学观念和教会学说的反对与重大打击。在薄伽丘看来，中世纪基督教神学观念已经开始遭到人们的嘲笑和抛弃，人们已经不再顾忌教会说教或基督教神学观念，而是开始以积极乐观的态度和自由的心态表达自己的观点，所以整个西欧都呈现出自由和愉悦的状态。我们因此就可以理解，《十日谈》中经常有对教会人员无知愚昧的嘲讽与尘世堕落的反思；因此就可以理解，薄伽丘在描写尘世中犯了罪的教会人士时使用的那些带有感情色彩的形容词，甚至带有愤怒与讽刺意味的话语了。

这也能够表明，当时的人们已经开始通过社会的观察，对人性与人类道德进行探究，进一步看来，这些都展示了西欧人对人类社会变化的思考。薄伽丘的这些描述目的就在于说明当时人们对中世纪基督教神学观念的不满和教会学说的怀疑，其中蕴含的是中世纪晚期的西欧社会经历着"信仰的普遍解体"[①]。随之而来的是，人的精神自由与世俗生活的态度也呈现为古代信仰和近代基督教信仰的混合物。薄伽丘作品产生的另一个主要原因是，当时的人们由于看不到未来，也不赞同中世纪基督教神学观念和教会学说，因此只能从自身存在与当下的社会现实出发来看待一切。结果是，西欧不仅出现了乐观向上和积极进取的精神意识，尘世生活也开始焕发出勃勃生机。对此，阿伦·布洛克（Alan Bullock）就认为，薄伽丘作品中的这些变化"释放出新的势力和能量，极大地刺激了人们的想象力，最后发现了新的真理，创造了新的形势，而不仅是恢复过去被淹没或歪曲的价值"[②]。

薄伽丘作品与中世纪宗教文学的另一个主要区别是，薄伽丘并没有简单地将人描绘为具有丰富的内心与高尚的道德观念的积极的社会存在，而是基于对当时西欧社会变化的解说，说明了具有独立的精神世界和高尚的道德意识的"人"才是促使人类社会运转和这个尘世世界得以延续的关键。由此就可以理解，《十日谈》中每个故事的结尾都会以一句类似于《伊索寓言》的话总结人生的得失成败，从而为人们提供精神的支持与道德的启迪。

由于薄伽丘的目的在于说明，尘世中的人已经具有了明确的道德意识、理性判断以及行事能力，因此才有了《十日谈》中诸如"精于赚钱的教士""娶妻生子的修道院长""体验世俗爱情的修女"和"骗人的教会人士"等形象，同时

[①] Jacob Burckhardt, *The Civilization of the Renaissance in Italy*, P. 510.
[②] Alan Bullock, *The Humanist Tradition in the West*, P. 16.

也有诚实的市民、机智的马夫，以及运用智慧重新获得伯爵地位的经典贵族等人们理想中的市民形象。这些观念一经出现就以不可阻挡之势波及整个西欧，并由此产生了西欧社会意识的更新和人的思想意识的变革。进一步看来，这个观念的变化不仅极大地推动了西欧社会的演进和人类思想观念的更新，同时也为人们指明了人生方向。说到底，积极进取的精神意识与高尚的道德观念是薄伽丘看待一切的主要观点。

内容方面，薄伽丘的作品主要是以当时市民中流行的俗语为手段，以积极的态度与乐观的精神气质表达对当下人与尘世生活的思考，其中既有对世俗生活中小人物的善行的肯定与赞美，也有对道貌岸然的教会人士的无情揭露与尖锐抨击，还有对人性之美与人类道德的构想与美好期待。由此可以理解，在薄伽丘的作品中，少了中世纪宗教文学中那种带有梦幻色彩的优雅细腻的刻画与对人的内心世界的感性描写，取而代之的是以当时市民中流行的俗语对当下现实生活进行反思与对赤裸裸的人性进行展示。虽然其中不乏有关人性邪恶的描写以及对丑陋人性的抨击，但其主要目的还是在于以尘世中具体的人物形象为手段来展示对人性与人类道德的思考。

取材方面，薄伽丘的作品既在很大程度上保留了意大利和法国中世纪时期有关人与尘世生活的各种寓言和传说、东方民间故事、历史事件以及宫廷和教会传闻，同时也注重博采佛罗伦萨和意大利其他地区的奇闻异事，甚至当时的真人真事，进而将这几方面有机结合在一起，构想了理想中的人间爱情与美好的人类未来。在构想人类未来世界的过程中，薄伽丘不仅将"对人的看法"放在第一位，更由此开始了"对人类命运"的探寻。现在看来，这些带有人文主义精神和世俗特征的表达说明的就是：人类情感中的精神因素。因此才有了《十日谈》以生动、幽默、诙谐的语言将腐败的教会人士描述为智力低下、贪图钱财、内心充满不良欲望的邪恶之徒等尖锐的描写，《十日谈》这部作品也因而被誉为"人类智慧的史诗"。

还需要说明的是，薄伽丘在描写人的过程中虽然仍带有一些来自西欧上古文化和中世纪基督教神学的痕迹，但是与中世纪基督教神学观念不同的是，他以观察和思考为出发点，论证目的和论证方法等均是以发展人性与人类道德和生活为角度进行的。在这个过程中，薄伽丘虽然引用了《圣经》中上帝造了一切、人的精神救赎和人类堕落、上帝的神性与人性等带有明显旧时代特征的论述，但是其中展示的却是西欧近代"人的文艺复兴"的哲学基础。这个观念变化的前提就是,人是世俗生活主宰和宇宙的中心。薄伽丘不仅继承了但丁和彼特拉克关于"人"的学说,认为在了解世界的所有事物中,最重要的是对人性、人生的目的和人类精神归宿的了解,更包括了解人的精神意识在内的关于整个世界的构想。我们由此就更能理解,在《十日谈》中,薄伽丘通过对人性的善与恶以及尘世生活目的的分析,说明了人是社会环境与时代变化的产物,同时将人描写为具有完全思考和行为能力的积极的社会存在。

为了对这个观念作进一步解说,薄伽丘对《十日谈》中的主人公的名字与命运安排等也颇费一番心思。他或者将这些想象中的人物形象以古代神话中英雄的名字命名,或者按照当时文学创作中流行的"美好"表达赋予了他们高贵典雅的气质。其中,菲罗美娜含义为"歌中恋人"、潘比妮亚的含义为"充满活力"、菲亚美达是代表"人间温柔的爱情"的"小火苗",而艾米莉亚的含义则是爱情的"诱惑者"。《十日谈》中另外三位女士的名字则分别取材于维吉尔,但丁和彼特拉克作品中代表"美好"与"正义"等含义;其余三位男青年的名字则更有深意,其中潘菲洛意为"爱所有的人",菲洛特拉托意为"爱情的失败者",第奥纽则取自《荷马史诗》中的英雄人物,意为"哲学家",其中隐喻的就是对西欧古典文化中代表人性中的"美"与"善"等的向往。

我们因此就更能理解,为什么《十日谈》的开篇就以中世纪经院哲学中经典的描写方法为手段,展示了尘世的美好与人性的高贵:"美丽的女士们,我深信你们天生是多愁善感的,我一直以为眼前的这本书在你们看来从一开始就感到厌倦和沉重。此后的内容让读者联想到不久之前发生的那场恐怖的瘟疫。对耳闻目睹或身临其境的人而言则是更大的悲哀。不要以为读这本书一定会陷入无休止的掉泪和伤神,被吓得不敢往下读。冷酷的开篇与阻挡在远足者面前的险峻高山没有区别,翻过高山便是美丽宜人的平原,而远足者的欢愉恰恰来自攀岩的艰辛。正如乐极生悲一样,悲痛也会因欢乐而消失。"欧金尼奥·加林(Eugenio Garin)因此认为,《十日谈》中的人物已经具有了"思想、美与爱"[①]。另外,《十日谈》中的塞佩里罗先生虽然生前无恶不作,但是却以一篇假的忏悔文书成功蒙骗神父,并且在死后被尊为"圣塞佩里罗"。机智的蒙特菲拉侯爵夫人则以一桌鸡肉和机警的对话消除了法王对她的非分之想。其中隐喻的就是,薄伽丘作

---

① Eugenio Garin, *Der Italianische Humanismus*, P. 148

品中的人已经成为对现代思想"具有重大影响的人"[①]和"有道德约束力和自我意识的人"[②]。阿伦·布洛克（Alan Bullock）也由此认为，这些描写是"完全世俗的、完全清醒的世界观"[③]，薄伽丘也因为这一点被认为是西欧近代最早的人文主义文学家。

虽然《十日谈》中有对教会腐败与人性罪恶的愤怒与评判，有对人性与人类道德的剖析，但是这并不是薄伽丘所要说明的关键，只是他所要表达的观点的依托或帮衬。也就是说，这些表达一方面十分隐晦，或显得不自然，同时也大胆涉及了基督教会的地位和基督教会神学观念的作用等敏感的问题。这些因素也是薄伽丘的作品受到西欧近代甚至是读者喜爱的主要原因之一。读者不仅期望他能够像彼特拉克那样抒发精神自由，也期望他能写出像《神曲》那样无情揭露人与当时西欧社会现实的充满理性意识和道德情感的激进的文章。薄伽丘的拥护者则特别喜爱他幽默风趣的表达和对人性入木三分的揭露，以及对人性的反思，《十日谈》由此成为当时人们表达内心诉求和发泄情感的主要出口之一。从当时的西欧社会现实来看，薄伽丘所陈述的"积极的精神意识"和"带有近代特征的道德规范"也一目了然。

读者一方面能够从中看到薄伽丘对当时人与尘世生活的理性评判，以及由此而来对人性的解说与对人类道德观念的展示，同时读者也能够从中看到中世纪基督教会的封建统治已经发生动摇，人的精神世界和思想意识出现了活跃的迹象。究其原因，面对西欧社会变化、基督教会腐败和尘世堕落，人们一方面对基督教会的腐败与尘世堕落表现出愤怒与无奈，同时认为人类未来世界会比当下的生活更美好，对"人"的积极的精神意识的理解是理解薄伽丘描写人与尘世生活的主线之一。

由此可以理解，薄伽丘在《十日谈》中的乐观精神与理性态度与典型的基督教神学观念和教会学说有了明显不同。主要表现在，这些观念既不是典型的中世纪教会学说，也不是当时人们认为的西欧出现的带有近代性质的道德观或人生观，而是二者角色的转换与过渡。这就解释了薄伽丘的文学作品和思想意识既与但丁和彼特拉克有了明显不同，同时也证明了人性的迷茫与对尘世生活的消极态

[①] Denys Hay and John Law, *Italy in the Age of the Renaissance 1380-1530*, P. 3.

[②] Brian Tierney (ed), 'Religion and Rights: A Medieval Perspective," *Journal of Law and Religion*, P. 164.

[③] Alan Bullock, *The Humanist Tradition in the West*, P. 55.

度。从这个意义上讲，薄伽丘不应该被看作是典型的西欧近代人文主义作家或思想家。这方面的证据之一就是，在《十日谈》完成的前几年，西欧就已经出现了关注人性与人类道德的等带有近代性质的思潮，但是这些内容已经引起了教会的警觉甚至残酷镇压。现在看来，这是中世纪西欧的社会文化意识向近代意识的过渡，其中还夹杂着各种政治因素和社会力量的沟通与博弈等因素。也就是说，薄伽丘虽然继承了当时已经出现的"人具有独立的精神世界与高尚的道德观念"等思想，同时更提出了对人类道德的质询：人的精神世界与道德观念究竟是美好的还是丑恶的？以及评判人性与人类道德的客观标准究竟是什么？

对于这个问题，薄伽丘认为，人的本性是善良的，尘世中的人为了想象中的人间幸福与精神自由奔波劳顿，为了获得理想中的生活而辛苦一生，同时人们这些行为有值得商榷的地方，这就在一定程度上解说了中世纪以来西欧社会变化的原因，也就是说，薄伽丘以机智和幽默的态度展示对人与尘世生活的思考，也以一个局外人的角度开始了对理想中的人与人世生活的构想与期待。从这个意义来看，薄伽丘的作品与时代密切相关。这方面，彼特拉克以"一个目光敏锐和有观察经验的人可能看到15世纪具有完美人格特征的人的数量在不断增加。究竟他们是否有意识地追求这个目的，也就是说，当时他们的精神生活和物质生活的发展是很难说的；但是就尘世生活不可避免都有缺陷这一点来说，他们中的有些人已经达到了这个地步"[①]。这几个人中显然就包括了薄伽丘。也就是说，薄伽丘对人性与高尚的人类道德的强调中已经出现了丰富多彩的人生经历与远大的人生志向，同时也展现出对人生的观察与人类社会变化的思考，他的人生态度已经与基督教会统治下的西欧有了根本区别。这些积极乐观的道德意识和精神因素与西欧社会文化结合起来就产生了"多才多艺的人"。

关于这个问题，还有一点需要注意的是，虽然中世纪以来西欧一直就存在着很多才华超群的人，甚至全能的艺术家，而且在很多方面较文艺复兴时期的艺术家和文学家更优秀，但是却没有像文艺复兴时期的文学家和艺术家那样留下浓墨重彩的一笔，或令人印象深刻的作品，其中的一个主要的原因就是，他们所缺的就是对外部世界的观察与对人性的思考。由于中世纪基督教神学观念的影响和教会学说的约束，当时西欧任何艺术作品或艺术创造都是形式大于内容。而在当时已经进入文艺复兴时代的意大利，我们看到了各行各业出色的专家与学者。他

---

① Jacob Burckhardt, *The Civilization of the Renaissance in Italy*, P. 148.

们不仅因为能够创造出完美的艺术品和精湛的学术精品而受到人们的追捧与崇拜，也因为对人的思想观念的展示与解说成为人们竞相结交的目标，进而成为评判人类道德的思想家与积极的道德改革家。除文学作品以外，他们还从更广泛的空间对心智、学术等问题做了更加深入而广泛的钻研，这也是"意大利文学三杰"的精神内涵与道德意识的主要来源之一。

这时人们不仅能够理性看待"上帝教诲"和教会说教，也能够根据理性和自由意志的要求进行思考和行事，进而进行"积极活跃生活与沉思默想生活孰优孰劣的比较"[1]的推论。他们会表现出理性和谨慎的态度，同时以一个旁观者的目光审视一切。在当时的人们看来，这就在很大程度上恢复了古希腊哲学中"以人为中心，而不是以上帝为中心"[2]的做法，即从"政治哲学"[3]的角度来看待一切。由此就可以理解，《十日谈》第二天的第九个故事：热那亚人贝纳卜被安勃洛乔欺骗，他不仅输光了随身携带的钱财，还叫人去杀害他的妻子。他的妻子在知道这一切后，则凭借机智逃脱，并乔装成男人为苏丹效力。在她查到骗子的下落后设法让丈夫来到亚历山大城，惩罚了那个骗子，最终带着财宝随丈夫返回到热那亚。这个故事从表面来看是对人性的高贵和对高尚的人类道德的赞美，实际上在于强调"社会阶层的实质"[4]和当时西欧出现的"文化创新与科学发展"[5]。

与此类似，《十日谈》第二天第六个故事讲的是，白莉朵拉夫人与儿子失散，在一个小岛上与一对羊羔住在一起，后被带到鲁尼加纳。在这期间，她的一个儿子当仆人，因为和主人的女儿相爱遭到监禁。直到西西里人民起义反对查理国王，他们母子二人才得以相认，她的儿子也如愿娶到了主人的女儿。不仅如此，白莉朵拉夫人也找到另一个失散的儿子，并重振家业。在薄伽丘看来，白莉朵拉夫人只是现实中的普通人，既没有很高的社会地位，也没有大的影响力，但是她因自己高尚的行为成为人类道德的代表。白莉朵拉夫人身上表现出来的人性的光辉开始带有理性的生活体验与道德模式。虽然如此，这些描写却没有与社会

---

[1] Alan Bullock, *The Humanist Tradition in the West*, P. 27.

[2] Eugenio Garin, *Der Italianische Humanismus*, P.18.

[3] Ernest L. Fortin A. A., *Dissent and Philosophy in the Middle Ages*, P. 7.

[4] Denys Hay and John Law, *Italy in the Age of the Renaissance 1380-1530*, P. 30.

[5] Maria S. Haynes, *The Italian Renaissance and Its Influence on Western Civilization*, P. 1.

现实吻合，其中充满了中世纪经院哲学式的极端陈述。例如，具有高尚美德的人任何时候都表现得体，那些有阴暗心理的人一眼就能看出来。

尽管这样，也可以看出薄伽丘的作品已经摆脱了基督教神学观念和教会学说的束缚。当时人们在默默承受着沉闷的社会氛围，同时开始了对人类社会变化的反思。对此，赫恩肖（F. J. C. Hearnshaw）认为，薄伽丘的思想意识有了与"中世纪中期和晚期思想观念上的明显区别"[1]。《十日谈》第二天第八个故事又是一个很好的例子，它讲的是一个具有传奇色彩的历险：安特卫普伯爵因遭人陷害被迫潜逃，留下一双儿女在英格兰。情况稍好时他便偷偷潜回英格兰，在看到孩子们生活得很好之后，投奔了法国军队，在法国国王帐下当一名马夫。后来他冤情大白，得以恢复原有爵位和财产。从文学解说的角度来看，这些都是对不可能现象的理想化的描写。此外，薄伽丘作品中还出现了关于个人经历与道德的解说。《十日谈》第二天第十个故事讲的是，摩纳哥的帕加尼奴偷走了理查·第·钦齐卡先生的妻子。理查在打听到他妻子的下落后，不是为捍卫男子汉的尊严去找对方决斗，而是前去跟帕加尼奴交朋友，求帕加尼奴把他的妻子放了。帕加尼奴并不反对理查的要求，而是提出一个条件：让那个女人来决定自己的婚姻和归属，理查最后失意而归。这个故事即使是现在看来也有些茫然或荒诞不经，但是在薄伽丘看来，对高贵的人类情感的追求才是最美好的人间宝藏，因为每个人都有权决定自己的情感归属，人间爱情则容不得任何世俗利益参与其中。

薄伽丘的作品是对"哲学"[2]与"新态度和新观念"[3]的解说，目的在于说明高尚的人类道德在人获得"上帝救赎"过程中的决定性作用；另外，薄伽丘的作品中虽然仍然有浓厚的基督教神学观念和甚至是想象的成分，但是其中的人物形象都是当时的人与中世纪晚期西欧社会现实的映照，其中展示的是"对于古典文化的特殊欣赏或喜爱"[4]，并以社会现实为准绳，规范自己的思想行为来适应外界的变化。由此就可以理解，《十日谈》中主人公的精神世界总能够与外在的社会环境达成一致，并利用自身优势获得想要的结果，一成不变的是，这些尘世

---

[1] F. J. C. Hearnshaw (ed), *The Social and Political Ideas of Some Great Medieval Thinkers*, P. 24.
[2] Eugenio Garin, *Der Italianische Humanismus*, P. 1.
[3] Alan Bullock, *The Humanist Tradition in the West*, P. 11.
[4] Eugenio Garin, *Der Italianische Humanismus*, P. 22.

中的形象都带有单纯的情感世界与积极进取的人生观。

《十日谈》第二天第四个故事就描写了一个普通人的智慧：可怜的兰多福像一块浸透的海绵，两手抓住箱子边缘，漂流到可福岛海滩。正好有个女人来用海水和沙子擦洗器皿，抬眼看见海上不知是什么东西向她飘来时，吓得连忙后退大叫起来。此时兰多福连说话的力气也没有了，甚至连眼前的景物都变得模糊不清，当然也就无法解释什么了。虽然如此，他仍然能够得到拯救，并重新获得失去的一切。这个故事展示的不仅是尘世生活中的普通人的形象，同时诸如此类的描写也代表了人们关于尘世生活与"人"的理解。

现在看来，这些描写已经完全没有中世纪宗教文学中矫揉造作的表述和生硬刻板的内容，取而代之的是对尘世中的人与人的内心世界的展示。这说明，薄伽丘刻画的"人"虽然已经具有人性之美，并且表现出高尚的道德意识与丰富的人类情感，但是薄伽丘塑造的尘世形象还没有完全改变中世纪宗教文学中理解人的模式。

我们看《十日谈》第二天第五个故事，它描写了佩鲁贾城青年安德罗乔·狄·彼得贩马的故事：佩鲁贾城青年安德罗乔·狄·彼得是个精明的马贩。他听说那不勒斯的马多而且价钱便宜，于是带了500枚金币，同其他商人一起前往那不勒斯。当他到达佩鲁贾城时，正好是星期天的傍晚，在做晚祷时他向客店的主人打听马市的情况，并于第二天一大早来到马市。故事进行到这里，一切都看似顺利，但是他却在一夜之间惨遭三次飞来横祸，但是他每次都能够化险为夷，最后还得到一枚珍贵的红宝石戒指，并安全回到家中。这说明，薄伽丘的文学作品中仍然残留着中世纪宗教文学的观念和某些特征，即他将代表高尚人类道德的某一类人刻画为道德上完美无瑕的典范，同时薄伽丘也将尘世中道德低下和内心阴暗的人描述为猥琐、衣着褴褛、首鼠两端的形象，这也违背了西欧近现代文学创作中不以貌取人的创作传统。

这主要因为，当时西欧仍然笼罩在"哲学与神学分离"[①]和中世纪基督教禁欲主义与蒙昧主义氛围的迷茫与禁锢之中，人们只能通过各种办法来表达他们的要求。当时近代的曙光虽然已经出现，但是人们的精神世界仍然局限于教会学说与中世纪基督教神学的束缚之中。薄伽丘不使用宗教文学中生涩或难懂的语言品评具有美好的精神世界的人，只用微笑或赞同的目光隐喻他的观点，同时以激烈

---

① Carol G. Thomas (ed), *Paths From Greece*, P. 10.

的态度和语言抨击那些道德有问题的人。这说明，薄伽丘已经抛弃了中世纪经院哲学中经典的"非此即彼"的僵化的思维模式，开始以"一分为二"的观点和方法来解说一切，即从一个尘世中普通人的角度阐述世俗生活和人的内心世界，他的这一做法因而显得更加弥足珍贵。

薄伽丘的作品能够流传至今的另一个主要原因是，在他的作品中不仅有对自然景色的赞美，也有能够给人们带来各种灵感的、对人生的思考，于是就有了《十日谈》中安德罗乔像"那些没有教养的乡下人一样，摆弄着他的金币""这时，正巧有个西西里姑娘经过，把他的举动看在眼里""这姑娘长得满有姿色，但是干的本来也是给几个小钱就满足男人欲望的卖笑活"等描述，而往后的情节往往更加离奇：这个卖笑姑娘竟然从曾经在安德罗乔家作过仆人的老太太的口中得知安德罗乔的情况，并且扮成安德罗乔的姐姐来诱骗他。这个故事表面上讲的是现实生活的一个小插曲，实际上其中隐喻的却是对人性的解说与高尚的人类道德的构想与期盼。欧金尼奥·加林（Eugenio Garin）因此认为，当时西欧的这些变化都标志着"文明生活"①的起源。

如果有什么能够令薄伽丘的作品令人印象深刻，或者更加能够吸引读者的注意力，从而使人们对他有不同于但丁或比特拉克的了解或进一步的认识，那就是薄伽丘对人性内涵的进一步探究以及由此而来的对人类道德作用的反思。在薄伽丘看来，尘世生活并不像人们相信的那样好或很糟糕，而是一个充满各种不确定因素的自然过程，因为人性是多变和复杂的。此外，薄伽丘富裕的家庭环境与优越的童年生活造成了他作品中的人物都活得十分惬意，并有时间和精力去做他们自己喜欢的事；他幼年时饱读诗书使得他对古代文化中的人物与历史和中世纪晚期的西欧社会有更加深入的观察与了解。

从文学解说的角度来看，薄伽丘描写日常生活的笔法虽然容易理解，但是他对人间美景与人的内心世界的刻画却未免有些理想化，这也在一定程度上损害了他作品的创造性和感染力；换个角度来看，这其中表达的也是对当时西欧社会变化的迷茫与无奈。这是因为，当时人们关于"人间爱情"和"尘世幸福"的理解是："这个有形的世界是上帝以爱来创造的，是在上帝心中一个现有的模型的仿制，上帝将永远是它的推动者和恢复者。人能够由于承认上帝而把他吸引到自己的灵魂的狭窄范围以内来，同时也能由于热爱上帝而使自己的灵魂扩大到他的

---

① Eugenio Garin, *Der Italianische Humanismus*, P. 26.

无限大之中——这就是尘世幸福。"[1]

薄伽丘的作品说明，中世纪晚期西欧关于人的理解已经与中世纪基督教神学有了本质不同。虽然我们很难讲清楚其中的联系和区别，有一点可以肯定的是，中世纪晚期西欧已经出现了近代萌芽，以及对人性与人类道德的反思。意大利著名人文主义思想家法基奥提出，上帝基于自己的完美创造人；曼内蒂（Mannetti）认为，上帝创造人就为使人以爱掌管这个世界；马尔西利奥·费奇诺（Marsilio Ficino）认为，上帝为了推动宇宙体系的运转而将人作为该体系中最富积极意义的"爱的链条"[2]，认为人是"一种能够认识其造物活动，并因其美而热爱这一活动的生物"[3]。为此，薄伽丘就以"漂亮的女士""善良的人们""我听说"或者"听了兰多福得宝的奇遇，使我想起另外一个故事"等展示了对尘世中人的理解。阿伦·布洛克（Alan Bullock）认为，这是"发现新的真理，创造了新的形式"[4]的缘故，而这些内容在中世纪是完全不可想象的。

《十日谈》还尖锐抨击了教士和修女们生"漂亮的小修士"的行为，并证明了教会人员就是一群"欲望得不到满足的贪婪者"；同时，薄伽丘展示了与尘世犯罪等同的惩罚，目的在于说明高尚的人类道德在获得"上帝救赎"过程中的决定作用，认为要治疗人的精神与道德过失的唯一办法就是依靠高尚道德的引导。比如，安德罗乔·狄·彼得怀有一颗真诚与善良的心。在被那个西西里姑娘骗得一无所有，经历了所有的欺骗与尴尬，但是他仍然能够保持一颗善良淳朴的心，并且为别人分忧解愁。这使他能够躲过三次灾祸，平安返回家中，其中展示的是对人性中"善"与"高贵"的期待。

这说明，薄伽丘是以上帝的理性和积极乐观的眼光看待人与社会生活的，其中已经没有了关于人的消极或偏激的看法，取而代之的是人性的觉醒与道德的进步。《十日谈》中的人物形象已经与现代人没有任何区别，唯一不同的是时代的差异，因而现在人也由此能够理解薄伽丘对人物的内心世界与人性的刻画和分析了。对此，丹尼斯·哈伊（Denys Hay）认为："从意大利的文学家处理语言的技能与读者群来看，自但丁与薄伽丘开始的评论家比同时代的法国或德国世俗

---

[1] Jacob Burckhardt, *The Civilization of the Renaissance in Italy*, P. 516.

[2] E. Wind, *The Eloquence of Symbols Studies in Humanist Art*, P. 41.

[3] E. Cassirer, *The Individual and the Cosmos in Renaissance Philosophy*, P. 85.

[4] Alan Bullock, *The Humanist Tradition in the West*, P.16.

批评家更能够引起人们的关注。"①

需要注意的是,薄伽丘的作品在描写人的内心世界与思想状态等方面虽然与但丁和彼特拉克等人有很大不同,但是这些描写并不是本书的重点。本书重点意欲说明,大多数时候薄伽丘的心灵都在感受来自外界的灵感与刺激,并且以公正的态度看待这些变化,其目的就在于树立一个明确的道德标杆以解释人类社会变化趋势,而不完全在于说明西欧社会变化。这就能够解释薄伽丘并没有完全纠结于尘世腐败等现实问题,而是将观察的目光转向了整个世界。

人物性格刻画方面,《十日谈》中的人物都是以尘世中个性鲜明的人物或普通人的形象出现,并且带有丰富的人类情感;此外,其中关于人的内心世界与生活场景的描写也克服了中世纪宗教文学中典型的"一边倒"或是中世纪经院哲学中"非此即彼"的刻板的思考模式,以个人感受展示和评判一切,即以尘世中小人物的视角展示理想中的尘世场景。读者因此能够看到《十日谈》中行窃的修道院长、贪婪的红衣主教和堕落的修女。玛丽亚·海因斯(Maria S. Haynes)因此认为,其中展示的是西欧"人文研究导致的人类精神的觉醒"②、"对事物本身的认识"③,以及由此而来的"致力解决人类的共同问题"。

不仅如此,在展示人性的过程中,薄伽丘还以"亚当呀,我们不会给你固定的地位,固定的面貌和任何特定的职责,以便你能够按照自己的意愿取得并占有全然出于你的意愿的那种地位、面貌和职责""我们给了你自由,不受任何限制,使你可以为你自己决定你的天性",以及"你可以堕落与野兽同在,亦可上升位列神明"④等隐喻了人类道德的尊严。在他看来,尘世中的人被"置于宇宙……的创造中心,成为上帝与被创造物之间的联系者"⑤。同样缘由,《十日谈》第二天第二个故事讲述的是,善良人林那多·达司蒂在旅行途中遭到抢劫,但是受到一位热心寡妇的帮助,并平安返回到家里。现在看来,这也是《现世与宗教》中的扎巴利拉等人主张的"美和高贵唯有通过人们的努力才能够获得"⑥的主要原因之一。

---

① Denys Hay and John Law, *Italy in the Age of the Renaissance 1380-1530*, P. 124.
② Maria S. Haynes, *The Italian Renaissance and Its Influence on Western Civilization*, P. 25
③ Ernst Cassirer, *The Logic of the Humanities*, P. 5.
④ Ernst Cassirer, *The Philosophy of Man*, pp 224-225.
⑤ Alan Bullock, *The Humanist Tradition in the West*, P. 31.
⑥ Charles. E. Trinkaus, *Adversity's Noblemen, The Italian Humanists' on Happiness*, New York, 1940, P. 49.

从文学解说的角度来看，这个观点不仅能够被读者接受，还能够引发人们对西欧社会现实的进一步思考，在薄伽丘看来，这才是"对待历史的态度"[1]。对此，乔瓦尼·皮科·德拉·米兰多拉（Giovanni Pico della Mirandola）就认为，"人的伟大就在于他有思想和灵魂"[2]。马尔西利奥·费奇诺（Marsilio Ficino）也认为，人们"将其思想和爱扩展给从最高到低等的万物"[3]；皮埃特罗·蓬波纳齐（Pietro Pomponazzi）则证明了"灵魂在物质形成中的最高地位"[4]，特拉普（J. P. Trapp）等人也认为，这是"薄伽丘等人的宣传而引发的对彼特拉克诗歌的模仿"[5]决定的。

第二节 薄伽丘作品中的人

与但丁和彼特拉克相比，薄伽丘的作品更加接近当下的人与生活现实，因而更能够展示人的真实精神意识和内心世界。如前所述，中世纪晚期的西欧社会正经历着翻天覆地的巨大变化，西欧封建城邦国家就像现在的市镇或相邻的社区一样，大部分都处于基督教会势力的严密控制之中，加之人们观念守旧和受传统思想禁锢，当时新观念或思想的传播十分缓慢，尽管如此当时也出现了以关注人的道德与精神为主的"新思想"[6]。

首先，薄伽丘基于对人性与尘世生活意义的解说，证明了尘世中的人已经具有了丰富的精神自由与道德尊严。随着西欧近代经济的发展和人的思想解放，人们从对"上帝之爱"与"天堂幸福"的盲信转向了对人的内心世界的探索，以及对尘世享受和世俗利益的追求。随着佛罗伦萨商业经营活动和经济贸易的活跃，西欧城市开始作为一个新兴因素出现。人们在追求世俗享乐的同时，开始了对世俗生活的评判。这说明，薄伽丘是从人性与当时的西欧社会现实出发，理性

---

[1] Eugenio Garin, *Der Italianische Humanismus*, P. 22.

[2] Ernst Cassirer, *The Individual and the Cosmos in Renaissance Philosophy*, P. 77.

[3] P. O. Kristeller, *Eight Philosophers of the Italian Renaissance*, Virginia University Press, 1904, P. 43.

[4] P. O. Kristeller, *Renaissance Thought and Art*, Princeton: Princeton University Press, 1980, P. 43.

[5] J. P. Trapp (ed), "The Poet laureate: Rome, Renovatio and Translatio Imperii", P. 105.

[6] Brian Tierney (ed), Canon Law and Church Institutions in the Late Middle Ages in *Rights, Laws and Infallibility in Medieval Thought*, P. 69.

地看待一切的。

薄伽丘在赞美人性与人类道德的同时，也抨击了教会人员的无知与尘世堕落。当时的欧洲教会人员走在大街上时，人们经常会向他们投去怀疑和鄙视的目光，教会人员非常容易遭受到攻击。薄伽丘认为，他们没有一个不是寡廉鲜耻，犯着"贪色"的罪恶，这些尘世罪犯个个都是酒囊饭袋，贪图口腹之欲，只知道奸淫、纵欲，已经到了不能再坏的地步，这时罗马城不再是一个神圣的京城，而是一个容纳尘世间一切罪恶的大熔炉。

其次，薄伽丘对人的解说还表现在对未来的幻想中，但是目标已经转向人与尘世生活。中世纪晚期基督教会虽然仍然自称是上帝代理人和人类救赎者，但是人们对教会权威的崇拜已经大不如前，而且，教会权力与世俗利益之间有着千丝万缕的联系，人们通过各种途径获得各种收入与利益，教会人员与教会腐败成为公众憎恨的对象。《十日谈》第一天第七个故事讲的是，贝加密诺就借助泼里马索和克伦尼修道院长的故事，讽刺了坎·台拉·史卡拉先生的吝啬和丑恶灵魂，从而达到一箭双雕的目的：既赞美了人性与高尚的人类道德，又讽刺了中世纪死板苛刻的教阶制度。

《十日谈》第三天第四个故事讲的是，圣潘克拉契教堂的修道士费利斯指引俗家弟子普乔通过苦修获取正果的人生经历。而实际情况却是，费利斯修士虽然表面上真诚善良，但是却干着勾引别人妻子的不良勾当。费利斯修士的行为虽然被戳穿，但是却因为他的能言善辩而没有遭到严厉惩罚，其中展示的是教会人士的狡诈与阴险。在薄伽丘看来，费利斯修士的行为在很大程度上就是教会人士的翻版。另外，薄伽丘关于教会人士的描写颠覆了《圣经》中基督教会的形象，也被认为是冒犯了教会的威严，并遭到一些信教世人的激烈攻击。有些人批评他过分强调人的精神自由，忽略了对上帝的信仰；有些人认为，薄伽丘作品中上帝的形象是对教会学说的歪曲。薄伽丘自己觉得自己有责任见义勇为，把人的精神世界引向正途，因此他一方面抨击教会腐败，同时又尽力说明尘世生活的真相，并努力使他的声音被听到。

再看《十日谈》第三天第一个故事，它讲的是，假装哑巴的马塞托混进了以"圣洁闻名"的女修道院中当园丁，那些寂寞的修女都争着和他睡觉，薄伽丘以此讽刺了教士的荒唐行为和基督教会腐败。由于马塞托善于体察修女的心思，得到了希望的结果。虽然他后来不慎开口说话，但是却机智地将院长大大夸赞一番，从而获得院长的信任，并且因此留在修道院继续他的风流事业。这个故事的结局是，马塞托能够享受到人间美好，不仅与修女们生了很多孩子，还在晚年过上了大多数人期待的幸福生活。在这个故事中，薄伽丘通过对教士和修女的话语以及对行为的解说展示了他对人性"恶"的抨击。

薄伽丘对以教会人士为代表的貌似高贵人物极尽挖苦讽刺与抨击，目的在于使人们反思自己的思想和行为，进而能够获得精神境界与道德意识的升华。进一步看来，这也是"意大利文学三杰"文学作品中的主要观点之一。因此才有了对尘世中的贪婪之徒和教会人士，以及教会腐败与尘世堕落的理性评判。《十日谈》中最值得同情的就是俗人马塞托，他不仅为上帝和教会贡献了自己的劳动，也为修女们贡献了身体。也就是说，他虽然获得了一些可以勉强糊口的财产和为教会服务的好名声，但是他却冒犯了基督教义，因此应该遭受惩罚。在薄伽丘看来，马塞托的命运是"人类道德发展的必然性"[①]导致的。也就是说，马塞托的动机与行为是最值得批判的，其中隐喻的是关于西欧社会和人的解说，以及对人的精神自由与思想解放的欣喜。

在薄伽丘看来，教会人士不仅不能够引导人走出迷茫，实现获得上帝救赎的人生终极理想，反而进一步加重了人们的精神困惑。他们的做法不仅是对源自中世纪的"希腊传统"[②]的断绝，也是对西欧"政治平衡的破坏"[③]。在《十日谈》中，薄伽丘将腐败的教会人士描写为社会蛀虫：这些教会人士不仅对《圣经》内容或"上帝的语言"一无所知，经常在信徒面前犯各种低级错误而丑态百出。也就是说，薄伽丘对腐败的教士和修女的描写是从世俗生活的角度作出的，认为他们违背了《圣经》的规定与基督教会的清规戒律，并由此印证了教会人士的丑陋与无知。这是因为，按照中世纪基督教教义，教会人士应该为尘世中的人带来上帝的福音，以引导人们在精神与道德上不断向上帝靠近。与中世纪基督教会学说相反，他们的思想中却充满了带有世俗色彩的人性和卑鄙做法，只是人们心照不宣而已。

《十日谈》第三天第八个故事是对修道院长丑恶嘴脸的抨击：老实人费隆多在吃了修道院长给他的迷魂药后昏死过去，被当作死人埋掉。而后修道院长与

---

① Ernest L. Fortin A.A., *Dissent and Philosophy in the Middle Ages*, P. 129.
② Carol G. Thomas (ed), *Paths From Greece*, P. 49.
③ Maria S. Haynes, *The Italian Renaissance and Its Influence on Western Civilization*, P.121.

费隆多的妻子私通。之后，修道院长把费隆多从墓地转移到地牢中，让他误以为自己已经身处炼狱，后来院长运用一些小招数让费隆多复活，以充当他妻子腹中孩子的爸爸。对读者而言，这些故事可以称得上一次精神的升华与道德洗礼，其中不仅有"语言上的隐晦与旁指"[1]，也有"关于王权理论的解说"[2]，而且这些观点在当下也会引起"最大的争议"[3]。这个内容已经与当时已知的人类经验和西欧流行的道德信条有了很大不同。甚至可以这样说，"意大利文学三杰"作品中展示的就是中世纪经院哲学中隐含的"因果报应"这个概念就是为腐败的教会人士准备的。

在这个故事中，读者看到奸诈腐败的修道院长居然为了自己一时贪欢害得别人家破人亡，但最后他却居然以上帝代言人的嘴脸反过来"拯救"被陷害的善良市民。从中世纪宗教文学表达来看，其中隐喻的是对"古典文明影响的复兴"[4]与"人的优越性"[5]的说明。同时，这也能够说明《十日谈》中不仅有对人性与人类道德的展示，更有"对人学而不是对知识的追求"[6]，薄伽丘由此成为西欧近代"道德秩序"[7]的代言人。

另一个证据是，《十日谈》第四天第五个故事讲的是，勇于追求自由与爱情的莉莎贝达未婚但是已经有了情人。对此，她的兄长十分愤怒，杀死了她的情人。她的情人给她托梦，述说对她的思念与苦恼。她则趁着夜色偷偷挖出了情人的头颅，埋在花盆中，整天对着花盆哭泣。她的兄长知道了这个故事后，就拿走了花盆，她不久也抑郁而终。这个故事虽然讲述的是人间爱情的美好以及人类情感困惑，其中也隐喻了道德意识和丰富的情感。这就成就了薄伽丘作为西欧近代第一位人文主义文学家和道德评判家的历史地位。对此，特拉普（J. P. Trapp）等人就认为"在14世纪40年代，彼特拉克已经十分清楚，他承担着传承开始于但丁的意大利文学的责任。薄伽丘也由此在继但丁与彼特拉克之后，成为古典文化

---

[1] Simon Brittan, *Poetry, Symbol, and Allegory*, P. 56.
[2] F. J. C. Hearnshaw (trans), *The Social and Political Ideas of Some Great Medieval Thinkers*, P. 20.
[3] Ernst Cassirer, *The Logic of the Humanities*, P. 3.
[4] Carol G. Thomas (ed), *Paths From Greece*, P. 92.
[5] Alan Bullock, *The Humanist Tradition in the West*, P. 4.
[6] Denys Hay and John Law, *Italy in the Age of the Renaissance 1380-1530*, P. 291.
[7] Ernst Cassirer, *The Logic of the Humanities*, P. 43.

的代表，西方由此开始了近代的历程"①，薄伽丘也由此成为"经历人世间苦难的传记作家"②。

面对当时西欧愈演愈烈的教会腐败与尘世堕落，薄伽丘认为，具有良好的道德修养和善良行为的人才能够获得上帝救赎，人与西欧社会也才能够实现和平与安宁。在表述这个观念的过程中，薄伽丘证明了，尘世中积极的社会意识和高尚的道德观念是稀有的品质。其中虽然有极力夸大人性的优点的嫌疑，却是典型的中世纪宗教文学描写。对此，布克哈特（Jacob Burckhardt）就认为："薄伽丘已经把巴耶的广大遗迹称为'具有现代新精神的古城'"③。也就是说，薄伽丘作品中不仅出现人文关怀，同时也出现了对人性的探究、对人类道德的观察以及对人类社会的反思。进一步看来，这些都是但丁和彼特拉克的作品中没有的元素。不仅如此，薄伽丘在抨击人性堕落与教会腐败的同时，也没有忘记对人性中"善"与"美"的挖掘与赞美。《十日谈》中那些具有积极乐观的精神世界与道德意识的小人物就是这方面的典型。从这个意义来看，其中展示的就是尘世中具有理性意识的普通人。虽然如此，我们也不应该企盼薄伽丘能够提出拯救人类或改革西欧社会弊端的治世良方。

薄伽丘的作品能够流传至今的主要原因在于他的作品中以"积极的人"代替了中世纪基督教神学观念中"愚昧无知的人"。薄伽丘的作品中人已经成为人类社会的中心与尘世的主人。同时薄伽丘作品的现实意义同样不可小觑。换句话说，虽然它的影响现在还不能完全说清楚，但是却代表了即使是现在的人们都期待的人性中的"某些共同特征"④。或者我们也可以这样理解，薄伽丘对人性的评判不仅是对尘世堕落的抨击与某些社会现象的不满，更体现了新旧社会意识和人生观的冲突与融合，进而引发人们对"人类本性与生活的意义的探讨"⑤。

薄伽丘不仅对意大利人的自私与狭隘进行了揭露和抨击，同时也将尘世罪人和他们的内心世界赤裸裸地呈现在读者面前，供人们评判，这个做法有其深刻的历史意义。不仅如此，薄伽丘进而还发展出一套关于人的道德伦理观念的理

---

① J. P. Trapp (ed), "Rome, Renovatio and Translatio Imperii", P. 100.
② A. G. Ferrers Howell, *Dante*, P. 25.
③ Jacob Burckhardt, *The Civilization of the Renaissance in Italy*, P. 188.
④ Eugenio Garin, *Der Italianische Humanismus*, P.10.
⑤ Maria S. Haynes, *The Italian Renaissance and Its Influence on Western Civilization*, P. 29.

解，即人类道德是基于人发自内心的正义感与行为的公正的观念，尘世中的人能够基于道德观念进行思考和行为，因而尘世中的人应该得到相应报答，这种报答或是对高尚的人类道德的回报，或是对尘世恶行的残酷惩罚。也就是说，薄伽丘力图通过对尘世中人的思想意识和行为的解说，引发读者展开对人性的思考。

这说明，薄伽丘对人的解说是出于对人性的肯定与对自身利益的关切作出的，其中展示的是《圣经》中关于人能够为自己的语言和行为负责这个大前提作出的，其中隐喻的是对人性与高尚的人类道德的赞美，以及由此而来的对人类过往历史变化的回顾与人生的反思。《十日谈》中将奥维德的埋葬之地隐喻为"大洋中的一座著名岛屿"[1]，并以此为依据预示了"人的出现"[2]，以及即将出现的"哲学要成为人生的学校，致力于解决人类的共同问题"[3]。这说明，人性与人类道德是尘世中的人得以存在的主要因素之一，而人的内心世界与人类道德在于促进人类社会性向人们理想中的社会形态发展。进一步来看，他是通过对人性的解说以达到教育和警示世人的目的。

由此就可以理解，在《十日谈》等作品中，薄伽丘还构想了理想中的生活景象，抨击了市井歹徒与教会人士。例如，过清心寡欲的节制生活可以减少精神损失与道德危害，于是就有了《十日谈》开始的青年贵族在一个宁静与祥和的大园中过着与世隔绝的幸福生活，在没有病人待过的住宅里安顿下来，吃着最精致的食品，喝着最昂贵的酒，但是从不过量。而且，他们也不与外人接触，对疾病和死亡充耳不闻，只是借助于音乐和其他自己设计的小玩意来消磨美好的时光等带有明显的理想化的展望，以及关于人与尘世生活的展示。

这是因为，在薄伽丘看来，高贵的人性和高尚的道德观念已经成为衡量人性与尘世生活唯一的客观标准。在《十日谈》的开篇，薄伽丘就对这个观点进行了说明："倘若我不是众多目击者中的一人，我绝不会相信有这等事情，更不用说把它写成文字，即使是从信任的朋友那里听来的也不行。"《十日谈》第一天的第二个故事中，法国巴黎那位受人尊重的、正直忠诚的富商杨诺·德·雪维尼

---

[1] J. P. Trapp (ed), "Ovid's Tomb, The Growth of a Legend from Eusebius to Laurence Sterne, Chateaubriand and George Richmond", *Journal of the Warburg and Courtauld Institutes, xxxvi*, 1973, P. 45.

[2] Denys Hay and John Law, *Italy in the Age of the Renaissance 1380-1530*, P. 29.

[3] Alan Bullock, *The Humanist Tradition in the West*, P. 18.

被称为"善良聪明的好人"。他在罗马目睹了基督教会的腐败之后，开始了对人生与人类未来的思考。他回到巴黎后，就改信了天主教。在薄伽丘看来，这个变化都是中世纪以来西欧社会变化的结果。

导致这个观点的深层原因是，中世纪晚期西欧社会中的人们虽然在表面上服从基督教会的统治，但是他们在精神上已经抛弃了教会学说和中世纪基督教会蒙昧主义与禁欲主义说教，同时根据对理想中的"人类幸福"的构想，展示了关于人与社会生活的期待。结果是，西欧出现了思想意识的革新和由此而来的"人的自我意识的增强"[1]。这也是为什么薄伽丘不仅能够从人性的角度出发评判一切，而且能够以此为手段展示人性与高尚的人类道德在人获得精神解放过程中的积极作用。

读者可以看到，他对尘世中具有高尚道德意识的人赞美有加，同时又重新解释人与上帝关系的理论，将上帝降为尘世中的人，认为人能否获得尘世幸福完全取决于自己，而不是基督教会宣传的"上帝的救赎"。也就是说，薄伽丘关于"人"的理解是与中世纪基督教会学说无关的。这就在很大程度上解释了，薄伽丘虽然仍以《圣经》中的"上帝之爱"与"天堂幸福"为基础论述人与西欧社会，但是其中已经没有对上帝的敬畏与对未来的恐惧，取而代之的是对人性中"善"与"美"的解说，以及由此而来的对人类未来的期待，因此才有了《十日谈》中侯爵夫人以她的机智应对国王的诱惑的描写。如果从中世纪晚期西欧社会变化与文化发展的角度来看这个问题，我们就会发现，薄伽丘的观点已经在很大程度上脱离了中世纪教会禁欲主义与蒙昧主义说教，出现了人文主义精神或近代特征。

薄伽丘虽然生活在西欧社会发生剧烈变化的大背景下，并以此为依据展示了尘世中的人在获得精神世界升华与道德精华的过程中起到了决定性作用，但是其目的更在于解说当时出现的"以文学作品的形式表达的道德自由"[2]和"从事物本身观察一切"[3]。例如，《十日谈》第一天第二个故事讲的是："潘菲洛讲的故事告诉我们，仁慈的天主不会因为我们的过失与我们计较，只要这些过失是由于某种原因使我们无法避免的。我要讲的也是这位仁慈的天主，如何默默地忍

---

[1] Ernst E. Cassirer, *The Logic of the Humanities*, P. 44.

[2] Maria S. Haynes, *The Italian Renaissance and Its Influence on Western Civilization*, P. 31.

[3] Ernst Cassirer, *The Logic of the Humanities*, P. 5.

第四章　薄伽丘：人性的反思者

受其他人的罪恶与过错，实际上他们却反其道而行之。这给了我们准确无误的证据，叫我们更加坚守我们的信仰。"我们由此就可以理解，《十日谈》中的主人公不仅开始表现为尘世生活中的一个具体的人，而且已经摆脱了中世纪基督教会关于人是"永恒的创造物观念"[1]，于是就有了杨诺劝说犹太人改信天主教那一幕。也就是说，在这个描写中，虽然争论的焦点是犹太教与天主教的优劣之分，但是其中表达的观点却是"当下人的思想迷茫不是因为对教会学说的盲目信仰引起的，而是人自身的问题"——这个带有人文主义特征的观点。

与此类似，《十日谈》第二天第二个故事讲的是：林那多·达司蒂是正直而诚实的商人，他在一次经商的途中遇到强盗打劫，他的仆人独自一人逃回到城里。林那多·达司蒂独自一人在风雪交加中来到一位美丽寡妇的门前，要求留宿一夜。恰巧这位寡妇没等来他的情人，于是将爱情转移到林那多身上，于是就有了林那多与美丽寡妇的一夜风流。更加巧合的是，那三位强盗也逃回到城里，但是却被官府抓获。故事的结果是强盗遭到了应有的惩罚，商人也得以收回他的财富，并由此达到了他的目的。在薄伽丘看来，其中的道理不言自明：人性是善良的，每个人都会因为自己的言语和行为得到相应的结果。这个观点是中世纪宗教文学中倡导的"善有善报、恶有恶报"，然而进一步来看，这个故事也从一个侧面解说了中世纪以来人们一直探求的"事实究竟是什么？人们如何才能认识事实？"[2]等问题。在阐述这个观点的过程中，薄伽丘以一个具有独立思考与行动能力的人的角色出现在读者面前，其中隐喻的就是人们的思想意识中"古典文化影响的复活"[3]。而且，这些内容是"对已经被人们所接受的旧观念的新探索"[4]，于是就有了令人尊敬的爱伦娜与人偷情，以及大法官的裤子被三个年轻人扯下来等揭露人性的故事。这些故事表面上看是对腐败的教会人士的揭露与抨击，实际上是宣扬人的精神自由与思想解放。

为了对这个观点作进一步解说，我们再引用一个例子。《十日谈》第一天的第四个故事讲的是：一位小修士因为违反了寺庙的清规戒律可能会受到惩罚，

---

[1] Ernest L. Fortin A.A., *Dissent and Philosophy in the Middle Ages*, P. 43.

[2] Janet Coleman, *A History of Political Thought: From the Middle Ages to the Renaissance*, Blackwell Publishers, 2000, P. 84.

[3] Carol G. Thomas (ed), *Paths From Greece*, P. 92.

[4] Ernest L. Fortin A.A., *Dissent and Philosophy in the Middle Ages*, P. 47.

而他却机智的躲过了这一劫。由于他发现了修道院长与他人通奸这个秘密，因此就以同样的罪名暗中指责那个道德岸然和貌似生活严谨的修道院长，让修道院长明白他的行为已经暴露，从而逃过教会的惩罚。在这个故事中，薄伽丘将那个犯错误的小修士描写成尘世中善良的人，并显示善良的人总能获得上帝的救赎。其中说明的就是，尘世中带有善良本性的"人"虽然不经意犯了错误，但是却能够以光明磊落的人格和高尚的道德观念为自己的人格辩护，并且因而有机会逃脱教会的惩罚。那个与人通奸的修道院长则是愚昧无知的教会人士的代表，因而受到人们的讽刺与嘲弄。丹尼斯·哈伊（Denys Hay）就认为，这些带有世俗特征的描写代表了当时出现的"由精神上的彷徨导致的对人的理性反思。"[①]玛丽亚·海因斯（Maria S. Haynes）也由此认为，这是基于"对教会的批判"[②]导致的"以关注现实生活为主要内涵的新态度"[③]，并由此提出建议，认为"只有经过全新的人文主义教育，才显得有内容"[④]。欧金尼奥·加林（Eugenio Garin）也由此认为，"意大利文化才能在整个欧洲统治近两个世纪之后成为孕育无数哲学天才的肥沃土壤"[⑤]。

　　薄伽丘无论赞美人性的美好还是抨击人性的堕落，都是以人的内心世界为突破口作出的。与这个故事类似，《十日谈》第一天第三个故事中讲的是，一个聪明的犹太商人麦启士德以三只戒指为道具，巧妙躲过了萨拉丁设计的宗教语言和中世纪经院哲学逻辑思维的圈套，反而因为他的机智与幽默而与萨拉丁成为好朋友，并以他的出色智慧赢得众多朋友的故事：埃及苏丹急用一笔钱，萨拉丁于是请来犹太商人麦启士德，以"犹太教、伊斯兰教和天主教哪一个是正宗"这个问题责难他。聪明的麦启士德一下子就猜中了苏丹的用意，于是就引用犹太教中"三个戒指"的故事讲述了他对人生的理解，并成为苏丹的朋友。在这个故事中，商人麦启士德不仅具有做生意的天赋，还具有洞察人性与当下社会现实的能力，而这些场景被中世纪晚期的人们认为是人生宝贵的体验和自古流传下来的人类智力财富。

---

① Denys Hay and John Law, *Italy in the Age of the Renaissance 1380-1530*, P. 124.

② Maria S. Haynes, *The Italian Renaissance and Its Influence on Western Civilization*, P. 17.

③ Ernst Cassirer, *The Logic of the Humanities*, P. 41.

④ E. Carllot, *La Renaissance des Sciences de la vie au XVI, me siècle*, Paris, 1951, P. 14.

⑤ Eugenio Garin, *Der Italianische Humanismus*, P. 17.

第四章 薄伽丘：人性的反思者

此外，薄伽丘对人性与尘世生活的观察还表现在，对机敏与人类智慧的赞美，以及对人类过往历史的反思。《十日谈》第二天第四个故事就体现了这个方面，故事讲的是，佛罗伦萨男青年兰多福·鲁福洛在去经商的路上被热那亚人捉去。他在摆脱了热那亚人的控制后跳海逃生，经过奋力拼搏，在绝望中抓住了一只不知从哪里飘来的箱子。而当他艰难地游到科孚岛岸边时，很幸运地被一位善良的妇人救起。当他打开箱子时，发现里面竟然是各种金银珠宝，于是带着这些珠宝返回到家乡。还有，《十日谈》第二天第一个故事讲的是，骗子马台利诺冒用古人显灵愚弄别人不仅遭到嘲笑，还差点因为事情败露而丧命，直到最后承认自己的丑行才得到人们的宽恕，他从此身败名裂，一蹶不振，直至终老。这些普通人展示的是"对神的虔诚"[1]和"人的优越性"[2]的解说。

薄伽丘在《十日谈》第三天第三个故事中进一步表明他的观点，故事主要围绕人性这个话题展开：一个有夫之妇爱上了一个英俊的男青年，于是就哄骗神父，让神父以为她是一个贞洁女子，并且如愿以偿地与男青年幽会，从而获得了尘世幸福的故事。故事中的女士代表的是当时出现的"新形势"[3]。进一步看来，这个故事展示的就是中世纪晚期西欧出现的"对人性的揭示"[4]与"对人的了解"[5]。这个观念虽然"到近代很晚才被广泛接受"[6]，但是其中的进步意义仍然不可小视，因为它代表了西欧新时代精神的萌芽。由此就可理解，薄伽丘在去世前对自己早年的那些作品十分悔恨，甚至流着眼泪企盼能够获得上帝救赎，并在死后进入天堂。我们由此可以设想，思想开阔和学识渊博的薄伽丘尚且如此，当时西欧普通市民的思想意识的情形就可想而知了。这也在很大程度上解释了这些新思想意识和道德观念在西欧传播缓慢的原因。

在这个故事中，薄伽丘并没有以尖锐的语言对这个不贞洁的女子进行挖苦和抨击，而是将她的内心世界与行为展示于读者的眼前，进而通过高尚的人所应该具有的行为和思想意识等观念的解说，反衬这位女性所代表的尘世生活中的人的形象，以及对人性的反思，其中既有对高尚的人类道德与人生的展示，也有对

---

[1] Eugenio Garin, *Der Italianische Humanismus*, P. 11.
[2] Alan Bullock, *The Humanist Tradition in the West*, P. 12.
[3] Maria S. Haynes, *The Italian Renaissance and Its Influence on Western Civilization*, P. 96.
[4] Jacob Burckhardt, *The Civilization of the Renaissance in Italy*, P. 144.
[5] Engenio Garin, *Der Italianische Humanismus*, P. 10.
[6] Ernest L. Fortin A.A., *Dissent and Philosophy in the Middle Ages*, P. 7.

尘世中怀有私利和各种世俗人士的解说，目的就在于向读者展示当时人们理想中的高尚的人性与人类道德所应该达到的理想境界。这说明薄伽丘的作品一方面在于展示人性中的缺欠或丑陋，另一方面，更在于说明高尚的人性与人类道德应该达到的理想境界。从文学解说的角度来看，这个写作方法在薄伽丘的作品中十分罕见，多数情况下薄伽丘是以尖锐的语言直接抨击人性弱点或尘世间的丑陋现象。薄伽丘关于人与人类社会变化的理解已经成为当时人们发泄情感的出口和人们观察一切的标准模式。

截至目前，从西欧文学的研究结果来看，现在大多数人都站在薄伽丘的角度追寻关于人与人类社会变化的解说，认为只有这样才能够看清当时西欧社会文化发展的大致脉络。不仅如此，在展示人与尘世生活的过程中，他们只强调薄伽丘思想的某一方面或某一点，而没有从历史根源和社会因素的角度考虑；另一些研究者则是从文学鉴赏或文学批评的角度看待薄伽丘作品中的精神意识或世俗特征，认为薄伽丘的作品是对中世纪宗教文学的误解或歪曲。这是因为，薄伽丘不仅以通俗直白的俗语揭露了教会腐败与人性的阴暗，而且其中还缺少了中世纪宗教文学中那种明显的各种婉约与柔美的描写。

薄伽丘的思想意识虽然没有完全摆脱旧时代的束缚，但是其中已经出现了对教会学说的怀疑与对人间爱情的赞美等描写。《十日谈》中可以找到对教会学说的否定与对教会腐败的愤怒与抨击；从中世纪晚期西欧社会转型的大背景来看，这种带有近代性质的思想观念还没有出现的过渡性阶段内，人们不得不从自身的生活出发积极地看待一切，其中展示的是"人的优越性是一个人成为人的必备条件"[1]。卡罗尔·托马斯（Carol G. Thomas）就认为，这个观点的出现是"时间的脚步不断加快的结果。"[2]结果是，人的精神世界得到极大释放，人已经代替上帝成为尘世的主宰。由此，薄伽丘关于人与尘世生活的理解与但丁和彼特拉克等人形成一个完整的精神链条与评价体系。

我们可以这样认为，如果说但丁和彼特拉克以欣赏和赞美的心态来看待当下的一切，薄伽丘则以俗人的立场评判一切，这就导致他看到的一切罪恶都是人的自私心理和人性中的卑劣的欲望造成的。进一步看来，这也决定了薄伽丘是以人与生活事实，而不是教会学说或中世纪基督教神学观念来解说一切，二者的差

---

[1] Alan Bullock, *The Humanist Tradition in the West*, P. 12.

[2] Carol G. Thomas (ed), *Paths From Greece*, P. 27.

别就在于对"人"的不同理解。这说明,薄伽丘作品中的"人"不仅具有积极的进取精神与明确的道德意识,而且能够对一切作出理性的判断。也就是说,这不仅能够证明人性的复杂多变和尘世生活的丰富多彩,而且说明尘世中的人已经成为具有理性意识和自我反省能力的"完整的人"[①],薄伽丘也由此成为西欧近代第一位"人性评判家"[②]。

小 结

综上所述,薄伽丘基于对中世纪晚期人与社会现实的评判,证明了高贵的人性与高尚的人类道德在人追求"尘世幸福"过程中的巨大作用。其中阐释的是尘世中的人具有按照理性和自由意识判断一切的能力,因此人才是这个世界的主宰。在这个过程中,薄伽丘一方面基于对当下尘世生活的观察,展示了教会人士和尘世中的伪善与鄙陋,同时也展示了人性的"善"与"美"的一面。中世纪以来基督教会对人的精神束缚与道德制约在薄伽丘的左撇子中一扫而光,西欧社会开始向近代转化。

[①] Eugenio Garin, *Der Italianische Humanismus*, P. 49.
[②] Jacob Burckhardt, *The Civilization of the Renaissance in Italy*, P. 311.

第五章　人学观的形成过程

"意大利文学三杰"人学观的形成主要是因为中世纪晚期的西欧社会处于由"悲观向崇高的生活理想过渡"①的初始阶段。这时的一切都因为教会学说与中世纪基督教神学而染上了盲目与悲观的色彩，同时又出现了向近代迈进的倾向。这时，中世纪基督教神学中诸如上帝是人类主宰和宇宙统治者、君权神授等封建教会学说和中世纪基督教神学观念等都得到了根本修正，"上帝的正义获得了新的含义"②。对此，彼得·伯克（Peter Burke）认为"它不仅是地域文化的简单表达，而且是对文化的地域性的说明"③。阿伦·布洛克（Alan Bullock）也认为"文学之所以称为人文学，目标就是培养完整的人"④。

第一节　上帝形象的变化

"意大利文学三杰"的思想观念与教会学说和中世纪基督教神学观念的不同反映在现实生活中就是，人们开始从生活现实和自身存在出发来看待一切，在这个过程中上帝由基督教会宣传的凶神恶煞的恐怖形象成为尘世中人的关爱者和人性的启迪者，这时的人们开始思考诸如：现实生活中什么最重要？是上帝对人类的救赎，还是个人的能力或高尚的道德品质？人类社会的发展是一个按照上帝旨意预先设定好的宗教过程，还是一个有自身发展规律的自然过程？以及其他一

---

① Johan Huizinga, *The Waning of the Middle Ages*, Tieenk Willink, 1919, P. 31.
② Brian Tierney, IUS AND METONYMY IN RUFINUS in Rights, Thoughts and Infallibility in Medieval Thought, P. 549.
③ Peter Burke, *The Italian Renaissance: Culture and Society in Italy*, Polity Press, introduction, P. 1.
④ Caroli Sigonii, *De Laudibus Studiorum Humanitatis*, Oritaones, 1590, P. 97.

些与现实生活有关的问题。

首先,"意大利文学三杰"通过对《圣经》内容与中世纪基督教神学观念的挖掘,找出被基督教会曲解的上帝的形象,并基于此来进行解说,同时恢复了《圣经》中关于上帝是尘世中人的引领者和关爱者的形象。《新生》和《神曲》中的贝雅特丽齐也因此化身为"上帝之爱"和"天堂幸福"的代言人,以及天堂中的"圣女",因此才有了"好像格劳科斯尝了仙草变成海中其他诸神的同伴一样"等描写。在追寻人生真理的过程中,但丁还提出人为自己负责的观点:"诗人哪,我以你不知的上帝的名义恳求你,为使我逃离这场灾难和更大的灾难,请你把我领到你所说的地方去,让我看到圣彼得之门和你说的那样悲惨的人们",将当时人们想象中的人性的"美好"与"善"等观念都提到一个更高的精神境界与道德层次,因此才有了《神曲》中诸如"我的向导和我开始顺着那条隐秘的通道返回到光明的世界;我们一会儿都不想休息,就向上攀登,他在前面我在后面,一直上到我从一个圆形的洞口见到了天上罗列着一些美丽的东西。我们从那走出去,重新见到群星"等带有明显的教会学说和中世纪宗教文学色彩的描写。

这是因为,一方面,在中世纪,基督教会说教被认为是上帝的意志,基督教会的任何观念和言论都是宇宙真理。《圣经》中的语句在当时的任何一个法庭上都具有同等的法律效力,任何学术与科学发现都成了教会说教的牺牲品,上帝也由此演化为控制尘世一切的凶神恶煞般恐怖的形象。随着人的思想解放与精神自由,上帝也恢复了他的本来面目,从而成为人间幸福的引路人和尘世幸福的赐予者。按照《圣经》的解说,上帝既是宇宙间控制一切的无所不能的神秘力量和超越人性的客观存在,也是人间幸福的引领者和人类精神的关爱者。这方面,但丁就经常"引用《圣经》内容攻击尘世堕落与教会腐败"[1],以警告尘世中的罪人更正自己的行为,以达到精神的净化与道德升华,其中展示的是对人性的肯定与高尚人类道德的赞美。由此就可以理解,《神曲》中经常出现中世纪宗教文学中诸如"当白昼渐渐消逝,众生都解除劳役,唯独我一人准备经受这克服征途之苦的战斗"和"幽暗的森林""心惊胆战""艰苦前行"等带有明显的世俗特征和人文主义精神的表达。

但丁根据对《圣经》教诲的理解,展示了对"上帝之爱"与"天堂幸福"的理解,即上帝的作用就是"引领人类进入精神自由的灵性王国,其中善良的异

---

[1] Joan M. Ferrante, "The Bible as Thesaurus for Secular Literature", P. 44.

教徒、异端分子和基督徒在灵性上、文化上、政治上和爱之中都合而为一",基督教会也创造了关于"上帝之爱"和"天堂幸福"等观念,目的就在于说明上帝对尘世中人的引导与关爱。因此可以理解,基督教会关于"上帝惩罚"的理解就是尘世中的人因为犯了罪行而遭到"上帝惩罚"的结果,并由此得出《圣经》中"上帝的惩罚"并不是出于上帝的本意,而是尘世中的人没遵照上帝旨意行事的结果。由此就可以理解,《新生》和《神曲》等作品中就经常以"有能力为所欲为者""自己的父母"和"神的恩泽"等隐喻上帝对人类的引导与关爱,进而以"这神圣的王国的事务,凡我所能珍藏在心里的那些,现在将成为我诗篇的题材"和"他们所享受的幸福也没有时期较长或较短之分"等隐喻"那里是一切时间和空间的汇合之处,在他(上帝)超越时间,超越于别的一切所能理解的永恒之中",其中的目的在于说明《圣经》中的上帝就是人性中的"善"与"美"的化身,以及中世纪基督教会宣传的"上帝的惩罚"就是尘世中的人必须经历的生活历程。

另一方面,中世纪基督教神学在证明其本身地位的过程中,还基于对《圣经》教诲的解说,"把信仰的对象变为思维的对象,把人们从绝对信仰的领域引到怀疑、研究和认识的领域,它力图证明的仅仅是立足于权威之上的信仰的对象,从而证明了——虽然大部分违背了它自己的理解和意旨——理性的权威,这样就给这个世界引入了一种与基督教神学思维不同的道德原则——一种独立思考的精神,理性的自我意识或者至少为这一原则作了准备";不仅如此,同时证明了"真理的追求是一项宗教义务。"[①] 也就是说,理性在证明上帝本体论的过程中,上帝也反过来成了它的工具。理性也由此上升到与上帝同等的位置,它们之间相互证明和彼此抬高,二者彼此融合,最后合二为一。中世纪经典文献《圣经》中的"信仰之上帝"由此变成了"理性之上帝"。这个变化的结果是,源自中世纪基督教神学文化的哲学与宗教在信仰上帝这个问题上出现了一致或趋同的倾向。

正是基于这个观念,才有了《神曲》中以诸如"主宰诸天的爱呀,你以你的光使我上升"隐喻代表未来人类幸福的"上帝之爱",以"九位缪斯为我指出大小行星"隐喻人间"正义",以"普照天国的光"和"有福的羔羊"等隐喻"上帝之光"与"天堂幸福",以及《论世界帝国》中以"一棵树栽在溪水旁,

---

① Bertrand Russell, *A History of Western Philosophy*, P. 451.

按时候结果"隐喻人类社会有其自身发展规律、以"有了慈父般恩典,这一政体的光辉可以更加明亮地普照大地,而它在大地上直接依靠上帝进行统治,因为上帝是天上人间万事万物的统治者"等隐喻人类的未来,以及《新生》中沐浴在"天堂幸福"和"上帝之光"中的获救的灵魂和幸福的天使等世俗形象。赫勒（A. Heller）基于对这些形象表达的道德意义的分析认为,上帝恢复为尘世中人的形象,其中隐喻的是人与上帝关系的"重大变化"[1]。

人们对这个变化的反应可谓"十分极端",认为这不是现实,也很难讲清楚其中的思想意识或道德内涵。例如,按照中世纪经院哲学的论证和思考模式,如果想原谅某人的一次犯罪,那么《圣经》中所有关于原谅的事例都列举出来,通过对具体犯罪事实的罗列,证明这次罪行是无意的;如果想要阻止某人结婚,所有古代不幸婚姻的记录都会被一一引用,以说明这样做的原因或缘由[2]。在《神曲》的开端,但丁为了让人体验到尘世生活的艰辛和获得上帝救赎的快乐,并以此将人生的旅程设定为必须经历获得上帝的赦免与救赎的"三界之旅",进而解说其中的各种罪恶与不道德的意识和行为,其中展示的是他关于人性与人类社会变化的理解。

不仅如此,在解说人性与人类道德的过程中,但丁还基于对当时西欧社会现实的观察,重新解说了中世纪基督教会对上帝的理解："怀着父子双方永恒产生的爱而注视着他的儿子,从而创造出由天使们的智力推动着在空间旋转的、那样秩序井然的诸天,从而使观天的人莫不从而感知这种能力的存在。因此,读者呀,请和我一同举目眺望那些高远的轮子,把目光对准那一种运动和另一种运动交叉之处;在那里怀着爱慕之情观赏那位大师的艺术作品,他如此热爱这件作品,以至于眼睛永远不离开它。"与但丁不同,彼特拉克在赞美大自然和人的愉悦心情时,经常提到人的独立的精神世界和人是宇宙中心等观念。薄伽丘认为,尘世中内心邪恶或道德品质低下的人则不能得到敬仰。也就是说,"高贵"或"高尚"就是上帝的神性与"人性高贵"。布克哈特（Jacob Burckhardt）认为,"这种新的崇拜过去只是献给英雄圣贤的,而这时却大量地给予了彼特拉克;他在晚年时确信这不过是一种愚蠢而讨厌的事情。他的《致后人书》是一个不得不

---

[1] A. Heller, *Renaissance Man*, London, 1978, P. 11.

[2] Johan Huizinga, *The Waning of the Middle Ages*, P. 230.

满足群众好奇心的、德高望重的、老人的自白"[①]。

后人关于中世纪晚期西欧社会风尚与社会形态等认识与当时的人与西欧社会现实并不完全符合,而且在观念与对西欧社会变化细节展示方面还与当时西欧社会现实之间存在很大出入,特别是对人的精神意识和道德观念等的论述当时还处在明显模式化和固化的表述手法阶段,其中的经院哲学思考模式仍然十分明显。这也在很大程度上揭示了但丁关于人与社会变化的观点中关于人性、人类道德、社会形态、社会风尚的论述中的各种模糊和矛盾的表述。虽然如此,有一点是明确的,即西欧在各种因素的共同促使下,开始由中世纪向近代转化。虽然这个变化并不是一帆风顺,有很多失败与挫折,但方向是正确的,即人们的思想观念开始了向精神自由与思想解放的转化。

这是因为,这时西欧虽然仍然保持着中世纪基督教神学观念中高深莫测的思考习惯和盲目信仰上帝说教的禁锢的精神意向,但是在这种表象下,一种模糊的关于理解人的精神意识也开始出现并不断膨胀,最终发展成为突破中世纪基督教神学观念和教会学说的思想体系。在这个过程中,西欧原本就存在的原始的唯心主义,或者我们称之为现实主义的思潮则被认为是人的一切精神思维与物质活动的基础。当时人们很顺利地接受每一种观念或规则同时,也赋予它们以某种思维规范与文化模式,并且把这些内容视为西欧社会生活的一部分,然后对这些内容加以综合分类,进而扩展为一个等级分明的道德体系。人们由此建构了一座代表人类精神文化的精神殿堂或"教堂"。在这个过程中,人被看成是决定一切的物质因素,这成为西欧社会与人的思想观念变化的基本模式。

现在看来,"意大利文学三杰"的这些观念虽然违背了教会学说和中世纪基督教神学观念,但是却在很大程度上符合了当时的西欧社会现实,这一点在当时意大利的文学作品中表现得相当明显。例如当时意大利流行的十四行诗就真切地表达了意大利人的意气风发和积极向上的情绪。这些诗歌不仅读起来朗朗上口、亲切朴实,甚至就连当时的很多语言大师们都自愧不如。现在的文学研究仍然对这些诗歌情有独钟,认为其中可探究的精神意境与道德意识仍然没有穷尽。事实上,正是因为诗歌中这种独特的文学内涵和社会价值才使它能够一直延续到近代,并且仍然在西欧现代文学中占有一席之地。这些诗歌一旦成为形式固定、结构紧密的创作模式,就有可能被当时并不具备成为一流作家和思想家的文学爱

---

① Jacob Burckhardt, *The Civilization of the Renaissance in Italy*, P. 152.

好者所掌握，成为他们表达自己的立场和思想意识的有力的道德武器。

由此可以理解，"意大利文学三杰"的文学作品展示的不仅是对尘世中人的解说，更在于说明对人性的肯定与对高尚的人类情感的感悟，以及对人的精神自由与思想解放的积极生活意向的期待。弗朗科·马辛达罗（Franco Masciandaro）就认为："但丁就将伊甸园比作地狱中的花园，并赋予地狱以全新的含义。"[1]约翰·弗雷切罗（John Freccero）也认为："作者的目的在于启发读者和听众，他们之间的交流与沟通构成了主人公的人生旅程，其中的每个过程都表达一个具体目的。"[2]虽然如此，我们也应该看到，在理解人的内心世界与人类情感方面，"意大利文学三杰"并没有表现出与他们同时代或现代作家之间很大的不同或明显的差异，而且他们关于人的内心世界与人类社会变化的理解也总是表现出惊人的相似，但是观察的目标已经与中世纪有了根本不同。其中对人性与人类道德的不同理解也是一直以来人们对"意大利文学三杰"的文学作品着迷的主要原因之一。

"意大利文学三杰"关于人与西欧社会的解说也是"按照人的方式进行调查研究的"[3]，其中关于上帝具有人性的观点已经与"人完全隐没于神的存在"[4]等基督教蒙昧主义与禁欲主义观念有了本质的区别。一方面，在"意大利文学三杰"的眼里，上帝已经从人的角度出发看待一切，并由此表达了对人与尘世生活生活的理解与对高尚人类道德的关爱。另一方面，随着中世纪晚期西欧出现的近代性质的经济的发展，这时人们的精神世界和思想观念也发生了很大的变化，其中最明显的一点就是上帝形象的变化。对于宗教问题，但丁虽然没有像彼特拉克那样抨击尘世中人的堕落与基督教会的腐败，但是他却基于对高贵人性与高尚人类道德的想象而一味探讨人类道德和精神升华等虚幻或构建的内容，而没有顾及人与西欧社会现实。

其次，"意大利文学三杰"基于对《圣经》中上帝形象的解说，证明了尘世生活的意义在于获得"上帝之爱"与"天堂幸福"，而不是"上帝的救赎"。

---

[1] Franco Masciandaro, *Dante as Dramatist*, P. 36.

[2] John Freccero, "Medusa: The Letter and the Spirit." In *Dante: The Poetics of Conversion*, Cambridge: Harvard University Press, 1986, P. 120.

[3] Eugenio Garin, *Der Italianische Humanismus*, P. 11.

[4] Carol G. Thomas, *Path From ASncient Greece*, P. 15.

《神曲》以"上帝之爱"隐喻了对尘世罪恶的惩罚,同时证明了尘世中的人最终洗清自己的罪孽,获得通往天堂的可能性,目的在于揭示上帝对人的关爱不仅是"生活的无限空间"[①],还表现为一个"楚楚动人的女郎"和"云端里令人望而生畏的男子汉"等形象,上帝则表现为"神的正义"和"闪耀的群星"。《论世界帝国》中以"上帝之爱"和"神的旨意"为出发点论述了意大利人与生俱来的高贵,即"道德与神秘学说的区分"[②]。因此才有了贝雅特丽齐作为但丁心中的"圣女"和"上帝之爱"的化身,以及引导但丁达到"上帝之爱"的过程,即"人"具有上帝的人性。埃里希·奥尔巴赫(Erich Auerbach)认为,"意大利文学三杰"的这个做法展示的是"一种精神行为"[③]。

我们可以在"意大利文学三杰"的文学作品中找到很多类似的例证。《新生》和《飨宴》中就将上帝看作尘世的一员,通过对上帝的人性与高尚的人类道德的解说,隐喻了人与上帝的一致性。《十日谈》就通过对《圣经》内容与西欧社会现实的解说,找出上帝关爱人类,进而证明了上帝的神性就是尘世中的人性,因此才有了《十日谈》中虽然人们看不到上帝,但是能够感受到上帝的存在,以及《诗集》和《十日谈》等作品中上帝被塑造成尘世中的一个普通人,能够领会上帝与天堂的声音。班费尔·斯坦利(Benfell V. Stanley)认为:"从更深的意义来看,它与但丁的诗学旅程相一致"[④],但丁的目的就在于表明,人们更倾向于从政治与哲学的角度来看待现实,因为它"不仅与它所涉及的哲学主题有关,更关乎哲学家对人与社会变化的理解"[⑤]。而且,《新生》中也以"神性"隐喻"上帝之爱"与"天堂幸福",认为人是在上帝之爱的指引下理解天堂中那些已经获得了尘世幸福的灵魂,人应该服从"爱神的权威",在爱神的引导下,感知上帝的德行与威力,其中展示的是当时人们极力追求的"教导人类生活的意义与摆脱尘世疾苦的方法"[⑥]。

这是因为,随着西欧社会向近代过渡,西欧的社会结构与社会形态也发生了明显的变化。这些变化主要表现为,西欧社会意识的革新以及由此而来的人的

---

① Giuseppe Mazzotta, *Dante's Vision and the Circle of Knowledge*, P. 15.

② Charles S. Singleton, "Dante's Allegory." *Speculum* 25, 1 (1950): 78.

③ Erich Auerbach, "Figura." In *Scenes from the Drama of European Literature: Six Essays*, P. 53.

④ Benfell V. Stanley, "Prophetic Madness: The Bible In Inferno XIX", P. 163.

⑤ Ernest Fortin A. A., *Dissent and Philosophy in the Middle Ages*, P. 7.

⑥ Ernest Fortin A. A., *Dissent and Philosophy in the Middle Ages*, P. 59.

观念和思想意识的变革。据记载，"强有力的个性也使他们在观念上完全流于主观想象，就像其他事情一样，而内部与外部世界的发现在他们身上的巨大魔力使他们趋向于世俗化"①。由此可以理解，但丁虽然展现了关于人与西欧社会的观察，但是这些内容却很难被看作是与当时西欧社会变化有关的立场或观念。布克哈特（Jacob Burckhardt）也是基于这一点得出结论，但丁作品中"有大量的积极宗教意义"②，即"人类精神在向意识到它自己的内在生活方面迈进了一大步"③。

"意大利文学三杰"作品也基于对人性与人类道德的分析认为，西欧社会变化是由于人的道德堕落与教会腐败引起的，而没有看到这些变化是人引发的，并因此认为人性与高尚的人类道德是人性之美，因而成为人们争相获取的精神财富。仍然以但丁为例，在《新生》和《神曲》等作品中，但丁就将高贵的人性和高尚的人类道德与"上帝之爱"和"天堂幸福"相提并论，以说明理性和自由意志在人的精神净化与道德升华过程中的积极作用。但丁的这个观点不仅对当时的人产生了很大影响，而且进入近代以后仍然在西欧有很大影响。特拉普（J. P. Trapp）认为："但丁之后，薄伽丘将但丁誉为古典诗人，其后他自己也成为古典诗人的三巨头之一。"④琼·费兰特（Joan M. Ferrante）也认为："但丁这位上帝选中的诗人，在他神圣的言语中隐喻了很多《圣经》中的片段。"⑤埃里希·奥尔巴赫（Erich Auerbach）也认为，但丁的作品中蕴含的是人类形象的改变与"上帝形象的转换。"⑥结果是，中世纪高高在上的威严冷酷的上帝这时已经转化为尘世中的人的形象。虽然如此，当时并没有人明确提出人与上帝之间是和谐或平等的关系。⑦

为了能够对这个观点作进一步解说，"意大利文学三杰"还赋予上帝以丰富的精神意识和高尚的道德情感意识。这一方面拉近了人与上帝的距离，也说明上帝能够理解尘世中的人，因此才有了"三界之旅"中受苦的灵魂和快乐天使，

---

① Jacob Burckhardt, *The Civilization of the Renaissance in Italy*, P. 473.
② Jacob Burckhardt, *The Civilization of the Renaissance in Italy*, P. 445.
③ Jacob Burckhardt, *The Civilization of the Renaissance in Italy*, P. 307.
④ J. P. Trapp (ed), *Essays on the Renaissance and the Classical Tradition*, Valorum, 1990, P. 100.
⑤ Joan M. Ferrante, "The Bible as Thesaurus for Secular Literature", P. 24.
⑥ Erich Auerbach, "Figura." In *Scenes from the Drama of European Literature: Six Essays*, P. 60.
⑦ F. J. C. Hearnshaw (ed), *The Social and Political Ideas of Some Great Medieval Thinkers*, P. 12.

以及由此而来的对人性的思考与对人类道德的追寻。从《神曲》中"上帝的权威遍及宇宙，被上帝挑选去的人有福了""他的爱让我们都能感受得到"，以及"那来自上天的刺眼的光芒"等描写可理解但丁"出于责任和自我牺牲精神，传达上帝旨意的宗教使命。"[1]班费尔·斯坦利（Benfell V. Stanley）认为，"但丁清教徒式的演说中不仅充满了《圣经》的内容，也包含了对《圣经》的任意发挥"[2]。由此可以看出，基督教会虽然仍然占据着教会中的某些职位，却已经失去了随意支配尘世生活的权力。由此可以理解，在与中世纪相关的著作中出现对教会人士的嘲讽，取而代之的是对人的思想解放与精神自由的追求。

由此可以理解，在"意大利文学三杰"关于人与上帝的描写和解说中不仅充满了基督教神学与作者的个性化的解说，还带有明显的关于人与社会的观点。具体而言，"意大利文学三杰"文学作品中的上帝经历了一个由基督教会宣传的威严冷酷、高高在上的形象向尘世生活中的人的形象的转化。"意大利文学三杰"的文学作品中上帝的定位也经历了一个由基督教会控制下的模糊的、抽象的权威形象向尘世中人们能够触手可及的、作为人类救赎者的世俗形象的演变。其中，但丁就是以中世纪基督教神学文化为出发点，通过对当时西欧社会中存在的教会腐败和尘世堕落的抨击与对人类道德的反思，向读者展示了一幅基督教会统治下千疮百孔的西欧社会。在这个画面中，处于西欧社会生活的主导地位的上帝的形象已经不再是"上帝之爱"或"天堂幸福"的化身，而是换成了尘世中的人。这时人们最关心的问题是，上帝究竟是一个怎样的存在？上帝是否和人一样，同时具有人性和神性？

综上可见，"意大利文学三杰"文学作品中描写的关于人们想象中的上帝虽然仍然是《圣经》中展示的统治宇宙间一切的、无所不能的形象，但是基督教神学观念关于上帝精神与道德的含义已经转变为引领尘世中的人走向精神自由与思想解放的、高尚的道德形象，即中世纪基督教会宣传的上帝已经演变为人类的关爱者与尘世幸福的引领者，即人就是自己的上帝。

---

[1] Joan M. Ferrante, "The Bible as Thesaurus for Secular Literature", P. 39.
[2] Benfell V. Stanley, "Prophetic Madness: The Bible in Inferno XIX", P.153.

第二节　教皇的地位与作用

与上帝形象一同发生变化的还有教皇地位的下降与基督教会影响力的衰落。在这个过程中，但丁力图证明，从圣彼得时代起，教皇就作为尘世的一员存在于当下的尘世生活之中了，教皇的职能之一就是代表上帝向人间播撒上帝祝福与天堂温暖，并引领尘世中迷茫的人获得精神自由。罗马教皇地位的衰落和中世纪基督教神学观念的减弱首先表现为人们对教皇地位和作用的怀疑。不仅如此，随着基督教会影响力的下降，人们开始有意识地拉开与基督教会的距离，同时开始以轻蔑和怀疑的态度看待基督教会的作用和教会人士。

首先"意大利文学三杰"就根据《圣经》教诲抨击了基督教会的腐败。《神曲》中将罗马教皇刻画为一个"揭露罗马教廷腐败"的正义者的形象，并以此为依据说明了教皇的失职和教会人士的腐败行为，因此才有了以"圣彼得之门"和"那些悲惨的人"隐喻了对人性堕落的抨击。由此可以理解，在炼狱中但丁将尘世生活隐喻为"正义使我们经受磨难的山"和天堂中的"各级天使"等世俗形象。

但丁对教皇的描写已经没有了崇敬或信仰的意味，取而代之的是以理性的态度看待教皇。虽然这些论述仍然局限于中世纪基督教神学范围，而没有涉及积极意识或人类社会进步，但是已经涉及基督教会严厉禁止的人与尘世生活等敏感话题。威廉·安德森（Willian Anderson）认为，"《新生》表达的是但丁逐步扩展的个人经历，这是当时任何世俗文学都不曾有的内容"[1]。这是因为，中世纪基督教会宣称，上帝是尘世的救赎者，遵循"上帝救赎"是人获得精神自由与道德升华的正确途径。由于教会人士的作为违背了《圣经》教诲，因而遭到怀疑和唾弃，教皇形象也一落千丈，因此才有了地狱中双脚朝上在烈火中的教皇等，这是对教会人士的抨击，以及对教会地位的怀疑。

根据《圣经》，罗马教皇应该按照《圣经》教诲和基督教会的规定行事，并且以关爱的态度引导尘世中的人由道德迷茫走向精神自由与道德升华。这对于任何人都一样，没有例外。但是与《圣经》中关于教皇的这个想象截然相反的

---

[1] William Anderson, *Dante the Maker*, P. 125.

是，当时除了能够奉行《圣经》教诲和上帝指引的少数的教皇和教会人士外，罗马教皇和大多数宗教人士不仅对《圣经》内容一无所知，他们的宗教知识和道德情感也同样表现的贫瘠可怜，更谈不上对尘世生活有任何贡献了。在现实生活中，腐败的教会人士只想过上富足豪华的生活，而忘记了自己的职责，开始了"对追求世俗名誉和光荣的贬责"[①]。《新生》和《神曲》等作品中就基于对罗马教皇和腐败的教会人员的揭发隐喻了《圣经》中关于上帝是"教导人类生活的意义与摆脱尘世疾苦的方法"[②]。这些内容正是当时人们苦苦寻找的现实问题的答案与对未来的精神寄托。

其次，"意大利文学三杰"以《圣经》中的"天堂幸福"与"上帝之爱"为标准，基于对教会腐败和尘世堕落，以及中世纪基督教社学观念的解说，尖锐抨击了教皇的无知和因基督教会腐败导致的人的思想意识的迷茫。中世纪晚期基督教会追求尘世利益，不断腐化堕落，以罗马教皇的腐败尤其如此。结果是，这时人们不仅开始怀疑教会学说，也对教皇和教会人士大多采取了否定与轻蔑的态度，即从教会人士的话语和行为，而不是从《圣经》教诲或"上帝之爱"或"天堂幸福"的角度看待教皇和教会人士的话语或行为，同时将《圣经》教诲作为衡量教会人士的标准，说明了他们关于教会学说的理解。从这个意义来看，《新生》和《神曲》等作品中展示的关于教会人士的话语和行为等内容就是在呼吁教皇能够在精神上引导人们，回归人类关爱者和人类精神引领者的角色，目的在于促进人类社会的和谐发展。

布克哈特（Jacob Burckhardt）也对这个变化进行了解说："教皇政府和教会领地是这样一种特殊产物，所以我们在此以前，在确定意大利的一般性质时，只是偶然地提到过它们。对于政治权谋的慎重抉择和采用，其他国家极感兴趣但是在罗马却很少看到；精神权力会经常被用来掩盖或补救世俗权力的不足。"不仅如此，"在14世纪和15世纪开头，当教皇被引诱到阿维尼翁囚禁起来时，这个国家经历了一个多么激烈的火的考验啊！最初一切都陷于混乱中；但是教皇有钱，有军队，还有一位伟大的政治家兼军事将领，即西班牙人阿尔沃诺斯。他重新使这个国家完全服从领导。教会分裂时期，最后瓦解的危险更甚于前，当时无论罗马教皇或法国教皇都没有充分的财力恢复丢掉的国家；但是这在教会统一

---

① Alan Bullock, *The Humanist Tradition in the West*, P. 2

② Ernest Fortin A. A., *Dissent and Philosophy in the Middle Ages*, P. 59.

后，在马丁五世时代，终于做到了。"①

不仅如此，"意大利文学三杰"还通过对教会腐败与尘世堕落的抨击，证明了中世纪基督教会宣传的"上帝救赎"和"天堂幸福"是对《圣经》的误解，同时指出，"人类救赎"本质上就是尘世中人的自我救赎，尘世中的人只有按照《圣经》和上帝意愿行事，才能获得"彼岸幸福"；这方面，但丁基于人性本善的观念，说明人获得"上帝救赎"的唯一方法是实现人的自我救赎。由此就可以理解，《神曲》中"以《圣经》的语言来说明一切是一件自然的事情"②。在这个过程中，但丁还经常引用《圣经》的内容说明教会作用与对当下现实生活的意义。这是因为，教会人士不仅扮演着洗礼、婚礼和葬礼主持人，还有临终人最后遗嘱见证人的角色。班费尔·斯坦利（Benfell V. Stanley）认为："但丁所遵循的不是当时教会的学说，而是对《圣经》的信仰。"③

当时，他们在观念上仍然将罗马教皇的引领作为论述人性高贵和人类获得升华的主要手段，但是在实际生活中他们却将人性与高尚的人类道德作为遵循的标准来解说一切，其中隐喻的就是对理想中的人类精神的引领者的期待与赞美。这是因为，自中世纪以来，作为上帝的使者和代言人的教皇和教会人士就一直在人们的心目中占有与生俱来的崇高形象，但同时罗马教皇的腐败又在很大程度上引起了人们对西欧政治力量的愤怒，以及由此而来的对教皇和基督教会作用的反思，而这一点也恰恰符合了"意大利文学三杰"启蒙人们思想意识和教育民众的目的。虽然罗马教皇和教会人员犯了各种罪行，但是他们在当时西欧社会中的地位仍然无人可以代替，人们对此也只能采取默认的态度。这也是"意大利文学三杰"对教皇形象与作用花费笔墨颇多的原因之一。

而教皇究竟在多大程度上还能保留他们作为中世纪教会的权威代表？这一问题开始成为人们思考的现实问题。人们期盼罗马教皇和教会人士承担起引导人类获得幸福的道德职责，并为人获得"世界和平"与"尘世幸福"作出努力，但是这个要求似乎与当时的实际情况相差甚远。这就引发了对教皇和教会人士作用的进一步思考。本书认为，可以从两方面探讨这个问题，一是教皇地位的稳定性与当时西欧社会意识发展的关系，再就是教皇对人的思想意识和西欧社会发展等

---

① Jacob Burckhardt, *The Civilization of the Renaissance in Italy*, P. 120.
② Benfell V. Stanley, "Prophetic Madness: The Bible In Inferno XIX", P. 160.
③ Benfell V. Stanley, "Prophetic Madness: The Bible In Inferno XIX", P. 154.

的冲击。由此可以看出,与教会宣传相比,"意大利文学三杰"关于教会人士和罗马教皇的地位与作用的理解已经发生了变化,人们的思想意识从对教皇和教会人士的无限崇拜与敬仰转为对腐败的教皇和教会人士的愤怒与抨击。同时我们也应该看到,但丁仍然是以《圣经》中展示的教会人士作为人类精神自由和道德升华的楷模;教皇虽然仍代表上帝意愿引导尘世中的人走向未来世界,但是教皇和基督教会的地位和作用已经大为减弱,甚至成为当时人们嘲讽和愚弄的对象。

关于中世纪晚期教皇地位与作用的理解,我们可以在所取得的研究成果和有关论著中找到,综合起来就是:罗马教皇自中世纪以来一直就是基督教会首领和上帝在人间的代表,具有引导尘世救赎的功能。但是这时的罗马教皇已经在很大程度上失去了引导人的精神救赎与道德升华的神圣作用,取而代之的是人们已经具有自我意识和严谨的道德观念,并能够从自身与社会现实出发看待自己,得出"人类救赎"在于人类自己,而非教会或教皇等结论。对于基督教会或者罗马教皇而言,这是离经叛道的行为,是完全不能接受的。结果是,这时西欧出现了明显的不对称:罗马教皇的地位和影响力已经衰落了,这就不可避免地放松了对人思想意识的禁锢,但是却找不到一个能够替代教皇和教会人士的道德榜样。"意大利文学三杰"关于教皇的论述大多是负面的,教皇已经成为人们表达愤怒和抨击的目标;虽然有文章或著述仍然对教皇有积极的论证,那只是西欧出现的新时代精神的陪衬,而不是问题的核心。

也就是说,"意大利文学三杰"关于教皇的理解印证了当时人们对罗马教皇的态度:一方面,当时人们对理想中的教皇充满了敬意和期待,另一方面,对当下腐败的教皇和教会人士则充满了愤怒和无奈。这些内容已经与文艺复兴时代出现的那种发自内心地对教皇和教会人员的愤怒和近代人们反对教皇或基督教会的形式完全不同。虽然人人都知道教皇存在的必要性,却又对腐败的教皇充满了无奈与愤怒。有些人甚至认为,只有到佛罗伦萨的统治家族自我毁灭时,人们才会将他们推翻。人们都很清楚,这样做只能更换一个教皇而不能从根本上摆脱基督教会的统治。然而,"意大利文学三杰"从根本上否定了教会地位与教皇引导人的救赎,本书将这个观点作为前提观察西欧社会变化。

第三节　上帝的神性与人性

以上论述没有解决的问题是对上帝的神性与人性的思考。究其原因，"意大利文学三杰"生活时代的西欧正处于封建社会发展以及向近代过渡中，人们的思想意识也处于激烈的变化之中，这时人们的精神世界和思想意识一方面在很大程度上表现为对未来世界的困惑，同时也能够强烈地预感到西欧即将发生重大变化。从当时西欧社会生活来看，基督教会虽然在名义上仍然统治着西欧，但是权威与影响力已经大为减弱，人们越来越反感和蔑视教会腐败和教皇权威。[1]在这个过程中，人们关于"上帝救赎"和"天堂幸福"的理解逐渐趋于一致，即尘世中的人只有发挥独立的精神和高尚的道德意识，才能够获得"上帝救赎"。

在"意大利文学三杰"作品中上帝的神性首先表现为，对人的理解和关爱，即人性。随着西欧近代性质的经济的发展和贸易繁荣，人们的精神世界和思想意识也出现了自由的倾向。人们对这个世界的观察与认知也随之发生了根本性的变化，其中以上帝形象的变化尤为明显。仍然以但丁作品关于对上帝的理解为例，作品中但丁已经作为一个能够感知"上帝之爱"与"天堂幸福"的"精神的人"的形象出现了。另一个例子是，但丁在他的"三界之旅"中通过对《圣经》和中世纪基督教神学观念的解说，证明了教会学说的虚伪和人性与人类道德的可贵。彼特拉克则以积极乐观的心态展示了人性与人类道德的决定性作用。在彼特拉克的文学作品中更多的是对高贵的人性的隐喻、对人的心灵的塑造，目的就在于展示对人生的期待与对当下幸福生活的赞美[2]。

如上所述，在西欧社会向近代转型的过程中，西欧出现了以肯定人性与人的社会意识为主的积极的人生观或道德观。《十日谈》中每一个关于人性与人类道德故事的结尾都有那句带有警示性的话语，其目的并不在于展示中世纪基督教神学观念，而是在于说明对人性与高尚的人类道德的赞美。现在看来，这样的话在当时已经十分普遍，人们在不同的场合都可以看到，但是这些话却具有非凡的社会影响与道德感召力。这是因为，教会统治盛行时期，人的思想意识仍然局限

---

[1] Alan Bullock, *The Humanist Tradition in the West*, P. 18.

[2] Alan Bullock, *The Humanist Tradition in the West*, P. 23.

于教会宣传下，挑战道德约束或主流观念会有极大道德风险。

薄伽丘还通过对当时西欧社会中出现的种种奇怪现象与尘世堕落的深入观察进行解说，开始了对人性的反思与对人类道德的评判。主要表现在，薄伽丘在观念上首先抛弃了对教会学说与中世纪基督教神学的依赖，基于对人性与高尚的人类道德来解读社会生活和现象。既然是尘世中人的社会性的积极存在，那么人的思想和行为就应该符合社会的发展规律和社会的行为规范准则。而这就要求人在思想意识和行为等方面具有自制力，并具有道德上的判断与分辨能力，进而通过努力达到既定的生活目标从而获得他人认可。薄伽丘的目的在于说明，尘世中的人只要抛弃自己的私心杂念，积极发扬内心高尚的道德意识，就能够共同生活在一个和谐与温馨的人类社会环境之中。但是当时西欧的现实情况却是，大多数人为获得一点蝇头小利不断地使用各种不合乎道德的手段而蝇营狗苟，人们忽略了道德的存在与上帝的教诲，西欧社会生活的腐败和堕落到处可见。

另一点需要注意的是，薄伽丘在展示他关于高尚的人类灵魂与人类道德的基础上，抨击了教会腐败与尘世堕落，同时对腐败的教会人士进行了无情嘲弄。因此，在薄伽丘笔下就能够看到发生在众多上流社会人物身上的那些行为失误与道德过错，他们的共同特征是失去道德廉耻而走向堕落深渊。其中最令人惊讶的是对人类精神的褒奖常常出现在名不见经传的小人物身上，与这个现象形成明显对比的是，在很多地位高贵的大人物身上反倒看不见人类道德的影子，甚至哪怕是一点点与道德有关的因素。

这是因为教会学说的混乱与社会发展的不协调，导致了人们思想上的迷茫使人们的思想和精神世界陷入极大的混乱之中。这时人们的这种精神追求或道德意识的提升不得不在人们的自身存在与当时的社会现实和教会学说之间作出选择。结果是，人们对教会学说和中世纪基督教神学观念的抛弃。这也引发了人们对现实的思考。但丁虽然极力赞美"上帝之爱"以获得"尘世幸福"，但是他仍然是以怀疑的态度来观察上帝的；彼特拉克作品中既有对"上帝之爱"与"天堂幸福"的追求，也有人与尘世生活的赞美与对人类过往历史的反思。约翰·赫伊津哈（Johan Huizinga）认为："一个时代的思想观念的特殊形态不应仅从神学和哲学沉思中表现出来的去研究，也不应只研究信条的概念，还要研究其在使用才智和日常生活中表现出来的面目。"[1]可以这样说，中世纪晚期西欧的时代精

---

[1] Johan Huizinga, *The Waning of the Middle Ages*, P. 228.

神的真实面貌就存在于看待和表达琐碎、平常之事的方式中。

当时几乎所有关于人与尘世生活的宗教推理与学术思考都是以经典的中世纪经院哲学的极端烦琐的论证方式进行的。不仅如此，这些复杂的宗教论证过程都可以追溯到古代希腊、希伯来，甚至巴比伦和埃及学术思想的源头，并由此得出以上关于人与尘世生活的非此即彼的观点。正因为如此，在当时的日常生活中人们关于一个种族或时代精神的理解反而显得更加自然，而且这两种思考方式和生活态度之间就由此形成了明显的对立。另外，随着基督教会的腐败和西欧社会意识的变革，存在于人们思想意识中的这种观念的对立在体验现实生活和人的内心感受之间产生了自然过渡，即人们以平和的心态来看待人与当时的西欧社会。之后人们也不再认为尘世生活与"上帝之爱"或"天堂幸福"之间有一条不可逾越的鸿沟，二者是连接着的，人们进而得出"上帝之爱"和"尘世乐趣"是同一"客观存在"的不同理解。对于当时的这个变化，阿伦·布洛克（Alan Bullock）就认为："这表明，重新发现古代同创新是相互可容的。"[1]

《新生》中就以"你想让自己安稳而又得体，就得把爱神寻访"隐喻了人与上帝的平等，这个做法被认为是难能可贵的。这说明，中世纪晚期人们思想意识中出现了判断人高贵与否的标准是人的品德与高尚的精神世界，而不是上帝神性或教会说教等这样的观点。阿伦·布洛克认为，高贵来自人自身，而非"上帝之爱"、"那就是抓住了男人和女人的心理力量，这是自古典时代以来无与伦比的成就"[2]。这就为"意大利文学三杰"关于人的个性自由与精神解放的观点提供了理论支持。

由此可以理解，虽然"意大利文学三杰"的立场和观点各有不同，但他们都承认人具有独立的精神世界和高尚的道德意识，而且人是人类社会的主体，因而其中的世俗特征或人文主义精神十分明显。对于"意大利文学三杰"的这个观念的影响，威廉·安德森（William Anderson）就认为，"这足以表明但丁对秩序的渴望，这个观点先被维兰尼，后被薄伽丘提起。"[3] 莱昂·巴蒂斯塔·阿尔贝蒂（Leon Battista Alberti）则认为："只要不是完全懒惰成性和头脑迟钝的

---

[1] Alan Bullock, *The Humanist Tradition in the West*, P. 38.
[2] Alan Bullock, *The Humanist Tradition in the West*, P. 40.
[3] William Anderson, *Dante the Maker*, P. 163.

人，大自然都给他注入迫切想得到赞美和光荣的愿望。"[1]这个变化也在很大程度上说明，虽然"意大利文学三杰"的思想意识仍然停留在教会学说范畴内，但是对人性与人类道德的论述是其中的主要方面[2]。布克哈特由此认为："我们将会更清楚地看到天赋的宗教本能是如何强烈，个人与宗教的关系具有主观性和易变性的。"[3]

薄伽丘也得出这样的结论："我开始希望并相信，上帝怜悯意大利的名誉，因为我看到：他的无穷仁爱使意大利人的内心具有和古代人相同的精神——用掠夺和暴力以外的方法取得荣誉的精神，而且说得更正确一些，使人成为不朽"[4]，进而认为"人类精神在向意识到它自己的内在生活方面迈进了一大步"[5]。

关于人具有积极进取的精神气质与道德观念这个话题，"意大利文学三杰"也有理性的思考，将人的理性与自由意志引入他们的思考与文学创作之中，结果是，《圣经》中的上帝是作为尘世中人的"引领者"和"关爱者"的形象出现的，目的就在于确保尘世中的人的思想和行为能够符合高尚的人类道德意识。也就是说，但丁作品中经常引用伊甸园中的亚当和夏娃能够与上帝进行沟通这个故事，是因为他们能够聆听并领会来自上帝的语言等观念，以此来展示当下的人与尘世生活，即上帝不仅是指导尘世中的人的思想和行为，尘世中的人也由此能够与上帝交流。

现在看来，"意大利文学三杰"关于人与上帝的描写不仅充满了基督教神学痕迹与个性化，还有幻想的内容。很显然，"意大利文学三杰"作品中的上帝也经历了一个由威严冷酷、高高在上的形象向尘世中人的过渡，"上帝之爱"和"天堂幸福"这时开始"神圣向世俗"变化。"意大利文学三杰"对上帝的定位也经历了一个由模糊和抽象的权威形象向触手可及的世俗形象的转换，其中展示的是一幅基督教会统治下千疮百孔的西欧社会。结果是，但丁眼中的上帝已经不再是"上帝之爱"或"天堂幸福"的化身，而是已经转换成了尘世中的"人"。

---

[1] Alan Bullock, *The Humanist Tradition in the West*, P. 28.

[2] Jacob Burckhardt, *The Civilization of the Renaissance in Italy*, P. 145.

[3] Jacob Burckhardt, *The Civilization of the Renaissance in Italy*, P. 510.

[4] Jacob Burckhardt, *The Civilization of the Renaissance in Italy*, P. 250.

[5] Jacob Burckhardt, *The Civilization of the Renaissance in Italy*, P. 307.

第四节 反传统的趋势

促使"意大利文学三杰"人学观形成的另一个因素是,中世纪晚期的西欧虽然在思想意识或观念上还没有出现对中世纪基督教神学文化或教会说教的直接挑战,但是我们可以通过文献,甚至从对西欧的不合理现象和中世纪基督教教义的分析可以看出思想意识或观念的变化,中世纪基督教神学文化中充满了荒谬与教会学说的不可信,而"意大利文学三杰"作品中却充满了诸如难以说清的,甚至个人幻想或精神迷茫等带有明显的与中世纪基督教神学文化不同的因素。主要表现在作品中的反传统趋势。

"意大利文学三杰"作品中的反传统趋势首先表现在,他们对基督教神学观念的怀疑态度。但丁认为,人将生活在一个充满和平与幸福的世界帝国之中。布克哈特对这个观念作了这样的说明:"当但丁把这个永远在修改其政体的城市比作一个辗转反侧以逃避痛苦的病人时,他恰切地比喻了佛罗伦萨政治生活多年以来的特点。那些认为把现存势力和派别联合起来,就可以制造出一种整体的重大的近代谬见。这方面,我们可以看到当时一些政治艺术家,他们在面对这些变化时试图尽力构想出一种可以巧妙地分配和分割政权的方法,用一种最复杂的间接选举方法,用设立名义职务的方法建立事物的永久不变的秩序和对穷人与富人同样予以满足或欺骗"[1],这方面最明显的例子之一就是,"彼特拉克现在主要是作为一个伟大的意大利诗人活在大多数人的记忆中,然而他在他的同时代人中所获得的名誉其实主要是基于这样的事实:那就是,他是古代文化的活代表,他模仿各种体裁的拉丁诗歌,力求用他卷帙浩繁的历史和哲学著作介绍古人的作品,而不是代替它们。他写了不少书信,这些书信作为具有考古趣味的论文,获得了我们难于理解的声誉,但在一个没有参考书的时代里却是一件非常自然的事情。"[2]

薄伽丘对西欧社会变化的认识却较但丁更加具体、更加深刻。这方面的例子之一是,其对于困惑人们已久的人性与人类道德这个哲学问题的解释。这个观

---

[1] Jacob Burckhardt, *The Civilization of the Renaissance in Italy*, P. 104.
[2] Jacob Burckhardt, *The Civilization of the Renaissance in Italy*, P. 214.

点不仅代表了西欧社会的变化,更能够说明人们认识社会程度的加深。布克哈特认为:"这方面,薄伽丘是一个能手——但不是在《十日谈》里,那些故事的性质不容许作冗长的描写,而是在他任意从容写作的爱情故事里。《爱弥多》就描写了一个白面、金发、碧眼的女人和一个皮肤、头发和眼睛都带浅黑的女人,很像一百年以后一个画家所描述的那样——因为在这方面,文学也是远远走在艺术的前面。在对那个浅黑色女人——或者严格地说,这两个人当中比较不白的那一个——的描写里面,有着应该被称为古典式的笔触。"①

这三段文字中虽然涉及不同立场和观点,却是截至目前国内外学界关于"意大利文学三杰"研究中最为令人接受的观点②。为了明确"意大利文学三杰"人学观的形成原因,就应该对当时的人与西欧社会变化有一个大致了解,并找出其中的历史与社会因素,以理解人与社会变化的互动。因为历史演进总是表现为一个新事物否定旧事物,并最终战胜旧事物的过程,同时表现为新事物也将随着时间的延续变为旧事物的辩证发展过程。

作为"意大利文学三杰"关于人与尘世生活的积极态度的另一个证据是,布克哈特也以15世纪伟大人物莱昂·巴蒂斯塔·阿尔贝蒂的故事为例,说明了当时人们关于一个文学与艺术全才的积极的描写:"关于他的各种体育技艺和训练,我们很惊讶地读到:他是怎样双脚并拢跳过一个人的头顶;他是怎样在大教堂里向空中抛出一枚硬币,直到听见它落在远处屋顶上的声音;最难驯服的劣马怎样在他的胯下战栗。在三件事上他希望别人找不出他的缺点:走路、骑马和说话。他学习音乐没有老师,可是他的作曲却得到了专家的肯定。他虽然身处逆境,却能够学习民法和寺院法多年,直到他疲劳过度病倒为止。他在二十四岁那年,发现自己记忆文字的能力减退了,但是理解事情的能力仍旧。他还向各类艺术家、学者和工匠乃至补鞋匠多方了解他们行业的秘密,从而掌握了各种技巧。他还顺便学习了绘画和造型艺术,特别擅长根据记忆来刻画从而达到逼真效果。"③

由此可以理解,布克哈特关于西欧社会变化与意大利民族国家的观点在很大程度暗合了意大利民族独立与民族自决等观念:"一个民族的道德是和它对于

---

① Jacob Burckhardt, *The Civilization of the Renaissance in Italy*, pp. 338-339.
② Alan Bullock, *The Humanist Tradition in the West*, P. 1.
③ Jacob Burckhardt, *The Civilization of the Renaissance in Italy*, P. 149.

上帝的认识有着最密切的关系，也就是说，和它对统治世界的信仰是否坚定有着最密切的关系，无论这种信仰把这个世界看作注定幸福的或是注定悲惨的和迅速消灭的。在意大利流行的不信教的风气是人所共知的，无论谁要是不厌烦地去寻找证据，他会成百成千地找到。"[1]不仅如此，"意大利人的思想从来没有越过教士统治的范畴"[2]。这就解释了"意大利文学三杰"关于"天堂幸福"的追求与"尘世追求"的矛盾心理。这些都是当时西欧社会变化在人的思想意识中的反映，其中已经表现出明显的合理性与理性思考，其中反映的是当时西欧社会意识的变化和人的思想观念的更新[3]。

虽然我们很难站在布克哈特的角度观察但丁、彼特拉克和薄伽丘，但是从"意大利文学三杰"的描写中能看出他们的作品和观念等对西欧近现代文化的影响[4]。这说明，中世纪晚期的西欧似乎有一套人们都在遵守的道德与行为规范准则，而且人们相信能够以这套思想和道德准则来推动社会的变革。然而从人类社会发展的历史过程来看，在这些人类社会变化规则带来的巨大压力面前，人们并不拥有抵抗或对应的能力，于是只能艰难地选择从不同的角度来理解当时的人与西欧社会变化[5]。需要看到的一点是，当时西欧的有识之士已经开始了对人性与人类道德的重视，在很大程度上这是一种自发的精神状态，其中既没有明确的对人类未来世界的构想或是对人性的内涵与作用的深层剖析，也没有从人的角度展示对西欧社会变化与未来的预测，而只是对当时西欧社会变化的一种不自觉的反映或是对当时社会意识与思想文化发展的无意识的反馈。现在看来，这一点已经大大超出了后人认为的、带有理性意识的观察或当时人们的思考范畴。就本书而言，"意大利文学杰"作品中的理性意识主要是指当时以"意大利文学三杰"为代表的人文主义思想家理解人与社会变化的立场和态度。它是以西欧社会变化为出发点作出的判断或逻辑的说明，而不是哲学意义的人的理性，因此它不是现在人认为的理性。

因而，高贵的人性与高尚的道德已经成为西欧的主流意识，人性与高尚的

---

[1] Jacob Burckhardt, *The Civilization of the Renaissance in Italy*, P. 444.
[2] Jacob Burckhardt, *The Civilization of the Renaissance in Italy*, P. 444.
[3] Jacob Burckhardt, *The Civilization of the Renaissance in Italy*, P. 143.
[4] Alan Bullock, *The Humanist Tradition in the West*, P. 29.
[5] Charles E. Trinkaus, *The Poet as Philosopher*, P. 93.

人类道德已经成为观察一切的基础。"意大利文学三杰"关于人与人类社会变化的观点既不是对某个人或观念的概括，也不是当时思想的总结，而是泛指当时出现的独立的精神世界和近代道德观念。布克哈特认为："他们的质朴充沛的情感、活泼有力的叙述和准确的表达，以及他们的十四行诗和其他诗歌的圆满与纯熟，都预报着但丁这样的诗人的到来。"[1]另一个例子是，圭尔夫派和吉伯林派的某些政治性的十四行诗也具备了但丁作品中展示的热情和美妙的抒情格调。不仅如此，意大利的诗歌和文学作品都以思路清晰和情感丰富著称于世，"意大利文学三杰"的作品是其中的典范。

第五节　人性含义的变化

以上这些变化可以归结为一点，那就是，人的含义已经发生了变化。这是因为，到了中世纪晚期，西欧社会变化最明显的一点就是，人的精神自由与人的自我意识的启蒙，人性也由此具有丰富的道德内涵[2]。其中，彼特拉克就以人性与对人的内心世界的展示为前提，欣赏了大自然美景[3]，其中对人性的肯定与对高尚的人类道德的赞美都是以中世纪宗教文学中以赞美古典文化和古代圣贤的方式作出的。由此，"在这些由神话、圣徒故事、民间赞颂、文学传说砌成的地方荣誉殿堂旁，诗人学者们又建造了一座伟大的具有世界声誉的名人万圣殿。他们就模仿尼波斯、苏维托尼乌斯、瓦勒里乌斯、马克西姆斯、普鲁塔克（《妇女的美德》）、哲罗姆（《名人传》）等人的作品，其中荟萃了很多男女名流，或者他们像彼特拉克在他的《荣誉的凯旋》里，也如同薄伽丘在《爱的梦想》中展示的那样，描写了他想象中代表人类精神最高境界的凯旋式和奥林匹斯的群神聚会，其中有上百人的名字之多，至少有四分之三是属于古代，其余的则是属于中世纪。当时历史学家插入人物性格的描写，从而产生了诸如菲利波·维兰尼、维斯帕西亚诺·菲奥兰提诺、保罗·科尔蒂斯以及保罗·乔维奥等人所写的很多当

---

[1] Jacob Burckhardt, *The Civilization of the Renaissance in Italy*, P. 307.

[2] Alan Bullock, *The Humanist Tradition in the West*, P. 22.

[3] Jacob Burckhardt, *The Civilization of the Renaissance in Italy*, P. 158.

代名人传记。"①

关于人的属性，人们认为这是很自然的事情，但是那些聪明的教会人士应该知道，人本来就具有丰富的精神世界与心理活动，他们将人描绘为愚昧的社会存在只是基督教会一厢情愿的事情，而不是人的自然属性和本来特征。只有还原《圣经》中积极的人的观点，才能维护基督教会权威。因此，当但丁提出以人，而不是以上帝为出发点时，一个新的关于人与尘世生活的观念也随之出现，即尘世中的人具有独立的精神意识与明确的道德观念。对于当时西欧出现的这个观念，朱塞佩·马佐塔（Giuseppe Mazzotta）认为："中世纪的哲学家与思想史家通过对但丁思想的探讨，重新塑造了关于人与社会的观念"②。随着研究的不断深入，史学家和文学家开始从不同角度重新检视那些已有证据，并通过研究过去忽视的原始证据来扩充这些证据，"因为这种研究常常能产生令人意想不到的新见解。"③

除此之外，我们还可以引用另外两个例子以说明当时西欧出现的这些变化的含义。其中之一就是，阿伦·布洛克（Alan Bullock）就表达了对古代罗马竞技场的由衷赞美："人类古代的历史有很多是在意大利的土地上演出的：在罗马，那里的大广场、竞技场、公共浴池的废墟遗址至今仍然是当时罗马显赫声威的无声旁证；在南方，有像叙拉古那样的讲希腊语城市；在中部和南部乡间，那里的农民还不断挖出古代塑像、钱币和石碑。"④结果是，当时的人们开始以崇拜与恭顺的态度接受古代的经典古籍和文化传统。虽然截至目前关于中世纪的研究结果还没有对这一点有一个明确的说明，但是他们仍然以客观和恭敬的态度来看待古人的思想意识和古典文化传统。

中世纪的西欧教会人员的地位具有某种崇高和神圣的特征，而且教会人士的尊贵地位和由此而来的宗教尊严不是当时的普通市民或其他人可以染指的。在当时的现实生活中，他们的话就是上帝的声音和宗教法庭的作用，可以这样说，教会人士的话当时可以说是一言九鼎；而且，尘世中的人与教会人士根本就属于两个不同的社会阶层。因此当时的人只能听从教士的差遣，而没有任何自决权

---

① Jacob Burckhardt, *The Civilization of the Renaissance in Italy*, P. 158.
② Giuseppe Mazzotta, *Dante's Vision and the Circle of Knowledge*, P. 16.
③ Alan Bullock, *The Humanist Tradition in the West*, P. 13.
④ Alan Bullock, *The Humanist Tradition in the West*, P. 19.

利。到了中世纪晚期，随着市民对自己的内心和大自然认识的加深，特别是随着基督教会的腐败，这时人们开始质疑教会人员的身份和他们的能力。结果是推动人的精神世界的解放与思想观念的提高，同时人们认识自己和这个世界的态度已经发生了变化。从西欧近代社会发展来看，正是这些拥有独立精神和自我意识的人文主义作家和思想家构成了西欧近代文化的基础。

由此可以看出，与中世纪中期的基督教会和基督徒之间的处于绝对控制与绝对服从相比，中世纪晚期世俗人士与教会人员之间的关系已经发生了根本性变化。这时的教会人员虽然仍然认为他们是为了解救尘世中的芸芸众生，但是这时的西欧已经出现了近代倾向[1]。由于这种变化是不自觉中发生的，当人们认识到这些变化时，它已经对人的内心世界与尘世生活产生了影响。随之而来的是，人的精神意识的自由与思想解放，"意大利文学三杰"的人学观是关于人与尘世生活的观点的总称[2]，其中反映的是近代性质的社会倾向[3]。这些内容一方面互相联系，密不可分，同时也彼此独立，各自为政，它们共同促进了当时人的思想观念的变化与西欧社会意识的更新。"意大利文学三杰"关于人与社会的理解也经历了一个由盲目的"上帝创造物"到具有独立的精神世界的积极的"社会存在"，再到具有完整社会意识的尘世成员的变革过程[4]。

虽然如此，处于基督教会统治下的"人"除了是盲目信仰"上帝之爱"与"天堂幸福"的上帝创造物，只能为基督教会服务以外，并没有任何其他的功能和含义。随着西欧社会的变化和外来思想的影响，人们思想意识中的"人"这个概念也具有了开拓进取的精神意识与世俗功能，并具有了以上认定的世俗功能。结果是，尘世中的人除了被认为是上帝创造物之外，还具有了一定的精神自由和思想意识的积极的社会存在。这个道理说起来十分简单，但是最后形成则经历了一个漫长而痛苦的过程，其中就涉及对大自然与西欧社会的认知，以及基督教会对持有这种观念的人的残酷迫害与无情杀戮。结果是，这时人们思想意识的变革，以及由此而来的西欧社会观念向近代的变化。众所周知，布鲁诺、哥白尼等人的遭遇就是这个变化的最好诠释。

---

[1] Jacob Burckhardt, *The Civilization of the Renaissance in Italy*, P. 163.

[2] A. G. Ferrers Howell, *Dante*, London, 1907, P. 24.

[3] William Anderson, Dante他Maker, Routledge & Kegan Paul, 1980, P. 23.

[4] Alan Bullock, *The Humanist Tradition in the West*, P.14.

结果是，尘世中的人不仅已经成为具有独立的精神世界与高尚的道德观念的积极的社会存在[1]，同时也具有了正确思考和行事的能力[2]。布克哈特对当时的这一点就进行了解说："人格的发展主要在于一个人对自己与别人人格的承认"[3]，其中反映的是西欧社会意识已经发生了明显变化：教会地位和影响力不断下降，而且观察一个人是否具有高尚的道德观念时，出身已经不特别重要，这就导致了"人"这个词的含义发生了变化[4]。《神曲》中就经常以中世纪宗教文学中常用的"灵魂"代替尘世中的"人"，以其中灵魂的思想和语言隐喻尘世罪恶与美德。按照但丁的理解，尘世中的人主要可分为三类：1. 出身于市民阶层，具有高尚的道德观念与独立的精神世界的社会存在；2. 在尘世中犯了过错，具有悔改之心的社会存在；3. 具有同情尘世中犯了错误的教会人士，或是那些真正相信"天堂幸福"与"上帝之爱"的教会人士。前两类是从当时西欧社会变化的角度作出的判别；而后一类则是从尘世中人的角度作出的，就其本质而言，其中表达的就是对人性的肯定与对人的世俗特征或人的社会性的肯定[5]。

截至目前，在关于中世纪晚期西欧社会意识变化的研究中，对人的认知与对高尚的人类道德的赞美已经成为主流意识。这方面的主要证据之一就是，无论是但丁、彼特拉克还是薄伽丘，都不约而同地表达了对人性的肯定与对高尚的人类道德的赞美。这方面，布克哈特关于人文主义精神与时代特征的理解最有代表性："随着14世纪的到来，西欧出现了但丁，他以嘲笑的语言把实际上所有其他诗人都远远抛在了后面，而即使单就他对欺诈者的巧妙描写而言，也可称为大喜剧的第一流大师而无愧。"[6]另外，对于当时出现的人性这个问题，查尔斯·特林考斯（Charles E. Trinkaus）也表达了类似的观点："这个理论暗示，一个人可以对于事情作出好或者坏的判断，或者根据他的人生经历作出判断，而这是人生的经历或职责在教育他，使他变得更加智慧或达到一个更高的理解程度。"[7]这说明，当时人们的思想意识已经不仅局限于盲目崇拜上帝救赎和天堂幸福，而是

---

[1] Jacob Burckhardt, *The Civilization of the Renaissance in Italy*, P. 484.
[2] Jacob Burckhardt, *The Civilization of the Renaissance in Italy*, P. 25.
[3] Jacob Burckhardt, *The Civilization of the Renaissance in Italy*, P. 303.
[4] Alan Bullock, *The Humanist Tradition in the West*, P.11.
[5] Alan Bullock, *The Humanist Tradition in the West*, P.14.
[6] Jacob Burckhardt, *The Civilization of the Renaissance in Italy*, P. 164.
[7] Charles E. Trinkaus, *The Poet as Philosopher*, P. 40.

出现了对人与尘世生活的感悟。

关于"意大利文学三杰"作品中的"人",后人虽然从不同角度作了各自的观察与解说,但是其中对人性的肯定与对高尚的人类道德的赞美已经成为当时人们观察一切的主流意识。布克哈特认为:"彼特拉克在《凯旋》中试图无论如何要对爱情、贞操、死亡和名誉作虽然简短而明了的描写。"[①]同时也证明了"彼特拉克不仅是一个有名的地理学家——意大利的第一张地图据说就是在他的指导下画出来的——和一个古代箴言的仿作者,而且也是一个自然的亲身感受者。在进行学术研究的同时,他也喜爱大自然的享受;为了二者可以兼得,所以他才在沃克吕兹等地过着学者的隐居生活,所以他才时常逃避世界、逃避时代。如果我们由此得出他对大自然没有深刻感受的结论,那对他将是不公平的"[②]。在薄伽丘《菲娅美塔的哀歌》中,我们还看到另外一幅充满最敏锐的观察力的关于人类灵魂的伟大而细致的描写,虽然它的美中不足是由于缺少了一致性,和有些部分爱用响亮动听的词句,以及不幸地把神话比喻和经典引文混杂在一起而受到了损害。"[③]

导致这个观念出现的另一个因素是,佛罗伦萨的国内和国际贸易的发展使得人们开始了解外部世界,同时也极大增强了人们面对外部世界的信心,这也在很大程度上导致了当时的人们对"上帝之爱"与"人间正义"的追求。同时,对"现实中的人"这个问题的不同理解也引发了人们对于人与尘世生活的反思:人究竟是应该为不可预知的未来作好准备还是应该追求当下的尘世乐趣或口腹之欲?恩斯特·卡西尔(Ernst Cassirer)对这个现象就作了说明:"现世中除了人没有别的伟大之物"[④]。因此才有了《神曲》中关于尘世中的人经历"三界之旅"等描述。彼特拉克在沃克吕兹居住期间能够写出关于人的内心世界与人类道德的一系列文章展示的是他对人性之美和人类道德的理解。这说明,中世纪积攒下来的各种问题这时都暴露出来,西欧出现了"很多不公平的和悲惨现象"[⑤]。《十日谈》中关于父子亲情、母子亲情或人间真情的描写被认为是理所当然

---

① Jacob Burckhardt, *The Civilization of the Renaissance in Italy*, P. 404.
② Jacob Burckhardt, *The Civilization of the Renaissance in Italy*, P. 296.
③ Jacob Burckhardt, *The Civilization of the Renaissance in Italy*, P. 312.
④ Ernst Cassirer, *The Individual and the Cosmos in Renaissance Philosophy*, P. 77.
⑤ Jacob Burckhardt, *The Civilization of the Renaissance in Italy*, P. 484.

的[1]，"人"也由此被描述为充满智慧与进取精神的社会个体。

这说明，"意大利文学三杰"的思想观念和他们关于人与社会的认识并不是凭空产生的，而是西欧社会发展的必然结果之一。"意大利文学三杰"作品中的很多内容早在他们之前的人类思想和文学作品中就已经出现了，而且世界上其他民族的文化中也有类似的内容。如果没有找出这些内容与西欧社会变化之间的联系，而一味把"意大利文学三杰"的作品就是他们的人生观或道德观，这在观点上也许会有失公允。截至目前，围绕"意大利文学三杰"关于人学与人类道德的认定与观点仍然无法囊括其人学观的全部，即使属于"思想"和"观念"之类的概念性论述也容易被排除在外。由此可以理解，当人与上帝之间的关系由中世纪教会关于人的服从与上帝的绝对控制转变为人神平等观念时，其中每一方都被看作具有独立的精神世界与道德观念的客观存在。可以说，当上帝出于关爱而引导尘世中的人走出尘世痛苦时，人与上帝之间就形成了和谐与统一的关系了，即使这时的人们仍然在精神和思想上是盲目无知的，并仍然有可能从基督教神学的角度来解说人与社会。另外，当时人们大多忽视了人性与人类道德的作用，同时对人性与人类道德的解读也面临着各种不确定因素。这不仅是来自文学作品赖以产生的历史与社会环境的限制，更来自作家与读者之间在生活经验与文化背景等方面的差异，以及由此引发的人们对于人与生活的不同体验和对人生的理解及由此而来的对人生的感悟。

这说明，这时人们关于"人"的理解一方面经历了由人对"上帝之爱"与"天堂幸福"的盲目迷信和追随向以积极追求人的精神自由和"尘世幸福"为主要特征的近代思想观念的变化，也经历了由中世纪基督教会关于"人"的理解性思想困顿的散失。这时，"人"作为一个无意识的"自然存在"开始了向具有积极的社会意义的"积极的人"的过渡与转化，其中展示的是人的思想意识由受到教会学说和中世纪基督教神学观念的压制向精神自由的过渡；另一方面，这个变化代表了西欧由思想禁锢和精神束缚状态向以积极乐观心态看待一切的转化，更展示了当时人们理解西欧社会现实程度的加深，"意大利文学三杰"看待人与尘世生活的立场的转变。但丁作品中的"人"已经具有独立的精神世界和高尚的道德意识，因而能够按照自己道德的要求行事。

这些方面表现在彼特拉克的文学作品中就是，这时的人们已经开始欣赏

---

[1] Alan Bullock, *The Humanist Tradition in the West*, P. 18.

大自然界的美景，并且能够以次感知人生的幸福与尘世生活的苦难，即尘世中的人能够通过自己的努力和凭借自身的学识、才能获得应有的精神境界与社会地位，并由此得出结论——高贵产生于人的内心[①]。埃里希·奥尔巴赫（Erich Auerbach）认为，彼特拉克的这种行为是"一种精神上的行为"[②]。"意大利文学三杰"的文学作品引起人们兴趣的更深层的原因是，当时出现的这些观点代表的是人们对教会腐败的反感与对统一的民族国家的企盼。恩斯特·卡西尔（Ernst Cassirer）也认为："人们企图以魔法控制世俗社会的主观热情开始消退，一种普遍秩序的观念开始取而代之。"[③]由此可以理解，"意大利文学三杰"的人学观也正是当时西欧社会生活中出现的精神意识的变革与多元化文化的体现，其中的意义与文化内涵如下。

首先，"意大利文学三杰"以积极乐观的态度表达了对人与西欧社会变化的理解，以及由此而来的对人类未来的期盼。如果把"意大利文学三杰"的思想观念或者其中的人学观从其特定的历史使其和文化背景中抽象出来观察，我们就会发现，其中的积极意义远远大于消极的意识，其中说明的是人具有积极的精神意识这个观点。由此看来，"意大利文学三杰"关于人的论述不仅满足了固有的道德伦理与价值体系，更促使人们追求建立在新的世界观与道德观之上的人与世界，即用现实的手段表达人的内心，以及为表达得当而不惜抛弃对上帝与天堂幸福的信仰并成为一时的风尚，其中表达的就是对基督教神学强加于人的基督教蒙昧主义与禁欲主义的拒绝。

其次，"意大利文学三杰"基于对人性与人类道德的赞美以及对当时西欧社会变化的解说，展示了当时人们关于人性与人类社会变化的理解，即人类社会有其自身的发展变化过程，是一个世俗过程，同时展示了人们对人类社会变化的反思。这个变化既是当时西欧社会思潮风向或文化风尚的展示，同时也代表了人们对历史发展和社会变迁的观察与看法。从其中的内容来看，它呼唤一种以理性的包容与理解的态度看待一切的人生观，这也是在看待任何一个历史时期的变化时都应该采取的积极进取的生活态度。"意大利文学三杰"的作品有助于我们理解当时的文学风尚，也有助于加深对人类社会变化的理解。

---

① Alan Bullock, *The Humanist Tradition in the West*, P. 29.
② Erich Auerbach, "Figura." In *Scenes from the Drama of European Literature: Six Essays*, P. 53.
③ Ernst Cassirer, *The Logic of the Humanists*, P. 41.

在这个过程中,"意大利文学三杰"在思考西欧的社会风尚和宗教文化观念以及对人性进行反思的同时,从人的角度对人与社会生活作了新的说明,证明了人的道德意识与人类社会的变化都是人类历史进程中的产物。现在看来,这个观点并非建立在中世纪基督教会关于人对上帝的犯罪和上帝救赎的基础上,而是建立在对人性的肯定与人类道德的赞美之上,进而得出尘世生活就是一个以"上帝之爱"为基础进行的世俗过程;根据《圣经》内容,上帝造人并非是为了在这个世界中投入一个受苦受难的物种,而是为了使这个世界变得更加和谐和完美。恩斯特·卡西尔(Ernst Cassirer)也由此认为,上帝创造人就是为了创造"一种能够认识其创造物活动,并因其美而热爱这一活动的生物"[1]。由此,人与神之间就不再是基督教会宣称的债权人与债务人之间的制约关系,人获得了精神的独立与道德的尊严。这说明了一个关乎人类道德的哲学问题,即人不仅具有理性和道德意识,能够根据理性和自由意志的要求理解《圣经》中关于人的解说。而对于这个问题的回答则在很大程度上标志着当时人们思想意识自由和精神解放的变革和极大的扩展。约翰·赫伊津哈(Johan Huizinga)就是基于这一点认为:"这时一切看起来不仅泾渭分明,一切都被赋予了隆重的礼仪,这一方面给人们带来了极大的热情与兴奋,也带来失望与欢乐、残酷与善意,这就是典型的中世纪世俗生活的特点。"[2]

如果将这些内容归结为一个理论问题,那就是,"意大利文学三杰"思想意识中的模糊性与矛盾产生的原因在于,是以中世纪基督教神学观念的思维方式看待一切,还是应该以人性与人类道德为依据来展示人与尘世生活。本书认为,这是西欧社会发展与人们理解这些变化的不一致造成的。一方面,这时的西欧正经历中世纪以来积累的各种矛盾的爆发而导致的封建制度的衰落、托马斯主义破产和基督教会影响力不断下降,努力摆脱中世纪庄园和农场经济的禁锢,最终能够建立商业贸易中心——城市的胜利。社会结构方面,中世纪末期的西欧正是处于下层市民为争取人身自由和经济自由、建立地方自治政府与城市政权独裁者斗争中。这时一切都给人们带来兴奋,同时人们也面对这个变化显得不知所措。另一方面这时人的个性和本性达到极大满足和激发,人们为了满足自己的私欲不择

---

[1] Ernst Cassirer, *The Individual and the Cosmos in Renaissance Philosophy*, Oxford: Oxford University Press, 1963, P. 85.

[2] Johan Huizinga, *The Waning of the Middle Ages*, P. 10.

手段而无所顾忌，也给予人的个性以最高的发展，引导人们以一切形式、在一切条件下对自己做最热忱和最彻底研究。一方面，由于当时西欧还没有进入资本主义时代，中世纪基督教神学观念和封建意识仍然在西欧占据主导地位，这时人们一如既往地表现出保守和迷茫的状态，另一方面又表现出对一切与以往不同事物的好奇。用一句话来说即是，这时新时代精神已经开始出现。

这表明，"意大利文学三杰"想象中的人类未来与西欧社会现实之间有很大差别。在他们看来，这些差别是由于社会变化导致的。"意大利文学三杰"在其作品中常常以隐喻的方式阐述他对当时社会变化的理解，因而他的理想经常与西欧社会现实发生冲突，甚至背道而驰。"意大利文学三杰"理想中的世界在西欧现实社会面前经常显得十分苍白、无奈，结果是"意大利文学三杰"理想中的人类未来只能停留在想象中。理想与现实的冲突在但丁作品中交替出现，有些比较清晰，有些则十分模糊。"意大利文学三杰"的变化也随着他们的生活阅历和社会经验的丰富而有所变化。这方面的例子之一是，"意大利文学三杰"一方面关注人类的道德与社会发展的和谐适应，另一方面则努力使他们的理想在现实中得以实现。虽然他们没有明确说明人类的美好未来究竟如何实现，但是清楚地表明了人性的罪恶是导致人的堕落和教会腐败的根源，因而人类只有首先实现灵魂的净化与升华，才能获得永恒的幸福。

这是因为，在"意大利文学三杰"看来，无论是人性中的"善"还是"恶"，无论是西欧社会现实还是人类未来，无论是城市贵族、西欧的市民还是受过良好教育的教会人士、高高在上的罗马教皇，抑或是那些已经恢复了以往权威的世俗君主，都要经过"尘世救赎"和"上帝之爱"的洗礼，才能获得理想中的"上帝救赎"。由此可以理解，地狱和炼狱中的灵魂虽然在尘世中犯了很多的罪恶，但只要他们一旦有机会，就能够付出与尘世罪行相等的努力以赎清自己的罪过，其中隐喻的就是人只要有改过自新的良好愿望，就享有向天堂飞升的机会，以及由此而来的积极意识。

虽然中世纪晚期西欧出现了近代曙光，但是中世纪基督教蒙昧主义和禁欲主义仍然在很大程度上禁锢着人们的思想意识和行为，以中世纪经院哲学的思考模式为标准解说一切仍然是人们看待一切的标准和出发点。同时，西欧社会实际上已经与中世纪有了根本的不同，包括西欧的社会制度、社会形态，以及人的思想意识在内的一切都处于不断的修订与变化之中。一方面，"意大利文学三杰"

从个人角度出发对西欧社会变化进行思考，因而不可能对人和社会有一个清晰的认识；另一方面，由于"意大利文学三杰"是从中世纪基督教神学角度看待一切的，因此他们的作品与当时的西欧社会的实际情况有很大出入。

由此可以理解，一方面，"意大利文学三杰"肯定"积极的人性"的做法，以及对高尚的人类道德的解说，不仅从世界观的高度冲击了中世纪以来基督教神学为人设立的精神藩篱，同时也为当时的人们观察自己与这个世界打开一扇新的窗口，打开了当时人们的思维模式与观察视野，从而完成了人的思想意识由中世纪向近代的过渡。这些变化开启了人的思想解放和精神自由的旅程。另一方面，"意大利文学三杰"作品中的中世纪基督教神学因素对西欧近现代文化的形成和发展在一定程度上起到干扰甚至是阻碍作用。从"上帝之爱"的角度出发看待人的精神世界和西欧社会变化这个做法必然导致人们的偏见。同时，"意大利文学三杰"思想中的矛盾性和妥协性使之不能将反对天主教会统治和反对封建等级制度等近代人文主义观念贯彻到底。

由此可以看出，"意大利文学三杰"文学作品中的观点虽然相似，但是他们关于人与尘世生活的论述和分析的重点却并不相同，展示的是对人性与人类社会变化由浅入深的观察、对人性解放的褒奖，其中关于人性与人类道德的理解，以及由此而来的他们关于人类社会变化的解说环环相扣，从而形成一个完整的关于人与尘世生活的理解。

首先，但丁基于人性解说了人性中的善良与罪恶，并以人性本善和尘世生活美好为依据，论证了人性的高贵和尘世生活的意义。用一句话来说就是，了解人和这个尘世的一切，即被中世纪基督教神学观念和教会学说认为堕落和罪恶的内容不过是人性的展示和人的正常欲望，因而应该得到赞美；与当时的这个观点相对，基督教会对人性的压制与对人类道德的蔑视则是罪恶的和不道德的，因而应该摒弃。而这个界限一旦被打破，尘世生活和人的精神世界就会焕发出无限的动力与活力，随之而来的是，这时西欧的社会生活开始变得积极和活跃。但丁就是通过对当时的这些变化的观察得出，人具有独立的精神世界和高尚的道德意识的积极的社会存在，而上帝救赎是人获得精神自由与道德升华的世俗过程，进而由此得出中世纪基督教会宣传的"上帝的救赎"就是尘世中人的"自我救赎"。

其次，彼特拉克通过对大自然美景与尘世生活的赞美，隐喻了人具有丰富的内心世界和高尚的道德观念，进而依据这一点创造出一个代表理想中的人类未来的"美丽的新世界"。在彼特拉克的几乎所有作品中，无论是赞美上帝与天堂的宗教作品，还是展示人丰富的内心世界的世俗性文学作品，以及我们都能够看到带有积极的进取意识的尘世中的人和尘世生活美好的抒情诗集，其中既有中世纪宗教文学中常见的美丽的花朵、高贵的城堡、美丽的乡间别墅、天堂中的天使和那些已经获得了"上帝救赎"的形象，同时也出现了尘世中的幸福生活和个性鲜明的人的形象，以及由此而来的对人性的思考。这些形象不仅具有高贵的气质和丰富的精神世界，同时也拥有对人生的理解与对人类社会变化的积极进取的态度，这也是彼特拉克被称为"西欧近代第一人"的主要原因之一。

最后，薄伽丘也由此证明了尘世中的人应该根据人自己认定的道德价值决定他的生活态度，人的思想意识呈现为由确立人的独立性的赞美人性到反思人类道德的连续过程。但丁通过对人与尘世生活的探索，肯定了人性并由此赞美了高尚的人类道德；彼特拉克通过对大自然美景和宁静的乡村生活的赞颂，展示了对人生的感悟。也就是说，"意大利文学三杰"将"上帝惩罚"作为人获得精神自由与道德升华的必经阶段，其中就包含了对人性的肯定与即将到来的人类未来世界的期盼[1]，因此才有了《十日谈》中对尘世生活中的各种小人物的思想意识与内心世界的刻画。结果是，西欧出现了"对经院哲学的反叛，对《圣经》教条的反叛和对基督教会等级观念的反叛。"[2]由此可以理解，薄伽丘关于人性与当时西欧社会变化的解说与但丁和彼特拉克关于人与尘世生活的理解和观察等共同构成了中世纪晚期西欧"社会变化的连续图景"[3]。

---

[1] Eugenio Garin, *L'uomo del Pinascimento,* Gius Lateriza & Figli Spa, 1988, P. 8.

[2] L. W. Spitz, *The Religious Renaissance of the German Humanists,* Cambridge University Press 1963, P. 269.

[3] Brian Tierney, *Rights, Laws and Infallibility in Medieval Thought*, Variorum, 1997, P. 57.

小　结

　　综上所述，中世纪晚期的西欧社会变化不仅证明了社会流动的增加与人认识尘世世界程度的加深，对人性的探究与对科学文化知识的追求也随之成为当时人们了解人与世界的最有力的道德工具，而那些具有丰富的文化知识和良好修养的世俗人士也随之成为人们争相效仿与结交的对象，对人性的含义的探求就是这个观念变化的核心。从这个意义上讲，对"意大利文学三杰"文学作品中"人"的探讨不仅有助于我们了解中世纪晚期西欧社会形态的更新，同时也促进了西欧社会意识形态的重塑。

第六章 人学观的形成原因

"意大利文学三杰"的人学观的形成原因在很大程度上是基于中世纪晚期西欧社会形态与社会意识变化而来的,其中最为明显的因素之一就是中世纪以来西欧经济发展引发的基督教神学观念的衰落,以及由此而来的基督教会腐败与尘世堕落。究其原因,是由于西欧近代性质的经济的发展导致了与之前相适应的西欧社会结构发生了明显的变化。以上论述已经对引发中世纪基督教神学意识变化的各种外部因素作了十分细致的探究,进而得出一般意义上的关于人类社会变化起源于中世纪社会经济结构变化等因素的表述。就本课题而言,还有一个角度需要作进一步探讨,那就是,中世纪基督教神学观念的变化与西欧近代文化之间的关系,即中世纪以来在西欧一直处于统治地位的基督教神学观念内部发生了怎样的变化,以及这些变化之间与西欧近代性质的思想意识与观念的出现之间的关系。虽然这看起来是一个明显的论题,由笔者能力所限,本书只能在力所能及的范围内对这个问题作一个大致的梳理。

第一节 中世纪基督教神学观念影响力的衰落

开始于13世纪末的近代精神自由和思想解放是中世纪以来西欧积累下来的人们认识人与上帝关系的分水岭,是当时进步的基督教神学家、文学家和进步神学家重新认识人与尘世生活的一个重要阶段。这时的文学家和进步神学家从人的精神和心理需要为出发点,展示了人与尘世生活的意义,并在这个过程中表达了反对中世纪基督教神学观念和教条僵化的宗教学说,认为对人性的约束与对尘世生活的压抑是不人道和不合理的。而后的文艺复兴运动对中世纪基督教会宣传的反动的神学体系和神学观念则以人性为标准进行了大规模的解构与抨击。

第六章 人学观的形成原因

因此可以理解，西欧在13-14世纪出现社会观念向近代的转化有其深刻的历史与文化发展的必然性。以往的外国文学史或史学著作在谈到文艺复兴的起源或西欧近代文化的来源等问题时，会特别涉及或关注12世纪以来西欧的社会、政治、经济与文化的发展等方面。另外，当时西欧出现的新形势还表现在，中世纪基督教神学文化内部独特运行机制的作用，以及基于对当时西欧出现的独特的历史与文化等方面的积极的促进作用。本书已经从不同角度对中世纪晚期西欧社会变化的原因进行了较为详细的说明。以下要探究"意大利文学三杰"作品中"人"这个概念的形成原因。

中世纪晚期，随着教会腐败和尘世堕落，西欧出现了新时代的精神气息。这时，人们一方面开始怀疑教会学说与教会人员的说教和行为，同时开始以积极乐观的态度迎接即将到来的新时代。这是因为，随着中世纪晚期西欧出现的近代性质的经济的发展和商业繁荣为城市增加了财富，给人们带来了从旧制度束缚中解脱的希望，这进一步激发了人们寻求人生意义的动力。这时中世纪以来积累下来的所有矛盾开始爆发，同时出现了对政治权利的要求。从这个意义上讲，中世纪晚期西欧基督教神学观念的衰落一定程度上得益于西欧人口结构的变化。

中世纪晚期基督教会腐败首先表现为，教会人士对西欧社会财富的侵占和对世俗权势的掠夺。中世纪基督教会基于对《圣经》的误解和歪曲宣传以达到愚弄人民的目的，以出售教会宣称的能够使人在死后进入天堂的"赎罪券"和"免罪符"最为典型。基督教会宣称，人在临死时将财富捐给教会，死后就能够升入天堂，并且能够获得"上帝救赎"。基督教会出卖"免罪符"这个做法在中世纪十分流行，仅此一项基督教会就能够获利颇丰。随着基督教会的腐败，人们开始认识到基督教会这个做法的荒谬与欺骗性，同时开始怀疑教会学说的正确性。在《神曲》中，但丁就多次提到他在"三界之旅"中遇到的犯罪灵魂为赎清他们的罪过而不惜花费毕生积蓄购得"免罪符"，以得"上帝救赎"与"天堂幸福"。这些描写虽然现在看来有些莫名其妙甚至是荒唐可笑，但是在当时却被宣布为一桩"划算的买卖"。产生这个现象的另一个原因是，中世纪以来基督教会就占有西欧大量的财富和地产，教会人士不仅可以依靠出租这些地产，更可以出借贷款以获得丰厚的利润，同时也使他们在当时西欧社会现实生活中具有很大的影响，而所有这些都为教会人士提供了腐化与堕落的机会与可能。与此相对，这时"不信教的风气在意大利广为流行"[1],人们虽然"在口头上拥护教会,但心中却丝毫不具备真正的虔诚"[2]。这个变化的另一个表现是,意大利的普通群众,特别是青年人,对教会和神职人员怀有普遍的敌意和轻蔑的态度。

中世纪基督教神学观念影响力衰落的另一个表现是,世俗君主权力的增强和市民的自我意识的提高。这个变化的结果必然是西欧的社会活动与经济活力的提高。这是因为,随着基督教会腐败和西欧近代性质的经济的发展,意大利的经济也呈现出快速发展的势头,其中以佛罗伦萨的海外贸易尤为活跃。主要表现为,随着西欧城市的兴起和经济的复苏,西欧出现了积极看待一切的欣欣向荣的近代的精神气象。这时的佛罗伦萨作为意大利的政治、经济和文化中心,不仅表现出强劲的经济活力与强大的文化张力,更是被赋予了经济发展和贸易繁荣的有利契机。具体而言,一方面佛罗伦萨依靠本城的技术力量和国外市场的有利条件建立了当时欧洲规模最大、水平最高的毛织业,它的贸易活动遍及当时西欧各国;另一方面它利用自身政治地位的优势和与教皇结盟的方便条件,控制了教会的国际汇兑业务。这时的佛罗伦萨不仅在西欧各地都建立了商贸货栈集散地,同时在欧洲各地建立了以佛罗伦萨为名号的钱庄和银号,并且拥有当时欧洲最大的银行业和国际金融业。

当时西欧的贸易十分频繁,佛罗伦萨商人的足迹遍布欧洲各地,最远到达过中国新疆。这方面的证据之一是,近年新疆考古发现了拜占庭帝国钱币。人们开始追求金钱、名誉和地位带来的虚荣心,罗马教皇和各级教士和神职人员也莫不如此。结果是,人们对教会的信仰开始动摇,对宗教和基督教神学信仰表现出矛盾的态度:一方面,神职人员的无知和腐化也引起了人们的愤恨和鄙视。随着教会腐败,教会人士也越来越受到怀疑。结果是,教会人士失去了对《圣经》中规定的宗教义务的追求,而是成为与普通的社会成员,西欧出现了"信仰的普遍解体"[3]:"在意大利,特别是在佛罗伦萨,只要一个人避免与教会直接为敌,他是可以作为一个公开的和尽人皆知的不信教者生活下去的。"[4]人们认为,尘

---

[1] Jacob Burckhardt, *The Civilization of the Renaissance in Italy*, P. 444.

[2] Bertrand Russell, *A History of Western Philosophy*, P. 455.

[3] Jacob Burckhardt, *The Civilization of the Renaissance in Italy*, P. 510.

[4] Jacob Burckhardt, *The Civilization of the Renaissance in Italy*, P. 510.

世生活是人生的必经过程,因为"除人文主义的理性主义之外,其他精神也在这一领域起了作用。"①结果是,一个完全不同于教会学说和中世纪基督教神学观念的新的关于人与尘世生活的观念开始出现。

另一方面,在西欧的社会结构发生激烈变化的过程中,之前一直处于被动奴役地位的市民这时开始具有了明显的自我意识,同时他们开始提出政治权利的要求。这就进一步促使当时的人们思考自身存在的价值和尘世生活的意义等与当下的尘世生活有关的话题。这些变化一方面促使西欧社会意识向近代转化,也促使人们反思人生的目的和尘世生活的意义,这样他们就在不知不觉中进而加入创造人类历史的行列中。这些方面反映在当时的尘世生活当中就是,尘世生活也由此获得了不同的意义。

中世纪晚期基督教神学观念和教会学说的衰落是导致中世纪晚期西欧社会变化的主要原因之一。"意大利文学三杰"的文学作品中关于人性与人类道德的解说首先是源于中世纪基督教神学观念的衰落及其带来的各种严重的后果,其中既有对教会腐败的抨击与愤怒,也有对当下的现实生活的反思,以及由此而来的对未来世纪的展望。而中世纪晚期西欧社会文化风尚与思想观念的变化既反映也支持着关于"意大利文学三杰"关于人与人类社会变化的论述,即人的思想观念是人类社会发展的结果。这时以关注人与尘世生活为主要内容的新的思想观念和开始取代旧的道德价值观念,同时传统思维也获得了新的含义。基督教会与市民之间的关系也由《圣经》中规定的决定与被决定的关系转变为彼此独立、互不干扰的和谐与平等的关系,这时的基督教会也不再是尘世生活的控制者和人类精神的引导者,而只是作为当时现存的西欧社会制度的维护者而存在。

由此可以理解,《新生》中对尘世中罪恶灵魂的怜悯《神曲》中将腐败的教会人士打入地狱最底层并施以与他们的尘世犯罪一致的严酷惩罚,《神曲》中对腐败的教会人士的残酷惩罚以及由此而来的对尘世堕落与人类社会变化的反思,《论世界帝国》中古罗马帝国取得的军事辉煌成就的赞美以及对西欧社会现实的抨击,等等,这些表达有一个明显的特点,即"意大利文学三杰"从不同角度展示了基督教会的腐败与尘世堕落,但是却没有说明产生中世纪基督教神学观

---

① Jacob Burckhardt, *The Civilization of the Renaissance in Italy*, P. 515.

念衰落的原因。这很可能是，"意大利文学三杰"根本就没有意识到造成中世纪基督教神学观念衰落的深层原因在于西欧社会结构的变化，或是认为没有必要去探讨当时这些产生这些原因的土壤，或是二者兼而有之。

中世纪晚期西欧基督教神学衰落还表现在，由基督教会倡导的人的道德意识和责任观的减弱与缺失。《神曲》中的大多数教会人士都是当时的教会腐败与堕落的典型。在尘世中他们以虚伪的说教诱骗那些诚实的人们上当，同时也基于自身的利益肆意歪曲《圣经》内容和上帝说教。这就造成了当时的人们对教会学说的怀疑，这同时也造成了人们对基督教神学观念的不信任。在"意大利文学三杰"的作品中，经常可以看到虚伪的教会人士、无知的教皇、为了一己私利而为所欲为的宗教人士。在《圣经》中承担人的精神自由与道德教化的上帝代言人此时却成为令人怀疑的目标。在"意大利文学三杰"的作品中，教会人士已经成为缺少基本的道德素养和宗教意识的盲目无知的自然存在。这恰恰与尘世中需要教会人士的引导的盲目无知的自然存在的形象相一致。诸如此类的例子可以找到很多，在此就不一一列举了。

因此，"意大利文学三杰"人学观的形成主要是中世纪基督教神学观念衰落影响造成的。中世纪晚期，西欧的思想领域出现的第一个明显变化就是教会腐败和中世纪基督教神学观念的衰落。在中世纪，基督教会是西欧最强大的宗教组织和政治势力。这时的基督教会不仅是一个国家，而且是一个超越国家界限的跨国政权，它管辖的范围涉及每个"基督教国家"，甚至连君主的废立也曾经由教皇决定。到了中世纪晚期，人们对一切都迸发出极大热情和探索精神，"在意大利，特别是在佛罗伦萨，只要一个人避免与教会直接为敌，他就有可能作为一个公开和尽人皆知的不信教者生活下去。"[①]，这一点即布克哈特（Jacob Burckhardt）所说"使文艺复兴时期同中世纪看来成为鲜明对比的那种世俗性，首先源于那些改变了中世纪对自然和人的观念的新思想、新意志和新观点的浪潮"[②]，同时人们也开始了对"七艺"的探究[③]。

这时人们认为，具有独立的精神世界和高尚的道德的人是世界的主人，人

---

① Jacob Burckhardt, *The Civilization of the Renaissance in Italy*, P. 510.

② Jacob Burckhardt, *The Civilization of the Renaissance in Italy*, P. 483.

③ Alan Bullock, *The Humanist Tradition in the West*, P. 11.

具有导引领尘世幸福的能力，尘世生活就是人生过程。同样，尘世中的人有能力获得精神的净化与道德的升华，而不需要基督教会的启发和指引，因此人不需要"上帝救赎"。与但丁敬仰的"上帝救赎"与"天堂幸福"相比，薄伽丘的观点更加接近现实，表述也更加灵活也有系统性。结果是，那些不利于人的精神自由和思想解放的心理障碍似乎消失了，人已经获得了完全自由。对此，布克哈特（Jacob Burckhardt）认为："这个时期首先给了人的个性以最高发展，其次引导人们以一切形式在一切条件下对自己做最热忱和最彻底的研究。"[1]阿伦·布洛克（Alan Bullock）在《西方的人文主义传统》（*The Humanist Tradition in the West*）一书就以中世纪晚期西欧出现的"积极的人"为依据，展示了对人类未来的憧憬："在罗马人的世界里，如同希腊人的世界里一样，由于没有印刷的书籍，没有报纸或其他交流媒介，公共事务都是在议会和法院里面对面进行的，因此精通演讲是获得权势的钥匙。但是这并不仅指把话说得动听的能力——罗马人认为人有别于动物的区别就是人有说话的能力——而且只能抓住或提出论点或批驳论点的思维能力，这就需要全面的人文教育。这种全面的教育希腊文叫enkyklia paedeia［英文 Encyclopedia（百科全书）一词即源出于此］，西塞罗在拉丁文中找到一个对等的词 humanistas，认为这是发扬纯粹属于人和人性的品质的途径。"[2]威廉·安德森（William Anderson）也由此认为，中世纪晚期的西欧出现了"对人的情感的关注。"[3]

中世纪晚期西欧出现的人文主义精神既与古希腊罗马文化相关联，同时又与中世纪的思想文化密切相关。我们以往在谈论文艺复兴运动的时候，更多地联想到但丁的神学观念及其与古希腊罗马文化的渊源，而忽略了它与中世纪基督教神学文化的联系。文艺复兴时期的人文主义者也往往否定他们的思想意识与中世纪文化的关系，而是极力宣扬他们与古典希腊罗马文化之间的联系。从西欧历史沿革和社会发展的角度来看，任何一种思想或文化的出现都不可能与其之前的文化没有任何联系。无论从哪个方面看，文艺复兴文化与西欧近代人文主义思想意识都与中世纪西欧的社会思潮和中世纪基督教神学文化观念之间有千丝万缕的联

---

[1] Jacob Burckhardt, *The Civilization of the Renaissance in Italy*, P. 303.
[2] Alan Bullock, *The Humanist Tradition in the West*, P. 12.
[3] William Anderson, *Dante the Maker*, introduction, P. 1.

系，只不过这种联系在很多人看来不是那样十分明显。因此，无论人文主义者怎样否定他们与中世纪文化之间的联系，我们都应该看到，他们的思想意识中虽然仍然带有浓厚的中世纪基督教神学因素，但是对中世纪文化的蔑视与他们是否够继承中世纪基督教神学文化是两回事。

从道德倾向来看，但丁对人生的"透彻的理解和对人类社会发展的感悟都是基于对人性的解说与对高尚的人类道德的赞美实现的。正是这种对人生的透彻思考和对人类命运的艰难探求赋予了但丁以巨大的决心和毅力，使他能够以一己之力探寻纷繁复杂的人生和社会变化。但丁以后的人文主义者继承了他追求世俗幸福的积极进取精神，推动了文艺复兴的发展。继之而来的宗教改革家则发扬但丁重视人的精神世界和人们理性尊崇上帝的观念，以理性的态度来看待一切。这个观念不仅清扫了教会对基督教精神的篡改与歪曲，同时也树立了他们在人类历史中的崇高地位。

关于西欧近代社会意识的变化，我国学术界通常认为，人文主义是欧洲文艺复兴时期所表现出来的这个新的社会意识或是思想观念，是新兴的资产阶级性质的意识形态在西欧社会文化或人们思想意识中的反映。实际上，通过考察中世纪晚期西欧社会的演变的情形就可以看出，西欧近代的人文主义精神并非是突然出现，或是在很短的时间内形成的一种新的社会意识或思想浪潮。早在十一世纪末期，西欧的思想文化领域中就明显地出现了重视现实生活中人的地位、生活状态、个性发展的人本主义精神等特征，而文艺复兴只不过是这一思潮的延续和发展而已。这是因为，从11世纪末至13世纪，西欧早期的人本主义思潮已经产生，滥觞于西欧社会与文化领域的各个方面，并对西欧的历史和文化的发展都产生了影响。但丁以"温柔的新体"诗表达人类的世俗情感是其中的重要的组成部分之一，而且但丁作品中隐含的爱情观念就较为集中地反映了当时人本思潮的主流，或至少是其中的某些方面。也就是说，通过对普罗旺斯抒情诗中的爱情观念所反映的人本思想进行考察，会使我们进一步理解"温柔的新体"诗对西欧文学发展的影响。这不仅代表了但丁对当时西欧社会变化的阐述，在很大程度上预示了近代西欧社会与文化的发展，对了解西方近现代历史和文化同样具有重大的现实意义。

现在看来，这些关于人的道德观念与思想行为规范有助于我们更加深刻地理解当时西欧的社会风尚与观念变革，其在很大程度上破坏了中世纪基督教神学观念。对此，戈登·哈伍德（Gordon S. Harwood）认为："人能够通过发挥其自由意志决定自己的心灵能够接受多少来自上帝的光辉，其来世生活直接与他领悟上帝的阳光、爱与力量的能力相关。"[1]这些都有助于理解中世纪晚期和近代早期的社会变化出现的新的思想与道德观念，"人"的含义的变化就主要例证之一。

这说明，中世纪晚期的人们关于"人"的含义的理解部分是由于当事人的观念和提倡，部分是由于西欧社会变化过于频繁导致的。由此可以理解，中世纪晚期的人们不再认为关于人具有独立的精神世界与高尚的道德观念有什么不妥或者是不正常，同时这时的人也开始以一个独立的尘世形象出现在现实生活中。而当现实生活中出现这种促使人精神独立的可能性时，人的精神世界与思想观念也随之发生了相应的变化，也许这个变化能够让人成为自己命运的主宰。而且，在当时再也没有什么关于人的精神世界的限制是必须遵守的了；教会的控制已经很松懈，旧的社会形态和思想观念已经被打破。西欧更大的变化是基于这样一个事实，即人的道德与精神世界比教会说教和人们对"上帝救赎"与"天堂幸福"的信仰更重要。

我们可以在《意大利文艺复兴时期的文化》（*The Civilization of the Renaissance in Italy*）一书中找到很多类似的例子，其中之一就是关于当时西欧出现的对人的社会地位与尊严的解说："撇开那些在阴谋反抗和阴谋中丧失了生命的人不谈，我们说的是满足于一种严格的私人身份的，像拜占庭帝国和伊斯兰教国家大多数城市居民那样的人。毫无疑问，在维斯康提暴君统治下的属民想要维持他们个人和家族的尊严往往十分困难，但是政治上的软弱无力并不能阻碍私生活的不同旨趣的生气勃勃和丰富多彩。"[2]阿伦·布洛克（Alan Bullock）也由此认为，"凡是注意到这场争论进展的人有时会觉得，就好像布克哈特的批评者不在史学词汇中删去'文艺复兴'和'人文主义'这两个词就决不甘心似的，他们认为把这两者联系起来是神话创造的，可以与独角兽或鹫头飞狮相比"[3]。彼得·伯克（Peter Burke）也认为："虽然这只是在某一个地区出现的对人类情感

---

[1] Gordon S. Harwood, *A Study of the Theology And The Imaginary of Dante's Divina Comedy*, Lewiston, 1991, P. 34.

[2] Jacob Burckhardt, *The Civilization of the Renaissance in Italy*, P. 145.

[3] Alan Bullock, *The Humanist Tradition in the West*, P. 13.

的表达，但却对社会和文化产生了深远影响。"[1]这些"新文学"虽然与中世纪宗教文学有一定的相似性，但是在看待人与社会方面已经有了本质区别，对人性的不同解说是二者的分水岭。

按照当时出现的这种哲学理念，尘世中的"人"已经具有了自由处理与自己和尘世生活有关的一切的能力，人是否具有高尚的道德与高贵的人性成为人们看待一切的唯一标准。这个观念上的变化就大大增加了人们的自信心和自尊心，也极大促进了西欧社会制度的变革。由此可以了解，在"意大利文学三杰"的作品中，人性与人类道德被看作是人独立于《圣经》与教会学说、具有评判人类道德与社会变化的社会功能[2]。在彼特拉克的作品中，人性虽然没有被作为一个道德或社会因素观察，但是其中已经具有精神依据与道德判别的功能；而薄伽丘与但丁和彼特拉克的最大不同之处就在于，他在强调人性与人类道德的同时，积极倡导人们理想中的"上帝祝福"与"天堂幸福"或想象成分[3]。现在的批评家有理由认为，"意大利文学三杰"设想的高贵的人性高尚的道德观念还不够，要获得幸福与世界和平，需要拥有能力的执行者，而强调发挥人性中的美德以获得尘世幸福的可能性太小，这一点恰恰是中世纪晚期西欧出现的人的精神自由与道德观念的更新[4]。

因此"意大利文学三杰"不能像现代人一样从一个旁观者角度来看待当时西欧发生的一切，同时也不能对人类未来有一个明确的设想。同时，当时任何关于人与尘世生活的理解，社会意识或文化的变化都深受社会现实与文化的固守与局限，人们面对西欧社会的变化会表现出盲从或无所适从，而显示出与人、与当时的社会现实的理解之间的迷茫与矛盾。这不仅是在"意大利文学三杰"的作品中的一个突出特点，同时在任何一部文学作品或历史著作中都是毋庸置疑的现象。

---

[1] Peter Burke, *Culture and Society in Italy*, P. 1.

[2] Jacob Burckhardt, *The Civilization of the Renaissance in Italy*, P. 511.

[3] Jacob Burckhardt, *The Civilization of the Renaissance in Italy*, P. 484.

[4] Jacob Burckhardt, *The Civilization of the Renaissance in Italy*, P. 467.

第六章　人学观的形成原因

第二节　西欧近代性质的经济的发展

　　促使"意大利文学三杰"关注人与社会生活的一个主要原因是，西欧城市的兴起和近代性质的经济的发展。从西欧历史发展过程来看，中世纪西欧的经济生活总的来说，与中国春秋时期的社会经济生活十分类似。中国的庄园是贵族个人的封邑。庶人在贵族监督下在田亩间劳作，他们的衣食都由领主负责。同时庶人要到领主家的厨房干活、修缮房屋或在园中种菜。女人们则忙于种桑养蚕，为主人织布，也干日常家务。城市周围的地区虽然也有零星的商业和贸易活动，但还没有形成规模，而只限于小规模的以物易物等最初经营性质的贸易活动。城市的经济活动相对而言要活跃一些，但是这些内容很少超出人们理解的范围和日常生活需要。到了中世纪晚期，西欧开始出现了最早的规模化的经济活动，西欧不仅出现了"人口的流动"[1]，有些地区甚至出现了贸易集市或商品买卖市场。这也从一个侧面印证了哈特维格（O. Hartwig）关于1196-1276年间佛罗伦萨已经出现了资本主义生产关系萌芽的论证[2]。

　　促使基督教会腐败与中世纪基督教神学观念衰落的一个主要因素是，中世纪晚期西欧城市的兴起、近代性质的经济出现以及由此而来的商业与贸易的迅速发展。在中世纪，基督教会是尘世生活的主宰，西欧的经济大权主要掌握在教会手中，与此相对，"中世纪的封建国家除了领主的权利和财产编目以外，不知其他；它把生产的数量看作是固定的，实际上只有涉及土地生产方面，才大体上是这样。"[3]据记载，"意大利此时几乎已经完全摆脱了封建制度"[4]。在13世纪，弗里德里希二世为了保护西西里的利益，在经济方面采取了一套严酷的办法征税，"他实行了国内税收制度；税收是根据综合的估定，并按照惯例来摊派的；征税方法十分残酷而恼人，如果没有这些方法，要想从东方人那里得到任何

---

[1] Denys Hay and John Law, *Italy in the Age of the Renaissance 1380-1530*, P. 16.
[2] Pasquale Villari, *The First Two Centuries of Florentine History*, pp. 39-40.
[3] Jacob Burckhardt, *The Civilization of the Renaissance in Italy*, P. 92.
[4] Jacob Burckhardt, *The Civilization of the Renaissance in Italy*, P. 22.

金钱的确是不可能的"①，但是这个做法在很大程度上就是以经济的闭塞为目的达成的，因而根本不得人心。结果是，他在西欧的极端独裁统治并没有维持很久，在他死后西欧陷入了无休止的内战。

现在看来，中世纪晚期西欧出现的近代性质的贸易繁荣与经济发展在很大程度上是基于基督教会攫取世俗财富和意大利海外贸易的发展造成的，其中教会的掠夺和意大利海外贸易的发展对于财富的集中起到了十分关键的作用。在当时的教会文献和文学作品中，我们可以找到很多关于基督教会掠夺财产的记载，如基督教会劝诫信徒在世界末日来临之际将自己所有财产全部捐给教会，从而死后灵魂上升到天堂等中世纪基督教蒙昧主义与禁欲主义观念的说教。从其中表达的精神意识来看，当时人们的这个做法已经完全同西欧社会变化脱节，因此必然被当时西欧社会变化所淘汰。

此外，这些关于意大利的社会现实与经济活动的记载虽然显得模糊，而且其中没有涉及税率以及税收的数额等具体信息，但是我们仍然可以得出这样的结论：当时意大利的经济处于基督教会和世俗君主的严密控制之下，西欧的经济活动并不发达。这至少说明这样一个事实：西欧的经济活动处于一个相对静止状态。随着城市的兴起和商业活动的发展，金钱面前人人平等的观念逐渐动摇了以中世纪基督教神学为代表的封建等级观念，激烈的商业竞争使得人的才智能力逐渐取代以出身和门第为代表的封建等级观念。结果是，人对尘世生活爆发出极大的热情，人与上帝的从属关系和人格约束关系也发生了改变，旧的思想意识和道德观念都受到强烈冲击。

当时西欧，特别是意大利，出现的一批著名的经济发达的城市，其中佛罗伦萨、威尼斯、热那亚等都已经成为当时欧洲经济发展的领头羊。据记载，"意大利城市由于商业繁荣得到迅猛发展。佛罗伦萨、热那亚、威尼斯等发达城邦国家成为当时欧洲的经济中心。到1300年，意大利北部和中部有23个城市的人口已经达到两万八千人以上"②。这些经济发达城镇大多处于由农民和封建君主组成的世俗世界的包围中。城市中市民的比例稍高一些，他们都能够参与到经济贸易活动中，并由此取得了想象不到的成功，"即使这种参与有时表现在家族和派系斗争上，但也起到了促进城市文化发展温床的作用，并且产生了一个受过教育的

---

① Jacob Burckhardt, *The Civilization of the Renaissance in Italy*, P. 24.

② Alan Bullock, *The Humanist Tradition in the West*, P. 19.

非教士阶层。他们所具有的自信，除存在着同样条件的福兰德尔以外，欧洲其他地方从未见到过。"①

当时西欧贸易的繁荣和发展也极大地促进了人们关于自身的理解。当时的佛罗伦萨是西欧著名的手工业、商业和文化中心。据1338年统计数据显示，当时佛罗伦萨全城共有200多家从事毛纺织行业，毛纺织从业人员接近3万人。从英国和西班牙等国进口的羊毛经过20多道工序才能制成商业成品，佛罗伦萨每年产出呢绒大约10万吨，销往欧洲各国。当时的佛罗伦萨还有发达的丝织业、五金业和建筑业等行业，均在西欧占据主导地位。不仅如此，佛罗伦萨的商业网点遍布西欧各地，甚至在土耳其和埃及也有商号，佛罗伦萨商人的足迹甚至一度到达当时的中国。佛罗伦萨金融业也迅速繁荣。当时世界一流银行中，佛罗伦萨的银行、钱庄超过100家。佛罗伦萨每年造35万弗罗林。随着商业贸易的发展，弗罗林这种佛罗伦萨本地货币已经成为当时欧洲和近东同行的国际货币。结果是，15世纪佛罗伦萨美第奇家族成为欧洲最有实力的银行业主，并长期控制了佛罗伦萨政权，对西欧的诸多君主、王公和大主教等放贷，并包揽罗马教廷的税收，代其收缴各地的租税。

结果是，西欧不仅出现了对经济权威的敬仰与对人的生存状况的观察与理性思考，同时人们也对自己与尘世生活迸发出更大的热情。虽然这些变化到底产生多大影响是另外的问题，但是其中有一点是明确的，即这时人们已经将观察范围转向了人与生活现实。欧金尼奥·加林（Eugenio Garin）认为，这些变化"只有经过含义上全新的人文主义教育后，才显得具有丰富的内容"②。同时，随着西欧贸易的繁荣和近代性质的资本主义经济的发展，西欧出现了不同的行业和职业，并由此分化出不同的社会阶层。这些人的经济利益与政治要求不仅有很大区别，他们的立场与观点也带有明确的目的性和主观性。结果是，西欧不仅表现出思想解放倾向，也开始了对人类过往历史的反思。

詹姆斯·汤普森（James W. Thompson）在《中世纪经济社会史》（*Economic and Social History of the Middle Ages, 300-1300*）一书中就这样说明了当时佛罗伦萨的经济状况："在佛罗伦萨，银行家在大行会和行会的冲突里，贵族与民族派之间的斗争中，再一次起发挥了重要的作用。他们在倍安琪和美里

---

① Alan Bullock, *The Humanist Tradition in the West*, P.19.

② Eugenio Garin, *Der Italianische Humanismus*, P. 25.

两派的起源里，有经济的影响也有货币的影响。大雇主狡猾地以贬值的银币支付工资而保存了黄金。1296年，当银币跌倒它原价的六分之一时，这项办法激起了暴动。"① 这方面的另外一个例子是，《意大利文艺复兴时期的文化》(*The Civilization of the Renaissance in Italy*) 一书中也记载了当时罗马教皇国财政活动的一个小插曲："阿维尼翁教廷的财产，在教皇约翰十二世死时达到二千五百万金币，如果根据不足，殊难使人相信。只有在佛罗伦萨，我们才能看到像英格兰国王从佛罗伦萨巴尔迪和佩鲁奇家族那里借到那样的巨款；这两个家族在英格兰国王身上损失了一百三十六万五千金币（1338年）——这是他们自己与合伙人的钱。"② 这些例子都在很大程度上说明，中世纪晚期的西欧已经出现了国际间资金流动的最初萌芽，而且这些活动也在暗示这样一个事实：不仅佛罗伦萨通过经济活动积聚了大量的财产，而且他们还学会了以钱生钱的办法，并由此开始了带有明显近代特征的"以钱生利"的经营活动。

这些例子代表了当时西欧经济发展的大致情形。其中，关于佛罗伦萨的经济活动由于没有精确的数字和相关往来账目的支持，而不能作进一步说明。但是这仍然能够说明，当时西欧社会中，特别是佛罗伦萨的经济活动和贸易状况已经与中世纪西欧经济有了本质的差别。这时佛罗伦萨的经济活动完全是以获利为目的，而失去了维护教皇存在与教会地位的功能，其中隐含的是人们能否生活得很好完全取决于他们的谋生能力，而不是教会的施舍。另一个现象是，城市的兴起和近代性质的经济发展不断加速，由城镇向周围地区扩散。据记载，威尼斯的人口"在1422年达到十九万；意大利人也许不是按照炉灶，或是能够拿起武器的人，或能够走路的人计算人口的，而是按照'生命'计算的，因而能够为进一步的计算找到最恰当的根据。"③ 结果是，对人与尘世生活的关注与重视这时被提到一个相当高的高度，而且现实生活中的每个人能够提供的劳动力的数量或价值也成为当时人们衡量一个人的地位的首要标准。布克哈特（Jacob Burckhardt）就对当时的这些现象作了深刻阐述："约在这时，佛罗伦萨人希望和威尼斯结成联盟来反对菲利波·马里亚·维斯康提，他们遭到拒绝；威尼斯站在可靠的商业利润的立场上认为：威尼斯和米兰的战争就是卖主和买主之间的战争，是愚蠢的。

---

① James W. Thompson, *Economic and Social History of the Middle Ages, 300-1300*, P. 43.
② Jacob Burckhardt, *The Civilization of the Renaissance in Italy*, P. 98.
③ Jacob Burckhardt, *The Civilization of the Renaissance in Italy*, P. 93.

即使米兰大公仅仅增加他的军队，米兰人也将由于他们必须交纳较重的捐税，而成为较差的主顾。"①

另一个例子是，布克哈特（Jacob Burckhardt）引用《普通世界商业史》卷一第326页的注释中的统计和相关的贸易数字，以说明当时意大利贸易繁荣的程度和西欧近代经济发展的大致状况，其中就包括："它包括威尼斯财政来源统计的主要项目。我不能说这个混乱的文件是不是或者在哪里还有详细说明；作为举例，我们可以引用下列事实。在佛罗伦萨偿还了四百万金币的战债之后，国家公债（总额）仍然达到六百万金币；商业往来能够达到（大概是这样）一千万，这说明，它可以获利四百万金币。三千只'小船'、三百只大船以及四十五只战舰的人员配备为一万，八千乃至一万一千名海员（每一只战舰有二百多人）。此外，还有一万六千名造船工。威尼斯的房价估价为七百万，可以收租五十万。另有一千名贵族的收入从七十到四千金币不等。"②另一个类似的例子是，"威尼斯同一年的常规收入为一百一十万金币，由于战争造成商业上不稳定，它在这个世纪中叶降低到八十万金币。"③

这表明，当时意大利城市国家的商业和财政业已经相当发达，其中不仅有各种繁荣的商业经营活动记载，会计学更是作为一门商业技能的发明得以出现，这不仅在当时的西欧，在世界上也是首次。从中看出，除少数完全独立于教会控制的城市国家或城邦以外，这些经济活动的目的都在于获得更多的经济利益和商业机会，他们的目的还在于赚钱，而不是为了城市发展或城市建设，这就使得人们为了过上好生活而对发家致富而用尽一切方法或不择手段。当时的人们也不是唐·吉诃德式的理想主义者（quixotic idealists），为获得巨额财富和荣耀地位成为人们获取经济利益和占有财富的直接动力。

随着教会腐败、中世纪基督教神学观念的衰落和教会控制的减弱，西欧出现了经济的繁荣，西欧，尤其是意大利的经济活动也逐渐演变为以追逐经济成功和物质利益的首要目标。由于缺少这方面直接的原始资料和相关证据，我们还不能对当时西欧的经济状况或贸易活动作进一步展示或是结论性的解说，而且其中关于意大利不同地区经济活动的记载彼此之间也有很大的出入。基于这个原因，

---

① Jacob Burckhardt, *The Civilization of the Renaissance in Italy*, P. 93.
② Jacob Burckhardt, *The Civilization of the Renaissance in Italy*, P. 93.
③ Jacob Burckhardt, *The Civilization of the Renaissance in Italy*, P. 93.

本书只能通过对目前能够得到的各种经济材料和贸易数据的梳理，以期能够对中世纪晚期西欧的经济状况和商业活动作一个大致说明。

中世纪晚期的意大利出现了世界上最早的商业统计科学。据记载，这时"整个西方城镇的生产完全依靠工商业，这些城镇很早就把生产过程看作是社会变化的因素。虽然如此，即使是在汉萨同盟最繁荣的时代，它们拥有的也不过是一个简单的商业的借贷对照表。舰队、军队、政治力量和影响都记入一个商业总账的借贷两方。在当时意大利的城市国家，一种清醒的政治意识，穆罕默德式的行政管理和长期积极的工商业活动等结合在一起，第一次产生了一种真正的统计科学。"[1]现在看来，如果认为当时的西欧已经出现了近代性质的经济的萌芽也不是荒唐或不可理喻的，因为其性质的变化现在已经很难查清。

这些用于经济和商业统计的方法还为我们理解世界近代商业的发展和西欧近代经济的繁荣提供了一个依据和借鉴。据布克哈特（Jacob Burckhardt）记载，"在新颖的实际观察以及佛罗伦萨统计的基本材料和对其他国家的重要评论方面比在深刻的政治思想方面为多。这里的工商业对经济学和政治学也有所促进。在世界上任何地方都找不到这样准确的有关财政报告"[2]。这时，人不再完全束缚于土地劳作，而是成为交纳一定的租金或税款后，获得人身自由的劳动者。结果是人们的精神生活得到极大丰富，思想也获得了极大自由。佛罗伦萨近代经济萌芽出现在12世纪，这个趋势一经出现就急剧扩大，并最终发展成为具有极大影响力的社会变革动力。[3]因此有了"意大利文学三杰"关于贪得无厌的教士、贪婪的教皇、为获得很少的金钱出卖自己的丑陋灵魂、但丁受到的物质诱惑与惊醒后的战栗，以及地狱和炼狱中因犯贪婪罪而痛苦挣扎的灵魂等的描写。这说明，西欧近代性质的经济的发展是诱导人们犯罪的主要根源之一。

这说明，中世纪晚期，掌握丰富知识的人已经在社会中崭露头角，他们或是由于贵族出身或巨额资金的支持下为自己赢得了较高的社会地位，并开始品评当时的社会现实。而且，西欧近代商业的发展导致的城市的兴起已经与中世纪的城市有了天壤之别。我们很难确定哪一个因素首先促发了西欧近代性质的商业的繁荣与经济的发展，而且也很难说出这些变化最本质的原因，但是从中我们可以

---

[1] Jacob Burckhardt, *The Civilization of the Renaissance in Italy*, P. 92.

[2] Jacob Burckhardt, *The Civilization of the Renaissance in Italy*, P. 98.

[3] Pasquale Villari, *The First Two Centuries of Florentine History*, P. 40.

明显看出时代进步的力量。这也说明，当时西欧出现了一套完整的道德观念，当时的人文主义思想家相信，他们能够以这套新的思想体系对抗中世纪基督教神学观念和教会学说。一旦有人提出关于独立的人格和人类道德问题，这些争论会迅速蔓延到西欧，并成为人们津津乐道的话题。

　　这说明，"意大利文学三杰"关于人的观点促使人们更好的适应西欧社会变化；人类社会的变化与人们对社会变化的适应成为西欧社会的主流。人也由此成为积极的社会存在，这种上帝与人之间的积极乐观的关系才应该是尘世生活的本来面目。

第三节　西欧社会的变化

　　由以上解说可以看出，中世纪基督教神学观念和教会学说因为不能适应当时西欧社会的变化不避免地衰落了。同时，随着西欧近代性质的经济的发展和由此而来的西欧社会意识的自由，西欧出现了以重视人与尘世生活为主要内容的精神气质，以及由此而来的对人的精神自由的渴望，其中展示的是当时人们对"文艺复兴时期意大利的绘画、雕塑、建筑、音乐和文学的变化"[1]和"与对城市共和国的统治相关的政治哲学观念"[2]的期待。

　　这说明，此前中世纪基督教神学稳固的统治已经出现了裂痕，这就进一步加深了思想意识的迷茫和道德混乱，西欧出现了中世纪基督教神学观念和教会学说失效导致的政治空白和权力真空。布莱恩·蒂尔尼（Brian Tierney）认为："自由表现为法律的沉寂，人们可以根据自己的意愿为所欲为。"[3]彼得·伯克（Peter Burke）从另一个角度对这个现象进行了解说："观念的革新是明确的，尽管有时会以看得见或重生的形式出现。"[4]这是因为，人类历史上任何一个思想观念的演变往往继发于与之相适应的社会结构的变动与社会制度的更新，而且

---

[1] Peter Burke, *Culture and Society in Italy*, P. 13.

[2] Ernest Fortin A. A., *Dissent and Philosophy in the Middle Ages*, P. 7.

[3] Brian Tierney, *Origins of Natural Rights Language: Texts and Contexts, 1150-1250*, in Rights, Laws and Infallibility in Medieval Thought, P. 622.

[4] Peter Burke, *The Italian Renaissance: Culture and Society in Italy*, P. 15.

任何一个观念的出现或消失都不是由某个单一的因素引起的，而是与之相关的各种政治、经济、文化、意识形态共同作用的结果，这在西欧近现代社会与文化中仍然保留着这一特征。马克斯·韦伯（Max Weber）关于理性在新教伦理与资本主义发展关系的论述就是一个很好的例子。

结果是，世俗君主不仅取得了对人与尘世生活的控制，西欧社会的世俗化进一步加重，同时这些人也通过对财富的占有与积累加强了自身的地位与权威。结果是，这时靠智慧与才能获得幸福生活的观念崭露头角，人的才能与智慧都加速了西欧社会的繁荣。他们中有些人甚至像薄伽丘一样，以自己的能力与才华涉足教会事务，为自己赢得好的生活。结果是，中世纪晚期西欧的城市生活表现出与中世纪完全不同的积极的面貌。当时各个封建城邦国家的统治者牢固地控制着本国的一切，同时将他们的影响向周围的城市和地区不断扩散。与西欧社会文化繁荣的情形相对，西欧各个城邦国家都在抵御外来侵略、掠夺别国的同时，十分注意推动和发展本国的文化教育事业，积极鼓励各种世俗文化。这些活动虽然只是局限于这些封建城邦国家内部，但也为西欧思想文化的进步提供了一个有利的发展途径。

最初这些变化是在人们无意识的情况下发生的，在当时并没有引起足够注意。当这些变化变得足够明显时，人们开始意识到这些变化的存在，同时开始探究这些变化的影响。人们从《圣经》与社会现实入手，探求人类道德与西欧社会变化。同时，这些变化与旧文化有千丝万缕的联系，这就是对古典文化的继承。汉斯·巴伦（Hans Baron）在《早期意大利文艺复兴的危机》（*The Crisis of the Early Italian Renaissance*）一书中指出："在14至15世纪之交，意大利尚存的城市共和国和地方领主在佛罗伦萨共和国的领导下，进行了一场艰苦卓绝的斗争，并成功地阻止了暴君的侵害。"[1]西蒙·布里顿（Simon Britton）在《诗歌，符号与寓言》（*Poetry, Symbol, and Allegory*）一书中也说明了"文艺复兴时期的思想观念与新柏拉图主义有千丝万缕的联系。"[2]

从另一个角度来看，随着城市的兴起与近代性质的经济的发展，西欧社会生活的各个方面都出现了近代的倾向。这时的西欧社会一改由这是延续下来的世俗君主与教会人士组成的特权阶层与市民、奴隶、仆人以及帮工构成的普通劳动

---

[1] Hans Baron, *The Crisis of the Early Italian Renaissance*, P. viii.

[2] Simon Brittan, *Poetry, Symbol, and Allegory*, 2003, P. 49.

者之间简单的"二元结构",开始出现了不同的行业和职业。在当时的佛罗伦萨,出现了不同于传统行业的印染、纺织及配套的职业与分工,以及由此而来的各种行会组织。结果是,"西欧出现了不同的社会阶层"[1]。西欧出现了以财富与社会地位区别为基础的社会阶层的分化。仍然以当时的佛罗伦萨为例,那些拥有巨额财富、高贵的门第和声望的显贵家族组成了佛罗伦萨最有影响力的社会阶层。他们的生活方式、价值观念、思维方式等都是由他们各自的地位和影响带来的,并在很大程度上影响着周围的人们。更有甚者,这些人不仅拥有某些特殊的性格和精神气质,而且还形成了他们独有的系统思考模式和思想观点,这些都使得他们与佛罗伦萨的其他社会阶层有了显著区别。这样的情形几乎发生在当时的各个社会阶层,这也就在很大程度上解释了在佛罗伦萨最早出现了不同的语言、服饰和不同生活品位的原因了。

这个富裕的社会阶层有两个明显的特征,即个人财富在决定身份与地位上的绝对重要性,以及自中世纪遗留下来的全族人合作的社会构成体制和思维模式。这一点在经济最为发达的佛罗伦萨的社会结构中尤为明显。同时,我们也应该看到,这个以家族为基础的商业社会体制与当时西欧社会变化之间也存在着难以调和的矛盾,主要表现为,当时已经出现的资本主义经济萌芽充满了冒险和难以预测的变化,它不仅培养了极端的个人主义和积极进取的冒险精神,同时也养成了对财富永不停歇的渴求与攫取的价值理念。此外,源于佛罗伦萨以全组合作的社会制度为特征的商业运行模式强调集体精神和家族成员协作的力量,它给予每一个家庭成员以一种"同属于一体"的身份感和集体观念,并教导家族成员接受一种统一等级的社会结构原则。这时的佛罗伦萨虽然经历了经济的迅速发展和财富的快速积累,但是这两大矛盾之间的斗争在近现代的佛罗伦萨社会发展过程中一直在不断持续,二者之间的碰撞与对抗就成为这个时期佛罗伦萨社会形态和社会结构变动的直接动力之一。

在此,本书引用当时佛罗伦萨个人身份和婚姻方面作为解释当时西欧出现的这种集体意识的例子。通常而言,在当时的西欧,尤其是佛罗伦萨,一个人的出身决定了他的社会地位和影响力,同时家庭提供了财富出任官职的机会[2]。更有甚者,为了保证家族财产的稳定和延续,不仅结婚男子的对象是由家里人帮着

---

[1] Denys Hay and John Law, *Italy in the Age of the Renaissance* 1380-1530, P. 29.

[2] Jacob Burckhardt, *The Civilization of the Renaissance in Italy*, P. 83.

挑选的，而且父辈的决定总是集中于那些属于同一党派的门当户对的家庭，处于同等社会地位的女方也是如此。布克哈特（Jacob Burckhardt）认为，"这主要是因为意大利的政治情况产生的。"①不仅如此，当时任何决定都要受到家族利益的限制，这也使个人享受到一些积极权利：他们通常可以在获得经济援助时得到整个家族的支持。虽然家族血亲复仇作为中世纪的一种社会风气已经日趋消失，但是作为一个有实力家族的成员仍然受到整个家族的保护。由此可以理解，在这样的家庭模式和社会结构中，婚姻契约不仅是一个人社会地位的标志，也是当时人的社会地位和经济地位的证明。这方面的例子之一就是，1400年，佛罗伦萨的丝织商人格利高里奥·达蒂在他的账本中就记述了他如何把夫人的嫁妆投资于他经营的企业，又如何从中获利的经过。由此可以看出，当时的婚姻关系也具有明确的政治意义，个人婚姻通常是家族的联系，而和一个政治上对立家族联姻则非常危险。

当时西欧出现的这种以经济状况和家世与权势为主要特征的婚姻关系和当事人的家世地位、社会职务以及个人魅力等因素结合在一起，共同构成了当时一个人的身份和社会地位。虽然如此，由于家庭和个人财富与政治地位等因素处于经常的变动之中，因此每个社会的家族和个人的地位也紧随其中。其中，经济地位的变化是一个家族和个人在社会中的地位变动的最为明显的预兆。伴随着婚姻变化而来的是个人地位的下降和或家族的影响力的丧失。不仅如此，一个人的社会地位和婚姻的变化往往会招致统治集团内部的歧视与排斥。这不仅会导致这个人财产被没收和税务问题的困扰，同时也往往预示着一个人或家族地位的恶化。

代表当时西欧社会变化的另一个主要指标是西欧大学的建立。布克哈特（Jacob Burckhardt）就对这个现象作了明确的说明："直到13和14世纪，财富的增加使得有计划地发展教育成为可能时，意大利的少数几个大学开始显得富有生气。最初，一般只有三种讲座，即民法、寺院法，和医学；以后才逐渐增加了修辞学、哲学和天文学，这最后一种通常是与占星术合成一个科目的。"②究其原因，"随着文化的发展，竞争也活跃起来，各大学都争相网罗有名的教师；在这种情况下，据说博洛尼亚有时会把它的国库收入（二万金币）的一半都用在办大

---

① Jacob Burckhardt, *The Civilization of the Renaissance in Italy*, P. 143.

② Jacob Burckhardt, *The Civilization of the Renaissance in Italy*, P. 218.

学上"①。

教育发展方面,与大学教师待遇有关的例子也是观察西欧教育发展的很好切入点。西欧大学的学科中,修辞学是当时人文主义者特别重视的学科之一,这些学生将来能否担任法律、医学、哲学或者天文学讲座的能力完全取决于他们对古代学术内容的掌握和熟悉的程度。当时一门学科所讲述的内容和这门学科的教师的生活情况等都是变化不定的。人文主义者经常为争得一个席位而辛勤工作,某些知名法学家和医学家则能够得到普遍尊重和几乎最优厚的生活条件和物质待遇。据记载,"在帕多瓦,一个15世纪的法律家得到一千金币的薪水,并且有人提议以每年二千金币的薪水和私人开业的权利任用一个有名医生,这人曾在比萨得到过七百金币的薪水"②。另一个例子是,"当比萨的教授、法律家巴尔扎络缪·索奇尼在帕多瓦接受了威尼斯的一项职务并将要启程前往时,被佛罗伦萨政府逮捕了,在缴纳了一万八千金币的保释金后才获得释放"③。这都说明,当时西欧各个城邦国家都不愿本国人才的流失,才在不得已的情况下采取极端措施挽留人才。

由于这些大学在建立之初就有一定的独立性,不受政府和教会的控制,因此各种思想的传播与交流十分活跃。在一段时期内,大学这种相对的独立和自治性质的管理制度为世俗性的理论研究和思想辩论提供了一个十分有利的场所,而这些地方也成为当时人们追求真理、体验人生的场所。不仅如此,由于这些教师和学生来自西欧各地,他们身份自由,思想活跃,因此他们的言语也相对激进。当时的大学里就形成了思想交锋和畅所欲言的文化氛围,这些都十分有利于新思想的滋生和新观念的发展。另外,当时出现的近代性质的经济的发展也引发了人们对于知识和科学技术的热望和需求,西欧出现了学习古希腊罗马文化和各种外来文化的热潮,古希腊罗马时代的各种著作与阿拉伯人的著作被大量翻译成拉丁文,当时西班牙的托莱多和西西里的巴勒莫等地就成为翻译阿拉伯学术著作的中心,这些都极大地促进了当时意大利文化的发展。

除这些因素以外,中世纪西欧文化还深受西欧地域以外的各个异域文化的影响,并且西欧文化在很大程度上吸收了这些地区的文化和优点,进而使之成为

---

① Jacob Burckhardt, *The Civilization of the Renaissance in Italy*, P. 218.
② Jacob Burckhardt, *The Civilization of the Renaissance in Italy*, P. 219.
③ Jacob Burckhardt, *The Civilization of the Renaissance in Italy*, P. 219.

西欧文化自身的根基或合理组成部分。例如，十字军东征期间，叙利亚、君士坦丁堡等地的古希腊、罗马以及拜占庭、阿拉伯的人文和科学著作等都大量涌入西欧。在当时，像亚里士多德、西塞罗、奥维德、维吉尔、波依修斯等人的哲学观点以及一些阿拉伯思想家和科学家的著作等都曾引起意大利人的普遍关注和研读的热情。其中，但丁就深受这些外来观念的影响，通过对人性与人类道德的探究与说明，进而论证了世俗生活是人类生活的全部这个带有人文主义特征的观点。玛利亚·罗塞蒂（Maria E. Rossetti）由此认为："但丁这个名字在时间和空间上具有无限的魅力，他并不局限于意大利，而是整个宇宙，他也并不局限在其出生地或14世纪，而是整个时代。"[1]

这种相对宽松的社会环境成为新思想产生的摇篮。当时的市民就从自身利益出发行事，这就必然导致人们更加关心本市的经济发展和政治生活。加之当时各个城市所需的各项费用均来自市民纳税和个人捐款，这进一步增强了市民参与城市活动的意识，使城市生活具有民主特征；另外，经选举产生的市政官员和各级官吏制定的政策在不违背教会规定的前提下，也必须立足本市的利益和市民的基本要求，而不能像中世纪庄园主那样为所欲为。结果是，"这样，人的精神世界第一次从被束缚的状态下解脱出来，其生活空间更加自由，其视野更加开阔"[2]。另一份记载当时佛罗伦萨具有活跃的经济活动的材料来自帕斯夸里·维拉利（Pasquale Villari）所著的《佛罗伦萨史最初的两个世纪》（*The First Two Centuries of Florentine History*）一书中的记载："当时佛罗伦萨与比萨和卢卡有很大的差别，如前所述，这两个城市很久以来就已经十分繁荣，他们经常互相争战。比萨作为一个临海城市，甚至在10世纪中期就开始与西西里、西班牙和非洲的穆斯林军队作战，而佛罗伦萨则成为图斯坎地区与很多意大利封建贵族共同的敌人，现在则成为整个帝国的敌人。"[3]这个结果必然是，对人的肯定与世俗生活的赞美，从而形成了人本思想。结果是，佛罗伦萨在经济发展与文化繁荣远远超越了意大利其他地区而成为具有独立文化氛围的近代型国家之一。

事实上，中世纪晚期西欧社会变化的情况十分复杂，其中不仅涉及商业与贸易繁荣，新的社会风尚的出现、当时生活习俗的变化，还涉及人们关于宇宙与

---

[1] Maria F. Rossetti, *A Shadow of Dante*, P. 1.

[2] Ernest Cassirer, *The Logic of the Humanities*, New Heaven: Yale University Press, 1961, P. 41.

[3] Pasquale Villari, *The First Two Centuries of Florentine History*, London: T. Fisher Unwin, P. 91.

人类命运的认识。在此，本书很难用几句简短的文字对这些方面进行清楚的描述。而且如果只就其中看得见的情形加以评论，无疑会遗漏更多的内容。由此可以理解，在《神曲》中，但丁像一个严厉的法官，把在尘世中能够那些犯罪的灵魂叫到他的跟前，要他们承认自己的思想意识是多么肮脏，行为是多么卑劣，同时在抨击尘世罪恶的过程中指出他们受惩罚的原因是，他们只注重争夺世俗利益，而忽略了对"天堂幸福"与"上帝之爱"的追求，因此才有了地狱中的"双脚朝外，在烈火中焚烧"的教皇、炼狱中受罪的贪婪者和变成枯枝的撒谎者，而那些创建古罗马帝国的英雄们驾着凯旋战车在天堂中任意驰骋，与他们生活在尘世中一样受到尊重，其中的目的不言而喻：高尚的人性与人类道德是人获得尘世幸福的根本。

结果是，这时的西欧开始由各个封建城邦国家的紧密联系向政治分裂与文化革新的过渡，即由中世纪基督教会作为"唯一的绝对权力"向以民族国家的出现为标志的"战国时代"的转变，西欧社会呈现出欣欣向荣的局面[1]。同时，以亚里士多德为代表的古代思想与中世纪基督教神学观念发生了激烈冲突。而亚里士多德认为世界是一个永恒的过程，一个不能离开实体存在的自然过程，这就在理论上否定了基督教会关于灵魂不朽的中世纪基督教神学信仰。与此同时，亚里士多德通过否定柏拉图的理念学说否定了奥古斯丁教义。因为按照奥古斯丁的教义，上帝永远知道他所创造的一切。在这个结构中，人被定位于基督教神学体系的某个固定环节上，成为西欧社会的基本组成部分，这就为我们人与社会提供了一种相对固定的思考模式。结果是，人的精神世界获得了极大自由，人们开始追逐精神的满足与世俗乐趣，而这又进一步加剧了西欧社会的变化[2]。

"意大利文学三杰"文学作品中有很多看似自相矛盾或含义模糊表达，而且诸如此类的表达也在薄伽丘的作品中一再出现，这就在很大程度上成为人们理解"意大利文学三杰"文学作品的障碍。如果我们能从中世纪晚期西欧历史发展的宏观的角度来看待这个问题，就会发现这些内容是人类社会变革过程中不同的观念和思想意识交汇过程中出现的正常现象。这是因为，人类历史的沿革与人类社会的变化总会以某种形式反映在人们的思想观念当中，而人们则通常倾向于

---

[1] Ernst Cassirer, *The Logic of the Humanities*, New Haven: Yale University Press, 1961, P. 44.

[2] Pasquale Villari, *The Two First Centuries of Florentine History*, 1908, P. 465.

"从人的角度去解读历史"①,因此对于这些变化的理解就构成了"意大利文学三杰"关于人与社会变化的理解和其中的主要观点,即与中世纪教会宣传完全不同的、以解说人与尘世生活为主要内容的新的世界观与道德观,对人性与人类道德的不同理解是其中的关键。这一点在古希腊对人的探究中被认为是"发扬那些属于人和人学的品质的途径"②。这主要是由以下两方面的原因造成的。

首先,人们在理性看待"上帝救赎"与"天堂幸福"的同时,开始怀疑教会说教,进而开始怀疑中世纪以来基督教会在西欧的统治地位。由于中世纪晚期教会腐败与中世纪基督教神学观念的衰落,教会成为人们怀疑的目标。当这种怀疑成为人们的主流思想时,人的精神世界和思想观念也发生了相应的变化。在当时的人看来,这就是人类思想观念自然变化的具体过程。西欧的上层和中产阶级虽然对教会腐败也十分反感,但是他们出于自身利益的考虑,却能够默认和维护日常的宗教仪式,仍然相信圣礼的作用。与此相对,广大下层群众虽然痛恨教会的剥削和欺骗,但是他们却仍然相信教皇的赐福,同时他们也都为罗马教廷的意大利性质而深感骄傲。当时的意大利,"每个人都有一个穿僧侣衣的亲戚,每个人都有从教会获得补助和未来利益的希望"③。而且,人们也接受罗马教廷随着西欧商业活动的兴衰而不断更替这个事实了④。

其次,当时流行的追求物质欲望的心理和崇拜圣徒等活动也对但丁等人产生了很大影响。主要表现为,到了中世纪晚期,随着西欧近代性质的经济的发展、文学艺术的繁荣,以及人们的思想意识的开阔,意大利城市政府也加大了资助世俗文化的力度,并积极鼓励各种形式的加谥圣人和崇拜圣徒活动。当时凡是在文学、艺术与科学方面作出杰出成就的人都可以被尊为圣徒。到了文艺复兴时期,意大利已经有200多名公认的圣徒,同一时期西班牙只有22个。不仅如此,当时很多意大利人乐于以圣徒的名字为自己命名。1099—1199年间,有11.72%的意大利人都采用了圣徒的名字,到了1200—1299年间,这个数字增加至23.33%,1300—1401年间增至66.66%⑤。

---

① Erich Auerbach, "Figura." In *Scenes from the Drama of European Literature: Six Essays*, P. 60.

② Alan Bullock, *The Humanist Tradition in the West*, P. 11.

③ Jacob Burckhardt, *The Civilization of the Renaissance in Italy*, P. 161.

④ J. A. Symonds, *Renaissance in Italian*, New York, 1937, pp 95-96.

⑤ John Larnar, *Italy in Dante and Petrarch Times*, London, 1980, P. 246.

另一方面，意大利南北方经济的差异、对国内市场的激烈竞争和对海外市场的严重依赖等都导致了当时意大利的经济发展停滞不前，意大利的经济甚至出现了某种程度的衰落。同时，意大利的中小市民一直追求的"共和国"理想也破灭了。为了获得强有力的政治支持和必要的物质利益，他们不得不投靠那些他们曾经反对的、有权势的城市贵族和腐败的教会人士。结果是，市民行为不断趋于保守，在思想上也出现了向中世纪基督教神学信仰的回归[1]，其中最明显的一点是出现了向中世纪基督教神学观念的倒退。《意大利文艺复兴的历史背景》（Italian Renaissance in Its Historical Background）一书中就对这个状况作了说明："过去并不是一场圣诞节闹剧，历史从不会像神迹剧那样突变。旧的思想方法和技术手段无变化地保留下来，或是不可思议地同新的混杂在一起。"[2]

这说明，虽然当时西欧至少在表面上仍然维持了教会的统治和社会秩序，但是已经出现了近代的特征。就本课题而言，"意大利文学三杰"关于人与社会的认识虽然经历了各种障碍和波折，但是其发展方向却是积极的。中世纪晚期，随着西欧城市的兴起、近代性质的经济的发展和文学艺术的复兴，大批手工业者和农奴纷纷摆脱原来主人的束缚而逃入城市谋生，他们的身份也变成具有自由身份的城市居民。从身份构成来看，当时西欧的城市居民主要是手工业和商业从业者，而且"很多居民并不很明确地只从事一种主要行业。"[3]他们为了加强自身力量，就以行业协会的形式组织起来，管理城市事务，成为城市的主人，这就为城市定居者提供了法理依据，进而为新思想的产生提供了有利的土壤，即"使文艺复兴时期同中世纪看来成为鲜明对比的那种世俗性，首先源于那些改变了中世纪对自然和人的观念的新思想、新意志和新观点的浪潮。"[4]这就"意大利文学三杰"论述人与人类社会变化的思想基础和出发点。

这些可以归结为一个人们面临的现实问题，即西欧社会和人的思想意识发生了怎样的变化？或者说，人的思想观念出现了怎样的更新？研究者虽然从不同角度对这个问题进行了探索，但是结论却大体一致，即西欧社会变化是中世纪基督教神学观念的衰落和教会腐败的后果。其中，以重视人与社会生活为主要内容

---

[1] Jacob Burckhardt, *The Civilization of the Renaissance in Italy*, P. 514.
[2] Denys Hay, *Italian Renaissance in Its Historical Background*, P. 21.
[3] Daniel Waley, *The Italian City Republics*, London and New York, Longman, 1969, P. 11.
[4] Jacob Burckhardt, *The Civilization of the Renaissance in Italy*, P. 483.

的近代精神战胜了中世纪的基督教神学观念。现在虽然很难说清诸如，究竟是经济的增长引起了西欧社会的更新，还是西欧社会形态的更新带动了人的精神世界的变化。关于这一点，虽然至今还有不同观点，但是其中有一点是明确的，即中世纪晚期的西欧已经出现了人文主义精神的意向或西欧近代文化的最初萌芽[①]。这也解释了"意大利文学三杰"关于人具有乐观积极的生活态度的原因。

第四节　西欧文化风尚的变化

西欧近代意识和社会风尚随着中世纪基督教神学观念衰落与教会腐败出现，进而成为当时西欧的主流文化。一方面，当时的西欧人们仍然在很大程度上受中世纪基督教神学观念的禁锢，在很大程度上遵循着教会的规范和说教；另一方面，虽然中世纪的基督教神学观念是人的思想和行为准则，而且人们几乎意识不到自身存在，但是思想观念已经有了明显不同。

这是因为，到了中世纪晚期，西欧社会风气已经大为开化，人的思想意识已经在很大程度上摆脱了教会说教，并开始从多个角度看待自己与当时的西欧社会现实。当时处于西欧社会最顶端和最有权势的是基督教会和世俗君主，在他们之下是各个利益集团和占西欧绝大部分的市民。这时的市民享有较高的社会权利与社会地位[②]，他们中有些人甚至成为法律或金融专业人士。这时人意识到自己是一个具有独立的精神世界与存在价值的社会成员，并意识到教会宣传的盲目性与欺骗性。为了保护自己的地位和利益，他们组成一个超越基督教神学界限，跨越家庭、宗族、思想文化体系的新的社会阶层。这些市民基于共同的经济利益和相似的社会地位而拥有共同或近似的观念，这就是在西欧近代文化中起举足轻重作用的市民文化或市民意识的前身。与此同时，西欧的市民作为一个独立的社会阶层开始登上历史舞台，市民意识也成为左右社会风尚的巨大力量。人与人之间对跨越这些社会与思想障碍的理解，以及他们是一个独立的、具有高尚的道德观念的社会群体而存在的社会意识等方面的意识得到了很好体现[③]。结果是，中世

[①] Jacob Burckhardt, *The Civilization of the Renaissance in Italy*, P. 22.

[②] Jacob Burckhardt, *The Civilization of the Renaissance in Italy*, P. 22.

[③] Jacob Burckhardt, *The Civilization of the Renaissance in Italy*, P. 426.

纪晚期的西欧出现了近代倾向：蔑视那些披着宗教外衣为了获得世俗利益而不择手段的教会人士，同时坚称高贵的人性与高尚的人类道德才是值得骄傲的。

但丁在《神曲》开篇以一个尘世中"真人"的形象开始了对人生的探索，其中充满上帝的"关爱"[1]和当时人们对"上帝之爱"的感悟。彼特拉克开始直接赞美大自然美景与人性，同时"他以一个伟大创新者的所有天资使人文主义有了生命"[2]。这句话在很大程度上代表了当时人们对尘世生活的态度："一个目光敏锐和有观察经验的人可能看到15世纪完美的人在数目上逐步增加。究竟他们是否在有意识地追求一个目的，求得他们的精神生活和物质生活的和谐发展是很难说的；但就一切尘世的东西都不可避免地有缺陷这一点来说，他们之中有几个人已经达到这个地步。"[3]

从这个角度来看，当时那些腐败和堕落的教会人士被人们看不起也是很自然的事，这也在很大程度上是教会腐败和教会人士行为的客观观察与真实写照。在当时人们看来，聪明的教会人士应当知道，如果他们能够正确履行自己的责任和义务，并且善待一直在精神上跟随他们的信徒，并能够真正尊重信徒的精神和人格，人们也就不会因为教会人士偶然或无意的过失而对整个基督教神学和教会的地位产生怀疑了。不仅如此，有了作为社会中坚力量的市民的支持和拥护，教会人士也因而能够继续保持他们的权威和在尘世生活中的统治地位了[4]。国内外学界对于这个问题已经有了深入研究，在此就不一一列举了。

需要说明的是，虽然"意大利文学三杰"关于人与人类社会变化的观点中有各种想象和虚幻的成分，并且其中展示的不仅是他们关于当时西欧社会变化的主观意向，还掺杂着很多带有中世纪基督教神学色彩的预设和基于古典文化而来的各种假说，但是如果类似的情形在这个时期的文学作品中一再出现，并且其中说明的都是类似的观点，那么这就能够在很大程度上证明，当时人们普遍相信的关于人具有高尚的社会地位和高尚的人类道德确实能够改变基督教教会统治下的沉闷的社会风气等带有近代性质的观念了。由此可以理解，尘世生活中具有高尚

---

[1] Robert Ball, *Theological Semantics: Virgil's Pietas and Dante's Pieta* in The Poetry of Allusion, P. 31.

[2] Alan Bullock, *The Humanist Tradition in the West,* P. 22.

[3] Jacob Burckhardt, *The Civilization of the Renaissance in Italy*, P. 147.

[4] Charles E. Trinkaus, *Italian Humanism and Scholastic Theology* In Renaissance Transformation of Late Medieval Thought, P. 338.

的道德观念和高贵的人性的人数，肯定比"意大利文学三杰"作品中引用的人数多。"意大利文学三杰"显然是通过这些故事来支持他们关于人与尘世生活的理论，即高贵的人性与高尚的道德才是人之所以成为人的心理和道德品质。这些理解和推测是有现实基础的，因而是可信的。

这说明，这时的人们虽然在表面上仍然尊崇教会与中世纪基督教神学观念，但是他们关于自己和这个世界的认识已经有了根本性变化。现在看来，正是这些带有独立的精神和高尚的思想意识的人促成了西欧近代文明的形成，并为西欧文艺复兴的发展与宗教改革运动的出现奠定了坚实的思想和文化基础，为即将到来的近代文化的发展和繁荣提供了精神内涵与道德动力。

第五节 外来文化影响

在探究"意大利文学三杰"的思想意识的形成过程时，就不能不提到各种外来的观念和思想意识对意大利文化的影响。对各种外来思想和异域文化影响的探究是理解"意大利文学三杰"思想的关键，其中不仅涉及阿拉伯文化和东方文化等因素，更涉及意大利人如何对外国文化及其影响的吸收从而形成意大利本土文化[①]这个复杂而微妙的过程，对意大利人的熏陶及其与意大利文化的融合是其中的关键[②]。

虽然现在有了很多关于当时意大利文化受其他地区文化的影响，或二者之间交流的证据，但是很难说清楚究竟哪些方面源于古代希腊罗马文化的影响，哪些是受外来文化的影响而形成的富有地域特色的本土文化[③]，或者是哪一个在这个变化中占更大比重。这是因为，意大利一方面处于东西方交通与贸易的必经之路上，意大利是当时西欧的经济和贸易中心。当时到意大利来的人"不是到伯伦纳大学学习民法的学者，就是那些慕名而来的旅行者。"[④]另一方面，这些人的

---

① Jacob Burckhardt, *The Civilization of the Renaissance in Italy*, P. 182.
② Alan Bullock, *The Humanist Tradition in the West*, P. 13.
③ Jacob Burckhardt, *The Civilization of the Renaissance in Italy*, P. 211.
④ Denys Hay and John Law, *Italy in the Age of the Renaissance* 1380-1530, London and New York, Longman, 1989, P. 11.

到来不仅极大地丰富了意大利本土文化，同时也激发了意大利人看世界的欲望，并直接促成了意大利与东方各国在思想文化和技术等方面的交流与融合。这方面最可能的情形是，西欧各地区的政治经济文化不断互相交流，因而很难分清这些因素的来源和他们所属的文化范围。朱塞佩·马佐塔（Giuseppe Mazzotta）认为，这充分证明了"但丁的诗歌与西欧艺术和文化传统之间的联系"①。大致而言，外来文化的影响主要表现在以下三个方面。

第一方面是当时法国文化对意大利的影响。在诸多文化来源中，法国文化对意大利的影响最明显。其中，最明显、最直接的影响来自起源于法国文化中关于人类爱情和人的内心的温柔情感的抒情诗歌。这种以大自然之美抒发人类情感的诗歌叙事方法由来已久，并在中世纪晚期得到极大发展。这种诗歌创作风格不仅在法国得到极大发挥，也跨过阿尔卑斯山来到德国和意大利，并且被当时的人们迅速接受，进而成为人们表达世俗爱情的主要诗歌体裁之一。据记载，"到1200年，在中世纪全盛时期，对于外部世界又重新有了真正的衷心领略，并在各民族的行吟诗人的诗歌中得到了生动的表现。"②从它的来源来看，在12世纪，法国的南部出现了一种名为"高雅的爱情"的抒情诗歌。"高雅的爱情"原本是法国南部地区封建文化的产物，它不仅极力赞美妇人的美貌，也赞美了不能如愿以偿的爱慕者在追求"爱情"过程中品尝的各种苦涩与追求者的内心的煎熬。尽管那些爱恋者不能达到自己的欲念或目标，但是这种源自内心的宝贵情感却令其欣喜不已。形式上，"高雅的爱情"这种文风可谓内容繁多、千姿百态，但是其内容却是说明人的内心世界的美好以及由此而来的道德的力量，但丁为它们起了一个统一的拉丁名字："温柔的新体"（Dolce Stile Nuovo）。乔治·霍尔姆斯（George Holmes）也是基于这一点认为，"但丁以托斯卡纳地区的方言写出的那些精美的诗作就起源于此"③。

仍然以但丁为例，在但丁成名以前，佛罗伦萨就已经产生了两位创造"高雅的爱情"的文学大师圭多·圭尼泽利（Duido Guinizelli）和圭多·卡瓦尔康蒂（Duido Cavalcanti）。他们不仅出身于博洛尼亚和佛罗伦萨豪门大族，受过良好的文学熏陶，他们的诗作已经有很大影响。13世纪80年代，当但丁作为一位文

---

① Giuseppe Mazzotta, *Dante's Vision and the Circle of Knowledge*, P. 17.
② Jacob Burckhardt, *The Civilization of the Renaissance in Italy*, P. 293.
③ George Holmes, *Dante*, P. 7.

学青年刚刚起步时,卡瓦尔康蒂就已经是当时的著名诗人了,但丁就将卡瓦尔康蒂成为"我的第一个朋友"。由于圭尼泽利和卡瓦尔康蒂都是业余哲学家,但丁萌生了以诗歌传达当时市民中流行的宗教意识和哲学观念的想法,认为将人的道德价值与对爱情的讴歌结合起来,才能够达到关于爱情的完美表达。另一方面,由于这两位大师在他们的诗歌中都竭力讴歌单相思和这种毫无结果的痛苦心情,以及由这种虚幻的爱情唤起的高尚的人类情感,因而他们的诗歌并没有很明显的实际意义,这一点也恰恰符合了当时刚刚摆脱教会束缚的人们对于现实生活中的"温暖"与"爱情"等的追求。在这些场合,人们都倾向于使用自然科学研究中的术语来表达他们的观点。这样,他们笔下的"爱情"就不可避免地带有了中世纪宗教文学中那种主观和悲情色彩。

"意大利文学三杰"的作品就是以"温柔的新体"为基础,展示了尘世中"积极的人",以及带有近代意义的人的形象。由此可以理解,在但丁作品中可以看到已经具有独立的精神世界与高尚的道德意识的积极的人的形象,在彼特拉克的作品中出现了以大自然美景隐喻人丰富的精神世界与高尚的道德意识等描写,以及《十日谈》中对人性的挖掘与对高尚的人类道德的赞美等一系列带有深刻的道德反思意味的近代性质的观念。从这个角度来看,"意大利文学三杰"作品在很大程度上就是这两位大师作品的翻版,但是从其中的内容和表达的精神意象等方面可以看出,虽然"意大利文学三杰"是使用"温柔的新体"进行文学创作的典范,但是他们描写的目标和已经与中世纪宗教文学有了根本的区别,其中最明显的是,"意大利文学三杰"以这种新颖的文学表达方法展示了当下西欧社会生活中具有独立的精神世界与高尚的道德意识的尘世形象,而不局限于对人类情感的解说或对爱情的展示。虽然《新生》和《神曲》的结尾都表达了积极向上的乐观精神,但是其中却仍然带有明显的中世纪宗教文学观念中的悲观与忧郁色彩,这也是"意大利文学三杰"的观念远远要大于道德救赎等教会学说和中世纪基督教神学观念的主要原因之一。

关于意大利文化的来源,在此,有一点需要说明的是,意大利文化中虽然有明显的法兰西文化的痕迹或影子,但是意大利文化并不完全是对法兰西文化的简单复制或模仿,其中也包含着意大利文化所独特的关于人间、地狱的观点以及意大利独特的文化历史内涵等因素。主要表现在,法国文化的繁荣与对意大利文化的影响不仅是与法国与意大利在地缘政治的密切联系有关,更在于展示二者之间的适应性与思想意识或观念等方面的顺承关系[1]。现在看来，虽然意大利人对法兰西文化情有独钟[2]，但是意大利文化却不是对法兰西文化的简单模仿，或是有些人认为的对法兰西文化的解说。历史上法国、意大利和德意志是从查理曼大帝的统治下独立出来的封建国家，三者在观念与文化上有天然联系，只是由于意大利处于阿尔卑斯山南麓，而与德意志和法国走上了一条不同的发展和进化道路。由于意大利处于亚欧非三大洲的交界处，不仅在经济交流和文化共融等方面占据得天独厚的地理优势，在思想革新和文化发展方面也遥遥领先，这就注定了意大利文化有独特的精神内涵和其自身独有的发展趋势，因此才有了"意大利文学三杰"关于人物性格与社会生活场景的描述和各种与西欧其他国家不同的观点[3]。

对于"意大利文学三杰"而言，对于法兰西文化的继承是一件再自然不过的事。即使是随便翻阅当时意大利的文学作品或其他文献，我们就会发现，这些带有法国文化的因素已经深深地扎根于意大利人的思想意识中。在意大利的各种宣传和讲坛中，这些法国文化的影子也是随处可见。这一方面是因为，但丁作品中独创的"温柔的新体"这种表达方式对法兰西文化本来就是一件自然的事，而不是很多人想象中的对外国文化的模仿或学习。如上所述，中世纪以来的意大利人就是在法兰西文化的熏陶中成长起来的。对但丁来说，"温柔的新体"只是他表达情感的主要手段之一。由此可以理解，虽然大多数读者仍然是从文学欣赏的角度看待"意大利文学三杰"作品中的人与爱情，但是从其中的思想意境和道德意识来看，"意大利文学三杰"的文学作品已经与中世纪宗教文学完全不是一回事了。由此可以理解，意大利的文学作品中不仅有当时法国流行的对人类爱情的赞美和与对人类的精神世界的分析，其中还充满了以法国文学的方式对意大利人与意大利社会变化的解说。但丁与彼特拉克就"温柔的新体"和"高雅的爱情"展示了在当时看来十分珍贵的高贵的人性、时间的短暂、荣誉的持久、良心的谴

---

[1] Jacob Burckhardt, *The Civilization of the Renaissance in Italy*, P. 109.
[2] 1452年给派往查理七世的使节的一篇训令中。佛罗伦萨的使节受命提醒法王，若干世纪以来，法兰西和他的故乡之间一直存在着友好关系，并提醒他，查理大帝曾经自蛮族（伦巴第族）之手救出佛罗伦萨和意大利，而查理一世和罗马天主教会是"圭尔弗派的创始者，这就造成了反对党覆灭的原因，并由此产生了我们现在所处的这个幸福的状态"。不仅如此，当时年轻的洛伦佐在去访问当时居留在佛罗伦萨的法国安如公爵时，就身穿法兰西的服装。
[3] Herbert M. Vaughan, *Studies in the Italian Renaissance*, Methuen & Co., Ltd, London, 1929, P. 13.

责等与人类道德或人生哲学有关的现实问题。

另一个类似的例子是，当时的意大利人不仅在生活中处处模仿法国的语言与服饰，而且还展示自身具有的法国文化风尚为荣。这主要是因为，当时法国和意大利之间经常有来往的使节和各地的旅行者，意大利人与这些人之间的交往根本就不需要翻译。这是因为，意大利文化与法兰西文化本来就有天然的联系，即使现在也有很多意大利人本身就是法国文化的仰慕者和爱好者。如1266年法国的查理公爵率军进入意大利，并在本尼凡托战役中战胜了弗里德里希二世的庶子兼继承人曼弗雷德，从而将西西里置于法国的控制之下。虽然查理公爵的行动在一定程度上促进了意大利社会向近代世界的发展，但是这个行动在当时的意大利人来看也是态度不一，有人欢迎，也有人反对，但是却没有引起人们情感方面的抵触或明显不适。两年后，德国的霍恩斯陶芬王室为了恢复它的西西里主权，康拉德十六岁的儿子康拉丁带领军队越过阿尔卑斯山，但是他在塔利亚科佐战役（1268年）中被查理卓越的军事指挥才能击败。经过模拟裁判，康拉丁在那不勒斯被斩首，于是查理成了西西里当然的国王，圭尔夫派在整个意大利取得了成功。随之而来，法国文学和艺术在意大利大行其道①。

对意大利产生巨大影响的另一个因素是古希腊文化。由于古典希腊文化是西欧文化之母，因此古希腊文化一直以来就被认为是西欧各国文化的源头。古希腊文化体现在人们的思想观念中就是，尘世中的人具有理性和自由意志。在中世纪，意大利人十分推崇希腊语言和希腊文化，尤其是对古希腊文化带给他们的精神与道德启迪尤为关注，当时意大利人都以能够流利的讲希腊文引以为傲。除佛罗伦萨以外，罗马和帕多瓦一直在聘请希腊文教师，维罗纳、费拉拉、威尼斯、佩鲁贾、帕维亚和其他城市则聘有临时希腊文教师。这方面的例子之一是，人们对古希腊文化的学习与模仿、对希腊文的研究从威尼斯的阿尔多·曼纽印刷所得到了极其可贵的帮助，在那里，人们第一次阅读以原文印行的最重要的古希腊作家的多卷本著作。阿尔多把他的一切都投入这项传播人类文明、拓展人类文化的伟大事业当中；像他这样的编辑和出版家在当时是世所罕见的。"②另据记载，佛罗伦萨的政治家兼学者吉安诺佐·曼内蒂在反对犹太人的辩论文章中就提供了

---

① George Holmes, *Dante*, P. 10.

② Jacob Burckhardt, *The Civilization of the Renaissance in Italy*, pp. 205-206.

"他的儿子阿尼约洛从童年时代起就学习拉丁文、希腊文和希伯来文。"①

因此,虽然古希腊著作中充满晦涩和隐喻性质的表达,但是人们对包括"意大利文学三杰"在内的"温柔的新体"诗人仍然抱有极大的热情。在意大利人看来,这些诗人不仅表达了对人的关注,更代表了西欧市民关于人与社会变化的理解。例如,卡瓦尔康蒂在名为《一位妇人在向我祈求》(A Lady Begs Me)这首诗歌中就以中世纪宗教文学的描写方式展示了对人间爱情的理解,"爱情是一种美学意义上的偶然,它像一张纸的白度(whiteness)那样,是一种可以分离的属性,同时也像一张纸本身,是一个不可分裂的实体。这个观点表达的是一种朦胧的内容,但却是敏感的人类灵魂上的一个斑点,它由眼睛所接受的外物造成,并为人诞生时的天体影响。"②由此可以理解,卡瓦尔康蒂的观点是:爱情是一种非理性的物质力量,它不会对人类灵魂的理性部分产生影响。在可能的理性,即人类理解的官能之中,爱情只是作为一种抽象的精神形式为人们理解和接受。他进而得出结论,人性也是如此。

当时意大利人依据古希腊文化中关于人类灵魂的来源的观点认为,人类灵魂由三部分组成,即植物性部分、感知性部分和理性部分③。它们通过三种不同的器官在人体内起作用:自然精神居于人的肝脏之中,生命精神居于心脏之中,而动物精神则居于人的大脑之中,而且动物精神在人类的大脑中以想象、推理和记忆等形式起作用,引导人们进行思考和行动。当时的这些观念和定律不仅制约着意大利关于人与宇宙的认知,同时也被意大利的知识界认为是一种常识。当时意大利人认为,只有遵循人类灵魂的不同结构与各自的功能,沿着人体内部各种脉络运行的来自上帝的"精神"才能使人的身体和思想得以运动,并最终形成人的思想意识和人们关于人类社会发展的理解和各种观念。

当时意大利人依据古希腊文化中关于人类灵魂组成的理论,对爱情运行模式进行了经院哲学式的推论:眼睛看到一位漂亮的妇人,并因此形成对美丽的女性的吸收和享受,然后这种印象或感知推动与此相关的"精神",将这个观念送至人的心脏,即人类情感的体验场所。另外一些精神将这些"感知"传送至大脑中负责思维和推理的记忆官能的部分,并最终形成了一个完整的关于"爱情"的

---

① Jacob Burckhardt, *The Civilization of the Renaissance in Italy*, P. 207.
② George Holmes, *Dante*, P. 9.
③ George Holmes, *Dante*, P. 8.

理解。卡瓦尔康蒂认为，爱情是通过人的眼睛进入人体内部，通过攻击人的心脏而驱走人的"精神"，破坏人的自主行为，从而造成令人无法忍受的折磨和情感的痛苦。现在看来，卡瓦尔康蒂关于"爱情是一种强有力的感情"这个观念已经触及13世纪晚期西欧经院哲学的核心，即爱情和人类情感来源。另一个例子是，人们对"可能的理性"的理解。"可能的理性"这个概念最早出自亚里士多德的《论精神与灵魂》（On the Mind or Soul）一文，其曾是13世纪西欧各大学哲学观点的主要来源。亚里士多德指出，理智的理性理解力和人的情感的感受力是有区别的，因为它说明了人类情感的非理智性功能。对于当时出现的这个观点，乔治·霍尔姆斯（George Holmes）认为："这些公式化的表述部分来源于'高雅的爱情'，它们随着爱情诗之河一直流淌到20世纪。"[1]布克哈特（Jacob Burckhardt）认为："自14世纪以来，在意大利生活中就占有如此强有力地位的希腊和罗马文化，是被当作文化的根源和基础，而生存的目的和理想，以及一部分也是公然反对之前倾向的一种反冲力，这种文化很久以来就对中世纪欧洲产生着影响，甚至超过了意大利的境界。"[2]

古希腊文化对意大利文化的另一个重大影响是，以大自然之美隐喻人生的旅程。当时的意大利，甚至整个西欧的人文主义者一方面利用古希腊文化表达对爱情的理解，同时也以他们对古典知识的掌握为自己获取利益，因为"从人文主义者本身来说，他是不能不具备多方面造诣的。事实上，这些学问不仅限于研究古代经典的理论和知识，而且还要为日常生活中的实际需要服务"[3]。这方面的例证之一就是，在研究普林尼的地理学论述时，当时的人文主义者必须搜集与博物学有关的证据和资料，并以古人的地理学只是作为向导来研究近代地理学现象。而且，古人的历史学著作就是他们书写当时历史的典范，即使是用意大利文写作的。再如，彼特拉克曾经为教皇利益奔走呼号、薄伽丘晚年为教皇服务换取心灵的忏悔等。而对于当时的这个变化，布克哈特（Jacob Burckhardt）由此认为："这种欣赏自然美的能力通常是一个长期而复杂的发展变化的结果，而它的起源不易被人们察觉，因为它表现在诗歌和绘画中并因此使人意识到可能早就有这种模糊的感觉。对于古代人而言，艺术和诗歌尽情描写人类社会的各个方

---

[1] George Holmes, *Dante*, P. 8.

[2] Jacob Burckhardt, *The Civilization of the Renaissance in Italy*, P. 178.

[3] Jacob Burckhardt, *The Civilization of the Renaissance in Italy*, P. 148.

面后，才转向表现大自然之美，即使在这个过程中，人也是处于从属地位。从荷马时代以来，自然给人的强烈印象还是被表现在无数的诗句和即景生情的词句中。"①

由此可以理解，"意大利文学三杰"主要继承了古希腊文化中的理性意识，以及以客观的角度看待一切的观念。在他们的作品中可以很容易找到古希腊文化的影响。但丁的作品中就能够很容易找到理性思维和自由意志的痕迹。虽然现在看来很难讲但丁真的能够依据理性和自由意志来解说他所遇见的一切，但是至少读者可以从中找到与古希腊文化相干的思考模式与论证方法。关于"意大利文学三杰"作品中的理性意识，即他们不仅继承了古希腊文化中的理性和自由意志观念，同时也赋予这种源自古代的人类智慧以积极乐观和努力进取的道德意识，将古人关于人类社会和大自然变化的理解中加入了近代意识。从这个意义上讲，"意大利文学三杰"的作品展示的就是对希腊古典文化的继承和中世纪基督教神学文化的发展。

意大利文化的另一个主要来源是阿拉伯文化。在中世纪，阿拉伯文化风尚和文学因素在意大利得到迅速传播，当时意大利人对阿拉伯文化的研究也脱离了文字层面，开始对阿拉伯文学艺术与科学技术的实用性展开探讨。据记载，"教皇曾经为寻求福音作者的希伯来文原本悬赏五千金币，受教皇的委任，曼内蒂搜集了仍然保存在梵蒂冈的希伯来文手抄本，并开始写一部反对犹太人的伟大护教著作。"②不仅如此，"随着这种古典文化的复兴，人们对东方文化也进行了一些研究。但丁对希伯来文化有很高评价，虽然我们不能假定他能够懂得这种文字"③。弗朗克·马辛达罗（Franco Masciandaro）就对当时意大利的这个现象进行了解说："在不着边际的推理中显得很模糊的现象，从戏剧的角度来看却是连续而深刻的。"④

能够证明当时西欧的社会意识已经发生了变化的另一个主要证据就是，当时很多意大利人都采纳阿拉伯学者阿威罗伊（Averroes）关于"人类情感具有理性"的观点，即亚里士多德关于人的理智与情感分离的观点，来观察当下的人与

---

① Jacob Burckhardt, *The Civilization of the Renaissance in Italy*, P. 293.
② Jacob Burckhardt, *The Civilization of the Renaissance in Italy*, P. 207.
③ Jacob Burckhardt, *The Civilization of the Renaissance in Italy*, P. 206.
④ Franco Masciandaro, *Dante as Dramatist*, P. 6.

尘世生活，认为人的情感会随着人体的死亡而消失，但是人的理智与情感却会长久存在。关于由人的精神境界与思想行为导致的"可能的理智"，阿威罗伊（Averroes）则认为，"可能的理智"是人一种固有的思维和理解力，它不是个人灵魂不可分割的一部分，而是人的普遍理智的一部分。因此，"可能的理智"不会随着人类肉体的死亡而消失，"当时阿威罗伊主义者甚至想要进一步对那些被暂时注入人体之中，并且与独立的普遍理解力紧密相连的诸情感作出唯物主义的解释。"[1]由于亚里士多德的学说在当时所有学科和哲学问题上都被认为是权威，因此他的学说在当时的大学中畅通无阻。由此可以看出，意大利文化与当时西欧其他国家文化之间的彼此融合。

虽然可以罗列出意大利文化的主要来源，但是它们并不是意大利文化的全部，我们不能从这些论述中得出关于意大利文化来源的准确断言。因为意大利本身就是西欧文化的发源地之一，而且它至今仍然对西欧和人类文化仍然有深刻的影响，因此很难讲清楚意大利文化与外来文化之间的相互作用或相互影响。这方面，布克哈特（Jacob Burckhardt）关于意大利文化来源的观点就很有代表性："虽然古代作家对14世纪和以前的意大利的影响很大，但这种影响与其说是由于很多新东西的发现，不如说是由于造就为人所知的那些东西的广泛传播。"[2]在梳理意大利文化的来源的过程中，意大利与西欧其他地区的交流也使得意大利文化和西欧其他国家和地区的文化互相渗透，到了中世纪晚期，已经很难分清意大利文化和西欧其他地区彼此之间的高低优劣了。

到了15世纪初期，意大利文化的发展已经超越了其周围地区，向西欧其他地区扩展，这时的人们也开始以灵活多变的视角看待一切。据记载，这时"人们已经能够容易理解贵族与专业人员的孩子在文学、人文及科学领域中出类拔萃的现象"[3]。在这样的大背景下，"意大利文学三杰"从高贵的人性与高尚的人类道德出发，阐述了关于人与社会变化之间的联系。对于当时西欧出现的这个变化，博伊德·帕特里克（Boyde Patrick）认为，"意大利文学三杰"的作品"真实地描绘了人的本质，重新定义了人生的目标，并且提供了帮助他们在现实世界

---

[1] George Holmes, *Dante*, P. 9.

[2] Jacob Burckhardt, *The Civilization of the Renaissance in Italy*, P. 196.

[3] Peter Burke, *The Italian Renaissance: Culture and Society in Italy*, P. 51.

里进行选择的洞察力"[1]。卡罗尔·托马斯（Carol G. Thomas）也认为，"那些受过良好教育的意大利人才开始认识到意大利的二元结构，与当时并存的独立或半独立国家，与古希腊时期的情况一样，而且他们应该越过罗马文化，向古希腊文化中寻找其文化的根基"[2]。

上述这些内容既与各种外来思想观念有关，也与意大利文化的发展有关，同时其中也没有对某一个文化模式或文化范畴过多地解说。外来文化的影响是一个十分复杂的过程，不是用简单的几句话就能说清楚的[3]。尽管现在的研究者倾向于从这些纷繁复杂的描述中逐项或逐条梳理出外来文化因素，但实际上这是不可能的。虽然如此，我们还是能够大致看出这些彼此关联的外来文化因素的轨迹。稍后的作家和人文主义思想家对教会腐败与社会变化采取了更加激进的态度，甚至公开嘲笑中世纪遗留下来的道德观念[4]。在这个过程中，人们对中世纪基督教神学的尊重已经被对人类道德的重视取代，旧的社会制度和道德标准已经变得毫无意义。较之中世纪，人们获得了更加宽阔的视野和更加丰富的观察内容，而这些内容在中世纪是根本不可以想象的。

结果是，这些文艺复兴时期的代表人物，在宗教和世俗问题上都表现出新时代的立场和道德风尚。他们不仅能够敏锐地观察到生活的对错、人性的好坏，也能够以简单直接的语言说出他们的观点，同时他们并不认为这样做会带来罪恶的反馈和负罪感。这时的人们反而认为，人类在教会学说面前所表现出来的被动可以由人类的机智与行为的迅速行动得到弥补，即尘世中的人具有自我救赎的意愿和能力，并且能够通过自己的努力获得上帝的关注与青睐，尘世中的人只需要努力生活就能达成他的目标，而没必要得到"上帝救赎"。这种对现实生活的敏捷的反应并不完全排除对人类未来的想法，这就产生了人们以诗歌来弥补教会学说空白的创作行为。这就是"意大利文学三杰"以诗歌作为表达他们关于人与尘世生活的理解的最初动力。

人们思想的变化是由西欧社会自身的矛盾决定的。主要表现为，一方面，

---

[1] Boyde Patrick, *Human Vices and Human Worth in Dante's Comedy*, Cambridge: Cambridge University Press, 2000, P. 4.

[2] Carol G. Thomas (ed), *Paths From Greece*, P. 93.

[3] Alan Bullock, *The Humanist Tradition in the West*, P. 18.

[4] Alan Bullock, *The Humanist Tradition in the West*, P. 18.

中世纪晚期西欧的文化风尚和思想观念等的变化既塑造了西欧近代社会发展的基本模式，同时也开启了对人与尘世生活的关注。这是因为，在中世纪漫长的发展过程中，西欧社会形态和社会制度的发展变化取决于处于当时西欧社会上层的基督教会与世俗君主的意志和行为，二者之间的矛盾造成了西欧社会的动乱，同时也促进了人的思想意识的进步。这方面的例子之一是，西欧甚至在"14世纪出现了古典文化的繁荣。"[①]另一方面，随着中世纪基督教神学观念的影响力和基督教会对尘世生活控制的减弱，人与人之间和人与上帝之间都出现了近代意义上的平等关系，这个变化极大地影响并决定着西欧近代社会的走向。公元13世纪到15世纪的西欧的发展变化在西方近现代历史和文化的进步方面都占有举足轻重的地位。经过这个变化，对人与人类道德的重视已经成为西欧近现代文化发展的思想与道德基础[②]，对人性的思考与社会生活的重视成为当时西欧社会生活中的普遍现象。

另外，中世纪基督教神学文化自形成以来其内部就存在着教俗观念的对峙。究其原因，主要体现在是从人出发，通过对人的理性和自由意志的理解和认识，肯定人具有追求至高的精神与道德境界的能力，还是从"上帝之爱"与"天堂幸福"出发，强调人在精神与道德上绝对服从教会信条与清规戒律，通过克制自己的欲望在精神上达到向上帝的回归。尽管二者都是在强调通过人的精神与道德的纯洁来达到与上帝的合二为一，但是由于二者的出发点的不同，从而导致了究竟人是一个主动的精神与道德载体，还是人是上帝的羔羊。前者代表中世纪宗教文化领域中的人文精神的表达形式，或者是对所谓正统的中世纪基督教神学观念的固守，即反动的中世纪宗教神学观念。前者的思想主要体现在，中世纪伟大的宗教文化学者、进步的神学思想家以及以《圣经》为蓝本解说一切的神学著述中，其中反映着西欧真正的历史文化发展进程；而后者体现在教会和僧侣们为了维护自己的阶级统治而对人的思想意识和生活欲求加以控制的企图。这种宗教文化体系内部的矛盾与对峙关系展示在现实生活中就是，中世纪文化领域内的人与神这个观念之间的对峙，以及由此而来的中世纪基督教神学观念的延续，它决定着基督教神学文化成为当时西欧占有主导地位的文化现象，而这种现象并非当时的唯一现象。

---

① Carol G. Thomas (ed), *Path From Ancient Greece*, E. J. Brill, 1988, P. 92.

② Jacob Burckhardt, *The Civilization of the Renaissance in Italy*, P. 516.

究其本源,中世纪基督教神学文化内部这种对峙关系,是与当时西欧社会中呈现的世俗文化与宗教文化密不可分的,也就是说,基督教神学文化内部这两种思想观念的对立在深层含义上则表现的是当时西欧世俗文化与神学文化共同存在的社会现实。我们知道,在这个世俗文化和神学文化共同存在、不断交锋的过程中,世俗文化以肯定人的情感和欲望为前提,强调发挥人的智慧和力量,去实现人生的目标,满足人所固有的追求知识和幸福的权利。这种思想意识实际上与基督教神学文化中强调人主动追求世俗幸福和肯定人的积极意识和进取精神没有本质的区别。它们之间的不同之处就在于,在追求的最终目的上一个是当下美好的现实生活,一个是最高的精神,但是二者的核心都是对人性与人自身地位的肯定。

只有明白了这些,才能够把握很多的中世纪宗教神学家在宣传宗教思想的同时,总是自觉不自觉地将世俗的思想意识掺杂在其宗教性的解说的原因。从更宽泛的意义上来看,如果说中世纪基督教神学文化中对人的肯定是从希腊罗马文化中推导出来的话,那么,这种思想意识也是来自希腊罗马以及其他多种文化中的积极的精神导向[1]。鉴于这些,我们可以肯定地说,西欧中世纪人与神之间的对立,并非主要表现在以人为出发点,向更高的精神追求与人要追求美好的现实生活二者之间的对立,而是集中在这种世俗的欲求与宗教僧侣鼓吹的一切从"上帝之爱"与"天堂幸福"出发,将基督教会的清规戒律变成人人必须尊崇的精神准则与封建社会基督教神学信条之间的严重对立,这一点集中体现在那些僧侣为维护自己对世俗世界的统治出发所鼓吹的基督教蒙昧主义与宗教之间的矛盾与对峙。换句话说,以宗教文化和世俗文化中的人学思想作为一方的进步的人学观与中世纪封建社会的人学观为对立一方的对峙,才是中世纪基督教神学文化中的人与神对立的真实原因[2]。

从更广泛的意义上来看,任何一部文学作品中的内容和其中表达的观点都带有很大的主观性和表述上的模糊性和不确定性,所有这些都为我们正确看待任何一个时期或任何人的文学作品带来很大的障碍,因而可能会使研究者走入解读人性的歧途。本书没有采取从"意大利文学三杰"作品中的某个片段或观点为出发点,来探求其中的历史或文化传统的传统研究方法,而是通过对他们作品中的

---

[1] Jacob Burckhardt, *The Civilization of the Renaissance in Italy*, P. 22.
[2] Daniel Waley, *The Italian City Republics*, P. 14.

观念和文学意境的探究来阐述其中蕴含的社会意识或思想观念，进而在笔者力所能及的范围内对这些观念进行展示和解说。这个过程更像是从历史演进或社会伦理研究的角度来解读"意大利文学三杰"的作品与其中的思想内涵的努力。从这个意义上来讲，任何一部文学作品的产生都是当时的历史时期与社会发展阶段决定的，这在很大程度上会影响当时社会形态的更替或人的一生，甚至会决定人的世界观和道德观。如果将"意大利文学三杰"的文学作品置于中世纪晚期西欧的历史与社会发展的大背景下来看，我们就会发现其中蕴含着明显的思想文化发展和人类社会变化的脉络。

本书无意鼓吹"意大利文学三杰"作品中的思想内涵或者其中的道德含义，或是文化价值的重要作用和意义，而是在于说明对于人类历史上任何一种思想观念或文化现象的理解与评判都应该尽量接近其固有内容与"历史的真相"。"意大利文学三杰"的思想观念不仅是一个多元合成的社会与思想观念的综合体，更是一个关于人性的解说与人类社会演化观念的创新，我们要做的不应该仅仅是满足于陈述一个看似清晰而且便于运用的概念或是作出简单的结论，而是应该对这个现象本身作一定程度的观察与思考，以对其作一个尽量客观公允的考察。实际上，一个简单的文学概念或标签根本无法承受纷繁复杂的社会现象中表达的历史与文化内涵。本书期待对"意大利文学三杰"的作品及其思想内涵作出更加明晰的梳理和探究，进而引导人们对这个话题作出更加贴近历史事实的阐述。

不仅如此，在解说当时西欧社会和人的思想意识变化过程中，我们还应该看到，"意大利文学三杰"关于人与社会的理解经历了一个由中世纪基督教神学向西欧近代人文主义性质的世俗性的人学的演变。在这个过程中，但丁作为"新旧时代交替的伟大人文主义诗人"，基于对人性的解说，开启了西欧近代文化的先河，即他关于人与社会的论述中已经确立了人在宇宙中的中心地位和人性的高贵，开始了对尘世生活的赞美，同时说明了人类道德的尊严。但是，从但丁的作品来看，他关于人与社会的描写中虽然已经出现了明显的近代意识，但是他关于人与社会变化的理解中还没有摆脱基督教神学意识的影响，因为他的作品中不仅带有浓厚的基督教神学的因素和经院哲学痕迹，他论证的模式与思维方式仍然没有摆脱基督教神学范畴，这也是在观察但丁思想时需要注意的地方。

相对而言，彼特拉克关于人与尘世生活的描写就显得更加积极，而且他描写的范畴也在很大程对上摆脱了中世纪基督教神学文化的框架与中世纪基督教神学的痕迹，真正开始了对尘世生活中的人与事物的观察。关于这一点，我们应该认识到彼特拉克作品的进步意义，或是其中的社会性，因为这些描写已经与人与生活没有太大差距，而且其中的很多东西也都是现在人耳熟能详的事物。相对而言，薄伽丘对人与社会的观察更进一步，他不仅开始思考人性与人类道德的含义与作用，同时也开始了对人性与人类道德的反思。经过这个变化，中世纪的人摆脱了中世纪基督教神学观念和基督教会学说开始真正进入近代，从而表现出真实的人的本性[1]。威廉·安德森（William Anderson）也认为："我们的文明程度的保持和复兴取决于这些艺术，有必要学习我们文明的创造者的过程。通过学习，我们能够界定、沿袭、培养这些文明的内涵，并通过这些有创造性的工作延续我们所继承的文明。"[2]

这是因为，自但丁以来，彼特拉克和薄伽丘等人都对人们赞美尘世美好和人类爱情的这个当时看来十分新颖的文学观点进行过独到而深刻的论述。他们不仅以尘世生活为出发点，阐述了人性的内涵及其产生的社会文化背景，还对确立人性与人类道德的途径和人类社会的未来进行了深入解说，并力图通过对人的精神世界的净化和人类道德的升华的证明的评论性分析，从而找到一条切实可行的摆脱基督教禁欲主义与蒙昧主义观念控制的有效途径[3]。虽然如此，他们面向基督教神学传统提出的人的精神净化与道德升华的途径或许并不适应当时西欧的社会现实。以中世纪晚期西欧社会的发展为背景，通过对人的精神世界的内涵与道德观念的分析以展示人的精神净化与道德升华则有望成为解决当时西欧社会堕落和教会腐败的有力方法。

这说明，"意大利文学三杰"的思想意识和他们的社会观念并不是他们的作品中展示的那样，而是各种复杂的内涵和各种矛盾观念的混合体，其中体现出两个明显的特征：首先，他们是站在旧时代的立场上来看待中世纪晚期的人与西欧社会的变化的，因此他们观察的角度和视野会经常发生变化；在这个过程中，由于他们来自中世纪这个教会统治的时代，因此会在感情上十分怀念以古代罗马帝国时代为代表的"美好的社会"，因此他们会倾向于将人类的过去比作"黄金

---

[1] Ernest L. Fortin A. A., *Dissent and Philosophy in the Middle Ages*, P. 60.
[2] Anderson. William, *Dante the Maker*, Routledge, Kegan Paul, London, Boston and Henley, 1980, P. 4.
[3] Carol G. Thomas, *Paths From Ancient Greece*, P. 6.

时代",而将中世纪晚期的西欧社会比作"幽暗的森林",因此才有了他们对当下的社会变化的不同观点,其中很难讲能够以公平、公正的态度评判一切。这也是观察"意大利文学三杰"文学作品的过程中经常忽略的问题。其次,在展示人性的过程中,"意大利文学三杰"的表达虽然在一定程度上暗合了西欧早期的人文主义精神,但从他们思想体系的整个发展过程来看,他们的这些观点并没有形成完整或系统的理论,而只是对当时的社会变化和人的精神世界的零散的和感性的反映。不仅如此,在展示西欧社会意识更新的过程中,他们没有把基督教神学作为封建思想加以批判,也没有把教皇当作西欧封建制度的代表加以抨击。他们思想中的这种矛盾性是由意大利社会的复杂性决定的。

这说明,"意大利文学三杰"思想中的矛盾不是他们所有的,而是中世纪晚期所有具有一定人文主义思想的有学识的人的共同特征。中世纪晚期,由于基督教神学观念与文艺复兴新思潮之间的激烈交锋,加之当时人文主义者是"一群最混杂的形形色色的人物",他们不仅思想各异,观点前后矛盾,而且变化很快,以至于"难于判断他们在何时何地讲真心话",也很难找到其信仰中有"任何共同的哲学信条"[1]。但丁对待上帝与基督教会的态度尤其突出。薄伽丘在《十日谈》中对教士的罪恶与丑行进行了无情揭露与抨击,然而在他写出该书之后,却转而为教皇服务,晚年转向学术研究,一心钻研古典文化,埋头著述,不再发表攻击教会和僧侣的言论和作品,他甚至为自己写了《十日谈》这样的书而忏悔不已。晚年他在一则日记中就写道:"我希望在有准备和正在写作中,或者,如果上帝高兴的话,在祈祷和流泪时,死神找到我。"[2]另一个类似的例证是,布鲁尼曾经为了获得一个可靠和有利可图的地位,在1405—1414年间一直为教皇服务。彼特拉克曾经猛烈地抨击教会的腐败,但是却乐意长期在一些高级僧侣的官邸中充当食客,并竭力争取担任僧职,领取圣俸。另外,意大利著名人文主义者洛伦佐·瓦拉曾经无可辩驳地证明,"君士坦丁的赠礼"这份文件"不仅是伪造的,而且是愚蠢的"。可是没过几年,他却投靠教皇,作教皇秘书,并专心为教皇翻译和注释古典手稿,再也不提他的著作。

截至目前,学界关于"意大利文学三杰"的文学作品的性质已经有深入的研究,并且已经取得了十分丰富的研究成果。但是其中的一个角度却似乎还没有

---

[1] P. O. Kristeller, *Renaissance Thought*, London1961, P. 8.

[2] Will Durant, *Renaissance*, New York1953, P. 44.

涉及，那就是尘世中的"人'的道德意识或道德观念。这可能是因为，"意大利文学三杰"关于一切的讨论都是以人性与道德为衡量的标准作出的，而在当时的西欧还没有人文主义这个概念或与之相类似的观点，人们也没意识到他们会对以后的文化发展产生怎样的影响。但丁或者说人的"善良的本性"是人们看待一切的基本法则之一和"善"的标志。按照约翰逊（Johnson）的观点，它是一个超越时空限制的基本的道德原则[①]。这就意味着，尘世中的应该以"公允"和"道德"的原则行事，并以"公平"和"正义"的视角和方法看待当时的一切，而且实施惩罚也要有一个道德的界限，一旦逾矩而为，就违反了道德至上原则。如果以这个观念为标准来衡量"意大利文学三杰"的文学作品和其中的观点，读者就会发现，他们作品中的各种惩罚和有关于人和事的解说与评判的合理性，以及其中表达的各种社会性的观念与含义所蕴含的现实意义。

本书认为，对西欧中世纪历史和社会的解释和说明，都是研究者个人的理解和态度，读者应该对这些观点抱有宽容的态度。在文学研究中，我们对自己所生存的客观世界和思想文化的任何观察和认识都仍然是一定范围内的努力，对但丁思想的理解也是如此。因此，因为不同的研究者，对所考察的对象会有不同的世界观和不同的研究视角，从而得出不同，甚至是截然相反的结论，这在社会科学的研究中表现得尤为明显。对任何一个历史和社会现象的认识和考察都有其具体的观察角度和局限性。究其原因，这一方面在于我们对整个事件和历史现象本身的概括和总结能力，另一方面在于对人类历史进程和当时西欧社会变化中隐含的各种现实生活中的具体现象和问题的探寻；这种考察应建立在对构成这些事件和现象的细节的研究基础之上，否则容易成为空洞和不切实际的理论或概念。

关于"意大利文学三杰"思想观念的影响，人们通常认为，"意大利文学三杰"的思想观念不仅反映了中世纪晚期西欧社会形态和人的思想观念的变化，而且对世界近现代历史文化产生了十分深远的影响。本书的目的之一就是，将"意大利文学三杰"关于人与社会的观点延续下去，以引发我们对自己所处的历史时代和社会变化有更深理解，即威廉·安德森（William Anderson）所说"既然人类的文明取决于各种艺术的传承和繁荣，因此继承和学习我们的祖先留下来的这些思想和文化遗产对于更好地了解自己具有重要作用。另外，通过学习，我

---

① David Nichol Smith, *Eighteenth Century Essays on Shakespeare*, Glasgow: James MacLehose and Sons, 1903, P. 123.

们不仅能够保持、发展这些文化，还能够通过努力将这些文化延续下去。"[1]不可否认的是，"意大利文学三杰"的思想观念也对西欧近代文化产生了消极影响，尤其是"遵循上帝教诲以获得精神救赎"等中世纪基督教神学观念在西欧近代很长一段时间内仍然蒙蔽人们。但丁关于人以"自我为中心"的观点的无节制发展有碍人文主义的传播。因而，但丁思想中的矛盾性和妥协性使之不能将反对天主教会和维护君主政权等观念贯彻到底。

这些变化不仅表现在思想观念更新和西欧社会形态的更替，更表现在对他们习以为常的事务的理解。这一方面表现为社会文化观念的更新，另一方面表现为人们认识世界程度的加深。布克哈特（Jacob Burckhardt）认为："这些知识的巨人，这些文艺复兴代表人物，在宗教问题上就表现出一种在年轻人身上常见的性格。他们能够敏锐地分清善与恶，可他们并不认为自己有罪。"[2]而且，"使得文艺复兴时期同中世纪看来成为一个鲜明对比的那种世俗性，首先源于那些改变了中世纪关于自然和人的观念的新思想、新意志和新观点的浪潮。"[3]这说明，中世纪基督教神学观念和旧时代文化已经失去往日的影响力，人们对"上帝之爱"与"天堂幸福"的盲目信仰已经被对人的精神自由与世俗乐趣的追求所取代，旧的道德观念开始受到怀疑，同时表现出高尚的人性和精神境界[4]。而人性一旦确立，人就获得了应有的社会地位，这是人类文明发展的必然。同时这也说明：对人的解说是人们看待社会生活、解说人类社会变革动因的主要标准之一。

现代人关于"意大利文学三杰"的作品的理解在很大程度上是基于对前人研究成果的继承，而不完全是对"意大利文学三杰"关于人与尘世生活等观念的理解。这样做虽然脱离了"意大利文学三杰"的立场，但是显然有其合理的地方。这是因为，从人类文化的发展历程来看，人们认识世界的角度与范围之间的差别并不很大，都是对本民族固有的思想文化观念的继承与一定程度的发展和引申。这不仅为其他的民族或人们带来灵感和启发，从而成为其他的民族或人们观察这个世界的有力武器，同时也为同一文化范围内的人们看待人与这个世界打开了一扇新的窗口。从这个意义上讲，"意大利文学三杰"的作品并不是个人关于

---

[1] William Anderson, *Dante the Maker*, P. 4.

[2] Jacob Burckhardt, *The Civilization of the Renaissance in Italy*, P. 473.

[3] Jacob Burckhardt, *The Civilization of the Renaissance in Italy*, P. 474.

[4] Jacob Burckhardt, *The Civilization of the Renaissance in Italy*, P. 216.

人与社会的观点或表达，而在很大程度上代表了当时人们关于人与世界的理解。从这个意义上讲，探究"意大利文学三杰"文学作品中的思想观念对研究中世纪晚期西欧社会发展变化具有普遍性与适用性。

在这个过程中，我们虽然可以看到"意大利文学三杰"作品中的人文主义文化的最初萌芽，但是他们作品的立论与观察问题的出发点等仍然在很大程度上是属于旧时代文化和中世纪基督教神学的范畴，他们看待问题的角度也仍然局限于中世纪经院哲学的思考范围之内。这就决定了他们不能对当时的人与西欧社会现实有一个清醒的认识。从这个意义上讲，虽然本书主要涉及"意大利文学三杰"作品的时代因素与对人与社会的看法，但是还不能仅仅根据这些线索认为他们是新时代伟大的人文主义诗人或是人文主义思想家，而只能说他们的文学作品已经表现明显的人文主义特征或是近代意识。这是因为，关于他们的作品和其中的思想意识截至目前仍然有讲不清楚的问题，还需要进一步梳理。

对"意大利文学三杰"的作品的梳理是一个艰辛的过程。这不仅需要研究者对其中涉及的文学掌故有清楚的了解，也需要对其中涉及的西欧社会文化等方面有一个明确的掌握。需要做的是，梳理"意大利文学三杰"关于人与社会变化的展示，抽象出其中蕴含的关于西欧社会变化的线索，以求能够对西欧社会变化有一个大致认识；另外，我们也应该对"意大利文学三杰"作品中展示的思想观念抱有虚心的态度和真诚探询的精神，因为其中任何一个观点的提出都蕴含了当时人们关于人与社会变化的细微观察与深刻解说。而后来的研究者则大多是站在他们各自的立场上观察"意大利文学三杰"的作品和他们的观点的，因此很难讲当下的研究究竟能够在多大程度上接近当时的人与西欧的社会现实。

由此可以看出，西欧中世纪文化和当时的文学作品中深刻地反映了在那个特定的历史条件下，人们对于人的理解和认识，即将人作为一个有独立的精神世界和高尚的道德观念的人来看待，并将人放在一个与当时的社会现实具有密切关系的精神与道德体系中来加以理解。也可以这样认为，"意大利文学三杰"的人学观是随着欧洲封建制度的建立和巩固，对人们关于人性的精神与道德层面的内容的揭示，其为当时和后来人们观察中世纪西欧社会的形态的变化和思想意识的更新提供了一个全新的思路和观察视角，即人不仅是具有肉体的生物性存在，更重要的是具有高尚的精神和道德品质的积极的社会存在。因此，虽然他们十分重视人所具有的精神意识与社会道德价值观，但是正是在这个过程中，研究者会不自觉地将人的精神与肉体分割开来看待，从而形成明显的社会阶段特征与独特的个体性格，我们也从而能够对研究的目标有一个清晰的展示，这也是由中世纪基督教神学文化对当时出现的"积极的人"的形成的主要贡献之一。

由此可以看出，"意大利文学三杰"思想观念中的模糊意识与矛盾观点反映的是中世纪晚期西欧出现的近代人文主义精神与中世纪的哲学和神学观念之间的对立冲突与二者之间的交流与融合，即"意大利文学三杰"是以教会学说和中世纪基督教神学为指导，在理性信仰"上帝之爱"和"天堂幸福"的基础上，对人的理性和精神世界的独立性的充分肯定和对高尚的人类道德的赞美，同时他们在这个过程中又在力图弥合人的理性和自由意志与中世纪基督教神学观念中关于人在精神上对"上帝"与"天堂"的盲目信仰、二者观念的对立，即中世纪基督教会一方面认为人的理智不可能达到理性的、非物质的存在的理解水平，另一方面也认为理性能够决定人的思想和行为，他们的目的在于强调中世纪以来西欧一直争论不休的理性在信仰中的主导地位等枯燥且带有哲学思变色彩的宗教命题。

对反动的中世纪基督教神学进行大规模改造与重新塑造人与尘世生活在尘世中的中心地位的文艺复兴运动，其刚好在13世纪末14世纪初在西欧，特别是意大利出现的原因就在于，西欧社会结构的变化和中世纪基督教神学文化发展的历史必然。也就是说，起源于意大利文的文艺复兴运动和其后的宗教改革运动有其独特的社会土壤与历史机遇。这种必然性主要表现在以下几个方面。

首先，"意大利文学三杰"关于"人"的论述是中世纪以来西欧的基督教神学文化内部积极的思想意识发展的结果。在以往的外国文学教材或各种历史著述中，在谈到文艺复兴或意大利文学的时候，特别重视13—14世纪西欧的政治、经济、社会和文化的发展以及变革。但是在我们近距离观察西欧社会变革的时候，这种笼统或观念性的论述则往往显得疲乏。本书认为，"意大利文学三杰"文学作品中关于人的论述最早来自中世纪基督教神学文化内部的积极因素的推动。由以上考察可以看出，在中世纪基督教神学文化内部自其形成以来就一直存在着两种文化的对峙现象：一种是在中世纪基督教神学文化内部存在着以强调人的积极的精神意识为主要内容的文化动力；另一种是包含西欧世俗文化的内部强调人的情感与欲望是人的本性的文化动力。这两种文化动力决定着中世纪西欧社会文化和人的思想意识的走向。而神学家们和文学家们在描写或试图理解这个世界的时候，也往往不自觉地采取这两种态度观察人与这个世界。比如，中世纪文学家在展示人与这个世界的时候，就不会从中汲取需要的精神营养，前者如《圣经》中的人物摩西、大卫、亚伯拉罕、力士参孙以及十二使徒等宗教著作中的人物形象，后者如罗兰、伊戈尔、罗宾汉，乃至伊阿宋等人；但丁进而通过这些人的行为，尤其是对他们的评价展示了对尘世幸福与人类未来的向往。安吉洛·马佐科（Angelo Mazzocco）认为："但丁对语言的关注是通过他的作品实现的。"[①]

在这些人的身上，通常会表现出对人的能力的自信和人的精神世界和道德意识中美好和高尚的一面，其中既有宗教英雄和世俗英雄身上那种超乎常人的坚强的毅力和勇气，同时也有日常生活中的人的温暖与柔情。正是这种宗教和世俗生活中杰出的生灵与高尚的思想意识，才能够使得"意大利文学三杰"塑造的人物形象在当时西欧社会发生剧烈变化的新的历史条件下结合在一起，并且由此迸发出对尘世幸福的追求与对当下的世俗生活的热爱。由此可以理解，在但丁的作品中出现了对骑士文学中的典雅的爱情的展示、市民文学中的市井中人物的内心的展示，以及宗教文学中人追求"上帝之爱"的精神意志演变成追求尘世生活的人生理想等描写。由此可以理解，文艺复兴时代的人既有圣徒般坚定的道德意识和对人性美好的追求又有骑士的热忱、市民的机智，和对现实生活的追求。阿尔伯特·拉塞尔·阿斯科利（Albert Russell Ascoli）认为："但丁在当时的政治与宗教体系之外，以俗语表达了人的内心世界，并以一个皇帝与哲学家的身份在传统历史与神学之外阐述了人的认知能力。"[②]这说明，但丁的"三界之旅""既在于突出主人公的高贵血统，又在于说明人类道德旅程"[③]的原因了。

其次，科学知识的进步和近代意义的文化的传播极大地促进了西欧近代文化的兴盛，中世纪的学校教育也由此获得了新生，现代意义的教育系统的建立是这个变化的关键。这是因为，学校教育在中世纪有悠久的历史，当时遍布西欧各地的修道院，其实就在执行着学校教育的功能。据记载，西欧最早的修道院起源于公元6世纪，到7世纪，在修道院的基础上发展起来的天主教学校已经成为当时

---

① Angelo Mazzocco, *Linguistic Theories in Dante and the Humanists*, P. 24.
② Albert Russell Ascoli, " 'Niminem ante nos: Historicity and Authority in the De Vulgari eloquentia,": 222.
③ John Freccero, *The Eternal Image of the Father* in *The Poetry of Allusion*, Stanford : Stanford University Press, 1991, P. 62.

的正规教育了。12世纪，意大利出现了以编译古代希腊以及阿拉伯医学著作和进行医学教育闻名的萨莱诺大学，并在1231年得到政府的承认。意大利另一所著名的大学是意大利建立于1088年以研究和传播罗马法著称的博洛尼亚大学。同时，西欧其他国家也纷纷建立自己的大学，其中著名的就有1200年法王腓力二世批准建立的巴黎大学，英国于1167年建立的牛津大学、1209年建立的剑桥大学，除此之外，还有1289年建立的法国的蒙彼利埃大学、1229年建立的图卢兹大学，1222年建立的意大利的帕多瓦大学1224年建立的那不勒斯大学，1218年建立的西班牙的萨拉曼卡大学，1288年建立的葡萄牙的里斯本大学等。

在西欧的大学兴建之初，虽然它的主要目的是促进世俗文化的发展，但是由于这时的基督教会仍然在竭尽全力掌握对大学的领导权，并由此控制了一大批学校。虽然如此，西欧大学的建立对于促进西欧社会精神的活跃和思想意识的开放仍然起到不可低估的作用。它不仅活跃了当时西欧文化的发展，也为文艺复兴的兴起提供了丰富的人才储备和思想基础。到了文艺复兴时期，西欧大学的创办与作用更加活跃。1580年，巴黎大学就首次将希腊语作为一门语言来教授；1516年是托马斯·莫尔的《乌托邦》和伊拉斯谟的希腊文《圣经新约》正式出版的一年。1530年，当时法国最伟大的希腊文化学者说服了法兰西斯一世，创立了当时的法兰西王家图书馆。

近现代意义的教育体系的建立毫无疑问是西欧文化的一件大事。可以这样说，在文艺复兴时期，西欧除那些新兴的大学以外，当时的其他大学仍然堪比基督教会和亚里士多德主义的堡垒。而在这些传统的大学以外，近代意义的学校层出不穷，这不仅极大地改变了中世纪以来西欧的教育受到基督教会严密控制的情形，也为西欧近代文化的传播和知识的普及提供了另一种可能性。例如，对教育的重视和对新型学校的需求使意大利原有的学校大多得到恢复。西欧的开明君主也随之创办了各种新式学校，目的就是让他们的孩子能够与市民的孩子一起接受教育，或跟人文主义教师学习。当时的意大利有两所著名新式学校，一所是多里诺·达·菲尔特莱为曼图亚贵族贡扎加家族开办的，另一所则是圭里诺·达·维罗纳于1429年为费拉拉君主尼克罗·艾斯特开办的，这些世俗性质的大学对语言的研究显得尤为重要。[①]安吉洛·马佐科（Angelo Mazzocco）认为："中世纪晚

---

① Joan M. Ferrante, "The Bible as Thesaurus for Secular Literature", P. 25.

期至文艺复兴前期,学术圈子里没有比语言的变化更能引起关注的话题了。"①

最后,对基督教神学的研究导致了西欧近代科学的发展。众所周知,中世纪的欧洲在自然科学领域发展得最快的学科之一是天文学,数学在其次,物理和化学则稍逊于前者。造成这个现象的主要原因之一就是,中世纪基督教神学家要证明上帝和天堂的存在,同时也是为了证明上帝和天堂具有超乎常人的神学属性。但是,随着人们对上帝和天堂等观念了解的越来越多,上帝和天堂存在的合理性越来越受到质疑,结果是,人们反倒对这些基督教会学说产生了怀疑,天文学反而变成一门独立学科。这就能够解释天文学家布鲁诺会让基督教神学家感到恐惧,以及他被基督教会烧死的原因了。随着天文知识的发展,为了计算星球运行轨道,以及宇宙间的化学反应等自然现象,人们开始关注自然界中的物理现象和化学反应。这些都促使数学、物理、化学也逐渐与基督教神学脱离并最终形成各自独立的知识与学科。这一切都不约而同地促进了反对中世纪基督教神学文化氛围的形成和西欧近代科学的迅速发展。另外,13-14世纪欧洲生产力的发展也为这种反对基督教神学文化的自然科学的出现提供了一个有利的时代机遇。结果是,为了论证中世纪基督教神学的合理性而提供论证手段的自然科学,最终在文艺复兴时期变成否定中世纪基督教神学的思想武器和道德工具。换句话说,中世纪基督教神学意识此时变成人学,对人自身的存在和观察这个世界的探究由此成为这个时代的主题和当时西欧社会文化和精神意识发展的需要。

这也从一个侧面证明了布克哈特(Jacob Burckhardt)关于西欧近代文化的理解:"使文艺复兴同中世纪形成鲜明对比的那种世俗性,首先源于那些改变了中世纪关于自然和人的观念的新思想浪潮,这种精神对于宗教而言并不比取代宗教的那些'文化'怀有更大的敌意,可是它对发现新世界所唤起的普遍的激昂之情却只能给我们留下一个微弱的概念。但是这种世俗态度并不是轻薄的,而是认真的,并且为艺术和诗歌所提高,这种态度一经采取就永远不会失去。结果是,一种不可抗拒的强大的精神力开始迫使我们研究当下的人和事,而且我们必须把这种研究当作正当的工作,这是崇高的近代精神发展的必然趋势。"② 而且,"这些意大利文化的代表,生来就具有和其他欧洲人一样的宗教本能。但是强有力的个性使他们的宗教意识完全流于主观,就像其他事情一样,内部世界和外部

---

① Angelo Mazzocco, *Linguistic Theories in Dante and the Humanists*, E. J. Brill, 1993, introduction, P. 1.
② Jacob Burckhardt, *The Civilization of the Renaissance in Italy*, P. 475.

世界的发现在他们身上发生的巨大魔力驱使他们的观念和思想意识不断世俗化。在欧洲其他地区直到很晚宗教始终是外部授予的东西,而在当时意大利现实生活中利己主义与肉欲、信仰与忏悔交替出现。只是后者没有像意大利那样成为他们精神上的竞争者,即使有也是在小得多的范围之内。"[1]

这是因为,人类社会发展过程中任何一个社会形态的变革和思想意识的更新,以及人类道德的进步都证明了这个变化。尽管如此,我们仍然要分析当时西欧社会的变化。虽然想要确切地列举和分析其中的道德意识和社会形态之间的比例关系或二者之间的逻辑关系是不可能的,但是本书仍然在力所能及的范围内求得对"意大利文学三杰"的思想意识有一个明确解说。当时人们能够明显感觉到,中世纪晚期的西欧在基督教会的严密统治之下开始了向近代的过渡。结果是,西欧出现了崭新的关于人与生活的态度,这一点已经为人类近代历史和西欧社会发展证明。

由此可以看出,"意大利文学三杰"关于人与人类社会变化的解说在很大程度上就是当时西欧社会变化在人们的思想意识中的反映,以及人们对这些变化表达的不同的立场和理解。当时教会学说和中世纪基督教蒙昧主义、禁欲主义观念与文艺复兴新思潮之间产生了异常尖锐的矛盾,并由此引发了中世纪以来西欧积累下来的各种矛盾的聚集与集中爆发,西欧出现了"自然文化与哲学观念危机"[2]。西欧开始由"一个关闭的、等级森严、终极的世界"[3]向"与文艺复兴的完美形式一同出现的新时代开端"[4]的过渡与转型。这个变化的另一个主要原因是,意大利由于地处亚、欧、非三大洲的交汇处,同时是当时西方贸易的中心,更是东西方思想文化发生激烈碰撞的地方,这些因素叠加在一起就必然造成西欧原有的各种社会意识与思想观念的激烈碰撞,以及传统观念与新时代精神意识之间的交流与沟通。作为这个变化的结果之一就是,西欧社会也经历了中世纪基督教神学观念向近代人文主义观念的变化。

这是因为,随着托马斯主义的破产、中世纪基督教神学观念的衰落、基督教会腐败以及西欧近代性质的经济的兴起,中世纪的神权政治理论和中世纪基督

---

[1] Jacob Burckhardt, *The Civilization of the Renaissance in Italy*, P. 473.

[2] Ernst Cassirer, *The Logic of the Humanists*, P. 34.

[3] Eugenio Garin, *Der Italianische Humanismus*, P. 18.

[4] Hans Baron, *The Crisis of the Early Italian Renaissance*, P. 3.

教神学观念等都得到了根本修正，人的精神世界和尘世生活也迸发出无穷韵味与魅力，尘世中的人取代了上帝成为尘世中具有独立的精神意识的高尚的道德存在和宇宙的中心；同时人们在这个过程中开始了对人性的进一步探究与对人类道德作用的反思。这一方面是中世纪晚期西欧出现的对人性的肯定与对人类道德作用的解说与评判，也是中世纪晚期的西欧是一个"需要巨人而且产生了巨人的时代"①的主要原因之一。

笔者在此无意对"意大利文学三杰"作品中那些现在看来稀奇古怪的描写或带有浓厚的中世纪宗教文学特征的表达作任何评论，也无意在此把"意大利文学三杰"看作是西欧的先行者或人类命运的预言者，而只是在此提醒读者应该有自己的观察视角和阅读标准，并且根据自己的立场和感受来理解"意大利文字学三杰"的作品。说到底，"意大利文学三杰"的作品既是中世纪晚期西欧社会现实的写照，更是对人性的积极肯定与对高尚的人类道德的美好期待，其中的体验与韵味只存在于读者个人的体验与想象之中，而与其他因素无关。《神曲》也因为这一点被称为"中世纪人生观的最佳表述。"②丹尼斯·哈伊（Denys Hay）也在《意大利文艺复兴的历史背景》（*Italian Renaissance in Its Historical Background*）一书的意文版序言对当时西欧出现的近代特征作了十分中肯的解说："关于造物、救赎、人的堕落和基督赋予信徒神性的允诺，已经构成'人的文艺复兴哲学'的基础。而在谈到宗教信条——无论哪一种信条时，人显然处于整个画面的中心。"③

这是因为，自中世纪以来，意大利民族就作为一个独立的整体长期处于外族统治下，但是意大利人要求获得民族独立的理想从未停止，意大利民族意识一直处在酝酿过程中。对意大利人而言，意大利教皇国的存在一直就是意大利民族独立的最大障碍。甚至在14世纪最初的几年里，任何涉及意大利民族意识或民族情感的表达对意大利民族来说都是一种不切实际的幻想或者奢侈。我们由此可以理解，虽然意大利人具有获得思想解放和民族独立的精神要求，但是即使是这个小小的要求却一直遭到基督教会压制甚至扼杀。当时的文学家或诗人同但丁一样，在教会学说和中世纪基督教神学在西欧占绝对统治地位的大背景下，明确提

---

① 《马克思恩格斯全集》第3卷，第445—446页。
② Alan Bullock, *The Humanist Tradition in the West*, P. 14.
③ Denys Hay, *Italian Renaissance in Its Historical Background*, Foreword in Italian Version.

出支持世俗君主权威这个做法是绝无仅有的。另一个例子是，西班牙和葡萄牙的关系虽然十分密切，但是由于这两个国家民族意识方面的差异，西班牙兼并葡萄牙的努力一直没有成功。面对这个变化，中世纪宗教文学就成为人们表达观点和情感的主要渠道之一。

至此，本书在尽可能的范围内对引发和形成"意大利文学三杰"的文学作品批评和思想意识的各种因素作了一个大致梳理，并解说了这些因素之间的彼此影响和逻辑关系，并由此得出结论："意大利文学三杰"的人学观是由中世纪晚期西欧社会的复杂性和矛盾性决定的。为了说明这一看法，有必要粗略地考察一下意大利文艺复兴时期的经济现实和社会背景。

首先，西欧经常发生的动乱和战争消耗了大量的人力与物质财富，也极大地削弱了意大利的经济实力以及西欧经济中心的地位。西欧城市的兴起和近代性质经济的发展、文化的迅速发展与阴谋、背叛、欺诈共同构成这一时期佛罗伦萨社会的一道风景，各种外来事物成为人们津津乐道的话题。当时的佛罗伦萨人就认为，商业成功就会使人获得令人羡慕的社会地位，所以人们要做的就是以各种可行手段获取经济利益，而不必去考虑道德意识或社会行为规范的约束。由此人们会发现这种破坏人类道德的最初动力并不来自自身，而是独裁政府或君主宫廷，只有威尼斯商业独裁政府的温和统治显得与众不同[①]。另一个原因是，当时佛罗伦萨与威尼斯处于微妙状态，更不用说佛罗伦萨与威尼斯在捕鱼与贸易等方面的竞争了。

同时，佛罗伦萨的经济活动也因为得不到王权的支持而屡屡遭到失败。据赫德的《意大利简史》记载，1291年意大利商人在法国被菲力普国王扣押；1313年法王菲力普将他的金融业务从意大利转入法国银行，而没有对意大利银行有任何赔偿；1342年英王爱德华三世拒绝偿还佛罗伦萨的巴尔迪和佩鲁齐两大银行，这两家银行因此破产，使佛罗伦萨的经济受到严重打击。除这些例子之外，在与西欧其他国正常的经济交往中，意大利也往往失利。以佛罗伦萨的毛纺支部门为例，1338年佛罗伦萨的毛呢产量是80，000匹，四十年后却为24，000匹，此后在整个15世纪再也没有超过30，000匹[②]。与佛罗伦萨的情形相反，英国于361-1370年间出口羊毛28，302袋，毛呢3，024匹。到1431-1440年间，出口的羊毛减

[①] Jacob Burckhardt, *The Civilization of the Renaissance in Italy*, P. 107.

[②] 赫·赫德，《意大利简史》，商务印书馆，1975年版，第139页。

少为7,337袋,出口毛呢增加到10,051匹。这是由多方面的原因造成的,其中重要的一点是,意大利政治的分裂阻碍了经济发展,而强大的王权促进英国的手工业生产与贸易繁荣。

仍然以佛罗伦萨为例,1312年,在亨利七世进军意大利的过程中,佛罗伦萨出于自身利益的考虑,向亨利和他的对手各派出了数量不等的军队:向亨利派出约1000名骑兵和一定数量的步兵,同时也向他的对手派出了约4000名骑兵和数目庞大的步兵。这些频繁的财政开销与物力调动极大地削弱了佛罗伦萨的经济活力和佛罗伦萨的政治与经济地位。为了能够生活下去,大量市民被迫逃亡农村,从而造成了佛罗伦萨经济的衰落。另据记载,1504年,意大利大贵族安东尼奥·萨维兰修建了一个储存食物的城堡,并派出一队贫苦的农民守护城堡中的面粉,以防止火枪手的进攻[1]。这些都在客观上阻止了意大利的独立和统一。

从西欧近现代社会和历史发展来看,虽然意大利是西欧最早出现资本主义萌芽的主要国家之一,但是这一新型的经济因素主要出现在意大利北部的伦巴第和中部的托斯卡纳工商业发达地区,整个意大利南部以及中部一些地区,由于封建统治力量十分强大,仍然处于基督教会与封建君主的统治之下,落后的封建农业经济仍然占据主导地位。这种地区间经济的不平衡严重妨碍了意大利经济中心的形成。此外,意大利处于西欧与西亚贸易的交汇之处,当时意大利的经济主要是以转口贸易为主,意大利的经济兴盛和商业繁荣主要依靠当时遍布欧洲各地的海外市场。另外,当时意大利的城市国家由于缺乏共同的经济利益,加之当时意大利各个城市国家之间的矛盾。结果是意大利的经济活动虽然活跃但是获利却并不十分大,因而各城市国家的统治者对意大利的独立和统一漠不关心,同时对海外市场和国内地盘的争夺也十分激烈。这就导致意大利城市国家之间征战频仍,政局动荡,这些都在很大程度上拖累了意大利经济的发展。

结果是,社会局势的动乱导致佛罗伦萨的城市政治制度由共和制转变为专制。这是因为,首先,长期的意大利社会动乱破坏了意大利正常的城市生活,也削弱了意大利中小市民的地位,同时也加深了他们在经济上对意大利的城市贵族和工商业大家族的依附。其次,当时意大利不断出现的动乱、冲突和战争也使广大市民对于现行的共和制产生不满与怀疑。他们期待一个能够在危机时刻作出正确判断与决断的有效率的政府,说得更清楚一点就是,这时意大利的市民期待有

---

[1] Denys Hay, John and John Law, *Italy in the Age of the Renaissance 1380-1530*, P. 84.

一个强有力的统治者的出现。基于这两方面原因，意大利城市国家的统治权逐渐集中到个人手中，意大利出现了僭主统治。僭主政治的建立标志着意大利中小市民政治地位的下降和权力失势，城市领导权被工商业大家族和城市贵族，以及雇佣兵首领所掌握。这些城市僭主一方面对内实行专制统治，加强城市的行政和军事力量，使城市逐步向专制国家转变。同时，这些僭主也极力鼓吹地方爱国主义，吞并弱小国家，起因就是争夺途经各自的交通和贸易要道。而这些又进一步加剧了意大利各个城市国家的矛盾和争斗，使意大利的统一更加困难。结果是，市民逐渐演变为封建统治上层的附庸。

为了能够更好地认识这个变化，在此需要对佛罗伦萨的人文主义运动作一个简要考察。

意大利人文主义运动从13世纪末开始，到15世纪后进入高潮，佛罗伦萨由于经济比较繁荣和社会制度比较稳定而成为当时西欧社会的中心。萨琉塔蒂就是当时最重要的人文主义者的代表。从它的生活经历来看，萨琉塔蒂作为人文主义者的代表，长期担任佛罗伦萨政府幕僚长，利用他的学识和才能为佛罗伦萨城市共和国服务。观点方面，虽然他是彼特克拉克的好友，但是他并不完全同意彼特克拉克消极出世的生活态度，而是主张以积极进取的态度热情拥抱生活。例如，萨琉塔蒂就以他广博的文学、历史知识和对教会历史的探究，证明了佛罗伦萨就是世界上最自由的城市，以激发市民积极参与城市管理的爱国热情。在这种活跃与自由的社会氛围的影响下，其他人如但丁的老师布鲁尼、波吉奥和曼内蒂等人迅速成为当时人文主义者的代表。这些人文主义人士积极参与西欧社会文化活动，他们讽刺专制统治、教会腐败，赞美共和制，将古典文化中预示的人类未来作为奋斗目标。对于当时意大利的这个状况，汉斯·巴伦（Hans Baron）就指出，控制人类精神自由的专制统治"依靠一个人反对众人意见的反复无常的做法什么也解决不了"，号召人们拥护城市共和制度[1]。这些人文主义者大力支持城市商业和佛罗伦萨贸易发展，宣传世俗生活的正当性和必要性，支持市民从事经济贸易活动。这对佛罗伦萨的市民从事工商业活动是一个很大激励，因而有利于西欧早期资产阶级意识的发展。正是由于这种强大的精神力量的支持，人的尊严和世俗生活的正当性得到极大肯定，僧侣垄断一切的中世纪基督教神学传统观念受到严重冲击，以人的精神自由与思想解放为表的近代意识成为西欧近代社会意

---

[1] 汉斯·巴伦：《从彼特克到列奥那多·布鲁尼》，芝加哥，1968年，第169页。

识的主流，意大利进入了人文主义发展的黄金时代。

在这种积极进取的精神意识的鼓舞下，不仅每个人的思想意识开始变得活跃，西欧的社会风气也显示出乐观的景象。这种生活态度的积极变化主要表现在以下两个方面：其一，人文学术的自由化。这时的人文主义者在积极拥抱生活的同时，开始了对人的内心世界，甚至人的自我意识和观察生活的角度、立场等都展开了深入探究。但丁就是在当时西欧仍然处于基督教会严密控制的大背景下，基于对自己的内心世界的探索与对人性的揭示，展示了尘世生活的美好和人生的积极意义。例如，但丁以"一棵树栽在溪水旁，按时候结果"[①]隐喻了理想中的"人类的和平与统一"，以赞美"上帝之爱"的诸如"贞女和农神王朝终于再现""完美的王是伊尼厄斯，没有人比他更正直，没有人比他更虔诚，他英勇善战、举世无敌"，以及"基督降生表明罗马的统治权是神授"等隐喻了当下的意大利人就是"人类幸福"与"世界和平"的构造者和引领者等。这表明，当时的人文主义作家和思想家在获得了精神自由以后，已经在很大程度上成为当时西欧歌颂人与尘世生活的代言人。其二，人文主义思想与人们对尘世生活的观察相调和。"意大利文学三杰"时代的文学作品和思想倾向都说明了这一点。例如，彼特拉克认为，人的内心世界就是当下的大自然景色的反映，并由此表达了对美好人生的构想与期待。另一个例子是，彼特拉克在四十几岁的时候，将他的精力主要放在三件事情上：恢复教廷的圣洁、西欧社会秩序的恢复与罗马帝国的重建，因而其中带有明显的理性思考。彼特拉克因此被认为是"文学与哲学的领军人物"[②]。同时，这也解释了"意大利文化能对整个欧洲统治近两个世纪之久，并成为产生无数哲学天才的肥沃土壤"[③]的原因了。

当时另一位著名的人文主义思想家代表皮科就以柏拉图主义写出著名论文《论人的尊严》，其中就高度赞美了人的力量，肯定人是自己命运的自由创造者。虽然后人对于皮科的观点有不同的理解，但是其中不可否认的一点是，皮科的大部分作品都带有浓厚的基督教神学色彩，是新柏拉图主义、亚里士多德主义、犹太教教义和基督教神学意识的混合物。即使抛开当时西欧仍然十分浓厚的基督教神学氛围不谈，皮科能够得出人具有积极的精神意识的观点在当时是一

---

① Dante Alighieri, *Monarchy,* Cambridge: Cambridge University Press, 1996, P. 3.
② Pasquale Villari, *The Two First Centuries of Florentine History,* T. Fisher Unwin, 1908, P. 408.
③ Eugenio Garin, *Der Italianische Humanismus,* P. 25.

件多么难能可贵的信心。显然，这样的观点很难为新兴的资产阶级所接受，也不会起到批判封建神学的作用。对此，汉斯·巴伦（Hans Baron）就认为，这些人的观点在思想内容与表达方式上"标志着一种向中世纪甚至部分向经院哲学的回归"[1]。由此可见，以"意大利文学三杰"的作品为代表的新兴的积极生活意识并不完全是对即将到来的未来世界的欢呼，也有对当下现实生活的怀疑与否定。现在看来，这些变化表达的是意大利人文主义运动发展过程的不平衡与循环往复，更代表了人类文化意识发展的曲折迂回和进步过程，这是由当时意大利独特的政治和经济条件决定的。

除以上两方面外，"意大利文学三杰"思想意识的发展与变化还与当时西欧的社会思潮和历史上基督教神学思想的影响有关。造成"意大利文学三杰"思想矛盾性与模糊性的原因十分复杂，其中新旧思想观念识交织在一起，各种世俗观念和宗教信仰彼此渗透，不同的观点和思想意识相互混杂、相互影响。对此，班费尔·斯坦利（Benfell V. Stanley）就认为，但丁作品中诸如此类的表达"一方面表达了创作的自由在于解说道德的含义，同时我们也应该看到它的神学起源"[2]。置身于这样的文化氛围和社会环境中，人文主义者也不可能独善其身，因为意大利上层社会和中产阶级对教会腐败和尘世堕落十分反感，但是却在日常生活中默认并保持对圣礼的遵从。

这是因为，中世纪晚期西欧城市国家的战争和城邦内部的动乱不仅严重破坏了西欧社会稳固，同时也极大削弱了意大利中小市民（其中就包括早期资产阶级）的力量，"此时，形势开始对佛罗伦萨的政治寡头有利，他们开始掌握城市国家政权，以科西莫和洛伦佐·美第奇为代表的经济贵族开始控制佛罗伦萨政权，同时在法律上仍然保持着普通市民的身份，其他贵族纷纷效仿他们"[3]。这些僭主对内实行独裁统治，对外以武力夺取国外的贸易市场和地中海商路也导致他们之间的矛盾和对立进一步加深，这些变化反过来又进一步加重了西欧社会动荡和思想混乱。结果是，中世纪延续下来的教会说说，基督教神学观念、世俗偏见以及各种外来观念混杂在一起，共同构成了中世纪晚期西欧的社会意识。

也就是说，中世纪教会学说或基督教神学观念并非已经消失或被西欧近代

---

[1] 《意大利文艺复兴的历史背景》，第174页。

[2] Benfell V. Stanley, "Prophetic Madness: The Bible in Inferno XIX", P.161.

[3] Pasquale Villari, *The Two First Centuries of Florentine History*, P. 487.

意识取代，而是经历了一个以人的自我否定的释放与新时代精神最终确立的循环发展过程。主要表现为，中世纪基督教神学观念的分化既是一个伴随西欧社会变化的观念的更新，更是中世纪基督教神学观念与人们关于人类社会变化的理解的融合。进一步看来，这也能够解释近代西欧文化中已经没有基督教神学观念和教会学说的影子，以及基督教会学说和中世纪基督教神学观念能够保留下来这个事实。也就是说，"中世纪的思想观念仍然存在于我们心中。"[1]

结果是，这时的西欧就像一架沿着下坡路急速狂奔的马车，它的所有动力和势能都指向一个渐渐清晰的目标——近代世界。这些势能是在中世纪很长一段时间内积聚起来的，此时直接爆发，进而改变了西欧原本的一切。这并不完全在于教会腐败或尘世堕落，也不在于西欧近代性质的经济发展以及对教会学说的盲目信仰。原因在于，支撑中世纪西欧社会运转的道德体系和精神支柱已经坍塌，西欧社会也不可避免地崩溃了。而这就需要一种与之相适应的道德力量支撑西欧社会正常运转，"意大利文学三杰"关于"积极的人"的理解正好填补了这个思想意识的空白。这就是"意大利文学三杰"的人学观产生的根本原因。

小 结

至此，我们可以引用《意大利文艺复兴时期的文化》（The Civilization of the Renaissance in Italy）中的一句话作为本书的结束："财富和文化上的夸耀和竞争没有受到禁止、一定程度的市民自由依然存在，有一个和拜占庭或回教世界不同的、不是政教合一的教会——所有这些无疑对个人思想的发展都是不利的，而党派斗争的停止也给这种发展提供了空间。对于政治的漠不关心，一边忙于自己的正当事业，一边对文学艺术有极大兴趣，这样的私人似乎已经在14世纪暴君专制制度下初次完整形成了"[2]。结果是，中世纪晚期的西欧出现了"多才多艺的人"[3]。尘世中的人由此成为了"积极的人"[4]。

---

[1] F. J. C. Hearnshaw (ed), *The Social and Political Ideas of Some Great Medieval Thinkers*, P. 11.

[2] Jacob Burckhardt, *The Civilization of the Renaissance in Italy*, P. 145.

[3] Jacob Burckhardt, *The Civilization of the Renaissance in Italy*, P. 147.

[4] Franco Masciandaro, *Dante as Dramatist*, Philadelphia, University of Pennsylvania Press, 1991, P. 2.

第七章 总结

至此，本书对"意大利文学三杰"作品中的人学观作了一个粗略梳理与考察，并在笔者力所能及的范围内回答了以下几个问题：1.中世纪晚期的西欧社会与文化风尚究竟处于怎样的状态？2."意大利文学三杰"人学观的主要内容与变化原因，以及它是怎样变化的？3."意大利文学三杰"的人学观是怎样形成的？它的性质是什么？对西欧近代人文主义观念有怎样的影响？

在回答这些问题时，本书首先要考虑的是，中世纪晚期西欧的社会形势与思想文化发展的大致情形。这是因为，中世纪晚期，随着基督教会的腐败与中世纪基督教神学观念的衰落，西欧社会文化和人们的思想意识也出现了松动的迹象，这时人们的精神世界开始从对基督教会宣传的"上帝救赎"与"天堂幸福"的盲目信仰与追求中解脱出来，并开始关注人的内心与对世俗乐趣的追求。这时意大利的封建贵族也开始注重自身的修养，并努力使自己显得有教养和有学识，同时他们开始赞助各种世俗性的科学研究与文化事业，而有些贵族则开始对世俗利益和金钱感兴趣，并积极参与到各种商业和经营活动中。这时人们在精神上摆脱了对上帝与天堂的绝对信仰，由于找不到一个可以替代的道德目标和精神寄托，人们转而从古典文化和当时西欧现实生活中去寻求他们所面临的各种问题的答案与心灵安慰，这就为新思想的出现和传播提供了深厚的文化土壤与广阔的观察与思维空间。

第一章主要回答了第一和第二个问题，即尽管以盲目信仰上帝与天堂幸福为主的教会学说与中世纪基督教神学观念在当时的西欧延续下来，但是它们已经失去了以往的权威与吸引力，并呈现出不断衰败的态势。同时，随着西欧城市的出现与意大利贸易的发展，西欧社会呈现出加速发展态势。同时，人们对世俗生活的重视不断加强，以及对人性展开了持续的探究。这时人们一方面开始关注人的精神世界与人类道德在人的道德升华过程中的作用，另一方面开始关注人的精神世界的成长与对生活愉悦的追求。可以说，当时人们的思想观念和精神世界折射的就是西欧社会变化，以及人们对西欧变化的反思。到公元14世纪，随着近代性质的资本主义经济的发展和商业活动的繁荣，这时西欧社会的各个方面都发生了很大的变化，具体表现为这时的市民与城市封建贵族在自我意识和观念等方面也逐渐趋于一致，这些都在很大程度上决定了西欧近代社会的大致走向。

第三个问题分析了当时西欧政治形势与文化。从第二、三、四章的分析可以看出，随着西欧封建社会的瓦解，旧的文化基础逐渐瓦解，近代社会与道德基础处于不断转型过程中，这进一步加剧了人们的思想观念的变化：在教皇权威遭到世俗君主的挑战和西欧民族国家不断形成的这个大的历史和社会背景下，人们开始质疑教会的说教和上帝救赎与天堂幸福等旧时代观念的作用，结果是，人们更加愿意生活在一个期待中的由完美的世俗君主统治的独立的民族国家之中，而这个变化又进一步加剧了当时的西欧社会摆脱教会与世俗君主控制的倾向，结果是西欧出现了对人与尘世生活的关注，"意大利文学三杰"关于人与人类社会变化的观点就是其中的代表之一。

思想意识更新与精神自由都是当时西欧社会基础变化导致的。具体而言，基督教会和世俗君主对尘世生活的干扰导致了意大利各个城邦国家之间的分裂与西欧各个地区的动乱；与这个变化一致的是，当时的基督教会与世俗君主之间和依附于他们的各个政治权力之间也因为对世俗利益经常发生争斗，胜利在代表不同利益的权力之间不断转移。结果是，它们要么以教皇的胜利而告终，要么就是以封建国王或独立的城邦国家的胜利结束。分别依附于教皇和世俗君主的吉伯林派和圭尔夫派以及附属于他们的各个不同小党派的力量不断此消彼长，西欧社会呈现出活跃但动乱的尴尬局面。而在教皇长期控制西欧世俗政权的情况下，那些有权有势的且属于教会势力范围之内的大小封建领主支配着意大利城邦国家政权和意大利政治的走向，他们之间不断发生摩擦和战争。结果是，尘世幸福与和平经常是以一个或几个掌权的封建君主或城市统治者的胜利告终。这一点在当时的意大利表现得尤为明显：当时的人们苦于政治和教派斗争带来的社会动荡，已经不再理会西欧社会动乱是谁引起的，也不会去理会究竟是谁站在正义的一方，而只是盼望尘世幸福与世界和平的降临。"意大利文学三杰"关于人与人类社会变化的解说就清楚地展示了西欧社会结构有其自身的发展变化规律。

除此之外，随着基督教会对尘世生活与人的控制的放松，西欧各种跨国与跨地区贸易也变得越来越容易，经济交往也变得越来越快捷，加之商业信贷的国际化、产品的专门化和技术的进步等都促进了西欧近代商业的繁荣。虽然不可能确切地知道当时西欧贸易量的规模和大小，但是当时佛罗伦萨的纺织业已经有能力决定英国毛纺织品的价格，而且14世纪佛罗伦萨借贷给英王钱币的数量已经达到了相当大的规模，大到足以影响英国的货币供给数量和金融系统的稳定；同时西欧金融业的繁荣也极大地加剧了西欧文化风尚的演进，以及由此而来的人的思想观念的变化与道德意识的更新。结果是，在当时的佛罗伦萨、威尼斯，甚至贝鲁贾等商业集散地和贸易中心，出现了世俗性质的文化艺术的繁荣，进而出现了社会意识的扩展和人的思想观念的更新，而这些变化又反过来促进西欧社会结构的演变与西欧文化制度的更新。具体表现为，这时占当时西欧绝大多数的市民，无论他们是经商还是为基督教会服务，目的都在于努力获得更大的经济收获和物质利益。不仅如此，这些新型的商业和贸易活动在很大程度上取代了中世纪以封建庄园经济为基础的自给自足的生产经营方式和经济活动，这又进而催生西欧近代市场的出现和西欧近代经济关系的形成。这既是创造物质财富、原始资本积累和商品经济繁荣的过程，更是一个西欧社会文化的繁荣和人的思想观念更新过程。这时人们从自己的角度出发观察这个世界，同时开始思考诸如人性和人类未来世界等与尘世生活有关的现实问题。当时西欧的这些变化就直接导致了以人为中心的近代人文主义精神的出现。

第五章主要讨论了"意大利文学三杰"的作品中表达的人由盲目敬仰上帝之爱与天堂幸福向重视人与世俗生活的转化过程与演变的大致经历。现在看来，西欧出现的这个变化不仅是对教会宣传的中世纪基督教禁欲主义与蒙昧主义观念和西欧上古文化的直接挑战，也在很大程度上预示了西欧近代社会与文化的发展方向。这是因为，在中世纪晚期，人们对上帝与天堂的盲目敬仰在一定程度上让位于对人性与尘世生活的重视，人们的精神世界也从一无所有变得充满生机。在这个过程中，一些人开始通过探究尘世生活与人生的意义以理解当下的社会生活和他们自身存在，另外一些人则在这个社会变革的大潮中随波逐流，并最终失去自己。这就不可避免地造成人的思想意识与道德观念的分化与革新，其中最明显的一点是，中世纪晚期西欧新旧思想的碰撞与人的精神世界的分化，这也最终促使当时西欧的社会文化与思想观念发生了根本性变化。与这个新的社会形态一起出现是关于人与社会的观察与新的理解。这一点集中反映在"意大利文学三杰"对上帝的人性与对天堂幸福的理解中。

对"意大利文学三杰"人学观产生的原因的探讨主要在第六章，这是基于前几章的讨论作出的总结和陈述。本书第一章指出，中世纪基督教神学强调的是人对上帝救赎与天堂幸福的盲目信仰，而一个人的出身决定了他的社会地位与影响，虽然他的品行和处世能力在他成长的过程中也会起到很大的作用。因此，我们可以看到在《神曲》中，但丁就梦想着实现生活中的人都能够达到由一个理想中仁慈的世界性的君主统治下的代表人类尘世幸福的大同世界。接下来，但丁以这个带有中世纪基督教神学特征的虚幻内容的设想与对未来的期待在一定程度上推翻了统治西欧1000多年的中世纪基督教禁欲主义和蒙昧主义观念，而与此形成强烈反差的是当时西欧混乱不堪的社会现实和人们思想观念的不断趋同。彼特拉克和薄伽丘的作品也大抵如此，只不过他们的视野和观点更加接近当时的西欧现实。

首先，中世纪晚期西欧社会形态的变化与思想观念的更新产生于西欧社会内部各种紧密结合、相辅相成的变化过程，二者之间并没有一个明确的因果关系或先后顺序之分，对人性的肯定与对高尚的道德伦理观念的赞美逐步让位于对人的出身和人的精神世界的强调，对高贵的人性与尘世生活的关注成为人们关注的焦点，是西欧社会变化对人的精神世界与思想意识的影响；其次，西欧城市的兴起、意大利贸易的繁荣和西欧近代性质的经济的迅速发展等都极大地改变了中世纪以来西欧以中世纪基督教神学观念和旧时代文化为基础的社会形态与社会结构，并促使人们关注自己与现实生活。继而开始思考人存在的意义和人类社会发展的前景等现实问题。前者使人具有了追求思想解放和精神自由的可能性，后者则为近代西欧社会与经济的发展提供了良好的机遇和广阔的发展空间。二者一方面彼此独立，同时又相辅相成，共同促进了西欧由中世纪向近代的转型。

第一个试图解说人与西欧社会变化的重要人物就是但丁。也许是由于他注意到了当时人的思想意识的变化，进而感悟到当时西欧社会形态的更替，于是他开始教导人最重要的是人的品德。他的理想是成为博爱、有道德心的，以及有能力、有信仰的积极的人。但丁的梦想是全天下都是这样的人，或者至少全天下是由这样的人来统治，他的梦想与当时西欧的社会现实出现了激烈的冲突。然而，在论述人性的过程中，他通过破坏教会规定的先天占有优势地位的人来动摇这个封建制度的基础，因而他的观念对于推翻教会的统治贡献颇多。他的学说被后来的彼特拉克和薄伽丘等人文主义思想家所提倡，他们的观点在很大程度上代表了当时处于社会形态剧烈变化之中的人的思想意识和人们关于当下的人与人类未来的观点。

在中世纪西欧，教会相对于信徒而言，相当于君主对应着臣民。但是根据教会的说教，这种对应关系并不是统治与被统治之间的主从关系，而是引领者与被引领者的平等关系。这种事实与说教之间的差异就在逻辑上造成了一种悖论。而但丁提倡的由一个仁慈的世界性君主统治下的世界性大帝国的近代国家观念实质上就是在提倡一种明确的民族国家观念，无论是其中的内涵还是表达形式都在很大程度上适应了当时西欧社会发展的潮流。在这里，我们再一次看到了中世纪晚期西欧的意识形态变化与经济发展之间存在的那些相互适应、彼此促进的内在联系。

从这个意义上讲，人的思想观念形成有两面性。首先，人的传统思想意识让位于对人的道德品质的重视；其次，西欧近代社会中的契约关系取代了基督教会确定的人身附属关系。这两种变化大大增加了西欧社会的流动，之前那些受到精神奴役和思想压制的而处于社会底层的人通过思想意识的解放与道德观念的更新而获得"上帝救赎"，同时这也促使人与人之间的关系表现得更加自由而随意。本书对"意大利文学三杰"作品中"人性"一词的分析说明，人性在中世纪是指教会关于人盲目迷信和崇拜上帝与天堂幸福的道德倾向，这些都是固定于封建的教会学说和中世纪基督教神学观念的僵硬的道德意识和道德规范。而到了中世纪晚期，人性已经演变为人在理性与自由意志的引导下，了解自己与尘世生活的能力，甚至可以说是一种客观的生活态度。现在人们关于人性的理解也许是后来学者作出的解释。由于与作者和读者在观点与视角等方面的不同，因而本书不可能完全站在"意大利文学三杰"的立场来看待他们所经历的一切，因而在理解的深度与广度等方面会与"意大利文学三杰"会有很大的不同。

关于"意大利文学三杰"人学观的性质。本书认为，"意大利文学三杰"的人学观不仅具有世俗性同时也具有神性，二者在观念上密不可分，是一个观念的两个方面，只是其中的世俗性表现的相对明显一些，即"意大利文学三杰"的人学观本质上表现的就是人们认为的世俗人文主义。这是因为，中世纪的西欧人没有任何地位或尊严，更谈不上任何属性。到了中世纪晚期，人们才关注到人。从现有的研究成果来看，中世纪晚期人的精神世界与思想意识中开始出现近代特征。由于它适应了当时西欧社会的需要,因而这个态势一旦出现,就会以不可遏制的速度迅速发展起来。到了近代早期,人们不仅大力赞美人性,还通过对尘世中人的思想与行为中的迷茫与错误的认知,说明了中世纪晚期西欧的文化风尚的变革与思想观念等方面的更新。

需要说明的是,以上只是对"意大利文学三杰"的人学观的形成原因和形成过程作了一个十分简单的梳理和说明,目的就在于证明人性对于尘世生活与人类社会变化的作用。除了这些明显的原因,还有很多难以说清楚的隐含的因素决定着"意大利文学三杰"关于人与社会的理解和他们的各种观点。由于它们很难说清楚,本书只是从中世纪晚期西欧社会变化与道德观念的角度来展示当时西欧社会发展过程中的连续性及其在人类历史文化史上的承上启下作用。本书不可能对"意大利文学三杰"人学观的成因和发展过程等因素作逐一展示与说明。

中世纪晚期对于西欧社会的发展具有重大的历史意义。此时,教会腐败和世俗君主权力的加强,以及其中近代国家观念的出现带来了西欧的社会意识与文化的统一。其中,人作为一个具有独立的精神世界与社会中心的近代意识已经得到确认,也使西欧的近代意识得到不断明确和加强。这也解释了西欧近代文化的形成,以及人们思想意识的矛盾和不确定性。这是因为,"意大利文学三杰"的人学观是一个庞大而复杂的思想意识与道德体系,其中既包含了自中世纪延续下来的各种宗教学说、政治体系、法律制度,也包含了西欧社会制度、思想文化风尚、宗教哲学观念和社会生活习俗等因素。对这些内容的探讨不仅需要对相关材料作进一步挖挖掘和梳理,更要在人类历史演进和西欧社会发展的大视野下对中世纪晚期的西欧社会作全面深入的考察,才能说明其中蕴含的人类社会变化的规律性内容。

本书认为,"意大利文学三杰"的人学观展现的是积极看待一切的乐观进取的生活态度和近代性质的高尚的精神意识和道德观念,这是因为,一方面人们对自己赖以存在的客观世界和思想文化氛围的任何理解和认识,迄今为止都是一定范围内的努力,而且迄今为止任何看似正确的结论都是在某种条件下的相对客观与相对正确;另一方面我们对西欧中世纪的历史和社会的任何观察与解释都应该抱有宽容和理解的态度。不同的研究者,由于对所考察的对象会有不同的立场和观察视角,从而得出完全不同,甚至是截然相反的结论。同时,对于任何一个历史和社会现象的认识和考察都有局限性,其中的原因一方面在于,我们能够对整个历史事件和历史现象本身进行宏观的概括和总结，更在于对历史和社会变化中的各种现象的探寻；另一方面这种考察应建立在对构成这些事件和现象的细节的研究基础上，否则这些费力的探讨极易流于"无源之水""无本之木"，进而成为空洞而不切实际的理论概述或逻辑的推演，而它们都与本书的目的和宗旨不符。

这是因为，每一个研究者都是从个人角度阐述历史，因而任何对于但丁和西欧中世纪的观察和认识都难说是全面和公允的，这并非是观察者有意回避某些现象，或是根据自己的个人好恶进行研究，而是研究者的学术水平和研究能力的限制，以及研究者生活局限所致。因此，即便是出于全面考察的良好愿望，笔者对西欧中世纪这个历史阶段的理解仍然是很浅薄和十分有限的。本书对"意大利文学三杰"作品蕴含的各种观念和思想意识的理解，以及与之密切联系的西欧社会变化等方面的探讨与说明也是在一定范围内的努力，而不可能包括它的全部内容。从这个意义上讲，无论是"意大利文学三杰"关于人与尘世生活的观点，还是后人关于他们的观念或思想意识的理解与评价都是由当事人所认定的道德观念与生命的价值决定的，因此是作者固有的精神价值与道德意识的具体体现。因此，从这个意义上讲，任何形式的研究都是作者的个人观点和作者的一家之言，因而不能够概括所探讨问题的全部内容。即使是能够揭示问题的一部分或局部，也是本书探究这个问题的一种努力，而不能够作为对这个问题的探究的终极结论，本书即是如此。从这个意义上讲，以上论述是从中世纪晚期的西欧社会变化和文化更新的角度作出的，其中会涉及人的观念的更替和西欧文化意识进步等内容。由于本书较少涉及中世纪晚期西欧社会形态的变化，因此较少引用与当时西欧社会形态变化过程中与经济发展或社会变化相关的贸易资料或统计数据，而只是在必要时才引述这些内容。

虽然人们倾向于从人文主义的角度出发谈论"意大利文学三杰"和与他们同时代的人物，甚至在有关文艺复兴晚期的文学作品中，我们至今仍然能够发现与"人文主义"有关的例证，其中的不确定性和模糊性也会使得读者认为，人文主义是一个带有共性的文学观念或是思想特征，而事实却远比这些情况要复杂得多。如果从文学作品本身的历史时代和社会背景来看，任何一部文学作品都有其独特的文化特色和社会内涵，而每一部文学作品的目标都是明确的。在探讨"意大利文学三杰"的观念或与思想意识有关的内容时，最好能够避开一些在文学研究中含义固定的概念或类似的内容，这样才能够对他们的作品和观念等有一个全面理解。因此，想要确切分析人的道德意识的进步和当时西欧社会形态更替过程中的比例这个做法是不可能的。截至目前各种关于文艺复兴的研究已经十分丰富，几乎涉及与文艺复兴有关的各个方面：中世纪晚期西欧的基督教神学意识和教会宣传虽然仍然像一丝羸弱无力的风继续吹着，但是这时的西欧就像一架沿着下坡路急速狂奔的马车，它所有的动力和势能都指向一个渐渐清晰的目标。这些动力和势能是在整个中世纪积聚起来的，此时被罗马教皇和基督教会等势力推着走向它的终点——近代。

这说明，"意大利文学三杰"关于人与社会的理解并非单一的或者是纯粹的，而是复杂和矛盾的。这就使我们对"意大利文学三杰"是人文主义思想家这个观点产生了怀疑。这是因为，作为某一个阶级的思想家，起码应该具备两个条件，一是站在本阶级的立场上自觉地为本阶级的利益服务，二是能够提出代表本阶级利益的较为明确和系统的理论或观念。然而，在"意大利文学三杰"的作品中，我们并没有看到他们有谁提出这样的观点，他们当中也没有人提出明确而系统的思想体系或阶级观念。诚然，他们的作品中已经出现了明显的近代人文主义的立场和观念，并且提出一些符合西欧近代资产阶级文化的观点，但是这些观点只是零散和感性的，并没有形成系统的理论。总体上看，他们并没有把中世纪基督教神学作为封建意识加以批判，也没有把教皇当作封建势力的代表加以抨击，他们的思想观念还远没有突破教会学说或中世纪基督教神学观念。所以，将"意大利文学三杰"作为"新兴资产阶级文学家"这个观点值得推敲。

那么，应该如何确定"意大利文学三杰"的思想意识的性质呢？笔者认为，从他们作品反映的复杂性、多变性和矛盾性等内容来看，他们的观点展示的思想意识是西欧中世纪向近代过渡的过程中，西欧的封建主义向资本主义过渡时期意大利特定社会环境的产物；从"意大利文学三杰"的思想意识和行为准则来看，他们是西欧的市民阶层中的知识分子，观念上主要代表并反映了当时西欧的市民等级（其中就包括独立手工业者、中小商人、城市贵族和西欧早期资产阶级）的意志和利益，而不是代表西欧新兴资产阶级的利益。因此，想要给这些人数众多、观点矛盾、动机复杂的社会成员下一个准确的定义是很困难的。这也是本书在探究"意大利文学三杰"的过程中，只是将关注的焦点集中于他们的思想意识和观念，而没有写为"意大利文学三杰"的思想或观念的主要原因之一。

参考文献

英文文献：

1. William Anderson, Dante the Maker, Routledge & Kegan Paul, London, Boston & Henley, 1980.

2. Hans Baron, *The Crisis of the Early Italian Renaissance*, Princeton: Princeton University Press, 1955.

3. Simon Brittan, *Poetry, Symbol, and Allegory*, University of Virginia Press, 2003.

4. Alan Bullock, *The Humanist Tradition in the West*, Thames and Hudson Ltd, London, 1985.

5. Jacob Burckhardt, *The Civilization of the Renaissance in Italy*, George G. Harrap & Co., Ltd, 1982.

6. Peter Burke, *The Italian Renaissance: Culture and Society in Italy*, Polity Press, 1972.

7. E. Carllot, *La Renaissance des Sciences de la vie au XVI*, me siècle, Paris, 1951.

8. Ernst Cassirer, *Philosophy of Man*, Oxford: Oxford University Press, 1963.

9. Ernest Cassirer, *The Logic of the Humanities*, New Heaven: Yale University Press, 1961.

10. Janet Coleman, A History of Political Thought: From the Middle Ages to the Renaissance, Blackwell Publishers, 2000.

11. Ludwig Feuerbach, *Das Wasen Christentums*, Berlin Academy Press, 1956.

12. Joan M. Ferrante, "The Bible as Thesaurus for Secular Literature" In The Bible in the Middle Ages: Its Influence on Literature and Art, *Medieval & Renaissance*

Texts & Studies, 1992.

13. Joan M. Ferrante, "Dante's Beatrice: Priest of an Androgynous God" *Medieval and Renaissance Texts & Studies*, Binghamton, N.Y., 1992.

14. John Freccero, "Medusa: The Letter and the Spirit." In *Dante: The Poetics of Conversion*, Cambridge: Harvard University Press, 1986.

15. John Freccero, *The Eternal Image of the Father* in *The Poetry of Allusion*, Stanford : Stanford University Press, 1991.

16. Ernest L. Fortin A.A., *Dissent and Philosophy in the Middle Ages*, London: Lexington Books, 2002.

17. Eugenio Garin, *Der Italianische Humanismus*, Verlag A. Francke A G., 1947.

18. Etinne Gilson, *Dante and Philosophy*, Harper & Row Publishers, 1949.

19. Cecil Grayson, "Dante and the Renaissance", *Italian Studies,* 1962.

20. Cecil Grayson, *Dante's Theory and Practice of Poetry*. In The *World of Dante: Essays on Dante and His Times,* Oxford: Oxford University Press, 1980.

21. G. P. Gooch, *History and Historians in the Nineteenth Century*, London, 1928.

22. Gordon S. Harwood, *A Study of the Theology And The Imaginary of Dante's Divina Comedy*, Lewiston, 1991.

23. Denys Hay, *The Medieval Cultures,* London, 1964.

24. Denys Hay and John Law, *Italy in the Age of the Renaissance* 1380-1530, London and New York, Longman, 1989.

25. Maria S. Haynes, *The Italian Renaissance and Its Influence on Western Civilization*, Univesity Press of America, Inc. Lanham, New York, 1991.

26. F. J. C. Hearnshaw (ed), *The Social and Political Ideas of Some Great Medieval Thinkers*, George G. Harrap & Co., Ltd, 1923.

27. A. Heller, *Renaissance Man*, London, 1978.

28. George Holmes, *Dante*, London, Oxford University Press, 1982.

29. Johan Huizinga, *The Waning of the Middle Ages*, Tieenk Willink,1919.

30. P. O. Kristeller, Eight Philosophers of the Italian Renaissance, Virginia University Press, 1904.

31. P. O. Kristeller, Renaissance Thought and Art, Princeton: Princeton University

Press, 1980.

32. Richard Lansing (ed), Dante: The Critical Complex（1—8）, Brandis University, Routledge, New York, 2003.

33. John Larnar, *Italy in Dante and Petrarch Times*, London, 1980.

34. Ralph Linton, *The Study of Man*, New York, London: D-Appleton- Century Company, 1936.

35. Franco Masciandaro, *Dante as Dramatist*, Philadelphia: Philadelphia University Press 1991.

36. Roland Martinez, "Mourning Beatrice: The Rhetoric of Threnody in the Vita Nouva." Modern Language Notes 113, no. 1 (Jan. 1998).

37. Angelo Mazzocco, *Linguistic Theories in Dante and the Humanists*, E. J. Brill, 1993.

38. Lorenzo Minio-Paluello., *Dante's Reading of Aristotle. In the World of Dante: Essays on Dante and His Times,* Oxford, 1980.

39. Boyde Patrick, *Human Vices and Human Worth in Dante's Comedy*, Cambridge University Press, 2000.

40. P. A. Ramsey, The Poet Laureate: "Rome, Renavatio and Translatio Imperii", Binghamton, N.Y. *Center for Medieval and Early Renaissance Studies*, 1982.

41. Marjorie Reeves, *Dante and the Prophetic View of History*, Oxford: Oxford University Press, 1980.

42. Sergio Rossi, "Thomas More and the Visual Arts", *Saggi sul Ranascimento*, Edizioni Unicopli, 1984.

43. Maria F. Rossetti, *A SHAOW OF DANTE*, Port New York, N.Y. London, Kennikat Press, 1871.

44. Bertrand Russell, *A History of Western Philosophy*, George Allen & Unwin Ltd, 1946.

45. John A. Scott, "The Unfinished Convivio as a Pathway to the Comedy", *Dante Studies* 113 (1995).

46. Caroli Sigonii, *De Laudibus Studiorum Humanitatis*, Oritaones, 1590.

47. Charles S. Singleton, "Allegory." In *Dante Studies1, Commedia Elements of Structure*, Cambridge: Harvard University Press, 1965.

48. Quintin Skinner, *The Foundations of Modern Political Thought*, Cambridge: Cambridge University Press, 1978.

49. J. A. Symonds, *Renaissance in Italian*, New York, 1937.

50. Carol G. Thomas (ed), *Paths From Ancient Greece*, E. J. Brill, 1988.

51. David Thompson, "Figure and Allegory in the Commedia." *Dante Studies* 90 (1972): 1.

52. James W, Thompson, *A History of Historical Writing*, Vol. 1, New York, The Macmillan Company, 1997.

53. James W. Thompson, *Economic and Social History of the Middle Ages*, D. Appleton-Century Company, 1928.

54. Brian Tierney, *Religion and Rights: A Medieval Perspective* in Rights, Laws and Infallibility in Medieval Thought, 1997.

55. Brian Tiernery, Rights, Law and Infallibility in Medieval Thought, Variorum, 1997.

56. Charles E. Trinkaus, *The Poet as Philosopher*, New Haven: Yale University Press, 1979.

57. J. P. Trapp (ed), *Essays on the Renaissance and the Classical Tradition*, Valorum, 1990.

58. J. P. Trapp (ed), "Ovid's Tomb, The Growth of a Legend from Eusebius to Laurence Sterne, Chateaubriand and George Richmond", *Journal of the Warburg and Courtauld Institutes, xxxvi*, 1973.

59. J. P. Trapp (ed), "Virgil and the Monuments" in Proceedings of the Virgil Society, London, 1986.

60. J. P. Trapp (ed), The 'Conformity' of Greek with the Vernacular: The History of a Renaissance Theory of Languages, Wellington, New Zealand: Weit-te-ata Press, 1973.

61. J. P. Trapp (ed), "Thomas More and the Vsual Arts," Saggi Sul Rinascimento, Milan, Edizioni Unicopli, 1984.

62. J. P. Trapp (ed), "The Grave of Virgil," Journal of the Warburg and Courtauld Institutes, London, 1984.

63. Charles E. Trinkaus, The Poet as Philosopher, New Haven & London: Yale University Press, 1979.

64. Charles. E. Trinkaus, *Adversity's Noblemen, The Italian Humanists' on Happiness*, New York, 1940.

65. Carol G. Thomas, *Paths From Ancient Greece*, E. J. Brill, 1988.

66. Pasquale Villari, *The Two First Centuries of Florentine History*, London: T. Fisher Unwin, 1908.

67. Daniel Waley, The Italian City Republics, Longman, London & New York, 1988.

68. Mary B. Whiting, Dante and His Poetry, London: George G. Harrap & Co., Ltd, 1932.

69. Pasquale Villari, The Two First Centuries of Florentine History, T. Fisher Unwin, 1908.

70. Herbert M. Vaughan, Studies in the Italian Renaissance, Methuen & Co., Ltd, London, 1929.

71. Daniel Waley, The Italian City Republics, London and New York, Longman, 1969.

72. E. Wind, The Eloquence of Symbols Studies in Humanist Art, London, 1983.

73. Auerbach. Erich, *"Figura"In Scenes from the Drama of Euorpean Literature: Six Essays,* New York: Meridian Books, 1959.

中文文献：

1.但丁.神曲［M］.田德旺，译.北京：人民文学出版社，2003.

2.但丁.新生［M］.钱鸿嘉，译.上海：上海译文出版社，1993.

3.但丁.论世界帝国［M］.朱虹，译.北京：商务印书馆，1985.

4.薄伽丘，布鲁尼.但丁传［M］.周施廷，译.桂林：广西师范大学出版社，2008.

5.薄伽丘.十日谈［M］.王林，译.北京：北京燕山出版社，2001.

6.卜伽丘.十日谈［M］.方平，王科一，译.上海：上海译文出版社，2013.